김종직의 풍교 시문학 연구

김종직의 풍교 시문학 연구

이원걸

도서
출판 박이정

◆ 저자 소개

이원걸

경북 안동 출생
안동대학교 한문학과 및 동 대학원 졸업
성균관대학교 대학원 한문학과 박사과정 졸업
문학박사
안동대학교 국학부 강사

『영호루』(공저), (1997)
『안동 여류 한시』(2002)

「한문단편 고담 소고」(1992)
「송천필담 연구」(1994)
「잡기고담 연구」(1995)
「파수록의 문학성」(1996)
「다산의 조승문에 반영된 애민의식」(1997)
「파수추의 골계 양상과 웃음 유발 기법」(1999)
「여종 설죽의 정감 어린 시」(2000)
「김종직 기속시에 반영된 민족 생활상과 풍속미」(2001)
「김종직 애민시의 전개 양상」(2001) 등

김종직의 風敎 시문학 연구

2004년 2월 19일 초판 1쇄 인쇄
2004년 2월 23일 초판 1쇄 발행

지은이 이원걸
펴낸이 박찬익
펴낸곳 도서출판 **박이정**

편 집 홍현보, 김설경, 송하나
영 업 김인수, 박찬일, 김재룡, 송경오
130-070 서울시 동대문구 용두동 129-162
전화 922-1192~3 팩스 928-4683
홈페이지 http://www.pjbook.com E-mail : book@pjbook.com
온라인 : 국민 729-21-0137-159
등 록 : 1991년 3월 12일 제1-1182호

ISBN 89-7878-680-4 93810   값 15,000원

* 잘못된 책은 바꾸어 드립니다. 저자와 협의하여 인지를 생략합니다.

머리말

　그 동안 김종직에 관해 다방면의 연구가 이루어졌다. 그러나 그에 대한 논의의 실마리는 여전히 남아 있다. 이 책은 이런 점에 유의하여 기존 연구 성과를 종합하여 이를 규명하고자 노력했다. 특히, 그의 세조조의 출사와 「조의제문」 창작·영남 재지 사족 출신으로 당대 훈구 계층과의 절친한 관계 유지·출처 행적 등에 따른 비판론 제기 등의 문제를 15세기 후반 김종직의 입장에서 해명했다. 즉, 15세기 후반의 김종직이 주장한 풍교 문학론과 그에 따른 시문학의 전개 양상을 검토하면서 이 문학론이 16세기 사림파 문학 형성의 토대로 작용했음을 밝혔다.

　졸열한 글을 세상에 선보이게 되어 부끄럽고 두려울 따름이다. 이 책의 1부는 김종직의 풍교 문학론과 시문학 전개 양상을 다룬 나의 박사 학위 논문이고, 2부는 1부와 연관된 논의를 이어간 것이다. 그리고 3부는 김종직 관련 전기적 자료를 실은 것이다. 작년 이 맘 때 「김종직 시문학의 한 연구」로 박사 학위 논문 심사를 받았다. 돌이켜 보면, 모든 것이 주위 분들의 도움 덕분이었다. 우둔한 나의 재주를 마다 않고 가르쳐 주신 학부와 대학원 석·박사 과정 선생님들의 따뜻하신 가르침이 아니었다면 이는 결코 이룰 수 없는 일이었다. 특히, 학부 지도 교수이신 고 창곡 김세한 선생님의 애정 담긴 가르침은 평생 잊을 수 없다. 그분께선 선친처럼 자상히 가르쳐 주셨다. 석사 논문을 지도해 주신 김태안 선생님께도 감사드린다. 그리고 박사 학위 논문 지도 교수이신 송재소 선생님께서는 시골 뜨기인 나를 맞아 자상히 가르쳐 주셨다. 선생님의 학은에 다시금 고개

숙여 감사드린다.

　이와 함께 박사 학위 논문 심사 과정에서 지도해주신 여러 선생님들께
진심으로 감사를 드린다. 이동환 선생님께서는 김종직의 학통과 사적 전
개 과정에 대해 세밀하게 가르쳐 주셨다. 임형택 선생님과 이민홍 선생님
께서는 박사 과정 내내 치열한 학문 정신과 체계적 학문 방법론을 가르쳐
주셨다. 그리고 석사 과정부터 친절히 가르쳐 주셨던 이종호 선생님께서
는 논문의 체제와 시 분석·논리 전개에 따른 문제점을 지적해 주셨다.
선생님들의 가르침을 평생 거울삼아 열심히 공부하고자 한다.

　이 작은 성과나마 이룰 수 있었던 것은 인내하며 도와준 가족의 따스한
손길 때문이었다. 포기하지 않도록 격려하며 기도해 주신 어머니의 사랑
과 말없이 도와 준 아내와 두 아들의 고마움을 빼놓을 수 없다. 이 외에도
공부할 수 있도록 도와준 동료·선배들의 배려에도 감사할 뿐이다. 이제
모든 분들께 그 빚을 조금씩이나마 갚아야겠다. 선생님들의 가르침을 바
탕으로 하여 성실히 살고자 다짐한다.

　그리고 어설픈 글을 마다 않고 출판하도록 배려해 주신 도서출판 박이
정의 박찬익 사장님과 아담한 책으로 다듬어 주신 편집부장 홍현보 선생
님·편집부 임직원들께 거듭 감사드린다. 질정에 힘입어 더욱 부지런히
공부하고자 한다.

2004년 2월 이원걸

목차

제1부
김종직의 풍교 문학론과 시문학

서 론

제1절 연구 목적

조선 전기 문운(文運)이 융성하던 세조~성종대의 점필재(佔畢齋) 김종
직(金宗直, 1431~1492)은 정치·사상·문학사에서 비중이 있게 거론되어
온 인물이다. 그는 정치적 측면에서는 성종대 신진사류(新進士類)의 후견
인으로, 사상사적 측면에서 성리학의 초기 전수자로, 문학사적 측면에서
조선 전기를 대표하는 시인으로 주목되어 왔다. 즉, 그는 관료 문인이면서
도 신진사류를 대표하는 인물이었다. 그러므로 그에 대한 연구는 정치사
상사와 문학사적 측면에서 동시에 수행되어야 한다고 본다.

김종직을 비롯한 당시 관료 집단은 성리학을 기반으로 하여 문학을 정
치적 교화(敎化)의 수단으로 여기는 문예인식을 소유했다. 이러한 문예를
'풍교적(風敎的) 문예인식(文藝認識)'으로 칭하기로 한다. 김종직 생존기인
15세기 초반은 새 왕조를 위한 창업(創業)보다는 수성(守成)이 강조되던
시기였던 만큼 이 당시 문인들은 자신의 타고난 문예역량을 발휘하여 국
왕의 통치를 도와 조선을 문명사회로 만드는 일에 헌신하였다. 이렇듯, 문
예를 '풍교의 실천'과 불가분의 관계로 이해하려는 경향이 당시 문인 지
식층의 의식을 지배하고 있었다.

그러므로 김종직의 문예도 이러한 맥락에서 이해되어야 한다고 생각된
다. 즉, 김종직의 시대는 개인의 내면 성찰과 도덕 함양을 위한 수기(修己)

보다는 새로운 왕조의 안정적 구축을 위한 치인(治人)이 강조되었던 시대였던 점을 염두에 두고 그의 문학을 연구해야 한다는 것이다. 즉, 이 시대는 치인에서 수기의 단계로 넘어가는 과도기였기 때문에 김종직의 문예는 참여 속의 현실개혁이라는 구도 아래 풍교를 실천하는 쪽으로 무게중심이 두어졌던 것이다.

김종직의 경우, 영남 재지사족 출신으로 그가 추구하는 성정(性情)을 표현하는 문예가 만개하기 위해서는 풍교(風敎)가 기능을 발휘하는 사회를 이루어야 했는데, 이러한 유교적 이상 사회가 이루어지기 위해서는 의식을 함께 하는 계층의 집단화가 요구되었다. 때문에 김종직은 동류집단인 신진사류가 정치 무대의 주역이 되기까지 현실을 인내하며 기다려야만 했다. 김종직은 새롭게 관인으로 진출한 선진으로서 후진들의 중앙정계 진입을 지원하기 위해 훈구계층(勳舊階層)과 대립하지 않고 원만한 관계를 유지하려고 힘썼다.

김종직은 당시 훈구 계층과 함께 왕화(王化)를 도모하는 한편 문학방면에서도 그들과 활발하게 교류했던 바 그가 지향했던 문예적 관점은 무엇이었을까? 김종직이 추구한 문예적 관점을 전통 유가(儒家)의 문학관인 풍교론(風敎論)에서 찾아야 한다고 본다. 김종직은 이러한 관점을 「영가연괴집서(永嘉連魁集序)」에서 천명한 바 있다. 여기서 김종직은 시문학의 본질을 "이성정(理性情)·달풍교(達風敎)"로 간명하게 개괄하였다.[1] 이 말은 김종직이 자신의 시문학 창작을 이 두 가지 원리에 따라 실천했다는 표현이기도 하다. '성정을 다스린다'는 '이성정'은 수기(修己)에 치중된 문예이고, '풍교를 이룬다'는 '달풍교'는 치인(治人)을 위한 문예 활동을 의미한다. 이 둘의 앞뒤 관계를 따지자면, 성정이 풍교에 앞선다고 할 수 있다.

---

1) 『佔畢齋文集』卷1, 「永嘉連魁集序」, 韓國文集叢刊12, p.409, "文章 小技也 而詩賦 尤文章之靡者也 然而理性情達風敎 鳴于當世而傳之無窮 詩賦實有賴焉" 以下, 계속 이 책에서 引用할 경우, 『佔畢齋詩集』은 『詩集』으로, 『佔畢齋文集』은 『文集』으로 略稱한다.

그러나 이는 시대 상황에 따라 무게 중심이 달라질 수 있다. 김종직의 경우, 달풍교에 더 큰 비중을 둔 시대를 살았다.

본고에서는 김종직의 이러한 풍교문학론에 기초하여 그의 시문학을 검토하고자 한다. 즉, 김종직의 풍교문학론이 그의 시문학에 어떠한 양상으로 형상되었으며, 이것이 후대 시문학 전개에 어떤 영향을 주었는가에 대해 살펴보고자 한다. 김종직의 풍교문학론, 시문학에 형상된 풍교 의식의 양상과 그의 풍교 시문학 의의를 밝히는 것이 본 연구의 목적이다.

제2절 선행 연구 검토와 연구 방향

김종직 풍교 시문학의 형상화 문제를 자세히 검토하기 전에 그에 대한 선행 연구 성과를 정리할 필요가 있다. 김종직은 저명한 시화나 비평서에서 이미 조선 전기를 빛낸 뛰어난 문인 가운데 한 분으로 평가되어 왔다.[2] 근대적인 한문학 연구가 시작된 이래 김종직에 대한 본격적 연구는 다른 작가에 비해 조금 늦은 편이다. 이원주 교수가 김종직의 시를 주로 다루면서 그에 대한 본격적 연구가 시작되었다. 그는 시의 내용을 1) 우의(寓意)와 풍자, 2) 현실인식, 3) 구속(救俗)의 길, 4) 강해(江海) 동경(憧憬)으로 나누어 분석하였으며, 김종직 시의 특징으로 1) 화(和)·차운시(次韻詩), 2) 용사(用事), 3) 점화(點化), 4) 주필(走筆)·잡체시(雜體詩)를 들었다.[3] 이 교수의 논문은 김종직 연구의 새로운 방향을 제시하고, 다양한 자료를 소개했다는 면에서 의의가 있다. 그러나 이 논문은 김종직에 대한 기존의

---

2) 『詩話叢林』, 「壺谷詩話」, "崔簡易之文 列於佔畢谿谷 爲國朝三大家," 亞細亞文化社, 1973, p.393 : 『詩話叢林』, 「晴窓軟談」, "佔畢齋之詩 稱爲冠冕者 實非誇也," 亞細亞文化社, 1973, p.231 : 『芝峰類說』, "我朝之文 用功於詩學者衆矣 至於散文 則全不着力 故鮮有可觀 如容齋湖陰 亦不能工於文 佔畢齋號爲東方之巨擘 而多用俗下文字 其他何說焉."

3) 李源周, 「佔畢齋 研究」, 『韓國學論集』 第6輯, 韓國學研究所, 1979.

견해에 대해 반론을 제기하지 못하고, 김종직을 절의가 높은 인물로 평가
하는 등 고정관념에서 벗어나지 못하였다.

윤영옥은 김종직의 「동도악부(東都樂府)」 7수를 다루었다. 「치술령곡
(鴟述嶺曲)」・「달도가(怛忉歌)」・「대악(碓樂)」 등이 김종직의 「동도악부」
가운데 들어 있는 개인 창작임을 예증하면서 국문학사에서 신라의 실전
(失傳) 가요로 다루었던 것을 시정해야 한다고 하였다.[4] 이는 현전 자료를
보아 타당한 이론이라고 할 수 있다.

박선정은 박사 학위 논문에서 김종직의 문학을 다양하게 검토하였다.
그는 김종직의 문예의식으로, 건안문학적(建安文學的) 경향, 은일문인(隱
逸文人) 도연명 숭상, 소(蘇)・황(黃) 시풍의 영향, 경문일치관을 들고, 김
종직의 시작품을 애민사상, 자주의식, 자기성찰, 둔세의식(遁世意識), 한정
유취(閑情幽趣) 등으로 나누어 분석하였다.[5] 그러나 이 역시 김종직의 시
문학을 평면적으로 다룬 한계를 보인다.

김영봉은 일련의 논문에서 순수 관인 문인 측면에서 김종직의 문학을
다루었다.[6] 이 논문은 그 동안 문인 김종직에 대한 논의가 부진한 것을
해명했다는 점에서 일정한 의의가 있다. 그러나 김종직을 서거정이나 성
현과 같이 문예취향이 강한 관료 문인으로만 파악하려고 한 나머지 김종
직의 도학자적 형상을 애써 배제하려는 의도를 너무 강하게 드러낸 것이
흠이다. 과연 김종직이 단순한 관료 문인에 불과했던 것일까? 균형적 시
각이 아쉽다.

최근 '김종직의 도학사상과 유학사상의 위치'라는 주제로 밀양문화원
이 주최한 학술발표회가 있었다.[7] 발표된 내용은 대체로 기존 연구 성과

---

4) 尹榮玉, 「東都樂府의 硏究」, 『新羅伽倻文化硏究』 第12輯, 嶺南大 新羅伽倻文化硏究所, 1981.
5) 朴善楨, 『佔畢齋 金宗直 硏究』, 高麗大學校大學院 博士學位論文, 1985.
6) 金永峯, 「金宗直 詩 硏究」, 延世大學校大學院 碩士學位論文, 1989.
　　金永峯, 「佔畢齋 金宗直의 官僚文人的 性格」, 『淵民學志』 第3輯, 1995.
　　金永峯, 「佔畢齋 金宗直의 詩文學 硏究」, 延世大學校大學院 博士學位論文, 1998.

를 정리한 것으로, 신선한 논의가 이루어졌다고 볼 수 없기에 더 이상의
언급은 피한다.

앞에서 언급하지 않은 선행 연구 성과를 유형화하면, 시선집(詩選集) 연
구,8) 한시 관련 작품 연구,9) 학문과 사상 연구,10) 계층의식 연구,11) 정치

---

7) 密陽市廳(2002. 10. 15)에서 「佔畢齋 金宗直의 道學思想과 儒學思想의 位置」라는 主題
로 企劃된 硏究이다(李佑成, 「佔畢齋 先生에 對한 硏究와 그 課題」: 鄭羽洛, 「金宗直의
文學精神과 東國文化에 對한 自覺」: 金忠烈, 「韓國儒敎의 道統과 金宗直의 位相」: 이
수환, 「佔畢齋 金宗直의 生涯와 敎育活動」: 金泰永, 「佔畢齋의 自我意識과 歷史意識」
: 朴丙練, 「佔畢齋 金宗直의 政治思想과 士林派의 繼承樣相」).
8) 金鍾喆, 「東文粹의 文體樣相과 選文意識」, 慶北大學校大學院 碩士學位論文, 1990.
박현규, 「原・重修本 東文粹의 選文觀」, 『순천향大論文集』 第13輯, 1990.
黃渭周, 「朝鮮 前期의 漢詩選集」, 『精神文化硏究』 通卷 第68號, 1997.
金永峯, 「靑丘風雅 硏究」, 『洌上古典硏究』 第11輯, 洌上古典硏究會, 1998.
崔 植, 「靑丘風雅에 對한 硏究」, 『成均漢文學硏究』 第69輯, 成均館大學校 漢文學科, 1999.
9) 徐敬洙, 「佔畢齋 漢詩文學 硏究」, 『伏賢漢文學』 第2輯, 伏賢漢文學硏究會, 1983.
尹榮玉, 「朝鮮時代 詠史樂府 硏究」, 嶺南大 博士學位論文, 1988.
黃渭周, 「朝鮮前期 樂府詩 硏究」, 高麗大 博士學位論文, 1989.
金成奎, 「15世紀 後半 士大夫 文學의 몇 가지 傾向」, 成均館大 博士學位論文, 1990.
鄭錫龍, 「金宗直의 漢詩 硏究」, 檀國大 碩士學位論文, 1986.
鄭錫龍, 「遊頭流錄 所載 漢詩 硏究」, 『漢文學論集』, 檀國漢文學會, 1988.
金成奎, 「佔畢齋의 歷史・風俗詩에 대하여」, 『成大文學』 第27輯, 1990.
金成奎, 「佔畢齋의 歷史・風俗詩에 대하여」(2), 『漢城語文學』 第11輯, 1992.
金成奎, 「佔畢齋의 歷史・風俗詩에 대하여」(3), 『漢城語文學』 第12輯, 1993.
金成奎, 「佔畢齋의 歷史・風俗詩에 대하여」(4), 『漢城語文學』 第13輯, 1994.
鄭宗大, 「金宗直의 詩와 士林意識」, 『先淸語文』 第26號, 1998.
金志愛, 「初期 士林의 歷史紀行 詩文에 관한 一考察」, 成均館大大學院 碩士學位論文, 1996.
10) 1996年에 金烏工科大學 善州文化硏究所에서 「金宗直의 學問과 思想」이라는 主題로 發
表한 硏究이다(李源周, 「佔畢齋 硏究」: 李鍾建, 「金宗直 詩文學考」: 崔根德, 「佔畢齋
金宗直의 經學思想」: 金時晃, 「佔畢齋 金先生의 詩文學 思想」: 李樹建, 「佔畢齋 金先
生의 生涯와 政治社會思想」: 金成奎, 「佔畢齋의 歷史・風俗詩에 대하여」: 金容珏, 「佔
畢齋 金先生의 詩文學攷」: 兪炳奭, 「佔畢齋 詩文學의 寫實性 考察」: 윤광봉, 「金宗直
의 文學思想과 詩世界」: 鄭景柱, 「佔畢齋 紀俗詩와 文明 意識에 대하여」: 金容晩, 「佔
畢齋 金宗直 家門의 成長過程 및 財産所有形態」: 朴善楨, 「金宗直의 文學思想」: 余鎭
鎬, 「金宗直의 生涯와 現實認識」).
11) 李鍾虎, 「佔畢齋 金宗直의 文學觀에 나타난 階層 意識」, 『漢文學硏究』 第12輯, 啓明漢
文學會, 1997.

교육 연구,12) 한시 이외의 작품론 연구,13) 한시 풍격(風格) 연구14) 등으로
정리할 수 있다. 이와 같은 김종직 작품론은 대체로 종래의 연구 형식이
나 태도를 답습하고 있다. 다만 위 일련의 연구 가운데 작품 형식미를 검
토하는 풍격 연구나 산문 연구 등은 과거 연구에 비해 진일보했다고 볼
수 있다.

본 논문의 논지와 연계하여 특별히 주목할 선행 연구로 신승훈의 논문
이 있다.15) 신승훈의 논문은 본고의 논지와 그 방향을 일정 부분 같이 하
고 있으나 철리적(哲理的) 해석을 곁들인 일부 시 분석은 문제가 있어 보
인다. 15세기 후반 김종직의 시를 두고, 16세기 도학적 분위기가 무르익
은 시대의 잣대로 분석할 수 있을까라는 의구심이 든다.16)

지금까지 알아본 김종직에 대한 선행 연구 성과에서 보는 바와 같이,
15세기 후반 김종직의 풍교문학론에 기초한 논의가 충분히 이루어졌다고
말할 수 없다. 다만 신승훈의 경우, 김종직의 유가적 시를 검토하면서, 그
의 풍교의식을 부분적으로 언급하였을 뿐이다. 이런 점에서 김종직의 풍
교문학론 정립과 그에 따른 시문학의 형상화 양상을 검토할 필요가 있다.

본 논문은 김종직의 시문학관을 '달풍교(達風教)'로 규정한다. 그리고
이 '달풍교'라는 관점이 어떻게 시문학으로 형상, 실천되는지 알아보기로

---

12) 韓忠熙, 「佔畢齋 金宗直의 生涯와 政治・教育活動」, 『漢文學研究』 第12輯, 啓明漢文學
   會, 1997.
13) 鄭錫龍, 「金宗直의 詞考察」, 『漢文學論集』 第5輯, 1987.
   洪性旭, 「金宗直의 賦 및 散文의 研究」, 高麗大學校 碩士學位論文, 1992.
   金時晃, 「佔畢齋 金先生의 祭亡妻淑人文에 대하여」, 『大東漢文學』 第8輯, 1996.
   李九義, 「佔畢齋 金宗直의 弔義帝文考」, 『大東漢文學』 第8輯, 1996.
   金洪永, 「佔畢齋의 遊頭流録에 對하여」, 『漢文學研究』 第12輯, 啓明漢文學會, 1997.
14) 宋熹準, 「佔畢齋 漢詩의 風格」, 『漢文學研究』 第12輯, 啓明漢文學會, 1997.
   이동순, 「金宗直 詩研究」-風格을 中心으로-, 서울大 碩士學位論文, 1999.
15) 申承勳, 「佔畢齋 詩의 儒家的 性格 研究」, 韓國精神文化研究院 碩士學位論文, 1997.
16) 申承勳, 上揭 論文, pp.12~19. 이 논문은 본 논문의 방향 전개와 근친성을 갖는다. 다만
   관련자료의 활용이 보다 구체적이고 광범하게 이루어질 필요가 있다. 신승훈이 미처 분석
   하지 않은 산문 등에서도 김종직의 풍교의식을 검토할 만한 자료가 적지 않기 때문이다.

한다. 김종직의 풍교 시문학에 대한 탐색은 15세기 후반 김종직의 문인적 면모와 문학적 특성을 규명하는 관건이다.[17] 김종직의 시문학을 검토하는 과정에서, 주상을 풍간(諷諫)하는 작품도 '풍교를 이루기 위한 문학론'으로 수용해 다룬다. 풍교의 궁극 목표는 일반 백성들을 대상으로 하고 있다. 그렇지만 김종직의 이러한 풍간 정신에 입각한 작품 역시 궁극적으로는 풍교 정신에 기반을 두고 있다고 보기 때문이다.

---

17) 김종직의 작품은 그의 사후에 처남이며 제자인 매계 조위에 의해서 編次되었다. 그러나 이는 간행되지 않은 채 무오사화 때 대부분 소각되어 버렸으므로, 현전하는 것은 그 가운데 일부일 뿐이다. 현재 전하는「刊記」(善山本・奎章閣本)에 의하면 이는 김종직이 죽은 다음 해인 성종 24년(1493년)에 曹偉가 詩文들을 모아 편집을 하기 시작하였고, 이를 안 성종도 관심을 보였지만 이내 승하하는 바람에 간행되지 못했다. 그후, 연산군 3년(1497년)에 鄭錫堅에 의해 일단 간행이 되기는 했지만 무오사화(1498년)로 인해 세상에 유포할 수가 없었다. 그는 무오사화 때 김종직의 문집을 간행했다는 죄로 투옥되어 생명이 위태로운 지경에 이르렀으나 연로하다고 해서 파직 정도로 마무리되었다. 그는 선산 출신으로 김종직과는 도의로 사귀었던 각별한 사이였으며, 그의 조카 鄭鵬은 한훤당의 제자이기도 하다. 현존하는 김종직 문집 중 가장 古版인 선산본이 간행된 것은 중종 15년(1520년)경이었다. 김종직의 생질인 康仲珍이 무오사화의 와중에 불태우다 남은 글들을 수습하여 선산에서 간행한 것이다. 김종직의 문집은 성종 승하 후 그의 문인들에 의해『佔畢齋文集』이 간행되었으나, 무오사화로 인해 大逆으로 논죄되어 김종직은 부관참시가 되었고 간행된 문집과 유문・현판 등은 모두 거두어 소각 당했다. 가산은 적몰되고 후처 文氏는 雲峰縣에 定屬되고 아들 崇年은 13세로 화를 면해 陜川에 안치되었다. 그러다가 중종반정으로 1507년에 復職・復諡・財産 還給・子孫 錄用 등의 신원을 받았다. 무오사화 20여 년 후 산일된 유고와 유문을 수집하고 南袞의 서문을 받아 문집을 간행하였고, 선조 13년(1580)에 손자 金紐에 의해「年譜」와「文人錄」이 편찬되었다. 그러다가 16세기 후반 이래, 밀양의 禮林書院을 비롯하여 金山의 景濂・善山의 紫陽・咸陽의 栢淵・開寧의 德林書院이 설립되어 김종직을 제향하였다. 이후 金宗直은 7대손 金是洛의 陳情으로 숙종 15년에 영의정으로 증직되고 同王 34년 9월에 文忠으로 改諡되었다(改賜故判書金宗直諡文忠,『肅宗實錄』卷46, 34년 9月 壬戌條). 그런데 무오사화가 일어난 지 22년 만인 1520년에 김종직의 外甥인 康仲珍이 선산의 邑宰와 상의해서 그의 문집을 간행하였다(『佔畢齋文集』의 板本 硏究는 金光洙,「佔畢齋先生文集 硏究」, 啓明大學校敎育大學院 敎育學碩士學位論文, 1990 參照). 그 후, 몇 가지 판본이 나왔지만 1809년에 밀양의 예림서원에서 간행된 문집이 세상에 널리 유포되었다고 한다. 이 논문에서 참고한 것은 1520년 선산에서 간행한 초간본의 후쇄본이다. 이는 서울大奎章閣 所藏本으로, 1988年度에 民族文化推進會에서 影印한『韓國文集叢刊』第12卷에 編入되었다. 본고에서 다룰 내용은 이 책을 대본으로 하였다. 예림서원본은 善山本을 약간 줄인 것으로, 필사 과정에서 글자의 출입이 잦아 자료적 가치가 떨어진다.

풍교의식을 중심으로 한 본론의 전개 방식은 다음과 같다. 제1부 김종직의 풍교문학론과 풍교 시문학 전개 양상을 검토하기 위해 제1장에서 김종직의 관인적(官人的) 인간상(人間像)을 정리한다. 김종직의 풍교문학 이해를 위해 그의 관인적 삶에 대한 검토가 선행되어야 하기 때문이다. 아울러 김종직의 출처대의에 대한 제가의 비판적 견해를 소개하고, 그의 출처의리를 15세기의 관점에서 수용하고자 한다. 제2장에서는 김종직의 풍교문학론을 정리한다. 먼저 김종직의 풍교문학론 형성의 배경을 살핀다. 이어서 잡학필기불긍론(雜學筆記不肯論)·경문일치론(經文一致論)을 검토한 다음, 지난 역사는 후인들에게 감계를 제공한다는 역사은감론(歷史殷鑑論)과 치자의 입장에서 백성들의 삶을 관찰하여 풍속을 교정한다는 의미의 관풍역속론(觀風易俗論)을 정리하여 김종직 풍교 시문학 분석의 토대를 마련한다. 제3장에서는 김종직의 풍교문학론이 그의 한시 작품 기속시(紀俗詩)·애민시(愛民詩)·영사회고시(詠史懷古詩)에 어떻게 형상되었는지를 알아본다. 이어 제4장에서는 「동도악부」에 형상된 풍교의식을 분석한다. 결론에서는 진행된 논의를 종합하여 정리하고 김종직 풍교문학론의 의의를 요약하여 제시한다.

이와 함께 제2부에서는 김종직이 남긴 부(賦) 작품을 분석하여 김종직 풍교 문학론과 연계된 유자 의식을 검토한다. 이어 김종직의 연작 기속시를 검토하여 기속시에 반영된 민족 생활 모습과 유자 의식을 검토하기로 한다. 김종직의 기속시 창작은 본문에서 전개된 관풍역속의 개념과 연관된다. 그리고 3부인 부록에는 김종직의 「연보」·「신도비명」을 실어 김종직 이해를 위한 참고 자료로 삼게 하였다.

제1장 관인적 인간 자세

제1절 관인적 삶의 자세

김종직은 성종 시대를 대표하는 관인 가운데 한 명이었다. 그는 세조 5년에 급제하여 성종 20년에 지중추부사(知中樞府事)를 역임하기까지 여러 관직을 두루 역임하였다. 이렇게 그가 폭넓게 관직을 역임하게 된 데에는 타고난 문재(文才)에 기인하겠지만, 가학(家學)의 영향 역시 컸다.

먼저 그의 가문 배경을 정리하기로 한다. 김종직의 선대(先代)는 선산김씨(善山金氏)의 별파(別派)인 일선김씨인데, 시조는 김알지(金閼智)이다. 즉, 김종직 선대는 원래 토성이족(土性吏族)으로 여말부터 사족으로 성장하였다. 그렇지만 그들 선대는 사족이 된 뒤에도 한미하기는 마찬가지였다고 한다.

> 아, 우리 김씨는 고려 때부터 일반 백성으로 살아 온 지 매우 오래되었다. 그러다가 양온공이 떨치고 일어난 이후, 지금까지 오세(五世)에 이르렀다. 그런데 보도(譜圖)에 든 사람은 새벽 별처럼 드물고, 과제(科第)로 출신(出身)한 사람은 우리 집의 두어 사람뿐이다. 그래서 여태까지 크고 드러난 가문에 이르지 못하고 있으니, 혹 기다림이 있어 그런 것인가? 어찌하여 하늘이 우리 집안에 대해서 이처럼 인색하단 말인가?[18]

---

18) 『文集』, 「彛尊錄」(上), 文叢12, p.455, "嗚呼我金氏 自高麗時 淪於民伍者甚久 良醞公振起以後 逮今五葉矣 而入譜圖者 落落如晨星 且以科第出身者 纔吾家數人而已 尙未至於碩大顯隆 其有待他歟 何天之慳嗇若是耶."

김종직 선대의 가문 배경이 당시 훈구 공신 집단 후예나 기층권에 비해 매우 열악했던 점을 파악할 수 있다. 즉, 김종직의 선대는 원래 토성이족이었는데, 여말부터 사족으로 부상했다고 한다. 그러나 김종직 선대는 사족이 된 뒤에도 한미한 가세가 계속되다가 김종직의 부친 김숙자에 이르러 가문이 서서히 흥기하게 되었다고 한다.[19] 특히 김숙자는 한국 도통 연원상 주요한 위치를 차지하고 있다.[20] 김숙자가 벼슬길에 나서고 밀양의 토성사족인 박홍신(朴弘信)[21]의 무남독녀에게 재취(再娶)하면서부터 경

---

19) 金叔滋는 12~13세 무렵에 같은 고을의 吉再에게 수업을 받았으며(『文集』,「彝尊錄」(下), 文叢12, p.464, 及年十二三 鄕先生吉公再 以嘗仕高麗 辭祿於本朝 累徵不起 卜築 金烏山下 敎授弟子 童兆雲集 其敎自灑掃應對之節 以至蹈舞歌詠 不使之躐等 公亦往受業焉). 이어 그는 15~16세 때에는 향교에 나아가 학문을 익혔다고 한다(『文集』,「彝尊錄」(下), 文叢12, p.464, 及十五六 隷于鄕校).

20) 朝鮮의 道統을 가장 먼저 언급한 자는 奇大升이다. 그는 우리나라의 學問 傳統이 鄭夢周-吉再-金叔滋-金宗直-金宏弼-趙光祖에 의해 繼承되었음을 밝혔다(『高峯集』,「論思錄」, 以東方學問相傳之次言之 則以夢周爲東方理學之祖 吉再學於夢周 金叔滋學於吉再 金宗直學於叔滋 金宏弼學於宗直 趙光祖學於宏弼 自有源流也). 이에 앞서 洪貴達은 金宗直의「神道碑銘幷序」에서 다음처럼 그를 追崇한 바 있다(德行文章政事 自孔門高弟 未有駢之者 況其外者乎 才優者行缺 性素者治拙 乃恒狀也 若吾文簡公則不然 行爲人表 學爲人師 生而上眷遇 死而衆哀慕). 이 외에 金宗直의 道學 淵源 關聯 言及은 다음과 같다(金宗直 初受業於吉再 再卽鄭夢周之門人也 宗直傳業淵源 固有自矣 : 中宗十三年四月 夕講時 趙光祖의 言及)·(光祖得之於金宏弼 宏弼得之於宗直 宗直得之於前朝臣吉再 吉再傳之於鄭夢周 : 中宗三十九年五月 成均生員 辛百齡 등이 趙光祖·金淨·奇遵 등 己卯名賢을 위한 伸寃上疏文)·(嗚呼趙光祖之學之正 其所傳者自來矣 自少慨然有求道之志 受業於金宏弼 宏弼受業於金宗直 金宗直學傳於其父司藝金叔滋 叔滋之學 傳於高麗臣吉再 吉再之學 傳於鄭夢周 夢周之學 實爲吾東方之祖 則其學問之淵源類此 : 仁宗元年三月 趙光祖 伸寃을 위한 成均館進士 朴勤의 上疏文)·(吾東方道學宗派 發源於圃隱鄭先生 冶隱吉先生 受業於圃隱之門而得其正脈 江湖金先生 又學於冶隱之門 接其統緖 而傳之家庭 則佔畢齋先生學問淵源之粹然一出於正爲何如哉 : 進士 金紐의 『續開淵源錄』). 退溪 역시 초창기에는 그를 칭송하였다(先師文忠公佔畢齋金先生 伏以稟奎壁 生此東土 學問淵源 文章高古 領袖當時 山斗後世 啓佑無窮 吾道不替『佔畢齋文集』,「禮林書院常享祝文」)·(佔畢文起衰 求道盈其庭……莫逮門下役撫躬傷幽情,『退溪集』,「和陶集飮酒二十首」). 이로써 그는 朝鮮 初期 嶺南士林派의 領袖로 널리 알려지게 되었다(李丙燾,『韓國儒學史略』, 亞細亞文化社, 1986, p.112, 嶺南學派者 爲佔畢齋金宗直一派也 宗直 生于嶺南密陽 承冶隱吉再江湖金叔滋之嫡統 以經術文章 爲士林之領袖).

21) 朴弘信 : (1363~1419). 무신. 본관은 밀양. 무예에 뛰어나 檢校中郞將이 되고, 1386년(우왕 12)에는 別將이 되었다. 1418년(태종 18)에 司宰監正에 이어, 1419년(세종 1) 대마도

제적 기반을 구축하고, 중앙 정계 진출 기반을 확보했다.[22] 즉, 김종직 가문
은 부친 김숙자가 문과에 급제함으로써 가문이 일어나게 된 것이다.

> 우리 종족이 화의(和義)[23]로부터 일어나 이미 백년이 되어 온양공(良醞公) 이후
> 우리 종족의 자손들이 매우 많아졌으나 공경(公卿)이 된 이는 전혀 없었으며, 과
> 거에 급제한 이는 오직 내 선친과 선친의 재종형 종리(從理)와 나의 아버지와 나
> 였다. 아! 우리 종족에서 백년의 세월 동안 급제한 이가 겨우 네 사람인데, 우리
> 집이 셋을 차지한 셈이며 지난해에 외조카 강생(康生)이 또 갑과에 올랐으니[24],
> 이 역시 우리 가학에서 나왔다. 이로 보면, 조상의 덕을 쌓은 효과가 장차 우리
> 집에서 발복할 모양이다. 내가 옛날에 너의 여러 종형제 이름을 지을 때에 모두
> 사(絲)자 변을 따서 지은 것은 가업을 이어 영원토록 끊어짐이 없게 하자는 것이
> 었다.[25]

김종직이 학문을 시작한 것은 6세 때부터였다. 예문을 들어본다.

> 선생은 6세 때에 처음으로 입학했다. 선공(先公)께서는 선생에게 학문을 하는 데
> 에 있어 등급을 뛰어넘어서는 안 된다고 하시고는 처음에 『동몽수지(童蒙須知)』·
> 『유학자설(幼學字說)』, ·『정속편(正俗篇)』을 모두 암송한 뒤에 『소학(小學)』을 가
> 르쳤다. 다음으로 『효경(孝經)』·『대학(大學)』·『논어(論語)』·『맹자(孟子)』·『중
> 용(中庸)』·『시전(詩傳)』·『서전(書傳)』·『춘추(春秋)』·『주역(周易)』·『예기(禮
> 記)』를 배운 뒤에 『통감(通鑑)』과 제자백가서(諸史百家書)를 자유롭게 읽게 하고

정벌에 참가했다가 전사하였다.
22) 金宗直 家門의 成長 背景은 李樹建, 『嶺南士林派의 形成』, 嶺南大學校出版部, 1984를
참照.
23) 和義 : 善山의 古號.
24) 김종직의 선친 金叔滋는 세종 1년(1419)에 급제하여 성균관사예를 역임하였다. 그리고 그
의 재종형인 金從理는 태조 5년(1396)에 급제하여 예문관직제학을 역임하였다. 김종직의
백씨 金宗碩 역시 세조 2년(1456)에 급제하여 직강을 역임했다. 그리고 김종직의 外姪 姜
伯珍도 성종 8년(1477)에 급제하여 사간을 역임하였다. 그리고 김종직의 조카 金緻는 그
해에 진사시에 합격하였다. 그런데 김종직이 이 편지를 조카에게 준 때는 1478년의 일이므
로, 그 때까지 그의 문중에서 정승이나 판서에 오른 이가 한 명도 없었다.
25) 『文集』 卷1, 「答緻書」, 文叢12, p.400, "吾宗起自和義 已百餘年于玆 良醞公以後 諸宗子
姓亦已衆矣 而仕爲公卿者絶無矣 登科第者 唯吾先君及先君再從兄諱從理及而翁與余耳
嗚呼百年之旣久也 而得第者纔四人也 而吾家有其三 往年康甥 又捷甲科 玆亦吾家之學
也 由是而觀之 祖先積累之業 似將發於吾家也 余昔命爾諸從名 俱從絲聲者 冀能繼續家
業 以傳于永久而不替也."

활쏘기도 금하지 않으셨다.26)

이 예문에서 김종직의 학문 성취가 부친에 의해 이루어졌음을 확인할
수 있다. 김종직이 유가의 교양 서적은 물론 역사서와 제자백가에 이르기
까지 폭넓게 공부했다는 점이 확인된다. 이는 김종직이 어린 나이에 이미
유가의 기초 학문을 성취했다는 점을 말해 주는 것이다.

부친 김숙자는 김종직이 8세 때에 『소학』학습에 열중하도록 교육하였
다.27) 그리고 그는 16세에 백씨와 함께 과거에 응시하여 「백룡부(白龍賦)」
를 지었는데 낙방하고 말았다. 이 당시, 태학사(太學士)28)였던 김수온(金守
溫)29)이 낙방한 시지(試紙) 가운데 그의 부(賦)를 읽고는 '후일 문형(文衡)
을 맡을 솜씨이다!'라고 감탄하면서 그가 빼어난 재주를 지녔음에도 불구
하고 낙방하게 된 점을 애석하게 여겼다고 한다.30) 이 무렵, 김종직은 한강
의 제천정에 다음과 같은 시를 남겼는데, 당시 그의 심정이 잘 드러나 있다.

눈 속의 찬 매화와 비 온 뒤의 산은
보기는 쉬워도 그리기는 어렵다네

시인들 눈에 들지 못할 것을 일찍 알았더라면
차라리 연지로 모란이나 그릴 것을

雪裏寒梅雨後山　　看時容易畵時難
早知不入時人眼　　寧把臙脂寫牧丹31)

---

26) 『文集』, 「年譜」(6歲條), 文叢12, p.484, "先生六歲始受學 先公敎先生曰 爲學不可獵等
初授童蒙須知·幼學字說·正俗篇 皆背誦 然後令入小學 次孝經次大學次論次孟次中庸
次詩次書次春秋次周易次禮記 然後令讀通鑑及諸史百家 任其所之 至於學射亦不禁."
27) 『文集』, 「年譜」(8歲條), 文叢12, p.484, "讀小學 贈猷君詩 十齡入小學 汝已後於吾 是年
學小學明的."
28) 太學士 : 大提學을 말함.
29) 金守溫 : (1409~1481). 문신·학자. 자는 文良, 호는 乖崖·拭疣이다. 본관은 永同이며
시호는 文平이다. 저서로 『拭疣集』이 있다.
30) 『文集』, 「年譜」(16歲條), 文叢12, p.484, "先生十六歲 是年 應擧京師 作白龍賦見屈 時
金守溫爲太學士 分與落榜試紙 讀而奇之曰 此他日典文衡之手 惜其高才見屈."

이 시에 김종직의 문예적 관점과 현실 인식이 드러나 있다. 여기서 추위를 인내하는 눈 속의 매화와 비 온 뒤의 산은 고결한 산림지사(山林之士)의 기상과 자태를 상징한다. 이 시에서 김종직은 자신이 지은 「백룡부」가 눈 속의 찬 매화나 비 온 뒤의 산처럼 고상한 것이지만, 시관(試官)들이 모란처럼 화려한 문장을 선호하는 탓에 낙방했다고 생각했다. 김종직은 자신의 문학적 재능을 신뢰하고 있었으나 자신의 문예적 기질이 당대의 관각문예가 지향하는 그것과 다르다는 사실도 알고 있었다. 그는 중앙관인으로 진출하기 위해서는 산림 기상이 강한 고상하고 질박한 문예로부터 점차 형식과 기교에 충실한 문예로 선회해야 한다는 사실을 진작부터 이해하고 있었던 셈이다. 그래서 시에서 김종직은 차라리 세인들이 즐기는 모란과 같이 고운 글을 지었더라면 하고 푸념 섞인 넋두리를 늘어놓던 것이다.

그가 본격적으로 공부에 전념하게 된 것은 18세 무렵이 아닌가 한다. 이 무렵, 김종직은 부친으로부터 성리학 공부가 부진한 것에 대해 엄한 책망을 듣고 분발하게 되었다고 한다.

> 이 해에 선공(先公)을 모시고 서울에 있었다. 하루는 남학(南學)32)에서 물러 나와 집에서 식사를 하는데, 선공께서 불러 물으셨다.
> "태학(太學)33)의 책제(策題)를 들었는데, 너도 지어 보았느냐?"
> "의미를 완전히 알고 통하지 못하여 글을 짓기가 어려웠습니다."
> 그러자 선공께서 책망하셨다.
> "처음에는 너를 가르칠 만하다고 여겼는데, 내 희망이 끊어졌구나!"
> 그러자 선생은 등이 땀으로 흠뻑 젖었다.
> 이로부터 성리학에 종사하였다.34)

---

31) 『文集』, 「年譜」(16歲條), 文叢12, p.485.
32) 南學 : 조선조 서울에 있던 4학의 하나이다. 서울 안의 양반자제에게 유교를 가르치는 교육기관으로 교수와 훈도 등을 두었다.
33) 太學 : 조선조 成均館을 말함.
34) 『文集』, 「年譜」(18歲條), 文叢12, p.485, "是年 侍先公 在京師 一日 自南學退食 先公召

이 일화는 매우 중요한 의미를 지닌다. 이후 그는 성리학에 몰두하여 관련 서적을 섭렵하는 한편, 진사시(進士試)에 응시하여 합격하였다. 그리고 태학에 유학하여 본격적으로 성리학의 근원을 탐구하기 시작하였다. 당시 동학들은 성리학에 열중하는 그의 학문 자세에 탄복했다고 한다.[35] 그리고 그의 이러한 인식은 24세 때에 당시 성주교수로 재직하던 부친을 배알하고 나서 성주 향교에 들러 공자 사당을 참배하고 난 뒤에 허물어진 사당의 참혹한 현장을 목격하고, 탄식하는 부를 지은 것에서 드러난다.[36] 김종직이 젊은 시절, 부친으로부터 학문 독려에 관한 편지를 받고 지은 다음 시 역시 유학 공부에 대한 집념과 출사의지가 담겨 있다.

겨우 사방 한 치의 사람 마음에
온갖 외물이 서로 공격한다네

오락은 신체를 게으르게 하고
성색은 마음을 방탕케 한다네

참으로 굳게 잡아 간직 못하면
어찌 말과 소가 바람난 것에 비할 뿐이랴

공자께서 네 가지 하지 말라 경계하시자
안회는 그 실천에 게으르지 않았다네

맹자께서 말씀하신 놓친 본심 찾아내면
별과 해가 갠 하늘에 드리운 듯 하리라

독서하여 기필코 조예가 깊어지려면
마땅히 남보다 백 배의 공 들여야겠네

日 聞大學策題 汝亦述否 對日未融會貫通 難於措辭也 日始以汝爲可敎 吾望絶矣 先生 汗出洽背 自後從事於性理之學."
35)『文集』,「年譜」(23歲條), 文叢12, p.485, "春中進士……是歲始遊太學 讀周易 探性理之 源 流輩多敬服."
36)『文集』卷1,「謁夫子廟賦」, 文叢12, p.398.

그만 두려 해도 그치지 않아야
성현과 같은 경지로 돌아가리라

어버이의 가르침이 여기 있으니
반드시 이로써 어린 마음 수양하리라

불초자 스스로 뛰어나지 못해
공부하려 애쓰지만 게으를까 두렵네

봉투 열고 두세 번 거듭 읽으니
감격스런 눈물이 앞을 가리네

앞일은 따를 수 있으리니
이 목숨 다하도록 마음에 새기리

人心只方寸	百物相交攻
游嬉惰其體	聲色蕩其衷
苟或不操存	奚啻馬牛風
夫子戒四勿	回也非悾悾
孟氏求放心	星日垂晴空
讀書必深造	當輅百倍功
欲罷不能已	聖賢其歸同
家庭訓在是	必以養童蒙
小子自不類	從事恐或懵
披緘再三誦	感淚豈無從
來者庶可追	佩服以長終[37]

이 시는 김종직이 젊었을 때에 지었다는 시집인 『회당고(悔堂稿)』에 실려 있는 작품이다. 시의 내용을 보건대, 부친 김숙자가 아들 김종직에게 편지를 보내어 심성을 기르라고 당부한 것에 대해 김종직이 근신을 다짐하며 지은 시라고 할 수 있다. 김종직은 위의 시에서 유교 경전에 나오는 구절을 들어 성리학 수양을 다짐하고 있다.[38]

---

37) 『悔堂稿』, 「得嚴君書有感」, 啓明漢文學硏究會硏究資料叢書 4, pp.760~761.

한편 「연보」에 의하면, 부친 김숙자는 김종직 형제의 발신(發身)을 당부하였으며, 김종직 형제 역시 입신출세에 대한 강한 의지를 표명했던 점을 감안하면 이 시는 김종직의 자기 수양 결의와 가문 중흥의 의지가 담겨 있다고 할 수 있다. 이는 김종직이 회시에 응할 때, 김숙자가 두 형제를 떠나 보내며 합격을 축원한 데서도 확인된다.39) 또한 김종직의 다음과 같은 표현에서도 이러한 출사 의지가 반영되어 있다.

> 사군자(士君子)가 부모를 기쁘게 하는 방법이 한 가지가 아니겠지만, 과거는 그 가운데 가장 으뜸이다. 당송 이후에 큰 재주와 높은 덕을 지닌 인물이 시골에서 일어나 조정에 진출하여 공명과 사업이 당대에 빛나고 후대까지 드리운 것은 모두 이 길을 경유한 것이다.40)

이처럼 그는 과거를 거쳐 진출하는 길이 포부를 펼치고, 가문을 중흥하는 첩경이라고 믿었기에 발신을 위해 부단히 노력하였다.

김종직은 26세에 부친상을 당해 죽만 마시고 곡읍(哭泣)하였으며 너무 애도한 탓에 혼절했다가 깨어났다고 한다. 그 후 김종직은 백씨, 중씨와

---

38) 5句의 「苟或不操存」은 『孟子』의 「공자께서 말씀하시기를, 잡으면 보존되고 놓으면 잃어버려 나가고 들어옴에 정한 때가 없으며 그 방향을 알 수 없는 것은 오직 사람의 마음을 두고 말한 것이다」에 근거한 표현이다(孔子曰 操則存 舍則亡 出入無時 莫知其鄕 惟心之謂與). 그리고 6구의 「馬牛風」은 『書經』의 「말과 소가 바람이 나서 달아나고 하인과 하녀가 도망치더라도 감히 제자리를 넘어서 쫓지 말며 공경히 제자리에 되돌리면 내가 너희에게 상을 주리라」에 근거를 둔 표현이며(馬牛其風 臣妾逋逃 勿敢越逐 祗復之 我賞賚汝), 7~8句는 『論語』의 「예가 아니면 보지를 말고 예가 아니면 듣지를 말고 예가 아니면 말하지 말고 예가 아니면 움직이지 말라」에 근거한 표현이다(非禮勿視 非禮勿聽 非禮勿言 非禮勿動). 그리고 9구의 「孟氏求放心」은 『孟子』에서 「사람들이 닭이나 개가 도망을 가면 찾을 줄 알면서도 그 선한 본심을 잃고서도 찾을 줄 모른다. 학문의 길은 다른 것이 아니라, 그 놓쳐버린 본성을 찾는 것일 뿐이다」에 근거한 표현이다(人有鷄犬 放則知救之 有放心而不知求 學問之道無他 求其放心而已矣).

39) 『文集』 卷1, 「年譜」(26歲條), 文叢12, p.486, "先生與伯氏 告辭堂下 先公執酌而祝曰 汝兄弟取高第而還鄕 吾復何憂 敢以此酌爲汝輩福."

40) 『文集』 卷1, 「送金直長駿孫驥孫兄弟榮親淸道序」, 文叢12, p.407, "士君子之悅 不一其道 而科第其尤也 自唐宋以來 閱材碩德之人 奮起鄕曲 表儀朝著 功名事業 震耀當時 垂于後世者 率由是途焉."

함께 여묘살이를 하면서 성효(誠孝)를 순수하게 실천하여 보는 이들을 감화시켰다고 한다.[41]

부친상을 마친 김종직은 명발와(明發窩)라는 집을 지어 거처하면서 첫닭이 울면 의관을 정제하고 가묘를 배알한 다음, 모부인을 뵙고 물러 나와서는 단정히 앉아 부지런히 경전을 강구(講究)하였다. 그 과정에서 부친의 덕과 행실이 세상에 크게 드러나지 못한 것을 몹시 슬퍼하여 손수 「이준록(彝尊錄)」을 편찬하였다.

김종직은 백씨가 종기를 앓자, 의원에게서 지렁이 즙이 효험이 있다고 듣고는 자신이 먼저 맛을 보고 나서 백씨에게 마시게 하여 효험을 얻었다고 한다.[42] 이러한 일화에서 김종직의 효성과 우애가 독실했음을 엿볼 수 있다.

그는 29세에 식년문과(式年文科)에 급제하여 승문원(承文院) 권지부정자(權知副正字)가 되었다. 이듬해에 그는 승문원저작(承文院著作)에 승진했는데 이때 승문원의 선배이며 문명을 떨치던 어세겸(魚世謙)[43]이 그의 시를 보고 채찍을 잡게 해서 말을 모는 노예를 삼아도 달게 받겠다고 탄복했다고 한다.[44] 이러한 김종직의 출중한 문예는 중앙 정계 진출 초기부터 각광을 받았음은 물론이다. 성현도 "선생은 시로 세상에 이름이 나서, 진신(搢紳)들이 선생을 따르며 남은 빛을 차지하려는 사람이 한이 없었다"고 고백했을 정도였다.[45] 나중에 문풍을 주도해 가던 서거정이 그의 재주

---

41) 『文集』, 「年譜」(26歲條), 文叢12, pp.485~486, "三月日 丁先公憂 饘粥哭泣 絶而復甦……先生與伯仲氏廬墓 誠孝純至 鄕間感化."

42) 『文集』, 「年譜」(28歲條), 文叢12, p.486, "服闋 構數間屋 日明發窩 鷄鳴 正衣冠 先謁家廟 次省母夫人 退而端坐 講究經傳 孜孜不已 悼先公至德茂行 不大顯於世 手撰一錄 名之曰彝尊錄……伯氏疾癰 醫云蚯蚓汁良 先生先嘗以進 果效."

43) 魚世謙 : (1430~1500). 문신. 자는 子益이며 호는 西川이다. 본관은 咸從이며 시호는 文貞이다.

44) 『文集』, 「神道碑銘竝書」, 文叢12, p.505, "時魚公世謙有詩名 爲本院先進 見公詩嘆曰 使我執鞭爲奴隷當甘受之."

45) 『虛白堂集』卷7, 「潘溪詩集序」, 文叢14, p.473, "兪候克己氏 金闓彦士也 少時學詩於佔

를 시기하여 문형의 자리를 넘겨주지 않았다는 일화가 전할 정도로 김종
직은 조선 전기를 대표하는 문인으로 평가되어 왔다.[46]

김종직은 30세에 승문원박사(承文院博士)를 거쳐 승문원교검(承文院校
檢)이 되었으며, 왕명으로 31세 때에 「세자빈한씨애책문(世子嬪韓氏哀冊
文)」을, 이듬해에는 「인수왕후봉숭애책문(仁壽王后封崇哀冊文)」을 지어
올렸다.[47] 33세 때에 사헌부감찰(司憲府監察)이 되어 문신(文臣)의 잡학(雜
學) 수련을 반대하다가 세조의 뜻을 거슬려 파직을 당한다.[48] 이 대목에서
우리는 김종직이 보여준 입조 초기의 강직한 면모를 엿볼 수 있다. 출사
초기 6년은 김종직이 신진 사류로서 관인의 세계에 적응해 가는 단계였다
고 할 수 있다.

김종직은 파직된 이듬해인 35세 때에는 영남병마평사(嶺南兵馬評事) 직
을 받게 된다. 그는 이 직임을 수행하는 과정에서 영남 고을을 두루 순방
하면서 영남 백성들의 어려운 현실을 목도한다. 그의 눈에 비친 이들의
어려운 생활은 이 당시에 창작된 애민시 「가흥참(可興站)」・「낙동요(洛東
謠)」・「축성행(築城行)」 등에서 확인된다.[49] 이어 그는 37세에 홍문관수

畢先生 先生以詩鳴於世 縉紳之士 攀附而席餘光者無限."

46) 『詩話叢林』, 『壺谷詩話』, 亞細亞文化社, 1973, pp.390~391, "徐四佳之大手 可謂我朝
之燕許 而終不詣妙境 當時李三灘姜晋山一體 各有長於四佳 而其大皆不如 惟佔畢獨超
出 而四佳終不讓文衡 難免於忮矣." 「年譜」에는 그의 빼어난 시인으로서의 면모를 담은
일화가 전해지는데, 이 점에 대해서는 후대인들 역시 긍정하고 있다. 특히, 「淸心樓詩」는
金宗直의 文藝美를 極讚하게 하는 談論이 된다(『詩集』 卷12, 「病後將赴善 山舟過驪州
步屧登淸心樓不與主人遇徑還舟中忽忽次稼亭韻」, 文叢12, p.300, 維舟茅舍 棘籬端 魚鳥
何曾識我顔 病後猶能撰杖屨 誦來纔得賞江山 十年世事孤吟裏 八月秋容亂樹間 一蹇倚
闌仍北望 篙師催載不敎閑). 曹伸은 朝鮮初 漢詩의 品格을 渾厚・沈痛・工緻・豪壯・
雄奇・閑適・枯淡 등 7가지로 評價하면서, 金宗直의 詩風이 工緻・閑適・豪壯하다고
하였다(『謏聞瑣錄』). 그리고 임원준은 김종직의 위 시에 대해 이러한 시어는 결코 사람으
로 말할 수 있는 것이 아니라고 하였다(『謏聞瑣錄』, 任西河見之曰 此等語決非今人所能
道). 반면 신흠은 이 작품의 품격을 「爽朗」이라고 했으며(『晴窓軟談』, 未嘗不服其爽朗),
홍만종은 爽明이라고 평하였다(『小華詩評』, 未嘗不歎其爽明).

47) 『文集』, 「年譜」(31~32歲條), 文叢12, p.487.

48) 『文集』, 「年譜」(33歲條), 文叢12, p.487.

찬(弘文館修撰)을 거쳐 이조좌랑(吏曹佐郎)으로 승진한다.

그가 40세 때에 성종이 등극하였는데, 성종의 등극과 신진사류의 정계
진출은 당시 정치 상황과 맞물려 있다. 김종직은 이러한 계층의 선두로서
훈구 계층과의 마찰을 피하면서 자신의 입지를 확장시켜 문하생들의 중
앙 정계 진출을 모색했다.50) 당대 중앙 정계는 조선 창업과 더불어 양산
된 공신 집단의 비대화와 벌열의 득세에 따라,51) 공신 집단을 둘러 싼 상
호 권력 암투는 급기야 신권(臣權)이 왕권(王權)을 위협하는 단계로까지
진전되었다. 특히, 예종은 즉위한 지 1년이 채 못되어 승하하였고, 소년인
성종이 즉위하자, 세조대 이래 훈구 세력들의 정치적 입지는 더욱 강화되
었다. 성종은 이에 대한 견제 세력의 필요를 절감하고, 신진 세력의 영입
을 통해 그들을 견제하려 하였다. 이 시기에 성종은 신진 세력의 기용(起
用)을 통해 훈구 세력을 견제하는 한편 자신의 권력 기반을 다지면서 정
치적 안정을 도모하였던 것이다. 그래서 당시 훈구 계층의 인물들은 이렇
게 중앙에 진출한 김종직 계열의 인물을 경상도 선배당으로 지목하였
다.52) 이는 중앙 정계에서 김종직 일파의 입지가 어느 정도 견고해졌음을

---

49) 이 詩의 分析은 제3장 詩에 形象된 風敎意識을 參照.
50) 李丙燾,『韓國儒學史略』, 亞細亞文化社, 1986, p.117, "金佔畢嘗以經術文學爲一世儒宗
其門徒與從遊之士甚盛 已如前述 而其中多才士文人 若曺偉金馹孫表沿沫兪好仁康伯珍
朴漢柱 皆以嶺南秀才 最受師愛 俱與其師 布列於朝廷 殊蒙成宗隆遇 然而其徒皆是新進
氣銳之士 自處以淸流 岸傲一世 其與李克墩盧思愼尹弼商等勳舊派學者 有所不合 蓋勳
舊派 則以世祖以來之勳臣舊家 久居榮利之位 頗尙閱閱 視新進不以爲貴 彼新進之徒 則
視勳舊派不過爲官僚的貪慾的人物 隨事攻之 被攻者 怨入骨髓 故兩者之間 自生反目 其
分黨分朋之禍 烏可得免乎."
51) 當時, 功臣들의 양산 과정을 보면 다음과 같다. ① 開國功臣(52명 : 太祖 元年)·② 定社
功臣(29명 : 太祖 7년)·③ 佐命功臣(46명 : 太宗 元年)·④ 靖亂功臣(43명 : 端宗 元
年)·⑤ 佐翼功臣(46명 : 世祖 元年)·⑥ 敵愾功臣(45명 : 世祖 13년)·⑦ 翊戴功臣
(37명 : 睿宗 卽位年)·⑧ 佐理功臣(74명 : 成宗 2年)으로, 總 8回에 걸쳐 372名의 功臣
이 冊封되었는데, 이는 鮮初 복잡한 政治 力學 構造를 상기케 한다. 關聯 論議는 鄭杜熙,
『朝鮮初期 政治支配權力 硏究』, 一潮閣, 1996 參照. 當代, 君臣 關係의 政治 力學 構圖
는 金燉,『朝鮮前期 君臣權力關係 硏究』, 서울大 出版部, 1997: 睦貞均,『朝鮮前期 制
度言論 硏究』, 高麗大 民族文化硏究所, 1985 參照.

반증해 주는 것이다.

성종의 등극과 함께 김종직은 예문관수찬지제교(藝文舘修撰知製教)가 되었다. 이어 그는 외직을 수행하게 되는데, 그의 목민관으로서의 역할 수행과 제자 양성은 이 시기에 이루어졌다. 그는 41세 때에 함양군수로 부임하였는데, 고을 주민들을 다스리는 한편, 경내의 총명한 학생들을 모아 훈육한 결과, 소문을 듣고 원근에서 배우려는 자들이 모여들었다고 한다.53) 이듬해에는 봄, 가을로 향음주의(鄕飮酒儀)와 양로례(養老禮)를 행하였다.54) 이로써 그는 지방 유학의 점진적 토착화를 모색하였던 것이다.

44세에는 함양 군수직을 수행하면서, 군(郡)에서 생산되지도 않는 차[茶]를 관납(官納)하는 폐단을 개혁하였다. 이 작품의 「병서(幷序)」에서 이 폐단 해결의 내력을 상세히 기록해 두었다.55) 그리고 그는 이듬해인 45세 때에는 함양성 나각의 폐단도 개혁하여 민폐를 척결하였다.56) 이런 목민 활동을 통해 김종직의 경세적 면모를 확인할 수 있다.

함양군은 김종직이 그곳의 군수로 부임한 이래 다른 지방에 비해 일찍부터 성리학적 분위기가 발달하였다.57) 이 당시 그의 유학 토착화 노력은 제자 훈육으로 이어진다. 정여창(鄭汝昌)58)과 김굉필(金宏弼)59)이 찾아와 배우기를 청하자, 김종직은 古人이 학문한 차례를 따라 먼저 『소학』과

52) 『成宗實錄』卷169, 15年 8月 庚申條, "史臣曰 宗直慶尙道人 博文工詞章 樂於訓誨 前後 受業者多登第 以故慶尙之儒 推尊爲宗直 師譽其弟 弟譽其師 過于實 朝中新進之輩 亦 莫覺其非 多有從而附者 時人譏之曰 慶尙先輩黨."
53) 『文集』, 「年譜」(41歲條), 文叢12, p.488, "赴咸陽任所 莅事之暇 選境內聰明冠者童蒙 教 誘日課講讀 學者聞之 自遠方來會."
54) 『文集』, 「年譜」(42歲條), 文叢12, p.488, "春秋 設行鄕飮酒儀養老禮."
55) 『詩集』卷10, 「茶園二首幷序」, 文叢12, p.284.
56) 『詩集』卷10, 文叢12, p.289.
57) 關聯 論議는 李樹建, 『嶺南學派의 形成과 展開』, 一潮閣, 1998을 參照.
58) 鄭汝昌 : (1450~1504). 문신·학자. 자는 伯勗, 호는 一蠹. 본관은 河東이며 시호는 文獻 이다. 저서에 『一蠹遺集』이 있다.
59) 金宏弼 : (1454~1504). 학자. 자는 大猷이며 호는 寒暄堂·蓑翁이다. 본관은 瑞興이며 시호는 文敬이다. 저서로 『寒暄堂集』이 있다.

『대학』을 읽히고 나서『논어』와『맹자』를 읽게 하였다. 그리고 지방관의
교육적 역할을 흥학사문(興學斯文)에 두고 최선을 다했다.[60] 이에 그들은
김종직의 가르침에 힘입어 강령과 지취(旨趣)를 알고 도의(道義)를 연구하
였다. 김종직이 함양군을 잘 다스리자 함양 고을 주민들이 그의 덕을 사
모하여 생사당(生祠堂)을 만들고 삭망(朔望)으로 참배했다고 한다.[61] 김종
직은 이처럼 외직을 성공적으로 수행하여 조정으로부터 인정을 받았다.[62]

김종직은 46세에 선산부사를 역임한다. 함양과 마찬가지로 선산에서도
목민과 교화에 주력하였다. 그는 주민들을 다스리고 아전들을 거느리는
데에 모두 조리와 법도가 있었다. 매월 삭망 때마다 선성(先聖)을 참배하
고, 향음주의(鄕飮酒儀)를 거행하였으며, 봄, 가을에는 양로례를 시행하였
다.[63] 이 역시 김종직에게서 돋보이는 유가이념의 독실한 실천 활동이다.

52세에 김종직은 금산(金山)[64]에 서당을 지은 다음 그 옆에 못을 파서
연꽃을 심고 경렴당(景濂堂)이라는 편액을 걸었는데, 이는 주렴계(周濂溪)
[65]를 사모하였기 때문이었다.[66] 이즈음 김종직은 밀양(密陽)의 제자들에
게 편지를 보내어 학문하기를 권면하는「학규(學規)」를 만들게 하였고,

---

60) 『文集』,「年譜」(45歲條), 文叢12, pp.489~490, "鄭一蠹及金寒暄 同遊先生門下 講說道
   義 以相磨礱 先生治郡 以興學育材安民和衆爲務 政成爲第一." 當時, 金宗直이 寒暄堂
   과 주고받은 詩는 다음과 같다. 『文集』,「年譜」(44歲條), 文叢12, p.489, "蓋寒暄初就先
   生門下時也 寒暄請業 以小學授之日 苟志於學 宜從此始 光風霽月 亦不外此 因贈答詩
   曰 看君詩語玉生煙 陳塲從今不要懸 莫把殷盤窮佶倔 須知方寸湛天淵 寒暄拳拳服膺 手
   不釋卷 作詩以呈之曰 學問猶未識天璣 小學書中悟昨非 從此自有名敎樂 區區何用羨輕
   肥 先生批曰 此言 乃作聖根基 許魯齋後 豈無其人乎."
61) 『文集』,「年譜」(45歲條), 文叢12, p.490, "郡人慕其淸德善政 創建生祠堂 每月朔望 參謁
   焉."
62) 『文集』,「年譜」(45歲條), 文叢12, p.490, "先生治郡 以興學育才……政成爲第一 上曰 金
   某治郡有聲其優 遷郡吏延男 自京奉官敎來 以十考陞通訓大夫."
63) 『文集』,「年譜」(46歲條), 文叢12, p.490, "上特命除善山府使……善山 乃先生鄕貫 而先
   祖先公所居之地……臨民御吏 皆有條法 每月朔望 大行鄕飮酒儀 春秋設養老禮."
64) 慶北 金泉의 古號.
65) 周濂溪 : (1017~1073). 北宋의 대유학자 周敦頤를 말함.
66) 『文集』,「年譜」(52歲條), 文叢12, p.491, "旣至金山 築書堂 池其傍 種之蓮 扁其堂曰 景
   濂蓋慕無極翁也."

「향헌(鄕憲)」을 만들어 고을의 풍속을 바로잡자, 여러 고을이 풍문을 듣고 모두 준행하였다고 한다.[67]

이러한 김종직에 대한 성종의 은총은 거듭되었다. 그 해에 홍문관응교(弘文館應敎)로 승진되었고, 53세에 승정원동부승지(承政院同副承旨)로 승진되었는데, 성종은 승정원에 연 3일 동안 어주(御酒)를 하사하면서 다음과 같은 시를 주어 격려하였다고 한다.

> 사흘 동안 비록 괴로울 것이지만
> 내가 주는 술을 사양 마시라
>
> 이 뜻은 다른 마음에서 그런 것 아니니
> 나라를 반석에 올려놓기 위함일세
>
> 三日雖旣困　　莫辭予所賜
> 此意非他心　　宗圖永磐石[68]

성종은 무엇 때문에 이처럼 김종직을 비롯한 승정원의 신하들에게 사흘 동안 연이어 어주를 내렸을까? 시에서 언급했듯이, 성종은 '종실(나라)을 반석처럼 영구히 보전하는 일'에 힘써 달라는 염원을 술잔에 담았다. 여기서 우리는 훈구 계열의 득세로 인한 왕실, 왕권의 약화가 심각함을 느끼게 된다. 성종은 훈구를 견제하고 왕권을 강화하려는 대안 세력으로 김종직과 신진 사류에 희망을 걸었음이 분명하다. 그들을 향한 기대 섞인 격려가 위의 시에서 느껴지는 것도 그 때문이다.

결국 그 희망의 중심에 김종직이 있었고 김종직은 그러한 성종의 희망에 부응하려 하였다. 이어 그는 54세에 좌부승지(左副承旨)로 승진하여 왕명을 받들어 「환취정기(環翠亭記)」를 지어 올렸고, 그 해 8월 승정원도승

---

67) 『文集』, 「年譜」(52歲條), 文叢12, p.491, "四月書勸密陽諸子 以成學規 又作鄕憲 以定邑俗 列邑聞風遵行焉."
68) 『文集』, 「年譜」(53歲條), 文叢12, p.492.

지(承政院都承旨)에 임명되었으며, 12월에는 이조판서(吏曹參判)에 임명되었다. 김종직은 이른바 중앙 정계의 한복판으로 진입하는 상공(相公) 반열에 들게 된 것이다. 이 때 성종은 김종직에게 금대(金帶)를 하사했으며,[69] 이듬해에 그는 다시 이조판서에 임명되었다.

김종직은 55세에 모든 제사를 반드시 『가례(家禮)』에 따라 행하였다.[70] 여름에는 병으로 사직하고, 밀양의 전장(田莊)으로 돌아가자, 학자들이 사방에서 찾아 들었다. 김종직은 주자의 학규에 의거하여 본원(本源)을 함양하는 것을 도에 나아가는 기반으로 삼고, 성리(性理)를 궁탐(窮探)하는 것을 수업(修業)의 근본으로 삼아 교육함으로써 학자들의 소견이 더욱 높아졌다.

그는 57세에는 전라도 관찰사가 되어 관내 고을을 두루 순찰하며 권과강독(勸課講讀)과 향음주의(鄉飲酒儀)와 향사례(鄉射禮)를 거행하였다.[71] 58세 때에는 이조참판(兵曹參判)·한성부좌윤(漢城府左尹)에 임명되었으며, 같은 해에 『청구풍아(青丘風雅)』·『동문수(東文粹)』·『동국여지승람(東國輿地勝覽)』을 편찬하였다. 59세에는 공조참판(工曹參判)·형조판서(刑曹判書)·지중추부사(知中樞府事) 등에 임명되었으나 투기하는 자들이 많아 병을 핑계로 사양하고 고향인 밀양으로 돌아왔다.[72] 이로써 그의 관인활동은 마무리된다.

김종직은 은거 시기인 60세 이후에도 강학 활동을 계속하였다. 60세에 밀양을 중심으로 원근의 학자들이 사방에서 모여들었는데, 그는 문인 정여창

69) 『文集』, 「年譜」(54歲條), 文叢12, p.492, "上令中官賚賜金帶一腰曰 深嘉卿言行儉約 殊待類此 上疏謝."
70) 『文集』, 「年譜」(55歲條), 文叢12, p.493, "先生 凡於祭祀 必按家禮 籩豆品節 與俗不同 齊戒滌牲之事 皆用其極."
71) 『文集』, 「年譜」(57歲條), 文叢12, p.493, "觀察湖南……巡到列邑 行勸課講讀 鄉飲酒儀 鄉射禮."
72) 『文集』, 「年譜」(59歲條), 文叢12, p.494, "時恩顧彌渥 妬娼者衆 先生欲謝病歸 一日 請浴東萊溫井 上許之 因臥密陽田庄."

(鄭汝昌) 등과 함께 상읍례(相揖禮)를 마치고 나서 경전을 강론하였다. 그럴 때마다 그는 반드시 정주(程朱)의 본지(本旨)에 합치하도록 힘쓰되, 말마다 반드시 충효를 위주로 하였으며, 비록 질병에 걸렸을 때에도 손에서 책을 놓는 일이 없었다.[73]

위에서 논의했듯이, 김종직은 생애의 대부분을 관인으로 살았다. 김종직의 시대는 '치인'이 강조되는 시대였다. 그는 이러한 시대적 요구에 성실히 부응하여 관인의 길에 나아가 유가적 이념을 실천하기 위해 노력하였다. 특히, 그가 지방 목민관으로서 현지 주민들이 안고 있는 문제를 개선하려고 힘썼던 경세적 안목을 갖춘 관인이었음이 주목된다. 이는 장을 달리하여 다루게 될 풍교의 창달과 연관된다. 요컨대 김종직은 관인으로 진출하여 유교의 이상인 풍교를 이루려고 노력한 문인이었던 것이다.

제2절 제가의 비판적 김종직론에 대한 재검토

위에서 김종직의 관인적 삶을 정리하였다. 그런데 그의 출처 행적과 성리학 문자 부재에 대해 비판적 견해를 제시하는 경우가 있다. 김종직의 관인적 문인의 삶을 선명히 제시하기 위해서 이에 대해 검토할 필요가 있다고 생각한다.

먼저 그의 출처 행적에 대한 비판론을 살펴보기로 한다. 김종직의 세조조 입사(入仕)와 「조의제문(弔義帝文)」 창작에 관한 장유(張維)[74]와 허균(許筠)[75]의 비판론이다.

---

73) 『文集』, 「年譜」(60歲條), 文叢12, p.494, "遠近學者四集 先生與門人鄭汝昌等 相揖訖 講論經傳 必務合於程朱之旨 言必忠孝爲主 雖有疾病 手不釋卷 常以明道學爲事業."
74) 張維: (1587~1638). 문신. 자는 持國, 호는 谿谷. 본관은 德水이며 시호는 文忠이다. 저서에 『谿谷漫筆』·『谿谷集』 등이 있다.
75) 許筠: (1569~1618). 문신, 소설가. 자는 단보, 호는 교산·성소·백월거사이며 본관은 양천이다. 저서는 『蛟山詩話』·『惺所覆瓿稿』 등이 있다.

우리 동방에는 두 분의 큰 학자가 있는데, 유학에 큰 명성이 있으나 모두 의심
쩍은 부분이 있다.……점필재는 세조에게 벼슬을 하였는데, 「조의제문」을 지어
춘추필법의 '임금을 두려워하고 공경해야 하는 대의'를 범하였다. 대개 이런 마
음이 있었으면 그 조정에 벼슬하지 말았어야 했고 이미 그 조정에 벼슬했으면
이런 글을 짓지 말아야 했다. 마음과 실제의 일이 모순되고 의리와 분수가 모두
결함이 있으니 이것이 두 가지 의심스러운 일이다. 문충공이 문묘에 배향된 이래
로 후학들이 감히 다시는 그 잘잘못을 의심하지 않고 무오사화 이후로는 사람들
이 또한 그 일을 논하지 않으니, 천년 뒤에 오히려 무엇이라고 말할지 모르겠다.[76]

난정일(靖亂日)[77]에 김종직은 박팽년·성삼문 무리들처럼 녹을 먹은 것도 아
니었고 김시습처럼 평소에 은택을 입었던 것도 아니었다. 다만 시골의 변변찮은
한 선비여서 옛 임금을 위하여 죽어야 할 의리도 없었으니, 그가 벼슬하기를 달
갑게 여기지 않은 것은 본래 위선이었다. 비록 위선이라도 이미 뜻을 세웠다면
임금이 비록 다그쳐도 죽기를 맹세하고 가지 않았어야 옳았다. 그런데 마치 화가
두려워 억지로 벼슬길에 가는 것처럼 하였다. 이미 벼슬을 하여서는 귀에다 붓을
끼우고 있다가 임금의 말을 기록했으며, 책을 끼고 고운 털 자리에 엎드리기도
하였다.……시위소찬(尸位素餐)이나 하면서 직책상 당연히 해야 할 것도 하지 않
다가 문인이 그 점을 지적해 주자 평계 대는 말로써 대답하였으니 이게 과연 군
자라고 할 만한가. 죄는 마땅히 죽임을 당해야 한다. 그러나 세상에서는 지금까
지 계속하여 그 사람을 칭찬하고 있으니 무엇 때문일까. 내가 가만히 그의 사람
됨을 살펴보았더니, 가학(家學)을 주워 모으고 문장 공부를 해서 스스로 발신(發
身)했던 사람에 지나지 않는다.……그가 「조의제문」을 짓고 「제술시(述酒詩)」를 썼
던 것은 더욱 가소로운 일이다. 이미 벼슬을 했다면 그 분이 내 임금인데, 그를 꾸짖
기에 여력을 다하였으니 그의 죄는 더욱 심하다.……나는 세상 사람들이 그의 형적
(形迹)은 살펴보지 않고 다만 그의 명성만 숭상하여 지금까지 치켜올려 대유(大儒)로
여기는 것을 안타까워한다. 그 때문에 특별히 드러내어 기록한다.[78]

---

76) 『谿谷集』 卷2, 「谿谷漫筆」, 文叢92, pp.598~599, "我東有二大儒 蓋有重名於斯文 而皆
有可疑處……佔畢齋委質光廟 而弔義帝文之作 大犯春秋諱尊之義 蓋有是心 則不當立其
朝 旣立其朝 則不當作此文也 心事矛盾 義分俱虧 此二可疑也 自文忠從享文廟 後學不
敢復疑其得失而戊午士禍之後 人亦不論其事 未知千載尙論以爲如何也."

77) 1453년(단종 1)에 일어난 癸酉靖亂을 말함.

78) 『惺所覆瓿藁』 卷11, 「金宗直論」, 文叢74, p.235, "當靖亂日 宗直 非有祿食 如彭年三問
輩 非素蒙恩 如時習也 特一鄕曲渺然韋帶之士 於舊君 無可死之義 其不肯仕 固已僞矣
雖僞而已 立其志 則上縱逼之 矢死不赴可也 乃若怵禍而黽勉赴之者 然旣釋褐珥筆記言
而挾策伏細旃……尸位素餐 不爲職分之當爲 及其門人言之 則爲遁辭以答之 是果可爲君
子而罪當誅矣 世之至今稱其人不替何哉 余竊覷其爲人 不過掇拾家學 爲文墨以自拔

김종직의 출처에 대한 비판론이다. 우선 이 예문은 김종직의 처신에 대해 반발을 보이고 있다는 점에서 공통적이다. 말하자면, 김종직이 세조를 불의의 인물로 간주했다면, 왜 그에게서 녹을 받는 이중 처신을 하여 후세의 비난거리를 제공했느냐는 논리이다.

김종직의 행적을 추적해 보면, 이는 수긍될 수 있는 문제이다. 그는 예종 때에 세조가 지은 「제범훈사(帝範訓辭)」를 인출하여 올리라고 하니, 그 날 밤 기뻐 잠을 이루지 못하고 시를 지었는가 하면,[79] 다음처럼 세조를 찬양하는 악장도 남긴 바 있다.

> 내란 깨끗이 평정하시어
> 국권을 총괄하셨네
>
> 덕 펴시고 형벌 쓰시어
> 사방 안정시키셨네
>
> 肅淸內亂　　　總攬權綱
> 陽舒陰慘　　　靖四方[80]

이는 김종직의 뛰어난 문재를 말해주는 일면이기도 하다. 김종직은 31세(1461) 때에 왕명으로 「정희왕후애책문(貞熹王后哀冊文)」을 찬진한 바 있으며,[81] 39세(1469) 때에는 「예종대왕만사(睿宗大王輓詞)」를 찬진하여 근신(近臣)으로 소임을 다하였으며,[82] 대전(大殿) 이하 여러 궁궐의 「춘첩자(春帖子)」도 찬진하였다. 이러한 김종직의 행적을 보면, 장유나 허균의 발언을 전면 부정할 수는 없다. 그러나 문제는 과연 김종직의 「조의제문」

者……其作義祭帝文述酒詩尤爲可笑 旣仕則是我君而乃訛之 不遺餘力 其罪尤甚……余憫世之人 不求其形迹 徒崇其名 至今推以爲大儒 故特表而著之."

79) 『詩集』 卷5, 「十月初十六日上命本署印進帝範訓辭是夜喜而不寐」, 文叢12, p.242.
80) 『詩集』 卷6, 「世祖惠莊大王樂章」, 文叢12, p.257.
81) 『文集』 卷1, 「貞熹王后哀冊文」, 文叢12, p.392.
82) 『文集』 卷1, 「睿宗大王諡冊文」, 文叢12, p.393.

창작이 바로 세조를 풍간하기 위한 것일까라는 점이다. 김종직은 이에 대해 분명한 입장을 드러내어 말한 적이 없다. 후인들이 그렇다고 믿을 뿐이다. 더구나 김종직이 죽고 난 뒤에 「조의제문」이 사화에 연루되어 새롭게 조명되었다는 점을 간과할 수 없다. 여기서 우리는 김종직을 정면에서 바라보고 평가할 필요를 느낀다. 다시 말하면 후인들의 시각을 개입시키지 말고 김종직이 살아간 당대의 의식으로 돌아가자는 것이다.

앞서 김종직의 관인적 삶에서 엿보았거니와, 그는 가문의 중흥과 발신을 위해 출사하는 것을 전혀 거부하지 않았던 인물이다. 김종직으로서는 비록 모순된 현실전개를 알고 있다 하더라도 진출을 마다 할 수 없는 처지였다. 즉, 당시 김종직의 입장에서는 현실이 불만스럽다고 하여 그 현실을 거부할 수 있는 입장이 아니었다. 그는 출사하는 길만이 가문을 중흥시키고 자신의 포부를 실현할 수 있다고 믿고 있었기 때문이다. 또한 그가 출사한 뒤에 세조의 행적에 불만을 품었다 하더라도 이를 일부러 드러낼 필요도 없었거니와 출사한 왕조의 군주인 세조를 찬양한 것을 들어 크게 문제삼을 필요도 없는 것이다.

거듭 강조하거니와, 「조의제문」이 무오사화의 발단이 된 것은 김종직 사후의 일이었던 점을 감안한다면, 김종직의 「조의제문」 창작 동기를 반드시 세조와 연관시킬 수 있는지도 의문이다. 객관적으로 볼 때, 「조의제문」은 평소 그가 견지했던 유자적 입장에서 난신적자(亂臣賊子) 응징에 대한 유교적 역사 의식을 표현한 것으로, 특정한 인물인 세조에 대한 불만의 표현이라고도 보기 어렵다. 그렇기 때문에 이 작품이 김종직 생존 당시에는 아무런 문제도 일으키지 않았던 것이다.

「조의제문」이 무오사화의 도화선이 된 것은 그의 사후의 일로, 제자 김일손의 사초문제로 인해 일어난 것이다. 물론 작품 문면에 풍자와 우의가 담긴 것은 사실이지만, 그것이 바로 세조를 풍간하기 위해 동원된 수법이었다고 단정하기 어렵다.

세조 정권에 출사한 것과 「조의제문」을 창작한 것을 놓고 김종직 출처
관의 이중성을 비판한 허균과 장유의 논리는 그 나름대로 일정한 의의가
있다. 김종직을 다양한 관점에서 이해하도록 유도했다는 점에서 그 의의
를 인정한다. 또한 그들의 시대에선 그렇게 김종직을 비판할 수도 있다.
하지만 당대 김종직이 처한 입장을 고려하지 않은 아쉬움이 있다. 김종직
은 자신이 후대에 위대한 유학자로 기억되기를 바라고 그러한 생각과 행
동을 보여준 것은 아니다.

김종직에게 주어진 시대는 정란을 통해 정권을 잡은 세조에게 충성을
바치는 일이 '불의'요 '수치'라고 말하지 않는다. 또한 그 시대는 정통성
의 결여를 들어 세조 정권을 부정하고 출사를 거부할 만큼의 용기를 김종
직에게 기대하지도 않았다. 따라서 세조 정권에 출사하면 모두가 변절이
라는 논리는 성립되지 않는다. 「조의제문」 문제도 그의 사후에 발생한 일
로 보면 그렇게 문제삼을 것은 없다. 유자의 역사의식이 문예적으로 형상
화되었다고 보면 그만이다.

김종직의 출처의리 문제는 당대에 그의 문하를 출입하던 제자들의 중
요한 관심사이기도 했다. 물론 그 관심의 방향은 앞서 살폈던 장유나 허
균의 그것과는 조금 달랐다. 장유와 허균이 주로 출처의리의 이중성을 지
적했다면, 문도는 김종직의 소극적 행공(行公)을 문제삼으려 한 것이다.
우선 김종직이 만년에 제자들과 나눈 대화 속으로 들어가 보자. 제자 김
굉필과 홍유손83)의 발언이다.

> 곧바로 영남으로 돌아와 점필재를 알현하고 두보(杜甫)의 시를 배웠다.……두
> 류산에 들어가 학업을 닦았는데, 서울에 이르러 선생에게 '시세의 일을 올바르게

---

83) 洪裕孫 : (1431~1529). 학자. 자는 餘慶이며 호는 篠叢이다. 김종직의 문인으로 무오사화
때 국문을 당하고 제주도에 유배되었다가 중종반정으로 풀려났다.

건의하지 않고 어찌 헛되이 남의 벼슬과 봉록만 취하고 있습니까?' 하고 간하였
다.……그러자 선생께서 매우 미워하셨다.[84]

　　점필재 선생이 이조참판이 되었는데 또한 뚜렷이 정치에 힘쓰는 바가 없었다.
대유(大猷)[85]가 시를 지어 올리기를, '도는 겨울에 가죽옷을 입고 여름에 얼음물
마시는 것과 같으며, 비가 개이면 가고 장마가 오면 머무르는 것만이 어찌 능사
이리요. 난초가 시속을 따라 끝내 변한다면, 누가 소는 밭을 가는 동물이고 말은
등에 타는 동물이라고 믿겠습니까' 하였다. 선생께서 같은 운자로 화답하기를,
'분수 넘치게 벼슬살이하여 재상의 지위에 이르렀는데, 임금을 바로 잡고 세상을
구제하는 것을 내가 어찌 할 수 있으랴. 후배로 하여금 졸렬하다고 조롱받으나
구구한 권세 명리는 족히 탈게 못 되네' 하였으니 대개 그를 미워한 것이다. 이로
부터 점필재와 틈이 벌어졌다.[86]

　위의 예문은 모두 추강 남효온의 문집에 수록된 「사우명행록(師友名行
錄)」에 보인다. 먼저 홍유손의 발언을 살펴보자. 그는 김종직이 당대의 이
슈로 제기되었던 문제를 구체적으로 밝히지는 않았다. 그러나 이는 아마
당대 제도의 개혁이나 훈구계의 부당한 처사 등에 대한 비판이었을 것으
로 보인다. 홍유손은 스승 김종직이 그런 사안에 대해 적극적으로 의견을
개진한 것이 없다고 지적하였다. 홍유손의 직설적 물음 속에는 김종직의
훈구계와 신진사류층을 넘나드는 이중적 처신에 대한 유감이 담겨져 있다.
　김굉필은 김종직이 이조참판이라는 중책을 맡고서도 적극적으로 현실
의 문제점을 개혁하려는 의지를 보이지 않은 데 대해 실망했다. 김굉필은
김종직의 미온적인 처신을 들어, '겨울에는 가죽옷 입고 여름에는 물 마
시며, 비가 개이고 장마가 오는 것에 따라 가고 머무는 것'과 같다고 지적
하였다. 말하자면 줏대가 없이 흘러가는 세상사에 간단히 편승하여 주체

84) 『秋江集』 卷7, 「師友名行錄」, 文叢16, p.139, "卽步歸嶺南 謁佔畢齋受杜詩……入頭流
　　山隷業 到京諫先生不建白時事 何空取人爵綠爲也……先生大惡之."
85) 寒暄堂 金宏弼(1454~1504)을 말함.
86) 『秋江集』 卷7, 「師友名行錄」, 文叢16, p.137, "佔畢先生爲吏曹參判 亦無建明事 大猷上詩曰
　　道在冬裘夏飮冰 霽行潦止豈全能 蘭如從俗終當變 誰信牛耕馬可乘 先生和韻曰 分外官聯到
　　伐氷 匡君救俗我何能 從敎後輩嘲迂拙 勢利區區不足乘 蓋惡之也 自是貳於畢齋."

의식이 없이 살아가는 스승의 무책임한 처세관에 대해 비판한 것이다. 그래서 김굉필은 김종직에게 '난초'와도 같이 지조 있게 처신해 줄 것을 요구했다.

김종직의 답변은 다시 한번 김굉필을 실망시켰다. 김종직의 시국을 보는 눈이 젊은 신진사류와 달랐기 때문이다. 당시 김종직은 자신이 분수에 넘치는 벼슬살이를 하고 있다고 말했다. 또한 임금을 바로잡고 세상을 구제할 역량이 없다고 고백하였다. 김종직의 답변은 단순히 자신을 낮추는 겸양의 표현으로 나온 것이 아니다. 이조참판직은 요직 인선을 관장하는 직책인 동시에 정승 판서의 반열에 합류하기 직전의 최고위직이다. 김종직은 세조 정권에 출사하면서 자신이 그런 자리에 오를 수 있으리라고 생각하지 못했을 것이다. 이는 김종직에게 시운(時運)이 돌아 자신을 총애하는 성종과 같은 군주를 만났기에 가능한 일이었다.

또한 그가 비록 이조참판의 자리에 올랐다고 하더라도 자신의 목소리를 내기에는 주어진 여건이 좋지 않았다. 여전히 주요한 실권은 훈구계가 독점하고 있었기 때문이다. 김종직의 고민은 여기에서 비롯되었을 것이다. 그가 보기에 홍유손이나 김굉필과 같은 젊은 제자들의 요구는 현실보다 이상에 치우친 주장이었다. 김종직은 제자들의 진보적 성향을 탓하지 않았다. 자신의 무능과 무력을 말했을 뿐이다. 김종직이 제자들에게 욕을 먹어 가면서 보수적 입장을 지키려고 한 이유는 무엇일까? 진보적인 제자들의 주장에 동조했다면 그런 구차한 변명도 하지 않았을 것이다. 김종직은 시대가 자신에게 요구하는 바가 무엇인지 정확하게 짚어 내고 있었다. 그것은 제자들에게 비난을 받더라도 제자들의 기운을 북돋아 중앙무대로 진입시키는 향도의 역할을 수행하는 것이다. 그것은 김종직이 훈구와 신진 사이에서 중심을 잡아야 했고, 보수와 진보 사이에서 수구와 급진을 거부해야 했던 이유가 아니었을까 한다.

당시 김종직이 처한 입장을 좀더 치밀하게 검토해 보기로 한다. 당시 김종직은 성종으로부터 극진한 총애를 받았지만 다른 한편으로는 집권 세력인 훈구파와 기호출신 소장파로부터 일정한 견제를 당해 내심으로 편하지는 않았던 것 같다.[87] 그렇지만 그의 문하에는 이미 많은 신진사류가 몰려들었고, 그들은 스승의 개혁적인 정치 활동을 기대하였다.

그런데 김종직의 시문을 검토해 보면, 당시 기득 계층에 대해 불만을 토로한 예가 거의 없다. 이는 그가 적극적으로 훈구계와 대립하려고 하지 않았다는 반증이다. 그로 인해 제자들의 비판을 불러들였다. 이는 김종직 자신의 입지가 그들에 비해 열악한 만큼 그들과의 관계가 불편해지는 것을 원하지 않았던 데에서 비롯된 것이다. 즉, 김종직은 이들과의 원만한 관계를 유지하면서 꾸준한 제자 양성과 세력 확장으로, 그의 학문을 제자들에게 전수하여 미래의 사림파에 의해 자신의 이념이 실현되기를 기대했던 것이다.[88]

다음으로 성리 문자가 보이지 않는다는 이유로 김종직의 일개 문사에 불과하다고 본 이황의 견해를 보기로 한다.

> "보내 주신 편지에서 깨우쳐 주신 점필재 선생의 일은 과연 그렇습니다. 그밖에도 이와 같은 일이 많이 있습니다. 대개 마음을 오로지 하고, 의리를 공경하는 학문에는 깊이 유의하지 않았기 때문에 행동이 변하고 사리가 모호함이 이와 같으니 애석하고도 두려워할 만합니다.……다만 이제 점필재 문집을 볼 것 같으면, 시문을 제일로 삼아 이 학문과 이 도에 유의하지 않았던 것입니다."[89]
>
> 묻기를, "선생께서 풍기 군수로 계실 때에 방백에게 올리는 글에서 정몽주와

---

87) 당시 金宗直의 이런 心情은 다음 편지글에도 잘 드러나 있다.『文集』卷1,「答晉山君書」, 文叢12, p.399, "宗直自筮仕以來幾二十年 氣質之偏 無所諧偶 簪紳雖絆于身 而麋鹿之 性 恒在丘壑 佳山秀水 心想神遊 旅進旅退之際 每鬱鬱不樂也."

88) 關聯 論議는 李鍾虎,「佔畢齋 金宗直의 文學觀에 나타난 階層意識」,『漢文學研究』第 12輯, 啓明漢文學會, 1997을 參照.

89)『退溪集』卷22,「答李剛而」, 文叢30, pp.35~36, "來喩佔畢先生事果然 其他亦多有如此 之事 大抵於精一敬義之學 不甚留意 故馴致鶻突如此 可惜亦懼也……但今以佔畢公全集 觀之 惟以詩文爲第一義 未嘗留意於此學此道."

길재, 우좨주와 김점필재 여러분을 나란히 평가하였는데 어떻습니까?"하니, 대답
하기를, "그때는 일찍이 생각을 못했었다. 지금 생각하니, 과연 크게 잘못되었다.
점필재는 역시 다만 문장을 하는 선비였을 뿐이다."라고 하셨다.[90]

이황의 김종직에 대한 논평은 도학이 정착된 조선 중기 이래의 관점에
서『점필재집』을 두고 평가한 데서 나온 것이라 할 수 있다. 이황과 동시
대 인물인 남명 조식[91] 역시 김종직을 혹평한 바 있다.[92] 15세기의 김종
직의 역할은 16세기 이황의 시대와는 달랐다. 15세기의 김종직이 해야 할
역사적 과제는 치인방면에서 의미 있는 작업을 수행하는 것이었다. 16세
기 이황의 경우는 치인에 서두르다 골병이 든 인정세태를 바로잡기 위해
수기(修己)에 치중하는 '위기지학(爲己之學)'의 시대를 산 것이다. 따라서
이황이 김종직의 문집에서 읽어 내려 한 것이 이기(理氣)나 심성(心性)과
같은 성리 문자였고, 그러한 문자가 없음에 실망한 것 역시 너무도 당연
한 것이다.

우리가 취할 태도는 15세기 김종직의 역할과 16세기 이황의 역할을 모
두 인정하는 것이다. 그래야 15세기와 16세기의 역사적 과제를 동일한 관
점에서 파악하는 오류를 피해 갈 수 있다. 이 글은 후배인 이황이 선배인
김종직을 일개 문사로 치부해 버린 것에 대해 다소 유감을 담은 것이다.
그렇다고 해서 김종직이 자신을 학자로 불러 달라고 말한 적도 없다. 그
런 점에서 이황의 지적은 맞다. 오히려 이황의 지적대로 김종직을 문사로
서 떳떳하게 대우하는 것이 바른 도리이다. 다만 성리학자의 안목으로서
가 아니라 문인의 안목으로 김종직을 바라보아야 한다. 학자적 편견이 때

---

90) 『國譯退溪集』, 「言行錄」 5, 民族文化推進會, 1978, "問先生在豊基 上方伯書 竝論於鄭
    吉禹祭酒金佔畢諸公如何 曰彼時不曾商量 今而思之果大謬 佔畢齋亦只是文章之士耳."
91) 曺植: (1501~1572). 학자. 자는 楗仲이며 호는 南冥이다. 본관은 창녕이며 시호는 文貞
    이다. 저서로『南冥集』이 있다.
92) 『南冥集』 卷4, 雜著, 「景賢錄補遺」, 文叢31, p.555, "先生之貳於佔畢齋 亦不得無議於他
    日 此實先生不得不貳之地也."

에 따라서는 문예의 고유성을 왜곡시킬 수 있기 때문이다.

우리는 지금까지 15세기를 살았던 김종직 출처 행적에 대한 허균이나 장유의 비판 및 제자들과 이황의 비판을 살펴보았다. 모든 비판들은 각기 주어진 자기의 시대가 요구하는 관점에서 제시되었다는 점에서 나름대로의 의의가 있다. 본고에서는 오늘의 관점에서 그러한 비판들을 다시 검토하였다. 결론은 김종직의 삶을 김종직의 시대 속에서 말하자는 것이다. 김종직은 현실 여건이 열악하더라도 출사를 시도해야만 했다. 그는 출사한 이후, 집권층과 타협하고 교류하며 원만한 관계를 유지하였다. 그들 사이를 연결하는 고리는 김종직의 탁월한 문예 역량이었다. 김종직은 당대 훈구계층과 문예를 동호하는 가운데 주류에 편입되었다. 김종직은 이러한 입지를 이용해 미래를 차근차근 준비해 나갔다.

김종직은 자신의 문도가 정치 무대의 주역이 되기까지 현실 여건을 인내하며 기다렸다. 그런 점에서 그는 출사에 적극적이었으나 훈구와 대립에는 소극적이었다. 신진 사류의 꾸준한 진출을 위해서 그가 취할 행동은 훈구 계층의 의혹을 받을 만한 행동을 삼가야만 했다. 왜냐하면, 신진사류의 진출에 있어서 그들의 지원이 필요했기 때문이다. 그로 인해 그는 출처 행적에 있어서 문도와 후인들로부터 그러한 비판을 받을 수밖에 없었다.

제2장 풍교문학론

본 장에서 본격적으로 풍교의 문제를 다룬다. 유가의 기본원리는 수기치인(修己治人)에서 비롯된다. 이를 내성외왕(內聖外王)이라고도 한다. 김종직은 문예도 이러한 유가 원리에서 벗어나지 않는다. 그는 이와 같은 유가 원리를 변용하여 '이성정 · 달풍교'라는 문예원리를 제창하였다. 문예의 목적이 성정을 도야하고 풍교를 달성하는 것이라고 했다. 그러나 김종직은 그의 문예활동에서 '성정을 도야하는' 작품을 많이 남기지 않았다. 무엇 때문이었을까? 이는 김종직의 시대가 차분하게 성정을 도야하는 문예를 실천하기에는 시대적 여건이 성숙되지 않았던 데서 그 원인을 찾아야 한다.

김종직의 시대는 시인도 왕조의 수성을 위해 봉사할 것을 요구하였다. 시인은 시문학으로 국가의 번영을 기원하며 백성의 행복을 고무하고 찬양해야 했다. 그러나 김종직은 때로 왕조의 이상에 반하는 현실을 고발하고 시정하기 위해 붓을 들기도 하였다. 김종직은 이런 것을 한 마디로 '달풍교'라고 했다. 여기에서 우리는 김종직의 시문학이 현실주의적 성향을 보일 것이라는 개연성을 감지하게 된다.

본 장에서는 먼저 김종직의 관인적 삶이 그가 추구하는 문예 이론과 어떻게 접맥되느냐에 대해 검토하고자 한다. 어떤 문인이든 그가 견지하는 삶의 방식과 문예 의식은 별개로 존재할 수 없다고 본다. 그러므로 영남 재지사족 출신이면서 관인이었던 그의 삶의 방식과 문학론은 상호 연관되기 마련이다. 이런 점을 염두에 두고 그의 '풍교문학론'을 검토하기로 한다.

제1절 김종직 풍교문학론 배경

　김종직을 비롯한 당시 관료 집단은 성리학을 기반으로 하여 문학을 정
치적 교화의 수단으로 여기는 문예인식을 소유했던 점에서 공통적이라
할 수 있다. 주지하듯, 김종직의 시대는 조선 개국 초기의 문인들과는 달
리 수성이 강조되는 시기였던 만큼 그들은 타고난 문학적 역량으로 왕화
(王化) 찬양과 사회적 효용을 꾀하였다. 김종직의 문예 인식도 이러한 맥
락에서 이해되어야 한다. 즉, 김종직은 문학이 정치 교화에 이바지해야 한
다는 점에 있어서 그들과 인식을 함께 하였던 것이다.

　김종직의 이러한 문학론은 전통적 유가 문인에게서 보여지는 문학관으
로, 풍교를 지향하는 문학 이론인 풍교론으로 요약된다. 이 풍교론은『시
경(詩經)』의「대서(大序)」에서 '풍(風)으로써 움직여 나가고 교(教)로써 화
(化)해 나간다'는 의미에서 비롯된 말이다.[93] 이것의 의미는 바람이 불면
풀과 나무가 바람이 부는 방향으로 쓰러지듯 움직이고 흔들리는 것처럼,
백성들도 어질게 다스리는 왕풍(王風)으로 움직여 나가고 가르쳐 착한 백
성이 되게 해서 민풍(民風)을 아름다운 풍속으로 화해 간다는 것이다. 즉,
공자가 제자들을 가르치는 과정에서 시의 학습을 중요시하여『시경』을
산정하여 시교(詩教)를 드리운 이래, 시교는 유가의 전통 문학관으로 정착
되었던 것이다.

　본 장에서는 김종직의 문학론을 풍교적 관점에서 주목하고자 한다. 즉,
그의 문학론을 풍교문학론으로 정리하고자 한다. 이에 대한 근거는「영가
연괴집서」에서 엿볼 수 있다.

　　문장은 작은 기예이지만 시부(詩賦)는 더욱 문장 가운데 일부분에 해당된다.

---

93)『詩經』,「序文」, "風以動之 教以化之."

그러나 성정을 다스리고 풍교를 이루어 당세를 울리고 후세에까지 무궁하게 전하는 일에 있어서 시부에 힘입는 바가 있다.[94]

김종직은 위 예문에서 시문학의 본질을 "이성정달풍교"로 선언하였다. 다시 말하면 김종직의 문예는 두 가지 축으로 전개되었다고 볼 수 있다. 한 축은 '이성정'이며, 다른 한 축은 '달풍교'이다. 여기서 '이성정'은 수기에 치중된 문예이고, '달풍교'는 치인을 위한 문예 활동을 의미한다. 이 두 가지 문예 가운데 성정이 풍교보다 앞선다고 할 수 있다. 말하자면, 성정이 잘 수련된 문예가 풍교의 큰 힘을 발휘할 수 있다는 논리이다. 김종직이 '시를 통해 성정을 도야한다'고 말한 점을 제자인 추강 남효온[95]도 밝힌 바 있다.[96] 그리고 김종직 역시 시가 성정의 발로임을 「서김판서소시후(書金判書小詩後)」에서 언급하였다.[97] 이러한 김종직의 시문을 통해 인간의 성정을 도야한다는 주장은 16세기 이황에게 이르러 마음의 수양을 위해 문학을 소홀히 할 수 없다는 정심론(正心論)으로 발전하게 된다.[98]

김종직은 위 예문에서 시는 이처럼 성정 순화와 풍교의 기능을 지닐 뿐만 아니라 당세를 울리고 후세에까지 영원히 전하는 매개체라고 강조하였다. 자잘한 기예에 불과한 시와 부가 김종직에게 오면 이처럼 막중한 역사적 사명을 부여받게 되는 것이다. 김종직은 성정을 도야하고 풍교를 창달하는 임무를 훌륭히 수행해 낸 작품이라면 당대를 울리고 후세에 영원히 전해지는 '고전'으로 대우해야 한다고 믿었다.

---

94) 『文集』 卷1, 「永嘉連魁集序」, 文叢12, p.409, "文章小技也 而詩賦尤文章之靡者也 然而 理性情達風敎 鳴于當世而傳之無窮 詩賦實有賴焉."

95) 南孝溫 : (1454~1492). 생육신의 한 사람. 자는 伯恭이며 호는 秋江이다. 본관은 宜寧이며 시호는 文貞이다. 저서로 『秋江集』이 있다.

96) 『秋江集』 卷7, 「師友名行錄」, 文叢16, p.137, "佔畢齋金先生曰 詩陶冶性情 吾從師說."

97) 『文集』 卷2, 「書金判書小詩後」, 文叢12, p.420, "詩者出於性情."

98) 『增補退溪全書』 卷4, 「言行錄」 卷2, p.34, "余因率而對曰 心行不得正 雖有文學 何用焉 先生曰 文學豈可忽哉 學文所以正心也."

문예의 풍교 작용은 고립적으로 제기된 명제가 아니라 정치적 측면과 긴밀하게 연계되어 있다. 다음 예문은 김종직의 풍교적 입장이 정치적인 방면에서 제시되고 있는데, 성리학의 규범을 사회적으로 확대하여 실현하려는 의지를 담고 있다.

> 무릇 정교(政敎)로써 왕화(王化)에 도움이 될 만한 것은 힘써 추진하지 않은 것이 없습니다. 그 대강(大綱)은 바로잡았지만, 시행의 절목이 소루(疏漏)하여 백성들이 익히 따르지 못하는 점이 한스럽습니다.[99]

이 글은 김종직이 함양군수로 재직할 당시, 강희맹[100]에게 술회한 내용으로, 여기서 왕화(王化)는 '왕도정치를 통한 교화'로 풍교와 그 함의(含意)를 같이 한다. 그는 이 당시, 목민관으로 성리학에서 요구하는 유교 교육에 만전을 기울였다. 이러한 이념이 문면에 담겨 있다. 실제로 김종직은 선산부사로 재직하면서 향음주례와 향사례를 실시한 바 있다.[101] 이러한 사실은 정성근(鄭誠謹)[102]이 성종에게 김종직이 실시한 향음·향사례의 파급 효과를 언급한 대목에서도 확인된다.

> 신이 듣건대, 김종직이 이전에 선산 부사로 근무할 때에 고을에서 행실이 있는 자들을 뽑아 향사례·향음주례에 참석하도록 하였더니 거기에 뽑히지 못했던 자들이 모두 부끄러워하였다고 합니다.[103]

---

99) 『文集』 卷1,「答晋山君書」, 文叢12, p.399, "凡政教 有可以裨報王化者 則無不力爲之 第恨其大綱 雖正而節目疏漏 民不習服耳."

100) 姜希孟 : (1424~1483). 문신. 자는 景醇이며 호는 無爲子이다. 본관은 진주이며 시호는 文良이다. 저서로 『私淑齋集』·『村談解頤』 등이 있다.

101) 『文集』,「年譜」(46歲條), 文叢12, p.490.

102) 鄭誠謹 : (1446~1504). 字는 而信·兼夫. 1474年(成宗 5) 文科 及第, 典籍·持平·京畿道敬差官·副應教를 거쳐 對馬島宣慰使·海州牧使·左副承旨·直提學을 역임하고 行護軍으로 있다가 甲子士禍 때 梟首되었다.

103) 『成宗實錄』 卷174, 16年 正月(己丑條), "臣聞 金宗直曾爲善山府使 擇鄉中有行者 許參 鄉射鄉飲之禮 不得與選者咸愧之."

다음은 김종직이 성종에게 자신이 선산 부사 재직 시에 시행했던 향음·향사례의 교화 효과에 대해 언급한 내용이다.

> 시강관(侍講官) 김종직이 아뢰기를, '신이 일찍이 수령으로 있을 때 향사례와 향음주례를 마련하여 먼저 효제(孝悌)하는 사람들을 참여하게 하고, 재예(才藝)가 있는 사람들은 그 다음으로 참여하게 하고, 불초(不肖)한 사람들은 참여하지 못하게 하였습니다. 이로부터 온 고을 사람들이 거기에 참여하게 되기를 바라면서 교화가 되었으며, 그렇게 되지 못함을 부끄럽게 여겨 행실을 고쳤으니, 자못 풍화(風化)에 작은 보탬이 있었습니다. 이로 보건대, 석전제와 향음주례, 향사례는 폐지할 수 없습니다.'라고 하자, 주상께서는 '이것은 모두 여러 도의 감사들 책임이니 마땅히 거듭 이것을 천명하도록 하라'고 하명하셨다.104)

김종직은 선산 부사 시절에 선산 고을에서 효제충신(孝悌忠信)으로 이름난 자와 재예(才藝)가 뛰어난 자들을 선별하여 향음주례105)에 참여하게 하였다. 곧, 행실이 곧지 못한 자들을 제외시켜 그들 스스로 개과천선하도록 유도한 결과, 이 모임에 참여하지 못한 자들이 저마다 부끄럽게 여겨 과오를 뉘우치고 행동을 방정하게 하는 효과를 거두었다고 하였다.

'풍화에 작은 보탬이 있다[有小補於風化]'는 것은 바로 풍교의 효과를 지적한 말이다. 성종도 이러한 김종직의 향음·향사례 실시 주청을 적극 지지한 바 있다. 김종직의 지방 풍속교화 사례는 그가 함양군수로 재직할 당시, 주민 교화에 주력한 것에서도 드러난다.106) 그리고 그가 전라도관찰사 때 향음·향사례를 시행하고 나서 읊은 시에서도 확인된다.

---

104) 『朝鮮王朝實錄』, 成宗 14年, 癸卯八月十六日(丙子條), "侍講官金宗直啓曰 臣曾爲守令 設鄕射鄕飮之禮 使孝悌者先之 才藝者次之 不肖者不與焉 由是一鄕之人 企而化之 恥而改之 頗有小補於風化 以此觀之 若釋采鄕飮鄕射之禮 亦不可廢也 上曰此皆諸道監司之責也 當申命之."

105) 鄕飮酒禮 : 周나라 때 제후들의 鄕大夫가 鄕學에 있는 인재들을 삼 년마다 평가하여 덕이 있고 학문이 뛰어난 사람을 제후에게 추천하였는데, 그 때 천거할 사람을 초청하여 서로 主賓이 되어 술을 권하는 자리를 마련한 데서 비롯된 것이다(『禮記』, 「鄕飮酒禮」).

106) 『文集』, 「年譜」(42歲條), 文叢12, p.488.

향음주례의 남긴 법이 하루에 새로워지니
성대한 조정의 풍화가 무리에 뛰어 나도다

황화대 아래서 막 잔을 돌리니
많은 사람들 주목하여 모두 주인과 손님을 본다네

鄕飮遺謨一日新　　盛朝風化冠群倫
黃花臺下方酬酢107)　萬目同看主與賓108)

　　향음례를 실시하는 정경을 담았다. 김종직이 전주 고을에서 주민들이
지켜보는 가운데 향음례를 실시하니 전해지는 법이 새로워진 듯하다고
하였다. 김종직은 자신이 이 일을 주선함으로써 조정의 왕의 교화가 전라
도 전주 지방까지 미치게 된 점을 기뻐하였다. 이 시는 전주 고을 주민들
이 지켜보는 가운데 황화대 아래에서 향음례의 모습을 그리고 있는데, 김
종직은 예법에 따라 엄숙하게 실시되는 향음례를 바라보는 것만으로도
교화의 효과를 거둘 수 있다고 판단하였다. 다음 시에서도 그러한 김종직
의 인식을 확인할 수 있다.

부르지 않아도 사수들이 모였는데
읍양하는 것 여전히 삼대의 유풍일세

채번곡 연주 끝내고 깍지와 팔찌 거두니
충만한 기분은 행단 안에 있는 것 같구나

不勞徵召射夫同　　揖讓猶存三代風
疊盡采蘋收決拾109)　充然如在杏壇中110)

---

107) 黃花臺 : 都護府에서 서쪽으로 40리 떨어진 곳에 있으며, 매년 음력 3월 3일과 7월 14일
　　　에 禊祭를 올린다고 한다(『新增東國輿地勝覽』 2, 「全羅道 全州 樓亭篇」 參照.
108) 『詩集』 卷22, 「全州三月三日行鄕飮鄕射禮」, 文叢12, pp.376~377.
109) 采蘋 : 鄕飮酒禮와 鄕射禮에서 大夫가 움직일 때마다 다른 음악을 연주했다고 한다(『詩
　　　經』, 「國風 : 小南」).
110) 『詩集』 卷22, 「全州三月三日行鄕飮鄕射禮」, 文叢12, pp.376~377.

향음주례가 법도 있게 이루어져 그곳에 모인 사람들 모두가 향음주례의 유풍에 젖어 들었다는 것이다. 김종직은 사수들이 절도 있게 읍양하며 향사례[111]를 거행하는 과정에서 삼대의 유풍을 느낀다고 하였다. 향사례는 단순히 활쏘기만을 가르치는 것이 아니었다. 향음례와 함께 고을의 어진 인재를 선발하는 한편 겸양과 미덕을 제고(提高)하여 예의를 숭상하는 기풍을 진작하고자 하는데 그 목적이 있다. 김종직은 이러한 유풍을 지방 고을에서 실시함으로써 인재 선발과 유교적 이상 사회를 실현하려고 노력하였던 것이다.

시의 내용으로 돌아가 보면, 이 행사는 김종직뿐만 아니라 모인 모든 사람들이 공감하였다고 했다. 마지막 절차를 알리는 음악이 연주되고 깍지와 팔찌를 거두고 나니, 모두 향사례의 유풍에 젖어 들어 행단(杏亶)에 있는 듯하다고 하였다. 행단은 공자가 제자들에게 학문을 가르치고 예를 연마하던 곳을 말한다. 김종직은 옛날 공자가 제자들에게 학문과 덕행을 가르치던 유풍을 이곳 전주에서 회복되기를 기대했던 것이다.

향음주례의 복원을 통해 인재를 선발해야 한다는 데서 유교적 덕성과 인격을 구비한 인재를 등용하여 유교적 이상사회를 실현하고자 하는 의도를 파악할 수 있다. 그런 측면에서 위의 두 시는 김종직의 풍교의식이 뚜렷이 각인되어 있다.

이상 몇 가지 사례들을 통해 김종직의 '달풍교' 문예사상이 정치적인 풍화(風化) 사상과 긴밀히 연결되고 있음을 알아보았다. 이를 풍교문학론의 정치적·현실적 배경으로 보아도 될 것이다. 이어 김종직의 풍교문학론을 상세히 다루기로 한다.

---

111) 鄕射禮 : 周 나라 때 鄕大夫가 鄕學에서 춘추로 백성들을 소집하여 예로써 활쏘기를 가르쳤던 것을 말한다(『禮記』,「鄕射篇」).

제2절 잡학필기불긍론

김종직은 잡학과 필기를 부정하였다. 이러한 김종직의 태도는 분명 당대 다른 관료 문인들과 변별되는 중요한 요소이다. 먼저 잡학을 수긍하지 않았던 김종직의 입장을 살펴보기로 한다.

김종직은 세조 4년부터 중앙에 진출한 바 있거니와 시부(詩賦), 사장(詞章)에 능한 문사(文士)를 총애하여 사장제일책(詞章第一策)을 펼친 성종으로부터 문재(文才)를 인정받아 자주 경연에 시강(侍講)하며, 내직의 위치를 굳히는 한편 자신의 문인들을 기용하여 관직에 등용시켜 신진사류 등용의 산파역을 수행하였다.

김종직의 잡학을 긍정하지 않으려 한 입장은, 그가 33세에 어전에 나아가 윤대(輪對)를 하다가 세조의 심기를 불편하게 하여 파직 당한 일과 관련이 있다. 그가 세조로부터 미움을 받았던 직접적인 발언은 불사(佛事)에 관한 일이었다고 한다. 그런데 현재 실록에는 기록으로 남아 있지 않다.

다만 이듬해 김종직은 세조와의 윤대에서 세조가 여러 신하들을 잡학의 부류에 넣어 공부시키는 것이 어떠하냐고 묻자, 김종직은 이에 대해 반론을 제기하였는데, 세조로부터 경박한 사람이라는 배척을 받아 그가 속했던 사학문(史學文)의 자리를 박탈당했다고 한다. 당시의 사정을 실록을 통해 살펴보기로 한다.

> 정해일(丁亥日)에 판종부시사(判宗簿寺事) 남윤(南倫)과 감찰 김종직 등이 주상에게 시정(時政)의 득실을 아뢰었다. 김종직이 아뢰기를, "이제 문신들이 천문·지리·음양·율려(律呂)·의약(醫藥)·복서(卜筮)·시사(詩史)의 칠학(七學)을 나누어 익히고 있는데, 시사(詩史)는 원래 선비들의 일이지만 나머지 잡학은 어찌 선비가 힘써 배울 바가 되겠습니까? 또 잡학은 각각 그것을 생업으로 삼고 있는 자가 있으니, 그들에게 엄밀히 권하고 징계하는 법을 세워 교양시키면 자연히 모두 정통할 것이오니 반드시 문신으로 익히게 할 필요가 있겠습니까?……몇 일 뒤에 이조에 전교하기를, "김종직은 경박한 인물이다. 내가 잡학에 유의하고 있

는데 종직이 그렇게 말했으니 옳은 일인가? 그러므로 파직시키는 정도에 그친
다"라고 했다.112)

김종직은 위 예문에서 세조에게 문신(文臣)들이 주어진 본연의 임무와
학문에 전력할 수 있도록 배려해 달라고 주청하였다. 이러한 발언의 저변
에는 유학자로서 유가 제도의 이념 정립과 그에 따른 제도 정착이 급선무
라는 의식이 깔려 있다. 김종직은 세조에게 잡학은 전문인들에게 위임하
고, 문신들은 유교적 이념 정립과 그러한 체제 수립을 위해 만전을 기울
여야 한다고 주청하였다. 그러나 김종직의 건의는 받아들이지 않았고, 오
히려 이 일로 인해 그는 사헌부감찰직에서 파직되었다.

김종직의 파직 이면에는 잡학을 둘러싼 훈구 계층과 신진사류 간의 갈
등이 내재해 있어 보인다. 성현은 김종직과는 달리 잡학을 긍정하는 입장
을 보였다.

> 어떤 자가 내게 묻기를, "육경 외에는 모두 헛된 글이다. 경술이란 것은 치도의
> 법이니 응당 우위에 두어야 할 것이며 사서(史書) 역시 무시할 수 없다. 그렇지만 부
> 과(浮誇)하고 꾸미는 폐단을 면하기는 어려운 법이다. 하물며 역사를 제쳐 두고 괴벽
> 한 것을 기록에 남길 수는 없다." 라는 말에 내가 응하기를, "그런 식의 말은 고루하
> 기 이를 데 없다. 그 논리는 영양을 섭취하는 사람이 다만 오곡만 알고 다른 맛은
> 모르는 것과 마찬가지이다. 무릇 육경이 오곡이라면 사서(史書)는 맛좋은 고기와
> 같고 제가(諸家)의 기록한 것은 온갖 과일·채소에 비유할 수 있다. 과일과 채소
> 는 맛은 다 다르지만 입에 맞지 않는 것이 없으니, 모두 다 혈액과 골수에 유익하지
> 않겠는가?" 라고 하였다.……"그런데도 육경 이외의 글을 모두 헛된 글이라고 운운
> 할 수 있을까?"113)

---

112) 『世祖實錄』 卷34, 10年 8月 6日條, "丁亥 判宗簿寺事南倫監察金宗直等輪臺 宗直啓曰
今以文臣分隷天文地理陰陽律呂醫藥卜筮詩史七學 然詩史東儒者事耳 其餘雜學 豈儒者
所當力學者哉 且雜學各有業者 若嚴立勸懲之法 更加教養 則自然含精其能 不必文臣然
後可也……居數日傳于吏曹曰 宗直輕薄人也 雜學予所留意也 而宗直言之可乎 其止令
罷職."

113) 『虛白堂集』 卷7, 「村中鄙語序」, 文叢14, p.474, "或有問於余曰 六經之外皆虛文也 經
爲治道之律令而所當先者也 至於史家記錄之書 亦不可闕 然未免浮誇潤飾之弊 況外於
史而怪僻者 不可錄也 余應之曰 若子之言固滯甚矣 是猶養口腹者 徒知五穀 而不知他

성현은 육경 이외에 사서나 제가의 서적도 골수를 윤택하게 하는데 있어 요긴한 것이라고 하였다. 육경을 오곡에, 역사서를 맛난 고기 요리에, 그리고 제자(諸子)의 서적을 각종 과일에 비유하여 몸을 보존하고 유지시키는데 있어 이들은 모두 음식물 같은 존재라고 하였다. 여기서 우리는 성현의 개방적인 독서관을 목도하게 된다. '육경 이외의 글은 모두 헛된 글이다'라고 말한 이는가 누군지 궁금하다. 이 역시 김종직을 비롯한 신진사류를 겨냥한 표현이 아닌가 한다. 이어서 성현은 이렇게 말하고 있다.

> "옛날의 유자들은 크게는 나라를 개창하여 국민을 경륜화육(經綸化育)하고, 그 다음에는 개물성무(開物成務)하여 사공(事功)을 베풀었으며, 경륜(經術)·문장(文章)·형명(刑名)·법률(法律)·의복(醫卜)·서화(書畵) 등 작은 것에 이르기까지 각각 자기의 기술을 바쳐서 치도(治道)를 보좌하였고, 인군(人君)은 여러 재예(才藝)를 모아 대성시켰습니다. 이는 마치 강과 바다가 여러 물줄기를 모아 크게 만드는 것과 같습니다."114)

성현은 이 글에서 정치와 경술 외에 잡학도 모두 유자가 소업(所業)으로 여겨 중시해야 한다고 주장하였다. 물론 성현의 견해는 조선 초기 문물 제도를 정비하고 완비하여 국정에 이바지하고 민생의 안정을 도모해야 한다는 측면에서 긍정적으로 수용할 수 있다. 이러한 관점에서 성현은 천문관·역관·의관 등 기술관을 천시하여 동반(東班)에서 제외시킨 조치에 대해 반대하고 이전대로 대우해 줄 것을 상소하였다.

味也 夫六經如五穀之精者也 史記如肉裁之美者也 諸家所錄如菓蓏菜茹 味雖不同 而莫不有適於口者也 莫不有適於口者也 則莫不有補於榮衛骨髓也……豈可以六經之外 皆爲虛文也歟." 成俔의 文學에 대한 檢討는 金泰鷹, 成俔의 文學論과 詩世界」, 成均館大學校大學院 碩士學位論文, 1982 : 洪順錫, 「盧白堂 成俔의 文學에 대한 硏究」, 成均館大學校大學院 博士學位論文, 1991 參照.
114) 『盧白堂集』 卷11, 「儒者可輿守城」, 文叢14, p.497, "古之儒者 大則繼天立極 經綸化育 其次開物成務 以施事功 至於經術文章刑名法律醫卜書畫之微者 莫不各集所技 以輔治道 人君集衆藝而大成 猶河海集衆流爲大也."

"엎드려 바라옵건대, 전하께서는 학교를 숭상하고 귀중히 여기시고 스승과 선비들을 존중하여 예로써 대우하셔야 합니다. 그리고 잡예(雜藝)에 대해서도 힘써 장려하시고 도우셔서 그 뜻을 인도하여 주신다면 유자들의 분장하여 맡은 일을 누군들 즐겨 좇지 아니하겠습니까?"115)

성현은 김종직이 잡학은 유자가 숭상할 바가 아니라는 주장을 반박하고 한 걸음 더 나아가 이를 권장해서 그 일을 맡은 문사들로 하여금 즐겨 추종하게 해야 한다고 하였다. 이는 성현을 비롯한 훈구 계층과 김종직의 문예 노선이 일정 부분 지향을 달리하고 있음을 말해 주는 좋은 예증이라 할 수 있다.

김종직의 잡학불긍론은 그가 잡기(雜記) 혹은 필기(筆記)를 편찬하지 않은 사실과 무관하지 않다. 김종직은 필기나 패설과 같은 저작물을 남기지 않았다. 당대 관료 문인의 경우 예외 없이 이러한 유형의 저작을 남겼다. 예를 들면, 강희맹의 『촌담해이』나 성현116)의 『용재총화』·서거정117)의 『태평한화골계전』 등이 이러한 경향을 잘 보여준다.

서거정은 당대에 관각을 대표하는 문인으로 필기 소설류의 저작을 상당수 남겼다. 서거정은 일찍이 '골계전'을 창작하는 의도가 긴장과 이완을 적절히 하고 세상의 근심을 삭이며 무료함을 달래기 위해서라고 말한 바 있거니와, 그의 이와 같은 언급에서 필기류 저작의 편찬 의도가 잘 드러나 있다.118)

---

115) 『成宗實錄』卷98, 9年 11月 丁亥條, "伏願殿下 崇重學校 尊禮師儒 至於雜藝 勸勉誘掖 以導其志 則儒者分內之事 孰不樂趨乎."
116) 成俔: (1439~1504). 학자. 자는 磬叔이며 호는 慵齋이다. 본관은 창녕이며 시호는 文戴이다. 저서로 『虛白堂集』·『慵齋叢話』 등이 있다.
117) 徐居正: (1420~1488). 문신·학자. 자는 剛中이며 호는 四佳亭이다. 본관은 달성이며 시호는 文忠이다. 저서로 『四佳亭集』이 있다.
118) 『四佳集』卷4,「滑稽傳序」, 文叢11, pp.242~243, "居正嘗謝事居閑 遊戱翰墨 書與朋友所嘗戱談者 題曰滑稽傳 客有誚者曰 子之所讀何書 所業何事……子不聞善戱謔兮 文武弛張之道乎 齊諧志於南華 滑稽傳於班史 居正之作是傳 初非留意於傳後 只欲消遣世慮 聊復爾耳."

이러한 필기·패설의 편찬은 조선조 소설의 발달 과정에 있어 상당한 기여를 했다. 그런데 김종직이 왜 이러한 편찬물을 남기지 않았을까? 이는 아마도 김종직이 문학을 보는 시각이 다른 관료문인들과 달랐던 데 기인하지 않을까 한다. 김종직은 출신배경이 훈구 관료들과 달랐기 때문에 현실에 안주할 겨를이 없었을 것이다. 그는 서거정이나 성현처럼 정치·경제적인 풍요로움에서 비롯된 유한취미(幽閑趣味)를 향유할 만큼 한가한 몸이 아니었다. 그가 비록 훈구 계층들과 원만한 관계를 유지하면서 폭넓은 친교를 하였다고는 하나, 궁극적으로 그가 추구하는 이상은 저들과 달랐던 것이다. 그는 현실 참여 가운데 점진적 개혁을 이루어 성리학적 풍교를 이루는데 목표를 두었기 때문에 세조의 잡학수련안에 부정적 입장을 표출하였으며, 필기류 역시 창작하지 않았던 것으로 보인다.

조선 초기 관료 문인들은 국정에 깊이 참여하는 한편 국고 문헌의 편찬을 주관하면서 역사와 민속 등 문화 전반에 대한 지식이 풍부하게 축적되어 갔다. 또한 일반 백성들의 생활에 대한 관심도 고조되었다. 필기·패설의 편찬은 이러한 국가적 문화정책의 잉여물이다. 그러나 국가적 문화 사업에 참여하지 못하고 소외되어 있던 지방 출신의 신진사류는 필기나 패설을 긍정적으로 보지 않았다.119) 이황도 필기에 대해 부정적 생각을 가졌다. 이황은 조선 초기 관료출신 문인들에 의해 창작된 패설(稗說)에 대해서 비판의식을 표출한 바 있다.120)

---

119) 關聯論議는 林熒澤 敎授의 「朝鮮前期의 士大夫文學」, 『韓國文學史의 視覺』, 創作과 批評社, 1984, pp.415~416 參照. 이 當時 筆記類에 대한 硏究 成果는 任完赫, 「朝鮮 前期의 筆記硏究」, 成均館大學校大學院 碩士學位論文, 1991 : 任完赫, 「李朝前期 筆 記 所載 逸話의 類型」, 『漢文敎育硏究』 第8輯, 韓國漢文敎育學會, 1994를 參照.

120) 關聯 論議는 李鍾虎, 「退溪美學의 基本性格」, 『退溪學』 創刊號, 安東大學校 退溪學硏 究所, 1989를 參照. 退溪의 言及은 다음과 같다(『退溪全書』1, 「與士林遂」, 韓國精神文 化硏究院, 1980, pp.336~339, "吾東方文獻廖廖 雖間有文章鉅公出而鳴世 自詩文賦詠 小說談諧之外 斯文著述絶無而僅有 其幸有之者 及得而讀之 或不能無疑於心者 豈非由 此其爲病乎."

잡학 수용을 거부하고 필기 편찬을 부정하는 김종직의 의식은 바로 그의 풍교문학론을 설명하는 중요한 단서이다. 이러한 김종직의 문예인식은 훈구 계층에 의해 창작된 번화한 문예 창작보다는 규범을 강조하는 문예인식으로 발전하게 된다. 규범을 강조하는 문예인식은 다음의 경문일치론에서 명확하게 드러난다.

제3절 경문일치론

앞서 논했듯이, 김종직은 잡학과 필기를 긍정하지 않았다. 잡학(雜學)과 필기의 대척점에는 육경과 같은 경학(經學)이 놓여 있다. 김종직은 경학이란 표현보다 경술(經術)이라는 표현을 즐겨 사용하였다. 그가 주장한 '경문일치'라는 것은 경술과 문장의 일치를 말한다. 김종직은 「윤선생상시집서(尹先生祥詩集序)」에서 이렇게 말한다.

> 경술을 하는 선비는 문장을 못하고 문장을 하는 선비는 경술에 어둡다는 세인의 말이 있다. 그러나 내가 보기에는 그렇지 않다. 문장이란 것은 경술에서 나오는 것이니 경술은 곧 문장의 뿌리이다. 초목에 비유한다면 어찌 뿌리가 없이 가지나 잎사귀가 무성하며 꽃과 열매가 번성하겠는가. 시(詩)·서(書)와 육예(六藝)는 모두 경술이다. 시·서·육예의 글이 곧 그 문장이다. 진실로 능히 그 글로 말미암아 그 이치를 연구하여 자세하게 살피고 충분히 완미하여 이치가 문과 더불어 나의 가슴속에 소상하게 이해가 되면, 그것을 발하여서 언어와 사부(詞賦)를 하는데 있어 스스로 잘하려고 하지 않아도 잘 된다. 예로부터 문장으로 시대에 이름이 나서 후세에 전해진 사람은 이와 같았을 따름이다. 사람들은 다만, 오늘날의 소위 경술이라는 것은 구두를 떼고 글자를 풀이하는 학습에 불과하며 문장이란 것은 말을 수식하고 짜 맞추는 기교에 불과할 뿐임을 보게 되니, 구두를 떼고 글자 풀이하는 것으로써 어떻게 훌륭한 경천위지(經天緯地)의 문을 의논하며 말을 수식하고 짜 맞추는 것이 어찌 성리도덕(性理道德)의 학문에 참여할 수 있겠는가. 이에 드디어 경술과 문장을 갈라서 두 가지 이치로 여기고 서로 소용되지 않는다고 의심하니, 아! 그 견해가 천근(淺近)하도다.[121]

121) 『文集』 卷1, 「尹先生祥詩集序」, 文叢12, p.413, "經術之士 劣於文章 文章之士 闇於經

김종직은 도를 근본으로 하고 문을 말단으로 여긴다는 전통적 유가의
문학관에 충실한 편이다. 그런데 도를 담는 그릇으로 문장이 언제나 문제
로 떠오른다. 경전은 성인의 도를 담은 글로 가장 이상적 문예 형태이다.
김종직은 당대 현실에서 경술과 문장의 문제를 다룬다. 그의 시대 선비들
은 대체로 경술과 문장을 이분해서 보고 있었다. 말하자면, 경술 따로 문
장 따로 그런 식의 관점이다. 김종직은 이러한 사태 발전을 심각하게 인
식하였다.

김종직은 단순한 문장만으로는 경천위지(經天緯地)의 문장과 성리도덕
(性理道德)의 학문에 참여할 수 없다는 점을 분명히 하였다. 당시 문인들
이 경술과 문장을 모두 제대로 수행하지 못하고 정도를 벗어난 길을 가고
있다고 보았다. 즉, 경술을 함에 어구를 수식하고 짜 맞추는 데에만 골몰
한다는 지적이다. 김종직은 이와 같은 폐단을 시정하기 위해, 경서의 문장
을 통해 이치를 궁구하고 거기서 터득한 이치가 저절로 문장에 드러나도
록 해야 한다고 하였다.

김종직의 경문일치를 지향하는 문예 인식은 이황이 김종직의 문장을
두고 '전아근도(典雅近道)'라고 말한 것과도 연관된다. 이황의 시를 보기
로 한다.

> 점필재는 그 문장이 백세에 이름 드높아
> 문장을 따라 도를 추구해 뛰어난 선비들 많았다네
>
> 공을 반도 이루지 못하고 어려움 만났으니
> 뭇 어둠을 불러내긴 했으나 일깨우진 못했네

術 世之人有是言也, 以余觀之不然 文章者出於經術 經術乃文章之根柢也 譬之草木焉
安有無根柢而柯葉之條蘗 華實之穠秀者乎 詩書六藝 皆經術也 詩書六藝禮之文 卽其文
章也 苟能因其文而究其理 精以察之 優而遊之 理之與文融會於吾之胸中 則其發而言語
詞賦 自不期於工而工矣……人徒見夫今之所謂經術者 不過句讀訓詁之習耳 今之所謂
文章者 不過彫篆組織之巧耳 句讀訓詁 奚以議夫黼黻經緯之文 彫篆組織 豈能與乎性理
道德之學 於是乎 遂岐經術文章爲二致 而疑其不相爲用 嗚呼其見亦淺耳."

佔畢師門百世名　　沿文泝道得鴻生
成功未半嗟蒙難　　喚起群昏尙未醒[122]

이황은 김종직에 대해 우호적 입장을 표명하였다. 이황은 김종직이 문장과 도학으로 공을 이루었으며, 그 연원에 제자도 매우 많았다고 강조하였다. 그러나 그의 제자들이 제대로 성공하지 못한 채 사화(史禍)를 당하게 된 점이 매우 애석하다고 하였다. 이황이 이 시의 주(註)에서 언급한 내용은 주목된다.

> 점필재는 시문을 주로 삼아 전아해서 도에 가까웠고, 그 문인이 근원을 찾아 한훤당 제공과 같은 이는 크게 뜻을 분발했으나 큰 사업을 끝내지 못한 채, 음화가 벌써 미쳐 사문의 액운을 빚어 오랠수록 더욱 극심하였으니, 어찌 슬프지 않으랴.[123]

이황은 김종직 시문의 특징을 전아근도(典雅近道)로 요약하였다. 이는 매우 중요한 발언이라고 본다. 이황은 김종직 시문의 특징을 간명하게 지적하였다. 이는 그를 추모하며 지은 시에서도 익히 확인되는 바이다.[124] 이황의 이 발언은 김종직 문학 탐색 작업에 있어 매우 중요한 관건이라고 생각된다.

김종직의 경문일치 관점이나 그러한 문풍 수립을 위한 노력은 제자들에게 이어져 도문일치관을 더욱 강화하게 하였다. 이렇게 김종직 이후 전개된 경문일치론은 이후 전개되는 16세기 사림파 문학론 형성의 밑받침으로 작용하였다고 볼 수 있다. 이어 그의 풍교문학론의 일면인 역사은감

---

122) 『退溪集』 卷2, 「閑居次趙士敬具景瑞金舜擧權景受諸人唱酬韻十四首」(其十二).
123) 『退溪集』 卷2, 閑居次趙士敬具景瑞金舜擧權景受諸人唱酬韻十四首自註(其十二), "佔畢主於詩文 而典雅近道 其門人沿流遡源 如寒喧諸公 大有奮志 大業未究 而淫禍已及 爲斯文之阨 久而愈甚 可勝嘆哉."
124) 『退溪集』, 「和陶集飮酒二十首」(其十六), "吾東號鄒魯 儒者誦六經 豈無知好之 何人是有成 矯矯鄭烏川 守死終不更 佔畢文起衰 求道盈其庭 有能靑出藍 金鄭相繼鳴 莫逮門下役 撫躬傷幽情."

론을 살펴보기로 한다.

제4절 역사은감론

이는 김종직의 유교적 역사의식의 표출 양상이라고 할 수 있다. 즉, 지난 역사와 인물에서 드러난 선하고 악한 행위가 후대 사람들을 권면하고 징계하는 작용을 한다는 것이다. 이러한 김종직의 역사 인식은 치자의 입장에서는 풍교의식이라 할 수 있다. 그의 이러한 역사 인식을 '역사은감론(歷史殷鑑論)'으로 부르기로 한다.

이와 관련하여 두 가지 문장을 다루고자 한다. 하나는 난신적자(亂臣賊子)의 행위는 응징된다는 논리를 전개한 「조의제문(弔義帝文)」이고, 다른 하나는 고려 왕조의 흥망성쇠를 회고하면서 제왕(帝王)의 근신을 촉구한 「발송도록(跋松都錄)」이다. 이 두 작품의 공통점은 '풍간의식(諷諫意識)'의 표출에 있지만, 역사는 후대 사람들에게 권징(勸懲)의 척도를 제공한다는 점에서 풍교론의 일각으로 포섭하여 다루는 것도 의미가 있다.

먼저 「조의제문」을 검토하기로 한다. 불의의 역사는 반드시 후대의 심판을 받게 되고, 그 심판의 결과를 가지고 다시 후인들을 권면하고 징계하는 도구로 삼는다는 '역사은감'의 원리가 김종직의 「조의제문」에서 제 빛을 발하고 있다.

이 글의 창작 동기는 이렇다. 김종직이 1457년(세조 3) 10월에 밀양에서 경산(京山)으로 가는 길에 답계역(踏溪驛)에서 자게 되었는데, 꿈에 칠장복(七章服)을 입은 한 신인(神人)이 나타나 자신은 초(楚) 회왕(懷王) 손심(孫心)으로, 서초패왕(西楚霸王) 항적(項籍)에게 시해 당한 채 침강(郴江)에 버려졌다고 하고는 이내 사라졌다고 한다. 그래서 김종직은 꿈을 깨어나 놀라서 속으로, '회왕은 남초(南楚) 사람이고, 나는 동이(東夷) 사람인데, 지역의 떨어짐은 만 리가 넘고 세대의 앞선 것이 천년이 넘는 데도 꿈에 감응했으니, 이 무슨 징조인가?'라며 의아해 하였다고 한다. 그리고 역사서에는 강에 버렸다는 말은 없는데, 혹시 항우가 사람을 시켜 몰래 격살(擊殺)하여 그 시체를 강에 버린 것인지 알 수 없다고 하면서 글을 지어 조문한다고 하였다.[125)

이 작품은 형식상 부체(賦體)에 속한다.[126) 전체의 내용을 삼분(三分)하면, 1행~6행은 서두, 7행~26행은 본문, 27행~38행은 결미에 해당된다. 이를 좀더 세분하여 내용을 검토한다.

> 하늘이 사람에게 사물의 법칙 내려 주었으니
> 그 누가 사대 오상을 따라 행할 줄 모르리
>
> 중국에 관대하고 우리에게 인색함 아니며
> 어찌 옛날에는 있었는데 지금에는 없으랴
>
> 나는 동이 사람으로 천 년 뒤에 태어나
> 삼가 초 나라 회왕을 조문하노라
>
> 惟天賦物則以予人兮　　孰不知其遵四大與五常
> 匪華豊而夷嗇兮　　　　曷古有而今亡
> 故吾夷人又後千祀兮　　恭吊楚之懷王

1~6행이다. 이는 서두에 해당된다. 김종직은 인륜 측면에서 초 회왕을 조상하였다. 하늘이 누구에게나 공정하게 도(道) · 천(天) · 지(地) · 왕(王)

---

125) 『文集』, 「附錄」(戊午事蹟), 文叢12, p.496, "丁丑十月日 余自密城道京山 宿踏溪驛 夢有神人 被七章之服 頎然而來 自言楚懷王孫心 爲西楚伯王項籍所弑 沈之郴江 因忽不見 余覺之愕然曰 懷王南楚之人也 余則東夷之人也 地之相去 不翅萬有餘里 世之先後 亦千有餘載 來感于夢寐 玆何祥也 且考之史 無投江之語 豈羽使人密擊而投其尸于水歟 是未可知也 遂爲文以弔之."

126) 李源周, 「佔畢齋 硏究-그 詩를 中心으로-」, 『韓國學論集』, 啓明大學校 韓國學硏究所, 1979 ; 朴善槙, 「金宗直의 文學 思想」, 『韓國文學思想史』, 啓明文化社, 1991 參照.

의 사대(四大)와 인(仁)·의(義)·예(禮)·지(智)·신(信)의 오상(五常)을 부
여하였음을 강조하였다. 여기서 우리는 김종직의 자주적 사상을 발견할
수 있다. 하늘이 인간에게 품부해 준 그것이 중국과 변방의 차별을 두지
않았으며, 이는 또한 고금을 초월하여 동일한 방식으로 전개된다고 하였
다. 이러한 논리 속에서 그는 과거 중국에서 발생된 초 회왕의 죽음을 조
상할 수 있다는 당위를 찾아낸다. 이는 본문의 내용 전개 과정에서 더욱
구체적으로 표현된다.

> 옛날 조룡이 아각을 가지고 놀아
> 사해의 물결 검붉은 피바다가 되었네
>
> 전어 상어 고래인들 어찌 스스로 보전했으랴
> 그물 벗어나려고 발버둥쳤다네
>
> 당시 육국의 남은 후손들로서
> 유리방랑하는 평범한 백성들뿐이었네
>
> 昔祖龍之弄牙角兮　　四海之波殷爲盍
> 雖鱣鮪鰍鯢曷自保兮　思網漏以營營
> 時六國之遺祚兮　　　沈淪播越僅媲夫編氓

7~12행의 내용으로 우의적 수법이 구사되고 있다. 이 부분의 핵심은
조룡이 군중에서 부는 피리인 아각을 희롱하여 온 나라의 물결이 핏빛으
로 변했다는 내용이다. 여기의 조룡은 진시황을 상징한다. 그는 초(楚)·
연(燕)·제(齊)·한(韓)·위(魏)·조(趙)의 육국(六國)을 멸하고 천하를 통
일한 뒤에 천하를 군현(郡縣)으로 나누고 분서갱유를 단행하여 문화 말살
정책을 시행했다. 그렇기 때문에 전어·상어로 비유된 일반 문사와 백성
들은 그 피해를 직접 받게 되어 그 법망을 벗어나지 못하고 참화를 당했
다고 하였다. 그런데 요행히 그물에서 벗어난 고기로 비유된 사람들은 육

국(六國)의 후손들로, 유망(流亡)하여 신분을 숨긴 채 일반 백성들로 살아
갈 수밖에 없었다고 하였다. 다음은 항양(項梁)과 회왕(懷王) 고사에 근거
한 내용이다.

> 항량은 남쪽 초 나라 장수의 후예로
> 어호를 뒤따라 대사를 일으켰네
>
> 임금을 구해 백성의 소망을 따르니
> 웅역에게 끊어진 제사 보존했도다
>
> 제왕의 상서를 쥐고 왕위에 오르니
> 천하에 천씨보다 더 높은 이 없었네
>
> 장자를 보내어 관중에 들어가게 했으니
> 족히 인의의 마음을 볼 수 있었네

> 梁也南國之將種兮　踵魚狐而起事[127]
> 求得王而從民望兮　存熊繹於不祀
> 握乾符而面陽兮　天下固無尊於芊氏
> 遣長者以入關兮　亦有足覩其仁義

13～20행이다. 항량은 항적의 숙부로, 진(秦)나라 말기에 진승(陳勝)과
오광(吳廣)이 군사를 일으키자, 조카인 항적과 함께 오중(吳中)에서 군사를
일으켜 그들을 무찔렀던 인물이다. 김종직은 항량의 발기와 함께 회왕이
왕위를 얻고 종묘사직을 받들며 제사를 받들게 되었다고 하였다. 여기서
웅역은 주성왕(周成王) 때 사람으로, 초(楚) 나라 시봉조(始封祖)이다. 그리

---

127) 魚狐 : 魚帛狐簒의 준말. 秦 나라 二世 초기에 가장 먼저 擧事하였던 陳涉을 가리킴. 진
섭이 거사하기 직전에 대중을 유혹시키기 위해 비단에 붉은 글씨로 진승왕이라 써서 몰
래 남의 그물에 든 고기의 뱃속에 넣어두고 그 고기를 사서 삶아 먹은 군졸이 그것을 보
고 매우 괴이하게 여긴 일과 叢祠 안에 밤중에 모닥불을 피워놓고 여우의 울음소리를 내
어 울면서, 대초가 일어나고 진승이 왕이 되리라(大楚興, 陳勝王)고 하여, 대중 여론을
조성했던 점을 말함.

고 천씨(芊氏)는 초(楚) 나라의 성씨인 의제를 말한다. 그리고 본문의 장자
는 관후장자(寬厚長者)의 준말로, 한고조(漢高祖) 유방(劉邦)을 가리킨다.

이는 유방이 항우(項羽)보다 먼저 관중에 들어가 진왕자(秦王子) 영(嬰)
으로부터 항복을 받고 관중을 조용히 평정하였던 일을 말한다. 의제는 진
나라를 칠 때, 용감무쌍하고 잔인한 항우를 대신하여 너그럽고 온순한 유
방(劉邦)을 보냈는데, 이 대목에서 김종직은 의제의 어진 마음씨를 은근히
드러내려 하였다. 그러자 항우는 의제의 처사에 불만을 품고 가해 행위를
서슴지 않았다고 했다.

> 양과 이리처럼 탐학을 하던 관군 멸하니
> 어찌 그를 잡아 처형하지 않았던가
>
> 형세가 크게 그렇지 못한 게 있어서
> 나는 회왕을 위하여 더욱 두렵구나
>
> 도리어 반군에게 시해 당했으니
> 과연 천운이 크게 어긋났네

> 羊狼狼貪擅夷冠軍兮　　胡不收以膏齊斧
> 嗚呼勢有大不然者　　　吾於王而益懼
> 爲醯醋於反噬兮　　　　果天運之蹠盩

21~26행은 의제의 처사에 앙심을 품은 항우가 상장군인 송의를 죽이
고 초 회왕 마저 시해했다는 내용을 담고 있다. 관군(冠軍)은 초 회왕의
상장군(上將軍)인 경자관군(卿子冠軍) 송의(宋義)를 가리키는데, 그는 항우
에게 기습을 받아 멸족(滅族)당했다고 한다. 말하자면, 항우가 의제에게
반역 행위를 감행한 것이다. 김종직은 당시 그의 행위가 부당한 것임에도
불구하고 처단할 수 없었던 사실에 분노하여 22행에서 왜 그를 처벌하지
않았느냐고 반문하였다.

　김종직은 이렇게 득세한 항우를 휘어잡지 못하자, 사태는 완전히 반전
되어 도리어 의제까지 시해되는 참극을 빚게 되었다고 애석해 하였다. 그
는 항우의 부당한 처사에 대해 격분하면서, 의제의 죽음을 몹시 애도하는
복합적인 심정을 작품에서 토로하였다. 지난 역사에 대한 감회와 서글픈
심정은 후반부에 이르러 더욱 절실하게 표현된다.

　　　침산의 바위 우뚝 하늘에 치솟았는데
　　　햇빛은 어둑하게 저물어가네

　　　침강의 물 밤낮으로 흘러가는데
　　　물결은 넘쳐흘러 돌아오지 않구나

　　　오랜 천지에 한이 언제 다하랴마는
　　　그 넋은 지금까지 떠돌아다니네

　　　나의 충심 금석을 뚫을 만하기에
　　　왕께서 갑자기 꿈속에 나타나셨네

　　　주자의 노련한 필법을 따라
　　　마음 설레며 공경히 사모하여

　　　술잔 들어 땅에 부으며 제사 올리오니
　　　영령은 강림하시어 흠향하소서

　　　郴之山礉以觸天兮　　景晻曖而向晏
　　　郴之水流以日夜兮　　波淫泆而不返
　　　天長地久恨其曷旣兮　魂至今猶飄蕩
　　　余之心貫于金石兮　　王忽臨乎夢想
　　　循紫陽之老筆兮　　　思矗蝐以欽欽
　　　擧雲罍以酹地兮　　　冀英靈之來歆[128]

---

128) 『文集』, 「附錄」(戊午事蹟), 文叢12, p.496.

27~38행이다. 전반적 분위기가 침울하다. 의제가 시해 당한 침강 가의 우뚝한 바위는 스산하고, 해마저 기우는 시점이다. 그렇지만 역사의 변천 과는 무관한 침강은 유유히 흐르고 있다. 강물이 작중 화자의 암울한 심 정과 무관하게 유유히 흘러간다는 표현에서 애상감이 더욱 고조되고 있 다. 의제의 고독한 원혼은 의지할 곳이 없었지만, 김종직의 충심이 칼날처 럼 날카롭기에 의제의 원혼이 꿈에 나타난 것이라고 하였다. 그래서 이렇 게 김종직은 난폭한 신하에 의해 시해 당한 의제를 애도하며 억울한 혼령 을 위로하고 있는 것이다.

이 작품은 용사(用事)가 심하여 문외의(文外義)의 파악이 용이하지 않다. 당시 대사헌을 역임한 강귀손(姜龜孫)[129]도 이 글의 뜻을 해득하기가 어렵 다고 했을 정도다.[130] 그러나 분명한 것은 김종직이 군주인 의제에게 반 기를 들고 시해한 항우의 불의와 불충을 비난하는 역사의식을 표출하였 다는 점이다. 우리가 풍교의식을 논하면서 「조의제문」을 거론하게 되는 까닭도 바로 여기에 있다. 군신간의 의리문제가 왜곡되면 군민(君民)간의 의리도 자연 어긋날 수 있다. 이 점을 김종직은 걱정하였다. 백성을 교화 의 대상으로 하는 풍교가 제대로 작동되자면 먼저 군신간의 의리가 분명 해질 필요가 있기 때문이다.

이어 다룰 작품은 「발송도록(跋松都錄)」이다. 역사의 은감(殷鑑)은 신하 의 반역 행위만을 대상으로 하지 않는다. 역대 제왕들의 선행과 악행도 중요한 은감의 대상이다. 김종직은 「발송도록」에서 먼저 불교 신봉 국가 였던 고려의 역사를 들어 후인들을 경계하였다. 김종직은 서두에서 고려 왕조의 궁궐과 권력층의 호화찬란했던 모습을 다음과 같이 묘사하였다.

---

129) 姜龜孫 : (1450~1505). 문신. 자는 用休 본관은 晋州. 시호는 肅憲.
130) 『燕山君日記』 卷30, 4年 7月 庚戌條, "臣曰 其文義 誠難曉 編集者 若知公義, 則固有 罪矣."

고려는 송악에 도읍한 지 5백년만에 멸망하였다. 그런데 전성 시대에는 임금
과 신하들이 서로 화합해 태평 시대를 이루었다. 그런데 성과 연못·궁궐로써 위
엄을 드러내는 것을 중히 여기고 노닐고 볼거리를 보는 제공하는 바가 풍부했다.
그리고 공경대부나 권세를 지닌 백성들이나 부유한 장사치들의 정원이나 연못
및 저택이 자하동(紫霞洞)을 에워싸고 남산에 임하여 즐비하게 늘어서 있었다. 게
다가 절과 불탑이 기이하고 호화로움을 서로 다투어 금빛 흰색의 고운 단청이
서로 휘황찬란했다.[131]

김종직은 고려가 지나치게 사치와 방종을 일삼다가 결국 쇠망하게 된
점을 지적하였다. 예문에서 김종직은 고려가 전성기에 군신이 서로 화합
하던 면모와는 달리, 일락(逸樂)만 추구하던 모습을 회상하였다. 화려한
성곽과 연못 등은 볼거리를 제공하기에 족하였다. 그리고 제왕들뿐만 아
니라 권력가의 으리으리한 저택 역시 쇠망을 향한 행보였던 점을 지적하
였다. 그리고 그는 지나치게 흥왕(興旺)했던 고려조의 사찰과 불탑·단청
의 호화스러움 역시 쇠망의 한 요인으로 보았다. 사찰의 사치 행각은 곧
고려조 불교의 폐단을 반영해 주는 일면이기도 하였다.

이는 그의 문도인 채수(蔡壽)[132]와 유호인(兪好仁)[133]이 「유송도록(遊松
都錄)」에서 우왕의 황음무도한 작태를 비난한 것과 동일한 발상이다. 채
수와 유호인의 언급을 보기로 한다.

화원에 가보니 이미 묵은 지 오래 되었고 오직 팔각전만 우뚝하게 남아 있지
만 반은 퇴락이 되었으며, 팔각전 뒤에 돌을 쌓아 만든 가산(假山)에는 화초만 남
아 있다. 고려 우왕은 이 화원에서 날마다 술잔치를 벌이면서 어리석게도 요동을
정벌할 계획을 했었다.[134]

---

131) 『文集』卷2, 「跋松都錄」, 文叢12, p.417, "高麗氏都松嶽 幾五百年而亡 當其全盛時 君
　　臣歡洽 粉澤升平 非惟城池觀闕 可以示威重而供游衍也 其公卿大夫 豪民富商 園池第
　　宅 包紫霞 枕男山 鱗錯櫛比 雜以僧寮塔廟 爭奇鬪麗 金碧相輝."
132) 蔡壽 : (1449~1515). 문신. 자는 耆之이며 호는 懶齋이다. 본관은 仁川이며 시호는 襄
　　靖이다.
133) 兪好仁 : (1445~1494). 문신. 자는 克己이며 호는 天放·林溪·뇌계이다. 본관은 고령
　　이다.

> 팔각전 뒤에는 괴석으로 만들어 진기한 꽃들이 바위틈 사이에 요란하게 피어
> 있는데, 이는 우왕이 도둑질하여 십여 년 간 즐기던 물건들로 지금은 흩어져 민
> 가에 가 있는 것이 얼마인지 알 도리가 없다.[135]

채수는 고려 궁궐의 옛 정원을 탐방하였는데, 팔각전은 우뚝하게 남아
있지만 퇴락하기 그지없다고 하였다. 그리고 가산에는 화초만 남아 있었
는데, 이 화원에서 우왕이 날마다 술잔치를 벌이면서 어리석게도 요동 정
벌의 허황한 꿈을 꾸었던 점을 회상하였다.

이어 유호인은 고려 궁터에서 괴석 사이에 피어난 여러 가지 꽃을 보며
고려 우왕이 토색질하여 즐기던 자취를 떠올렸다. 우왕의 유흥과 환락을
위해 동원된 괴석과 꽃들은 백성들의 고혈과 다름 아니다. 유호인은 고려
의 멸망과 함께 궁궐의 유물은 민가로 흘러 들어가 영락하게 되었다는 무
상감을 표현하였다. 그러면서 우왕을 비롯한 고려 역대 왕의 유흥과 사치
성 행각을 비난하였다. 이어지는 「발송도록」에서는 고려조 전성기에 비
해 초라해진 현실 회고의 정서가 표출되고 있다.

> 그리고 대성묘(大成廟)를 배알해 보고는 옛 제도가 아닌 토소(土塑)로 만든 것
> 을 보고 통탄했다. 연복사(演福寺)의 누각에 올라가서는 불가에서 「복전설(福田說)
> 」을 이용하여 임금을 현혹시키고 귀공(鬼工)을 극도로 하였으나 마침내 퇴락을
> 면치 못한 것을 탄식하였다. 건덕전(乾德殿)에 이르러 위봉루(威鳳樓)에 다다랐더
> 니 언덕과 멧부리는 예전과 같았지만 주춧돌과 섬돌은 절반이나 황폐해졌다. 그
> 래서 그 당시 팔관회를 개최할 때에 구정(毬庭)을 크게 열고 천 무더기의 비단
> 수를 늘여 놓고 생황 소리가 다투어 울리는 가운데 임금과 신하가 밤새도록 즐겼
> 던 일을 회상하였다.……그리고 장원정(長源亭)과 연복정(延福亭)에 이르러서 문
> 사들이 가볍게 행동하고 방탕하여 조정과 민가에 유혈 사태가 일어나 임금을 쫓
> 아내고 권신들의 화가 대대로 끊이지 않게 된 점을 슬퍼하였다.[136]

---

134) 『懶齋集』 卷1,「遊松都錄」, 文叢15, p.375, "至花園 園已荒廢 唯八角殿巋然獨存 年久
　　半摧 殿後聚石爲假山 花卉猶存 高麗幸禑 常在此園 日事沈湎 而妄爲政遼之計."
135) 『㵢溪集』 卷7,「遊松都錄」, 文叢15, p.186, "殿後怪石成山 奇花異卉 紛敷砌磚 此幸禑
　　盜竊十餘間供翫之物 今已散落民間者 亦不知幾許."
136) 『文集』 卷2,「跋松都錄」, 文叢12, p.418, "謁大成廟 痛土塑之非古 登演福浮屠 嘆釋氏

김종직은 고려의 옛 유적지를 탐방하면서 회고 정서를 표현하였다. 그는 대성묘를 배알하고 나서, 옛 제도에서 벗어난 흙으로 빚은 소상(塑像)을 보고 통탄하였다. 그리고 그는 연복사에서는 불가에서 허황한 이야기를 퍼뜨려 중생을 현혹했던 점에 대해서도 개탄하였다. 이어 그는 궁전과 누대의 터에서 그 옛날, 고려조 왕과 신료가 팔관회를 즐기며 방종하던 점에 대해 안타까운 심정을 표현하였다.

김종직은 장원정과 연복정에서 문사들의 방종으로 인해 유혈 사태가 발생되었던 배경을 회상하며 아쉬운 마음을 감출 길 없었다. 이런 점에서 김종직은 고려조의 군주를 비롯한 대신·일반 백성들이 지나치게 불력(佛力)에 의존하여 유흥과 사치를 일삼다가 결국 국가적 쇠망을 초래했다고 판단하였다.

그래서 김종직은 「발송도록」으로 고려 오백 년 역사의 흥망성쇠를 일별할 수 있으며, 감계의 바탕을 삼을 수 있다고 강조하였다.

> 그래서 저 고려 오백 년 동안의 어둡고 밝은 면이나 이루고 패한 자취로써 눈에 보이고 생각에 느껴지는 것에 대해서 시집에 모두 수집하였다. 그래서 이는 금옥(金玉)이 서로 창수(唱酬)하는 것 같고 훈지(壎箎)가 서로 응한 것 같기도 하며 하늘의 자손이 일곱 번 자리를 옮김으로써 봄 하늘에 구름이 나는 것 같기도 하다. 그래서 나는 책을 어루만지며 감탄하였다. 훌륭하도다! 감계가 밝고 풍유가 드러나기는 『시경』「삼백편」의 뜻도 이보다 더 뛰어나지 못할 것이다. 제군은 어전에서 주상을 가까이 모시면서 주상의 총명을 돕고 진작시키는 것을 직무로 삼고 있다. 어전에 엎드려 「단의잠(丹扆箴)」을 올릴 때에 멀리 옛일을 끌어댈 필요도 없이 곧바로 고려의 치란을 귀감 삼아 주상을 인도한다면, 이 기록도 마땅히 도움이 있을 것이다.[137]

用福田之說 陷溺人主 彈極鬼功 而終亦不免於頹塌 至乾德殿 抵威鳳樓 崗巒昨 礎砌半荒 因想八關之會 大敞毬庭 錦繡千堆 笙歌競沸 君臣耽樂……歷長源延福等亭 悲文士之輕佻放蕩 以致蹀血朝市 放逐君父 權臣之禍 歷世靡定."

137) 『文集』卷2,「跋松都錄」, 文叢12, p.418, "凡五百年間 昏明成敗之迹 觸于目 感于懷者 罔不收拾之於錦囊 如玉唱而金酬也 如壎吹而箎應也 如天孫之七襄而春空之蚩雲也 余撫卷嘆曰 多乎哉 鑑誡昭而諷諭著 三百篇之旨 不越乎是矣 諸君 方且昵侍經帷 以神益聖聽爲職 其於伏細氈 箴丹扆之際 不暇遠引古昔 以高麗治亂 爲龜鑑而啓迪之 是錄當有助焉."

「발송도록」 편찬 의의에 대한 김종직의 생각이 선명히 제시되고 있다. 그는 고려 오백 년 사적의 명암과 행적이 모두 담겨 있는 「발송도록」을 통하여 고려조의 흥망성쇠에 따른 교훈을 제공받을 수 있다고 하였다. 또한 김종직은 '감계가 밝고 풍유가 잘 드러나는[鑑誡昭而諷諭著]' 「송도록」의 교훈성은 『시경』의 정신에 뒤질 바 없다고 단언하였다. 시경의 정신은 공자가 '사무사(思無邪)'로 요약한 바 있거니와 궁극적으로는 『예기(禮記)』에서 말한 시교(詩敎)로 수렴된다. 바로 그 시교의 기능을 「발송도록」이 공유하고 있다는 점에서 위의 예문은 김종직의 풍교 의식을 다시 확인시켜 준다.

「조의제문」이 신하의 도리를 말하여 불의한 난신적자는 응징되어야 한다는 관점이 제시된 것이라면, 「발송도록」은 군주의 도리를 말하여 부당한 권력의 사용이 불러올 비극적 사태를 풍간한 것이다. 이러한 불의에 대한 응징과 제왕에 대한 풍간을 강조하는 '역사은감론'은 김종직의 풍교 문학론을 형성하는 또 다른 단서가 되는 것이다.

제5절 관풍역속론

'관풍역속'이란 백성들의 삶을 시로 표현하되, 그들의 삶 가운데 순후한 풍속은 권장하고 악한 풍속은 교정한다는 뜻이다. 관풍(觀風)은 치자(治者) 입장에서 백성들의 삶을 주시하는 것이다. 다시 말하면 백성들을 바람직한 방향으로 교화하고 선도하기 위한 기초 정보의 수집이 필요한데, 이를 위해 백성들의 삶을 주목해서 살핀다는 의미이다. 이러한 관풍의 시는 그의 기속시(紀俗詩)에 잘 나타나 있다.

김종직의 기속시 창작은 주로 외직을 수행하는 과정을 통하여 이루어졌다. 그는 41세에 함양군수, 46세에는 선산부사, 57세에는 전라도 관찰

사를 각각 역임하였다. 그는 이 과정에서 지방의 물산과 토속, 인심 등에
유의하여 이들을 시로 형상하였다. 다음 시는 김종직이 홍주 지방관으로
부임하는 송요년을 전송하며 지은 것이다.

전후로 고을살이한 지 이십 년인데
또 홍양으로 목사의 행차가 달려가네

왕래하며 모친 봉양에 편리하겠고
백성 다스리는 규모는 작은 생선에 있도다

시골에서 민풍 채집하면 두모를 따를 것이고
해산에서 시구 얻으면 매선을 찾으리

지난 봄 궁핍을 어찌 말하리
시골에선 자사의 은택을 누리겠네

前後爲州二十年　　洪陽軒騎又翩翩
往來瀨灘由便道[138]　撫字規模在小鮮[139]
農野採謠追杜母[140]　海山得句訪梅仙
去春半菽那堪說　　里巷忻看刺史天[141]

　김종직은 송요년(宋遙年)[142]이 홍주의 지방관으로 부임하여 어진 정치
를 실현하여 줄 것을 당부하였다. 서두에서 송요년이 지방관으로 부임하
는 목적이 지방 행정 수행과 부모 봉양에 있다고 하였다. 당시 김종직을

---

138) 瀨灘 : 식품을 쌀뜨물에 담가 부드럽게 하는 일(古代烹調方法 用植物澱粉拌和食品使其
　　柔滑). 母親 奉養을 意味함.
139) 小鮮 : 큰 나라를 다스리는 데에는 작은 생선을 삶듯 건드리지 말고 가만히 둔다는데서
　　비롯된 말(『老子』, 「居位」, 治大國 若烹小鮮).
140) 杜母 : 후한 때 南陽太守로 그곳을 잘 다스려 백성들이 어머니라고 불렀다(東漢河南汲縣
　　人 字君公 建武中官侍御史 七年出爲任南陽太守 時人以其與西漢時南陽太守邵信臣相
　　比語曰 前有邵父 後有杜母,『後漢書』卷31).
141) 『詩集』卷19,「送宋牧使遙年之任洪州」, 文叢12, p.360.
142) 宋遙年 : (1428~1499). 자는 期叟, 본관은 恩津.

비롯한 신진사류는 부모 봉양을 위해 고향 가까운 고을의 수령으로 부임
하기를 자청하여 지방 교육을 활성화하고 성리학 규범을 확산시켜 풍속
을 교화하는 계기를 삼았다.[143]

　김종직은 송요년에게 백성을 다스리는 원리가 덕치에 있음을 강조했다. 목
민관이 덕치에 주력한다면 백성들은 절로 순복하게 될 것이라는 충고이다.
그런데 위의 시 5구에 '민풍 채집[農野採謠]'에 관한 언급이 있다. 민풍 채집
은 곧 어진 정치를 펼치는 바탕자료를 삼기 위함이다. 민풍 채집은 곧 관풍의
개념과도 통한다. 관풍은 이처럼 인정(仁政)을 구현하는 매우 소중한 정치행
위인 셈인데, 곧 김종직 자신의 정치 신념이기도 하다.

　김종직의 관풍의식은 악습이나 폐습을 교정한다는 의미로 확대된다. 이
를 요약하여 '역속(易俗)'이라 부르기로 한다. 주지하듯이, 김종직은 지방
목민관으로 해당 고을 주민에게 성리학 교화와 그러한 풍토 조성에 기여
했던 인물이었다. 그러나 매사가 자신의 정치적 신념대로 이루어지지는
않았다. 때로는 능력의 한계에서 오는 좌절감을 느끼기도 하였다. 다음 시
는 그러한 김종직의 좌절된 자아가 잘 드러나 있는데, 아울러 악한 풍속
의 교정을 염원하는 의지도 담아 내었다.

　　　무진의 남긴 풍속 본래 흉악하여
　　　동자도 적백환을 쉽게 다룬다네

　　　태평 시절에 분수 범할 줄 어찌 알았으리
　　　처음 들으니 쇠한 머리털 관을 찌르네

　　　창랑은 스스로 군저의 노염을 불렀거니와
　　　매질은 장차 백 가호에게 해독 이루었네

　　　봉생정 아래 길에서 부절 멈추고 있으니
　　　풍속 바꿀 꾀 없는 관리된 게 부끄럽구나

---

143) 關聯 論議로 李樹建, 『嶺南學派의 形成과 展開』, 一潮閣, 1998을 參照.

武珍遺俗故凶奸　　童子能探赤白丸[144]
豈意治朝猶犯分　　初聞衰髮尙衝冠
滄浪自致群狙怒[145]　箠楚將成百室殘
餌節鳳笙亭下路　　轉移無術愧王官[146]

이 시는 광주 사람이 그곳 판관인 우윤공(禹允功)을 쏘자, 윤공은 화순으로 달아났던 사건에 근거하여 창작한 작품이다. 1~2구에서는 무진 땅의 전래 풍속이 흉악하여 어린아이들도 탄환을 다룰 줄 안다고 하였다. 그러다가 한 고을 주민이 판관에게 활을 겨누는 불행한 사건이 일어나고 말았다. 김종직은 그 소식을 접하고 아연실색할 수밖에 없었다. 강상(綱常)이 추락하고 있음을 직감하였던 것이다. 판관은 왕명을 받아 부임한 관료임이 분명한데 백성이 그를 멸시한 것은 바로 왕권에 대한 모독 행위와 다를 바 없었다.

김종직은 분수를 범한 이들의 행위에 대해 분개하였다. 그러나 어찌할 도리가 없어 봉생정 아래에서 탄식만 하고 있다. 김종직은 8구에서 풍속을 교정하지 못한 무능함으로 인해 솟아난 관료로서의 부끄러운 심정을 토로하였다.[147] 김종직의 꿈은 완악한 민심을 바로 잡고 상하의 윤리 강상이 바로 서는 반듯한 고장의 건설이었기 때문이다. 문집에는 김종직 자신이 지방의 아름다운 유풍을 칭송한 경우가 많다.[148] 그는 동료나 친구,

---

144) 赤白丸 : 漢 成帝 때 장안의 소년들이 암살단을 조직하여 赤·白·黑색의 세 탄환을 만들어 놓고 제비뽑아 赤丸을 취한 자는 武吏를 죽이고, 白丸을 취한 자는 文吏를 죽이고, 黑丸을 취한 자는 장사를 주관하게 했다는 고사(『漢書』 卷90).
145) 滄浪 : 저격을 받은 장본인이 스스로 저격 받을 짓을 했음을 비유한 말임(『孟子』, 「離婁」).
146) 『詩集』 卷21, 「光州人射其判官禹允功中臂允功奔和順」, 文叢12, p.372.
147) 이러한 김종직의 지방 풍속 교정에 대한 애착은 다음 시에서도 확인된다. 해당 시구만 예로 든다(『詩集』 卷8, 「和高靈府院君代尹晉陽子潗」, 文叢12, p.271, 腰間綬若若 風俗未轉移 瘝民糜厚俸 面多發慙時) : (『詩集』 卷1, 「五絃琴」, 文叢12, p.215, 淳風死去不可挽 只有遺歌傳至今).
148) 該當 詩句를 들면 다음과 같다(『詩集』 卷12, 「再和」, 文叢12, p.303, 故國風猶厚 何曾學越吟) : (『詩集』 卷13, 「送鄭山陰蘭秀秩滿拜監察還京次貞甫韻」, 文叢12, p.305, 誰

선배 등이 지방관으로 부임할 때마다 그곳의 못된 풍속을 고치고 왕화(王化)에 이바지하라는 충고를 빠트리지 않았다.

　다음에 소개할 일련의 시에서 김종직은 지방관의 역할을 강조하면서, 그 지방 고유의 문화 전통에 유의하여 악한 풍속을 교정하고 폐단을 척결하라는 충고를 빼놓지 않는다. 경주 판관을 전송한 시를 보기로 한다.

　　　　그곳은 먼 옛날의 사로국인데
　　　　배와 수레 통하는 바다 한 구석일세

　　　　오릉의 시냇물 졸졸 흐르고
　　　　육부의 나무들 빽빽이 서 있네

　　　　저자엔 생선과 소금이 모여들고
　　　　숲 사이엔 탑과 사당도 기이하네

　　　　금오산 그림자 주취 빛처럼 빛나고
　　　　만파식적 소리는 오랑캐 음악 능가하리

　　　　달빛 아래 처용무 추는 소년도 볼 것이고
　　　　노래하고 시하는 여인도 있다오

　　　　번화함 상상되겠지만
　　　　순한 풍속이 점차 스며들겠네

　　　　往古斯盧國　　舟車海一陲
　　　　五陵溪汨汨　　六部樹纍纍
　　　　市上魚鹽集　　林間塔廟奇
　　　　金鰲映珠翠　　玉笛破兜離
　　　　舞月看風子[149]　絃詩有雪兒[150]

　　道俗頑囂 猶能戀舊主) : (『詩集』卷15,「元朝和通之兄」, 文叢12, p.324, 鄕里淳風猶似
　　舊 燈前老我不堪孤) : (『詩集』卷20,「送洪府尹兼善」, 文叢12, p.361, 大尹才華一代雄
　　東都文物有遺風).
149) 風子 : 處容舞를 추는 少年.
150) 雪兒 : 唐代 李密의 愛姬. 妓女나 美人.

繁華猶可想   淳朴漸成漓[151]

김종직은 경주 판관으로 부임하는 의석에게 경주의 역사적 유래와 풍속 및 유적까지 상세히 설명하였다. 1~2구에서는 경주의 옛 지명과 내륙에 위치한 지리적 배경을 설명하였고, 3~4구에서는 점차 시야가 시내로 좁혀져 오릉 주변에 흐르는 시냇물과 여섯 고을에 빽빽이 들어찬 나무를 표현하였다. 그러다가 다시 5~6구에 오면 저자 거리와 경주의 도시 풍경이 펼쳐지고, 7~8구에서는 금오산의 풍광을 배경으로 하여 맑게 들려 오는 만파식적 소리를 슬쩍 삽입하였다. 나머지 구에서는 신라의 시정풍류가 소개되었는데, 달밤에 처용무를 추는 소년과 가무를 즐기는 여인까지 등장시켰다.

김종직은 이 시에서 경주의 풍속이 판관으로 부임하는 의석에 의해 점차 순화되리라고 기대하였다. 김종직은 경주의 사치와 향락 그리고 소비를 조장하는 문화 환경을 달갑게 여기지 않았다. 그는 경주 판관을 통해 이러한 불교적 체취와 유흥 문화가 불식되고, 건전한 유교 문화가 정착되기를 희망했다. 바로 이러한 희망 속에서 김종직의 풍교 정신이 자라나고 있었다. 풍교는 풍속을 순화하여 백성들을 교화한다는 의미이다.

이러한 관풍의 입장은 풍속이나 제도를 개혁하는 차원으로 확대된다. 「알부자묘부(謁夫子廟賦)」는 김종직이 24세 때에 지은 것으로 사당제도(祠堂制度)의 혁신(革新)을 염원한 글이다. 부친 김숙자가 성균관사예(成均館司藝)로 있다가 성주 교수로 나가자 그는 부친을 찾아뵈었다. 그 때 그곳 향교의 사당을 참배하고 나서 대성(大聖) 이하 모두 소상(塑像)으로 되어 있는 것을 보고 탄식하고, 목주로 바꾸게 한 뒤에 이 부(賦)를 짓게 되었다.[152] 전체 작품 가운데 사당제도를 혁신하려는 의지가 드러난 대목을

---

151) 『詩集』卷20, 「送慶州判官宜碩」, 文叢12, p.363.
152) 『文集』卷1, 「謁夫子廟賦」, 文叢12, p.398, "景泰甲戌秋 嚴君 自成均司藝 出爲星州敎授 乙亥春 余與仲氏往省焉 因留黌序讀書 携諸子入禮夫子廟 見大聖以下四聖十哲 皆塑以土 歲月已遠 黯黝如入古寺 見千歲偶人 予愕然不敢指視 以爲大聖大賢 如有靈 其

중심으로 분석해 본다.

작품의 전반부는 성주 향교에 있는 사당의 참혹한 현장을 묘사하고 있다. 공자 소상의 상의에 이끼가 장식되어 있고, 달팽이도 그곳에 침을 흘리며 이곳저곳으로 기어다니고 있었다. 그리고 사성(四聖)인 요(堯)·순(舜)·우(禹)·탕(湯)과 공자 문하의 뛰어난 제자 열 명인 안연(顔淵)·민자건(閔子騫)·염백우(冉伯牛)·중궁(仲弓)·재아(宰我)·자공(子貢)·염유(冉有)·계로(季路)·자유(子游)·자하(子夏) 십철(十哲)의 소상도 관이 삐뚤어지거나 홀이 빠졌는가 하면, 눈이 상하고 손가락마저 부러진 것이 부지기수였다. 김종직은 이처럼 공자 사당의 초라하고 허물어진 정경을 상세히 묘사하면서 사당 관리가 소홀한 점에 대해서도 탄식했다.[153] 그러나 김종직은 아무리 퇴색되고 허물어진 사당일지라도 공자의 정신만은 변색되지 않는다고 믿었다.

> 구하면 반드시 있기 마련
> 도는 여기에서 통한다네
>
> 어찌 형상만 보고 제사 올려야만
> 밝게 흠향하시길 바라는가
>
> 황금으로 본 떠도 될 수 없거늘
> 토목으로 닮게 한단 말인가
>
> 처음 만든 자의 어리석은 그 행위
> 어찌 지금 나무라지 않으랴
>
> 성신께서 좋은 운수 만났으니
> 문묘 제도를 빛나게 복고시키리
>
> 목주 봉안하고 석채 올려
> 밝은 보답을 드러나게 하리라

肯依此而受享乎 於是咎始作者之無稽 書此賦遺諸子 俾改以木主云."
153) 『文集』 卷1, 「謁夫子廟賦」, 文叢12, pp.398~399.

드러나지 않은 성덕 빛내어
희실의 규모 본받으리라

어찌 고쳐 지음을 극히 어렵게 여겨
여전히 이전 것에 매여 있단 말인가

求之則在	道之斯通
何必峴形像而禋祀	冀肹蠁之昭融
範黃金猶不可爲	而又土木之是肯
始作俑之無稽	豈不至今其可誚
喟聖神之履運	煥頓制之復古
妥木主以釋菜	用以彰夫昭報
光聖德於不顯	體姬室之規模[154]
何必重夫改作	尙因襲乎前圖

　김종직은 애당초 공자와 현인들의 초상을 토목으로 만든 행위를 '황당
무계'한 짓이라 하면서 사당제도의 개혁 의지를 강하게 드러내고 있다.
허물어지고 피폐해진 사당의 면모를 일신하여 옛 제도에 따라 소상을 훼
파하고 목주로 대체하며, 석채를 올려 주 문왕의 덕을 기리는 바와 같이
공자의 덕을 기려야 한다고 하였다. 김종직은 부당한 구습은 타파되어야
한다고 말했다. 구습에 얽매여 목주로 대체하지 못할 이유가 없다는 것이
다. 김종직은 보다 구체적으로 자신의 제도 개혁의지를 표출한다.

고하건대 남산엔 무엇이 있는지
좋은 밤나무가 무성하여라

양으로 기르고 음으로 보호하여
바람과 이슬로 윤택하게 하였구나

---

154) 姬室之規模 : 주 문왕의 덕을 말한다(『詩經』,「周頌」, 不顯惟德 百辟其刑之). 본문에서
　는 공자를 비유한 것임. 즉, 姬室은 姬姓인 주나라를 가리킨 것인데, 희실의 규모를 본받
　는다는 것은 주 문왕에게 맨 처음으로 木主를 사용했으므로 그대로 따라야 한다는 뜻임.

쪼개어 신주 만들면
나무 결도 고르리라

주나라 사람들 밤나무를 써야만
부자의 신령 편하게 해드리리

흙의 소상 빨리 부수어
온 대지로 돌려보내리라

온갖 잡귀들
의지할 곳 없게 하여라

군자들에게 밝게 고하니
이 내 말 거짓 아니라오

성인이 다시 오시더라도
내게 선견지명 있다 하겠네

諄曰南山何有	侯栗蓁蓁兮
培陽擁陰	風露流津兮
剖而作主	肌理均兮
用周人栗	可以安夫子之神兮
亟撤土塑	返黃祇兮
毋令螭魅	有憑依兮
明告君子	余言不欺兮
聖人復起	謂余有知兮[155]

　　김종직의 소상을 훼파하고 목주로 대체하자는 의지는 남산에 무성한
밤나무를 잘 길러 나뭇결이 고르게 신주를 만들어 부자의 신령을 편안하
게 하자는 제안으로 이어진다. 이어 김종직은 자신의 이러한 처사가 온당
한 것임을 천명하였다. 성인이 다시 오더라도 자신의 선견지명을 칭찬할
것이라고 확신하였다. 김종직의 풍교 의식은 공자사당의 제도, 즉 소상을

---

155) 『文集』 卷1, 「謁夫子廟賦」, 文叢12, pp.398~399.

목주로 바꾸어 문묘제도를 회복하려는 의지의 표명과 같은 한 차원 높은
경세의지로 발전되고 있는 것이다.

이러한 개혁의식이 한층 강화된 「여밀양향교제자서(與密陽鄕校諸子書)」
를 검토하기로 한다. 김종직의 선명한 사림성향이 잘 드러나 있는 이 글
은 15세기 중반 타락 일로에 있던 향교문화의 현실을 사실적으로 폭로하
고 있다. 우리는 이 글을 향교문화의 모순을 통렬하게 지적한 한 편의 '향
교개혁론'으로 불러도 좋을 것이다.[156)

'향교개혁론'은 풍교확립론과 궤를 같이한다. 주지하듯, 김종직은 지방의
풍속 교정과 유교적 풍토 조성에 적극적이었다. 김종직은 밀양 향교를 출입
하는 여러 유생들에게 보내는 편지 형식을 빌어 '향교개혁론'을 제출하였다.
그는 서두에서 밀양의 풍속이 경박해지고 조정의 정치 교화가 미치지 못한
원인을 다음과 같이 진단하였다. 이 글은 연역법으로 논리가 전개된다.

> 조용히 생각하건대, 시골 풍속이 경박해지고 조정으로부터의 교화가 막히는 것은
> 그 원인이 오직 학교의 강학이 밝지 못한 데에 있습니다. 강학이 밝아진 뒤에 효제
> 충신(孝悌忠信)의 가르침을 사람마다 따라 익히게 하면 학교에서부터 여항(閭巷)에
> 이르기까지 따라 배우는 것은 저절로 이루어질 것입니다.[157)

김종직은 시골의 풍속이 완악하고 왕의 교화력이 미치지 못한 이유를
향교 교육의 부재에 있다고 단언하였다. 강론하고 학습하는 과정을 거쳐
효제충신의 도리를 가르치면, 학교에서부터 일반 서민들에 이르기까지 효
도하고 공손하며 충성되고 신실한 덕목이 갖추어질 것이라고 하였다. 그
러면, 이렇게 된 이후의 결과는 어떠한가.

---

156) 鄕校 敎育 制度는 姜大敏, 『韓國의 鄕校硏究』, 慶星大學校出版部, 1998을 參照.
157) 『文集』 卷1, 「與密陽鄕校諸子書」, 文叢12, p.401, "竊思之 鄕閭風俗 所以澆漓 朝廷政
化 所以壅閼 其病源 專在學校講學之不明也 講學苟明 則孝悌忠信之敎 人人服習 由庠
序 以及閭巷 薰蒸條벌不能自已."

오륜이 각각 그 차례를 얻게 될 것이며 사(士)·농(農)·공(工)·상(商)의 사민(四民)이 제각기 본업에 충실하여 집집마다 관작(官爵)을 봉할 만한 풍속 역시 이로 인해 점차 이루어질 것입니다. 그러면 완악하고 우둔해 기강을 범하는 사람이 체동(螮蝀) 같은 짓을 할 수 있겠습니까? 이로 말미암아 볼 것 같으면, 한 고을이 다스려지고 어지러워지는 것은 참으로 향교에 관계되는 것입니다.[158]

김종직은 일반 주민들이 이러한 도리를 익히면, 오륜의 질서는 자연스럽게 정착된다고 하였다. 그에 따른 교화의 효력은 이내 사민(四民)들에게 미치게 되는 바, 곧, 선비들은 백성들을 경륜할 도리를 강구하고, 농업과 공업, 그리고 상업에 종사하는 이들도 모두 본업에 충실하게 될 것이라고 한다. 그에 따라 강상(綱常)과 윤리(倫理)가 바로 잡혀서 괴이한 행동을 할 사람들이 점차 사라지게 된다는 것이다. 김종직은 이러한 교화를 제공하는 바탕이 오직 향교 교육의 강화에 있다는 점을 강조하였다. 그래서 그는 향교의 구성원인 여러 유생들의 임무가 막중하다고 말한다.

대개 땅은 예나 지금의 차이가 없지만 사람은 그렇지 않습니다. 경박한 인심을 돌려 후덕하게 하는 데에는 기틀이 있기 마련입니다. 그렇다면 그 책임 역시 향교에 있는 것입니다. 지금은 성스럽고 밝은 주상이 위에 계셔서 문치(文治)가 융성한 때이고 제군들은 준수한 선비로 초야에서 선발되어 선비의 의복을 입고 천하에 모범을 보이는 자리에 있습니다. 그래서 위로는 주상의 인재 기르기 좋아하시는 은혜를 본 받고 아래로는 완악한 옛 풍속을 바꿀 방도를 생각하셔야 합니다. 그래서 효제충신의 도리를 강명(講明)하여 마을의 선구자로서 어리석은 자들을 깨우치고 인도하여 옛날 더러운 풍속을 깨끗이 씻는 일을 해야 할 것입니다.[159]

---

158) 『文集』 卷1, 「與密陽鄕校諸子書」, 文叢12, p.401, "五倫各得其序 四民各安其業 比屋可封之俗 亦因以馴致矣 安有頑嚚干紀之人 螮蝀於其間哉 由是觀之 一邑之治忽 實關於鄕校也."

159) 『文集』 卷1, 「與密陽鄕校諸子書」, 文叢12, p.402, "蓋地無古今 而人有古今 反薄歸厚豈無其機 然則其責 亦在鄕校乎 方今聖明在上 文治方隆 諸君俱以秀士 選于畎畝 披逢掖之衣 居首善之地 是宜上體樂育之恩 下念轉移之術 講明孝悌忠信之道 爲閭里倡開道群愚 湔滌舊汚 乃其事也."

김종직은 제생(諸生)의 역할에 대해 언급하였다. 세월의 추이에 따라 산천초목은 변함이 없겠지만 인간만은 그렇지 않다고 하였다. 세월의 형편에 따라 인심이 변하기 마련이라는 것이다. 그래서 김종직은 경박한 인심을 선량한 것으로 돌리는 책임이 향교 교육에 달려 있으며, 그 주된 소임을 감당해야 할 장본인이 바로 제생이라는 점을 들어 그 임무가 이처럼 막중하다는 것을 거듭 주지시켰다. 김종직은 이 글의 서두에서 향교 교육의 중요성을 언급한 바 있거니와 이 단락에 와서는 향교에서 도의를 갈고 닦아 지역 주민들에게 그 효과를 파급시킬 제생의 역할을 강조하였다. 밀양 향교의 타락 양상을 살펴보기로 하자.

> 그런데 요즈음 학교 규정이 무너지고 장유(長幼)의 질서가 문란해졌으며 신구(新舊)의 질서 역시 상실되었습니다. 그에 따라 현송(絃誦)의 소리는 끊기고 교만하고 음란한 풍속을 서로 숭상합니다. 비방하는 말이 늘 관아에 이르고 친구 사이에 있어서도 서로 고발하는 일이 드러나고 있습니다. 그러므로 그 행위는 나무하는 아이나 목동들조차 말하기를 부끄럽게 여길 정도입니다. 참으로 이와 같다면 향교가 제 스스로 좋은 풍속을 무너뜨리는 것인데, 고을의 사람들이 어떻게 보고 느껴 기풍을 일으키겠습니까?[160]

김종직은 우선 향교의 학규가 무너진 현실을 지적하였다. 그에 따라 있어야 할 것은 없어지고 없어야 할 것이 새로 생기는 부정적 사태가 발생하고 말았다. 어른과 어린이, 선배와 후배 사이엔 반드시 차례와 절도, 즉 예절이 지켜져야 하고, 또한 향교는 강학하는 기능이 중시되는 곳이기에 시서를 암송하는 유생의 글소리가 낭랑하게 들리는 것이 정상이다. 그러나 질서는 문란해져 갔고 글 읽는 소리는 거의 끊어질 지경에 이르렀다. 반면에 있을 필요가 없는 교만하고 음란한 풍조가 숭상되고 서로 비방하며 걸핏하면, 벗을 관가에 고발하는 일이 잦아져 갔다. 사태가 이렇다면

---

160) 『文集』 卷1, 「與密陽鄕校諸子書」, 文叢12, p.402, "比來學規頹廢 長幼凌節 新舊失倫 絃誦之聲殆絶 驕淫之風相尙 誹謗每及於官府 告訐輒形於友朋 其所爲至於樵童牧豎所羞導者 信如是則鄕校自壞其俗也 尙何望於一鄕之觀感而興起乎."

향교의 본래 기능을 상실했다 해도 과언이 아니다. 기능을 상실한 향교에
서 배울 것이 무엇인가. 나무하는 아이나 물을 긷는 아낙이 부끄럽게 여
겼다면 향교는 더 이상 민풍을 선도하는 교육기관이 아니라 개혁의 대상
이 되어야 한다. 밀양 향교의 폐해는 여기서 그치지 않았다.

> 또 듣건대 교방(教坊)의 창녀(倡女)를 저마다 차지하여 재사(齋舍)로 불러들여
> 끼고 자고 혹은 서로 훔쳐 차지하는 자도 있다고 합니다. 그리고 석전(釋奠)의 음
> 복이나 사장(師長)에 대해 칭수(稱壽)하거나 잔치하고 좋은 날에는 명륜당 위에
> 기생의 음악을 베풀고 제생이 거기에 섞여 음란한 노래를 부르고 춤을 추며 떠들
> 썩하게 웃고 농지거리를 하는 등 갖가지 추태를 부리면서 밤을 지새운다고 합니
> 다. 그런데 스승의 자리에 앉은 사람 역시 그런 행태에 익숙해져서 조금도 괴이
> 하게 여기지 않은 채 끝내 입을 다물고 금지하지 않습니다. 한 술 더 떠서 막지
> 않을 뿐 아니라 그들과 함께 술에 취해 웃옷을 벗어 던지는 자도 가끔 있다고
> 합니다. 아! 이것이 바로 풍속과 가르침을 손상시키는 큰 단서 가운데 하나입니
> 다. 대개 재(齋)는 마음의 수렴을 위한 것이며 명륜은 인륜을 밝게 강론하는 것이
> 니 이렇게 이름을 지은 것이 우연한 일은 아닙니다. 그런데 지금 이 곳을 공공연
> 히 음란한 짓을 행하고 고성방가(高聲放歌)하는 곳으로 여기니 어찌 외설스럽지
> 않습니까.161)

김종직은 밀양 향교에서 벌어지고 있던 여러 가지 추악한 현상을 적나
라하게 열거하였다. 향교의 유생들이 교방의 창기를 마음을 수렴하는 공
간인 동시에 자신들의 기숙사인 동재(東齋)나 서재(西齋)로 불러 들여 동
침을 하거나 심지어 유생들끼리 서로 계집 빼앗기 놀이를 즐기기도 했다
는 것이다. 뿐만 아니라 문묘에 석전(釋奠)을 올리고 나서 음복을 하거나
사장(師長)의 생신에 축수를 올리는 것과 같이 잔치를 베풀어 어울리는 날
엔 인륜을 밝히며 강학을 해야 할 공간인 명륜당에서 기생의 음악을 베풀

---

161) 『文集』 卷1, 「與密陽鄕校諸子書」, 文叢12, p.402, "又聞教坊倡女 人各自占 招宿齋舍
或有相竊者 且於釋奠飮福及師長稱壽 凡宴好之日 明倫堂上 妓樂前陳 靑衿雜糅 淫歌
慢舞 談嘲媟笑 備諸醜態 夜以繼晝 居師席者 亦狃於故常 恬不之怪 遂舍糊不之禁 非
惟不之禁 又從而沈酗祖裼者 往往有之 噫斯乃傷風敎之一大端也 夫齋云者 所以收斂也
明倫云者 所以講明人倫也 以是爲名 夫豈徒哉 今乃以爲宣淫歌呼之地 不亦褻乎."

고, 유생들이 거기에 섞이어 음란한 가무를 즐기는 것이다. 게다가 서로
예절을 무시하고 문란하게 웃고 농지거리를 하는 등 갖은 추태를 다 부리
면서 밤을 지샌다고 하였다.

더욱 문제인 것은 이러한 소행을 제지하고 책망해야 할 스승 반열에 있
던 훈도(訓導)나 교임(校任)이 그 같은 관행에 익숙해진 나머지 침묵으로
일관하거나 유생들 행위에 동조하여 함께 음주가무를 즐기며 급기야 웃
옷까지 벗어 던지고 취기를 부리는 경우도 종종 발생하였다고 한다. 김종
직은 '이것이 곧 풍교를 손상시키는 하나의 큰 단서[斯乃傷風敎之一大端
也]'라고 말한다. 여기서 '풍교'란 민풍교화를 뜻하는 바, 김종직은 그러
한 임무를 담당해야 할 주체들이 부패와 타락의 나락으로 떨어졌음을 고
발한 것이다. 김종직은 향교의 피폐된 모습을 폭로한 뒤, 유생들에게 구습
을 벗어버리고 자기 혁신에 힘쓸 것을 촉구하였다.

> 지금 여러 생도 가운데 참으로 지난날의 잘못을 알고 세속의 습관을 떨쳐내고
> 여기에서 그 행동을 바로 잡으십시오. 그리고 여기에서 성리학을 강론하고 연구
> 하여 동료들과 고을 백성들을 인도한다면 오늘의 하번과 활 잘 쏘는 사람이 되는
> 것입니다. 그 결과 온 향교의 선비가 바람에 쏠리듯이 서로 다투어 깍지와 팔
> 찌를 정비하지 않을 이 없을 것입니다. 그리고 온 고을의 사람들도 점차 감화를
> 받아 효제충신의 행실을 힘쓰지 않을 이 없을 것입니다. 사람의 본성과 사물의
> 법칙은 예로부터 없어지지 않는 법이며 변화의 묘미는 그림자나 메아리보다 빠
> 릅니다. 바라건대 제군들은 재주와 덕이 부족하다고 머뭇거리지 말고 힘써야 합
> 니다.162)

김종직은 앞서 거론한 향교 문화의 타락과 그에 따른 병폐를 시급히 다

---

162) 『文集』卷1,「與密陽鄕校諸子書」, 文叢12, p.403, "今諸子中 苟有知前日之非 而奮拔
乎流俗 于以矯拂其操行 于以講究性理之學 于以誘掖其儕輩鄕黨 則是今日之何蕃也 也 是
今日之善射者也 吾安知一校之士 不靡然從之 爭爲決拾之備邪 又安知一邑之人 不薰陶
漸染 皆勉爲孝悌忠信之行邪 民彝物則從古不泯 變化之妙 捷於影響 願諸君 無以菲薄
自居而勉旃可也."

스려야 한다고 보았다. 이를 위해 먼저 향교 유생들의 강학이 진작될 필요가 있었다. 성리학 관련 서적의 강론을 통한 향촌 교화의 실현이 효과적이라고 판단한 것이다. 물론 성리서의 강학에 앞서 지난 시절의 타락한 습속에 물들었던 유생들의 의식이 바뀌어야 한다고 역설하였다.

김종직은 이러한 몇 가지 조건들이 충족된다면 밀양 고을 주민들이 효제충신의 도리로 무장하여 악한 풍속을 교정하는 것은 시간문제라고 생각하였다. 왜냐하면, 사람의 본성과 사물의 법칙은 노력 여하에 따라 바로 회복될 수 있다고 믿었기 때문이다. 회복의 속도를 김종직은 '그림자나 메아리'보다 빠를 것이라고 하여 자신감을 나타내었다.

김종직은 앞에서 향교문화의 타락을 두고 "아, 이것이 바로 풍교를 해치는 큰 단서 가운데 하나이다!"라고 개탄한 바 있다. 다시 강조하거니와 이는 아주 중요한 발언이라고 생각된다. 김종직이 향교의 문란을 풍교를 해치는 중대한 요인으로 파악하였다는 점에서 그렇다. 이런 점에서 김종직이 주창한 향교개혁론은 풍속혁신론의 대표적 사례로 기록될 수 있을 것이다.

제3장 시에 형상된 풍교의식

제1절 관풍과 역속

관풍역속(觀風易俗)의 개념은 위에서 풍교문학론을 검토하면서 정리한 바 있다. 다시 요약하면, 관풍(觀風)은 시를 통해 그 시대의 풍속이나 풍물을 이해한다는 의미이고, 역속(易俗)은 민간에 유행되는 악습이나 폐단을 교정한다는 보다 적극적인 개념이다.

이 장에서는 일반 백성들이 살아가는 모습 가운데 토산·물산이나 민간 유풍을 형상한 관풍(觀風)의 시와 음풍(淫風)이나 악습(惡習)을 경계하면서 개혁의 의지를 담은 역속(易俗)의 시를 살펴보기로 한다.

1. 토산풍물과 민간유풍 수용

김종직은 지방의 토산물이나 그 지방 특색을 주목하고 이를 시로 형상한 것이 많다. 먼저 마천을 지나면서 지은 시를 보기로 한다.

> 말방울 울리며 마천으로 들어가니
> 종들도 모두 잽싸구나
>
> 그늘진 구렁에 얼음이 얼려 하고
> 양지쪽 벼랑의 단풍 아직 곱구나
>
> 중의 방은 겨우 십 홀쯤 되고

마을 호칭은 천 년이나 내려온 듯

난초가 깔려 있어 길이 미끄럽고
괴석 달려 있어 봉우리가 위태롭구나

신모의 사당에 눈 덮였고
칩룡연에선 천둥소리 울리네

굽은 언덕에 고기 어리 남아 있고
숲 속 사당엔 지전이 걸려 있구나

계곡엔 나무 깍은 자귀 밥 남았고
골짝엔 숯 굽는 연기 피어오르네

농부는 메밀 베고
어린 색시는 목화를 따네

鳴驢入馬川	賓從亦翛然
陰壑凍將合	陽崖楓尙鮮
禪房纔十笏	鄕號想千年
逕滑幽蘭被	峯危怪石懸
雪藏神母廟	雷吼蟄龍淵
曲岸遺柴槮163)	叢祠冒紙錢
斲材谿有柿	燒炭谷生煙
傖父刈蕎麥	小姑收木綿164)

　　김종직은 그의 시야에 비쳐지는 경물을 사실적으로 표현하였다. 3구에서 골짜기의 얼음이 얼려고 하고, 양지 벼랑에 단풍이 남아 있음을 그려내었다. 계절적 배경은 늦가을을 지나 초겨울에 임박한 때이다. 3~4구에서는 작은 암자 묘사와 마을 호칭의 유래를 설명하였다. 5~6구는 지나가던 길가의 모습을 표현한 것이다. 난초가 깔린 길이어서 미끄럽고 괴석이

---

163) 柴槮 : 나무를 묶어 물 속에 쌓아 두고 물고기를 잡는 시설.
164) 『詩集』 卷11, 「馬川記所見」, 文叢12, p.293.

달린 봉우리는 위태롭다고 표현했다. 7~8구는 눈이 덮인 사당의 시각적 이미지와 천둥소리의 청각적 심상이 어우러졌다.

이어지는 9~14구에서는 사실적 묘사가 돋보인다. 시인은 언덕 위에 남아 있는 고기 잡던 어리와 사당에 걸려 있는 지전(紙錢)도 묘사하였다. 아울러 계곡을 지나며 거기에 널려진 대패 밥과 숯을 굽는 연기가 피어오르는 모습도 시각적으로 그려내었다. 이어 시인은 메밀을 수확하는 남정네와 목화 따는 아낙네의 손길도 자세히 묘사하였다. 다음은 산촌에서 곶감 말리는 모습을 표현한 작품이다.

> 영감이 지붕보다 높은 볏단을 쌓다가
> 송아지 밭에 뛰어 들자 아이를 꾸짖네
>
> 감을 깎아 시냇가 돌 위에 말리니
> 붉은 빛이 끊긴 다리 남쪽을 비추네
>
> 老翁積稻過茅簷　　黃犢蹊田叱小男
> 削得烏裨曬溪石　　紅光橫逗斷橋南[165)

시인은 의탐촌(義呑村)을 지나다가 한 폭의 시골 풍경을 시에 옮겨 놓았다. 영감은 지붕보다 더 높게 곡식 단을 노적하고 있다. 그런데 2구에서는 난데없이 송아지가 밭으로 뛰어듦으로써 잔잔한 분위기에 파장이 일어난다. 영감은 송아지 감독을 소홀히 한 손자를 책망한다.

이어 시인의 눈이 시냇가로 옮겨진다. 시냇가 바위 위에서 감 껍질을 널어놓고 말리는 광경을 목격한 것이다. 「주(註)」에 의하면, 그 고장 사람들은 감을 깎아 그 껍질을 시냇가의 돌 위에 말려 겨울철 먹거리로 삼는다고 한다.166) 겨울철을 대비하여 먹거리를 준비하는 촌가의 일상 생활

---

165) 『詩集』 卷11, 「義呑村」, 文叢12, p.293.
166) 『詩集』 卷11, 「義呑村」(註), 文叢12, p.293. "土人剝柿 曝其皮於溪石上 以爲越冬之食."

묘사도 퍽 정겹지만, 흥미로운 것은 4구에서 감 껍질의 붉은 빛이 끊어진
다리 남쪽의 물결까지 비친다는 고운 묘사이다. 붉은 색감의 감 껍질 빛
은 농촌의 가을 정서와 조화되면서, 시골 인정이 물씬 풍겨나는 것 같다.
다음은 곶감을 생산해서 판매하는 정경을 담은 것이다.

> 두류산 북쪽 수운 마을엔
> 집집마다 칠절당이 있구나
>
> 천호후에 봉해진 것과 비교되랴
> 팔릉의 진미가 유독 빼어난다네
>
> 가지의 규룡 알이 서리 뒤엔 물러지나
> 쟁반 안의 소 심장은 좌중에 빛나네
>
> 곶감은 유래가 오래 먹을 수 있기에
> 장사꾼들 베를 안고 와서 사간다오

> 頭流山北水雲鄉　　自有家家七絶堂[167]
> 千戶侯封奚啻等[168]　八稜珍味覺偏長
> 枝頭虬卵經霜脆　　盤裏牛心照座光
> 乾腊由來能致遠　　紛紛抱布往來商[169]

　시인은 두류산 수운 마을의 토산물을 시에 담았다. 가을이 되면, 집집
마다 붉은 감이 풍성하게 익어 간다고 하였다. 때문에 이곳 주민들은 풍
성한 감의 수확은 천호 제후에 봉해진 것과 비교할 수 없다며 풍족감에
젖어 들 수 있었다. 아울러 시인은 감의 맛이 일품이라며 자랑을 늘어놓
았다. 1~4구는 감의 속성과 그 맛깔을 소개하였으며, 5~8구는 수운 마

---

167) 七絶 : 七種特色 柿樹有七絶 一壽 二多陰 三無鳥巢 四無蟲 五霜葉可玩 六嘉實 七落葉
　　肥大(『西陽雜俎』,「木篇」).
168) 千戶封侯 : 燕・秦 지방 천 그루의 栗과 齊・魯 지방 千畝의 桑麻, 渭川의 千畝의 竹 등을
　　소유한 사람들은 千戶侯에 봉해진 사람과 맞먹는다는 데서 비롯된 말(『史記』卷129).
169) 『詩集』卷9,「柿」, 文叢12, p.278.

을의 감 생산 현장을 소묘한 것이다. 감나무 가지에 까치 밥으로 남겨 두
거나 채 수확하지 못한 감이 서리가 내리면 이내 물렁해진다는 설명도 곁
들였다. 쟁반에 올려진 홍시가 소의 심장보다 더 붉게 빛난다는 표현에
강렬한 인상이 담겨있다.

시인은 홍시가 붉은 색감이 구미를 자극한다고 하였다. 아울러 홍시가
일정 기간 보관할 수 있는 장점이 있기는 하지만 장기간 보관할 수 있는
것으로 곶감이 제격이기 때문에 장사꾼이 산촌까지 베를 들고 와서 사간
다고 하였다. 이 시는 홍시를 매개로 하여 산촌 민가의 가을 풍경을 정감적
으로 그려낸 작품으로 평가된다. 다음은 제주도 특산품 귤을 표현한 것이다.

> 집집마다 서리에 귤·유자가 익자
> 상자 가득 따서 바다 건너오는구나
>
> 고관들 이를 임금님께 올리면
> 빛과 맛 향기 완연하다오
>
> 萬家橘柚飽秋霜　　採着筠籠渡海洋
> 大官擎向彤墀進　　宛宛猶全色味香[170]

이는 칠언절구 14수로 이루어진 「탁라가(乇羅歌)」 가운데 여덟 번째 작
품이다. 이 작품의 창작 내력이 흥미롭다. 「탁라가」는 김종직이 제주도에
직접 가서 풍물을 견문한 뒤에 창작한 것이 아니라, 제주도 사람의 전문
(傳聞)을 통해 듣고 시적 상상력을 발휘하여 그곳의 풍물을 재현해 낸 것
이다. 그가 영남병마평사로 순행하던 때의 일이다. 김종직이 35세 되던
해인 1465년(세조 11) 2월 28일에 충청도 직산(稷山)의 성환역(成歡驛)에
묵고 있을 때, 당시 제주도에서 약(藥)을 공납하러 온 김극수(金克修)로부

---

170) 『詩集』卷1, 「乙酉二月二十八日宿稷山之成歡驛濟州貢藥人金克修亦來因夜話略問風土
物産遂錄其言爲賦乇羅歌十四首」(8), 文叢12, p.208.

터 제주도 풍토와 물산에 대해 전해 듣고 이내 작시(作詩)하였다고 한다.[171]

당시 귤과 유자는 뭍에 사는 사람들에게는 희귀한 제주도만의 특산물이었다. 시인은 이 시에서 귤이 임금님께 진상되는 과정을 설명하였다. 제주도는 서리가 내릴 무렵에 집집마다 금빛 감귤이 익어 간다고 하였다. 김종직이 제주도 현지에서 익어 가는 귤을 직접 본 것은 아니어도 이처럼 현실감이 있게 표현해 내었던 것이다. 평생 뭍에서만 살아 왔던 김종직에게 들려주는 제주도의 특산물 이야기가 그의 호기심과 시적 상상력을 자극하였을 것으로 보인다. 다음 시는 토속 해산물에 관한 표현이다.

> 서북쪽 큰 물결에 태양도 잠기는데
> 구름 돛은 청주 서주를 까부르려 하여라
>
> 봄 꽃 필 때 반드시 다시 찾아 와
> 몽산 석수어를 보아야겠구나
>
> 西北鼇波浸日車　　雲帆直欲簸靑徐
> 春花如錦須重到　　要見蒙山石首魚[172]

시인은 법성포를 지나면서 그곳의 토속 해산물에 대한 관심을 시에 담았다. 서북쪽의 큰 물결이 태양도 잠기게 할 수 있다고 하였다. 그만큼 포구의 물결이 거세다는 의미이다. 그리고 바람을 받은 돛은 이내 청주와 서주까지 거뜬히 달려갈 것만 같다고 하였다. 시인은 바다 바람이 거센 포구의 정황을 사실적으로 묘사하였다.

김종직이 말하고자 하는 바는 4구에 있다. 「주」에 의하면, 이 고장에는 매년 3～4월에 여러 도(道)에서 석수어를 실은 상선이 몰려 와 고기를 잡아 말리는데, 서봉 밑에서부터 꼭대기까지 발 디딜 틈이 없을 정도라고

---

171) 『詩集』 卷1, 文叢12, p.208.
172) 『詩集』 卷21, 「法聖浦西峯雜詠」, 文叢12, p.370.

한다.[173] 그런데 김종직이 이곳에 당도한 때는 봄철이 아니었기 때문에
그 광경을 직접 볼 수 없어 못내 서운하였다. 그래서 그는 이듬해 봄꽃
필 무렵에 다시 이곳을 찾아 와 석수어를 말리느라 분주한 광경을 몸소
확인하리라고 다짐하였다. 이 부분에서 김종직의 우리 토속에 대한 관심
을 엿볼 수 있다. 이어지는 시는 우리 해산물에 대한 관심의 표현이다.

> 대합 해파리 굴에
> 농어와 문채 나는 고기가 많구나
>
> 날이 저물면 비린내가 마을을 뒤덮고
> 어부들 만선으로 돌아온다오

> 車螯海月與蠔山　　巨口文鱗又幾般
> 日暮腥煙羃鄕井　　水虞千舶泛鮮還[174][175]

　제주 특산물 가운데 해산물에 대한 소개이다. 이는 김극수가 김종직에
게 제주도의 풍속과 풍물 및 특산물을 소개해 준 가운데 제주도 해산물을
시화한 것이다. 김극수는 김종직에게 제주도의 해산물을 일일이 열거할
수 없을 정도로 풍부하다고 자랑하였을 것이다. 이를 전해 듣고 김종직은
제주도의 주요 수산자원인 대합·해파리·굴·농어 등에 대해 자세히 시
로 표현하였다.

　특히, 김종직은 제주 어민들이 저녁 무렵, 만선하여 귀가하는 모습을
생동감 있게 표현하였다. 시인은 시에 제주 어민들의 건강한 삶을 그려내
었다. 그래서 시에 땀 흘리는 어민들의 거센 숨결과 노동의 모습이 잘 포

---

173) 『詩集』 卷21, 「法聖浦西峯雜詠」(1)의 (註), 文叢12, p.370, "土人云 每三四月 諸道商舡
　　俱集于此 捕石首魚曝乾 自峯底至頂 無着足處."
174) 水虞(水虞漁師也 掌川澤之禁令).
175) 『詩集』 卷1, 「乙酉二月二十八日宿歡山之成歡驛濟州貢藥人金克修亦來因夜話略問風土
　　物産遂錄其言爲賦毛羅歌十四首」(7), 文叢12, p.208.

착되어 있다. 김종직은 제주도는 해산물이 풍부할 뿐만 아니라 각종 산물
의 보고라는 것을 다음처럼 표현하였다.

> 오매 대모 검은 산호
> 향부자 청피는 천하에 없는 것일세
>
> 동방 물산의 창고일 뿐 아니라
> 그 정수가 모두 인명을 살리게 한다오
>
> 烏梅玳瑁黑珊瑚　　附子青皮天下無
> 物産非惟東府庫　　精英盡入活人須[176]

　제주도 특산물 중 약재로 인체에 유용한 오매·대모·흑산호·향부
자·창피 등에 대해 표현하였다. 제주도는 물산이 조선 전체의 으뜸일 뿐
만 아니라 이곳의 특산품 약재 역시 인간의 생명을 살리고 수명을 연장케
하는데 있어 유용하다고 하였다. 김종직은 김극수의 구어체적 어투를 시
에 그대로 담아 놓았다. 다음 작품은 마천에서 지은 것인데, 도토리 나무
에 매달린 곰의 둥지를 묘사한 것이다.

> 골짜기 주민들이 피 밭에서 이삭 주우니
> 태수는 풍년을 얘기할 계책마저 없다네
>
> 산 가득한 도토리 나무의 높이 천 길인데
> 누런 곰이 나무마다 매달렸구나
>
> 谿峒居民拾稗田　　遨頭無計說豊年
> 滿山橡栗高千尺　　惟見黃熊樹樹懸[177]

---

176)『詩集』卷1,「乙酉二月二十八日宿稷山之成歡驛濟州貢藥人金克修亦來因夜話略問風土
　　物産　遂錄其言爲賦毛羅歌十四首」(6), 文叢12, p.208.
177)『詩集』卷10,「馬川村中記所見」(3), 文叢12, p.284.

시인은 마천의 어느 고을을 지나다가 시야에 들어오는 모습을 시에 옮겨 놓았다. 태수인 자신이 골짜기의 주민들이 피 밭에서 이삭을 줍는 광경을 보고 매우 안쓰러웠다고 한다. 그가 민초의 곤궁한 삶을 직접 보고 말았기 때문이다. 이에 김종직의 마음은 다소 우울했을 것으로 보인다. 그런데 길 양쪽에 늘어선 도토리 나무 위에 곰이 매달려 있는 모습이 그로 하여금 시적 호기심을 자극하였다. 「주(註)」를 보면, 당시 길가의 도토리 나무에 곰의 둥지가 있었다고 한다.178) 김종직은 그 나무 위에 서식하는 곰의 둥지를 보고 스케치하듯 시에 담았다. 다음은 나주 지방의 풍물을 읊은 「금성곡(錦城曲)」의 일부이다.

산과 바다 곱고 빼어난 기운 산뜻하고
예로부터 명신만 배출된 것 아니라오

삼향리 대 화살은 천하에 소문났으니
석석과 단은 진기한 것 아닐세

山海扶輿秀氣新　　古來不獨出名臣
三鄕竹箭聞天下　　錫石丹銀豈足珍179)

김종직이 57세(1487년)에 전라도 관찰사로 있었을 때,180) 전라도 경내를 순방하면서 나주의 사적과 물산을 읊은 「금성곡」을 남긴 바 있다. 나주는 고려를 일으킨 왕건과도 인연이 깊은 곳이었으므로, 「금성곡」에는 왕건의 사적과 연관된 내용 및 나주의 풍물 등이 담겨 있다.181) 이 작품

---

178) 『詩集』 卷10, 「馬川村中記所見」(3)의 (註), 文叢12, p.284, "道傍橡樹 皆有熊巢."
179) 『詩集』 卷22, 「錦城曲」(7), 文叢12, p.381.
180) 『文集』, 「年譜」, 文叢12, p.493. 參照.
181) 나주에 대한 사적을 살펴보면, 이 땅은 본래 백제의 發羅郡(通義)이며, 신라에서는 錦山郡(錦城)으로 개칭했다. 신라 말에 甄萱이 후백제라 칭하고 이 땅을 모두 차지 했었다. 이후 얼마 지나지 않아 郡人이 후고구려의 왕인 궁예에게 귀속하자, 궁예는 왕건으로 하여금 精騎太監을 삼고, 수군을 거느리고 가서 쳐서 빼앗아 지금의 이름으로 고쳤다. 고려 성종 14년에 節度使를 두고 鎭海軍이라 불러 海陽道에 예속시켰다고 한다(『新增東國輿

역시 위에서 이미 검토한 바 있는 「탁라가」 못지 않게 지방 색채가 짙게
반영되었다. 김종직의 지방 사적과 풍물에 대한 관심의 연장선에서 나온
작품이기에 고답적이거나 유흥적이지 않고 민족 정서와 국토 산하의 정
감이 표현되어 있다.

위 작품에서 나주의 명승과 인물, 그리고 특산품 죽전(竹箭)에 대해 설
명하고 있다.[182] 이 죽전은 이곳 삼향리(三鄕里)의 토산물로 유명하여 선
약(仙藥) 단은(丹銀)에 비할 수 없을 만큼 값진 것이라고 자랑하였다.[183]
그러므로 이 시는 나주 고을의 명승·인물·특산물에 대한 종합 보고라
고 할 수 있다. 김종직의 지방 특산과 물산에 대한 애정을 다시 확인할
수 있는 작품이다.

김종직은 이렇게 지방 물산을 표현했을 뿐만 민간에 행해지는 우리 민
족 고유의 유풍도 시로 남겼다. 이 역시 김종직의 우리 민족의 생활 유풍
에 대한 관심의 소산이라고 할 수 있다. 혼례와 연관된 작품을 검토하기
로 한다. 탐라국 건국 설화에 근거한 시이다.

> 애당초 세 사람의 신인
> 짝이 해뜨는 물가에서 왔다네
>
> 오래오래 세 성씨끼리 혼인한다니
> 그 유풍이 주진촌 같구나
>
> 當初鼎立是神人[184] 伉儷來從日出濱

地勝覽』 卷35, 「羅州牧條」. 그리고 『三國事記』 본기 효공왕·신덕왕조·열전궁예·견
훤조 및 『高麗史』 太祖1 등의 기록에 의하면, 이곳 나주에서 대규모의 네 차례 전투(90
3·910·912·914年)가 치열하게 전개되었다고 한다.

182) 당시 기록에 의하면, 나주의 인물로는 고려조의 鄭可臣(中贊)·羅裕·陳子和·羅益禧
(商議評理)·朴尙衷(禮曹正郞)·鄭沉 등이 있고, 조선조 인물로는 朴訔(左議政)·鄭軾
(中樞府事), 그리고 金宗直의 문도에 속하는 崔溥(禮賓寺正)·朴崇質(領中樞府事)·鄭
壽崑(承文院校理)·鄭壽崗(兵曹參判) 등이 있다(『新增東國輿地勝覽』 參照).

183) 『新增東國輿地勝覽』 卷35, 「羅州牧條」, "竹箭 出三鄕里."

百世婚姻只三姓　　遺風見說似朱陳[185][186]

　　탐라국 건국 신화와 여전히 전해지는 유풍을 표현했다. 『신증동국여지
승람(新增東國輿地勝覽)』의 기록에 따르면, 제주도는 일명 주호(州胡)·탐
모라(耽牟羅)라고 부른다. 시조에 관해서는 삼성혈(三姓穴) 설화가 있다.
그리고 이곳은 양을나(梁乙那)·고을나(高乙那)·을부나(夫乙那)라는 세
신인(神人)이 그 땅을 나누어 살았는데, 그 땅을 도(都)라고 이름하였으며
나중에 고씨가 왕위에 올랐다고 한다. 그리고 『고려사(高麗史)』에 의하면,
처음에 그 땅에는 사람이 없었는데, 세 신인이 땅으로부터 솟아 나왔다고
한다.[187] 세 사람은 가죽으로 옷을 해 입고 사냥을 하면서 살았는데, 어느
날 붉은 진흙으로 봉한 함이 동해 가에 떠올랐다. 가까이 가서 열어 보니,
처녀 세 명과 망아지, 송아지, 오곡의 씨앗이 들어 있었는데, 이 처녀들은
일본의 공주로 각각 세 사람의 아내가 되었다고도 한다.

　　김종직은 탐라 건국 신화와 연관된 세 신인의 배필이 될 처녀들이 바다
건너에서 온 점과 그 이후 자손들이 자기네끼리만 통혼하며 목축과 농사
로 삶을 영위해 오고 있음을 자세히 표현하였다. 제주도에는 그러한 재래
유풍이 여전히 남아 있어 중국 주진촌처럼 두 성씨들끼리 서로 혼인하며
후손을 이어 온다고 하였다.[188] 김종직은 시에서 개인 정서를 일체 개입
시키지 않았다. 객관 사실의 기록에만 충실하였다. 제주도의 시조 설화에
비록 허구성이 개입되어 있지만, 이를 개의치 않고 시에 담아 낸 점은 주

184) 鼎立是神人 : 제주도 건국 시조 高乙那·良乙那·夫乙那를 말함.
185) 朱陳村 : 중국 徐州의 朱陳村에서는 朱氏와 陳氏들만 살면서 대대로 서로 通婚하며 의
　　좋게 살았다는 데서 비롯된 말.
186) 『詩集』 卷1, 「乙酉二月二十八日宿稷山之成歡驛濟州貢藥人金克修亦來因夜話略問風土
　　物産遂錄其言爲賦毛羅歌十四首」(2), 文叢12, p.208.
187) 濟州道와 聯關된 一般神話·堂神話·祖上神話에 대해서는 玄容駿, 『濟州道神話』, 瑞
　　文堂, 1976을 참조.
188) 『白居易集』, 「朱陳村」, "徐州古豊縣 有村曰朱陳 一村有兩姓 世世爲婚姻."

목할 만하다. 이어 함녕 고을의 혼례 모습을 담은 시를 살펴보기로 한다.

　　사월 함녕 고을
　　부유한 집에 상서가 모였구나

　　신부의 약속을 찾으려니와
　　금슬 화락을 기대한다네

　　길사에겐 매화 열매 읊었고
　　큰 소나무에 여라 오르네

　　청운이 멀지 않음 알거니
　　소과에 오름을 축하하노라

　　四月咸寧縣　　祥鍾富貴家
　　應尋薪斧約[189]　幾竚瑟琴和
　　吉士吟梅實[190]　長松托女蘿[191]
　　靑雲知不遠　　爲賀小登科[192]

　따뜻한 봄날의 혼례식 거행 장면을 시에 담았다. 온 고을 사람들이 부유한 집에 모여 신혼 부부의 금슬과 다복을 기원하고 있다. 전반부는 잔치 유흥과 신랑 신부의 행운을 비는 것으로 이어진다. 후반부는 형제와 친척들이 모여 화락한 것을 사물에 빗대어 표현한 것이다. 즉, 소나무에 여라 줄기가 타고 오른다고 한 데에 이런 의미가 담겨 있다. 그리고 하객들은 저마다 새 신랑의 전도양양을 빌며, 소과에 오르기를 축원하였다. 다음은 정월 대보름날의 정경을 담은 시이다.

---

189) 薪斧約 : 중매하는 일을 의미한다(『詩經』, 「齊風」, 析薪如之何 匪斧不克 取妻如之何 匪媒不得).
190) 婚期가 늦어지는 처녀가 한탄하는 의미한다(『詩經』, 「召南」, 標有梅 其實七兮 求我庶士 迨其吉兮).
191) 兄弟 親戚이 모여 잔치하는 것을 의미한다(『詩經』, 「小雅」, 有頍者弁 實維伊何 爾酒旣旨 爾殽旣嘉 兄弟匪他 蔦與女蘿 施于松柏).
192) 『詩集』卷7, 「送表上舍之咸昌成親」, 文叢12, p.261.

새해 좋은 명절이 연이어 이르니
태평 시대 백성과 만물 모두 즐겁네

궁중에서 하상의 축수 잔 올리는데
달 아래서 어찌 등불 빛만 기다리랴

솔솔 부는 봄바람은 따뜻한 기운 불어오고
반짝이는 학택 별이 풍년을 알려주네

집에 돌아와 처자들과 담소하니
해상의 감귤이 소매 가득 향기롭구나

新歲佳辰來陸續　　太平民物共懽康
宮中擬進霞觴壽　　月下何須火樹光
習習條風吹暖律　　煌煌格澤表農祥[193]
歸家更與妻兒笑　　海上霜柑滿袖香[194]

　새해를 지나 음력 정월 보름에 모두 태평성대를 즐기고 있다. 궁중에서는 하상의 축수 잔을 올리고 밝은 달빛은 따로 등불을 달 필요도 없이 평화롭기만 하다. 이렇게 잔잔한 분위기는 5～8구로 이어진다. 봄바람은 따사로운 기운을 보내 오고, 상서로운 별이 금년의 풍년을 예고해 주고 있다. 흥이 오른 시인은 귀가하여 처자들과 담소하며 정겨움을 이어 간다. 조정에서 하사 받은 감귤에 주상의 은총이 가득 담겨 있다면, 시에는 온 가족과 함께 맞는 정월 대보름의 평온한 모습이 정겹게 담겨져 있다. 이어 단오날 관기들이 그네 뛰는 모습을 보고 감회를 표현한 시를 보기로 한다.

　매월헌에서 단오절을 맞으니
　대윤이 시킨 그네뛰기를 웃으며 구경하네

---

193) 格澤 : 상스러운 별. 이 별이 나타나면, 풍년이 든다고 한다(建格澤之長竿兮 : 司馬相如, 「又代人」) : (格澤星者 如炎火之狀, 『史記』, 「天官書」).
194) 『詩集』 卷17, 「又代人」, 文叢12, p.342.

풍속 따라 경단과 주악을 먹는데
술잔 돌리니 관현악에 취해선 안되지

梅月軒中重午日　　笑看大尹課鞦韆
粉團角黍聊隨俗　　不要傳觴醉管絃[195)]

　시인은 매월헌에서 단오절을 맞았다. 전체 시의 내용으로 보아, 부윤이
그네뛰기 시합을 주선한 것으로 보인다. 이에 따라 기녀들은 저마다 기량
을 다해 그네뛰기 시합에 응했을 것이다. 그에 따라 김종직도 이 시합의
구경꾼 틈새에 끼여 민속놀이를 관람하였던 것이다. 3구에 우리 전통 음
식이 소개되고 있다. 경단은 찹쌀이나 차수수 가루를 반죽하여 밤톨만큼
동글동글하게 빚어 끓는 물에 삶아 내어 고물을 묻힌 떡을 말한다. 주악
은 찹쌀가루에 대추를 이겨서 섞고, 꿀에 반죽하여 소를 넣어 송편처럼
만든 다음, 기름에 지진 웃기 떡이다. 김종직은 이러한 명절 음식을 먹고
술까지 곁들이니, 흥취가 절로 오른다고 하였다. 다음 시는 관아 기녀들의
그네뛰기를 묘사한 것이다.

석 줄의 기녀 일제히 부름에 응하여
포도 시렁 아래 함께 공손히 나아가네

활등 처럼 구부리며 번갈아 그넷줄 차니
꾀꼬리 쫓아 짧은 담을 넘는 것 같구나

粉黛三行齊應召　　蒲萄架下共翺翔
弓彎迭蹴鞦韆索　　似逐流鶯過短墻[196)]

　부윤은 단오 날에 세 줄의 그네를 매어 달고 관기들로 하여금 묘기를
자랑하게 하였다. 시인은 세 미인이 부름에 응하여 그네를 뛰는 모습을

---

195) 『詩集』 卷22, 「端午同府尹看鞦韆四首」(1), 文叢12, p.380.
196) 『詩集』 卷22, 「端午同府尹看鞦韆四首」(2), 文叢12, p.380.

형상하였다. 시인은 관기들이 번갈아 가며 활등처럼 허리를 굽혔다가 반
작용력을 이용하여 하늘로 날아오르는 모습을 꾀꼬리가 담을 넘어가는
것 같다고 표현하였다. 여성들의 박진감 넘치는 몸 동작과 유연성, 그리고
관람객들의 환호가 연상 작용을 일으킨다. 이어지는 시는 그네뛰기 열기
가 오른 광경을 담은 것이다.

> 고운 나무 토가산에 울창한데
> 채색 새끼줄 숲 사이로 비스듬히 묶었다네
>
> 언뜻 날아가고 날아오는 사이에
> 동그란 살구가 기녀의 쪽 머리 때리는구나
>
> 佳樹蔥蘢土假山　　綵絨斜掣綠陰間
> 瞥然飛去飛來處　　杏子團團掠髻鬟[197]

먼저 주변 경관을 묘사하였다. 곱게 신록이 오른 나무들이 토가산에 울
창하고 채색 새끼줄이 녹음 사이로 매여져 있어 색감의 조화를 이룬다.
그런 가운데 관기들의 그네뛰기 광경을 생동감 있게 그려내었다. 시인은
기녀가 그네에 달려 오르내리는 사이에 동그란 살구가 그녀의 쪽 머리를
때리는 극히 짧은 순간을 포착하였다. 기녀들의 열기와 관중의 환호, 그리
고 살구가 쪽 머리에 닿는 촉감 등 공감각적 묘사가 탁월하다. 길쌈의 유
풍을 담은 시를 보기로 한다.

> 백 겹 문서 더미 찌는 듯한 더위에
> 청원루의 밤 경치 맑기도 하여라
>
> 하얀 도포 입고 한쪽 팔로 기둥에 기댔더니
> 등잔 아래 집집마다 길쌈하는 말소리 들리네

---

197) 『詩集』 卷22, 「端午同府尹看鞦韆四首」(3), 文叢12, p.380.

百重堆案困炎蒸　　清遠樓中夜景澄
一臂雪袍仍倚柱　　家家人語績麻燈[198]

　시인은 관인으로 팔월 무더위 속에 수북히 쌓인 문건을 처리해야 하는
부담이 있었다. 그러나 이와 대조적으로 저녁의 대청 마루는 서늘하며 밤
경치 역시 상큼하다고 한다. 시인은 여름밤이 깊어 가는 가운데 이웃집
아낙들이 밤늦도록 길쌈하는 소리를 듣게 된다. 고요한 밤과 여인들의 길
쌈 소리의 대비가 인상적이며, 농촌 아낙들의 부지런한 노동의 모습도 건
강하다. 다음은 세모에 집안의 역귀를 몰아내고자 벌이는 푸닥거리로 인
해 어수선한 모습을 담은 것이다.

　　뇌고 소리 담소 소리 떠들썩한데
　　동쪽 서쪽 집에서 역귀 쫓고 있구나

　　갑자기 강호의 꿈에서 깨어
　　일어나 풍로의 설수차를 마시네

　　어리석은 종놈 억지로 이웃처럼 하려고
　　비를 들고 야유하며 웃다가 성내건만

　　곤궁한 귀신 내쫓지 못한 채
　　잠자던 사람만 깨워 놀라게 하네

　　雷鼓嘈嘈笑語多　　東家西舍正驅儺[199]
　　幽人忽罷江湖夢　　起啜風爐雪水茶
　　癡奴强欲效比隣　　茗箒揶揄笑且嗔
　　窮鬼貧神終不去　　只消驚動夢熊人[200]

198)『詩集』卷22,「淸遠樓夜吟」, 文叢12, p.380.
199) 驅儺 : 歲暮에 행하는 逐臣 行爲.
200)『詩集』卷17,「除夜卽事」, 文叢12, p.340.

계절적 배경이 세모이다. 시인은 세모를 맞아 이웃집 여기저기에서 집 안의 묵은 귀신을 몰아내고자 북을 치며 떠드는 바람에 잠에서 깨어나고 말았다. 그러나 그는 불평하지 않았다. 다만 조용히 풍로의 설수차를 마실 뿐이다. 김종직의 작품에서 민간 풍속 수용이 다시 확인되는 대목이다.

그래서 그는 5~8구에서 자기 집의 종이 그처럼 귀신을 쫓아내는 행위 를 하는 것도 마다하지 않았다. 하인은 비를 들고 야유하며 웃고 성을 내 어 귀신을 몰아 내려고 안간힘을 쓰지만 결국 귀신은 쫓아내지 못하고 집 안 사람들의 잠만 깨우고 말았다. 그렇지만 김종직은 이를 애써 나무라지 않았다. 다만 일종의 민간 전래 풍속 연행으로 수용할 뿐이다.

이어 김종직이 토속 신앙을 수용한 시를 살펴보기로 한다. 김종직은 지 방 각처 민간에서 행하고 있는 굿을 시에 담았는데, 이는 그가 민가의 풍 속과 물산을 문학적으로 형상한다는 차원으로 보아야 한다.201) 물론 그는 음사에 대해서는 엄격했다.202) 토속 신앙을 시에 수용한 것으로, 먼저 무 당에 의해 굿이 행해지는 것을 형상한 경우를 보기로 한다.

> 낮은 천정은 머리가 닿고 모기 득실거리나
> 사립문에 지팡이 기대서니 한 폭 그림일세
>
> 부슬부슬 푸른 안개에 바위굴은 캄캄한데
> 무성한 누런 구름에 풍년의 벼이삭 일렁이네

---

201) 이 문제는 이어서 계속될 것이기에 정리하고자 한다. 주지하듯, 김종직은 15세기 후반 영 남 사림파의 종장으로, 음사의 철저한 척결과 불교 배격 등을 통해 반대급부로 유교적 이념을 충실히 정착시키려고 향사례와 향음례 실시, 향교의 부흥 등을 통해 유교적 문화 가 정착되기를 주도했던 인물이었다. 이러한 그가 기속시 채용 부분에서 보여주는 신화 및 전설 등의 적극적인 수용 태도는 위에서 언급한 것과는 차원을 달리해서 봐야 한다. 그가 기속시에서 비합리적인 내용을 적극 수용한 태도는 우리 민속과 향토 정서의 문학 적 형상화에 초점을 둔 것으로 이해되어야 한다.
202) 이러한 음사에 대한 제재에 관해 왕권과 재지 세력의 상반된 입장에 대해서는 김홍경, 『조선초기 관학파의 유학사상』, 한길사, 1996, pp.47~49 참조.

우레 같은 무당 북소리에 여인네들 모여들고
풀 뜯던 소 귀 늘어뜨린 채 아이 따라가네

사불주의 성은 그 어디쯤일까
긴 숲 십 리에 석양빛 빨갛구나

矮屋打頭蚊殷空　　柴扉倚杖畫圖中
霏霏蒼霧巖岫閉　　藹藹黃雲秔稻豊
巫鼓如雷聚隣女　　牧牛弭耳隨小童
沙弗州城問何處　　長林十里斜陽紅[203]

　　시인은 어느 촌가에서 벌어지는 저녁 무렵의 풍경을 시에 담았다. 그리
넉넉하지 못한 초가의 천장은 머리가 닿을 만큼 낮고 모기떼가 기승을 부
리고 있다. 그렇지만 김종직은 짜증을 내지 않았다. 민초들의 생활상을 돌
아보기에 제격이기 때문이다. 이어 시인은 밖으로 나와 그의 시야에 포착
되는 정경을 시에 담았다. 사립문에 기대어 서서 지켜보는 가운데 푸른
안개 사이로 바위굴은 컴컴하게 보이고, 누런 구름과 함께 풍년을 알리는
벼이삭이 넘실댄다.
　　3～4구는 각종 색감이 어우러진 부분이다. 5～8구에서는 시상의 이동
과 함께 어수선한 분위기로 변전된다. 푸닥거리를 하는 무당의 북소리에
농네 아낙들이 모여들고 저녁엔 굿판이 한바탕 벌어질 것으로 보인다. 저
녁 무렵이어서 풀을 배불리 먹은 소를 몰고 귀가하는 아이를 만나고 시인
은 발걸음을 사불주성으로 옮긴다. 숲 너머 빨갛게 비치는 석양빛은 나그
네의 걸음을 재촉한다. 저녁 무렵, 농가에서 푸닥거리가 전개될 즈음에 전
개되는 여러 정황이 묘사되어 있다. 다음은 사월 초파일에 불상에 향수를
뿌리는 행사를 담은 작품이다.

---

203) 『詩集』 卷12, 「宿洛院村家效吳體」, 文叢12, p.301.

봄 농사짓느라 귀밑머리 쑥 대강 되었고
청개구리 다퉈 울고 대지엔 풀이 돋았네

거센 바람 붉은 꽃 만 떨기에 불어 헤쳤고
많이 내린 빗물 상앗대의 세 배만큼 불렸구나

절간에는 욕불하느라 분주히 모여들건만
농가에선 밭갈이에 정신이 없구나

다행히 관청에서 관솔불 금하지 않아
빈민들 밤새도록 향기로운 불 대신하는구나

一年春事鬢勺騷   螻蟈爭鳴土盡毛
㑃㑃風拔紅萬簇   滂沱雨漲綠三篙
山家浴佛喧喧集   田里驅牛瞥瞥勞
幸有松明官不禁   貧民終夜代蘭膏[204]

김종직은 불가에서 불상에 향수를 뿌리는 행사를 시에 포착하였다. 봄
철을 맞아 농가에서는 농민들이 농사에 몰두하느라 머리가 쑥 대강이 되
었으며, 청개구리 다퉈 울고 온 대지에는 풀이 돋아났다. 3~4구에서는
거센 바람이 만발한 꽃송이를 흐트러지게 하였고, 지나치게 많이 내린 비
로 인해 냇가의 물이 상당히 불어났다. 전반부에서는 봄철 농가의 여러
정황 묘사가 이루어졌고, 후반부에서 욕불 행사에 대한 묘사가 주조를 이
룬다. 사월 초파일 무렵, 절간에서는 부처의 상에 향기를 뿌리는 행사를
하느라고 많은 인파가 모여들고 있음을 보여 준다.

그런 반면 때맞추어 밭갈이에 몰두하는 농민들의 부지런한 묘사도 동
시에 이루어지고 있다. 밭 갈고 파종하기에 여념이 없는 농부들의 분주한
모습이 담겨 있다. 이 무렵, 군수가 백성들에게 모두 등을 밝히게 하고 이
를 어기는 자는 처벌하도록 하였으므로, 기름이 없는 백성들은 긴 간대
위에 관솔불을 매달아서 밤을 새웠다고 한다.[205] 김종직은 7~8구에서는

---

204) 『詩集』 卷15, 「四月初八日雨」, 文叢12, p.327.

이 행사를 위해 관청에서 빈민들로 하여금 관솔불을 켜도록 허용함으로써 빈민들이 비싼 기름을 싸서 불을 밝힐 수고를 덜어 주었다며 안심하였다. 이런 부분에서 김종직의 연민정서가 반영되어 있다. 다음은 풍년을 기원하며 토지 신이나 하늘 신에게 기도하는 농민들의 풍속을 담은 시이다.

> 인일이 맑고 따스했으며 곡일도 그러하니
> 늘그막에 풍년을 보게 된 게 기쁘네
>
> 응천의 서쪽 언덕 소나무 숲인 아래엔
> 돼지 다리 제물로 토지 신께 풍년 빈다네

> 人日晴溫穀日同　　喜將投老見年豊
> 凝川西畔松林下　　誰捋豚蹄祝社公[206]

　정월달 토지 신에게 제물을 바치며 풍년을 비는 농부의 모습을 보고 시에 담은 것이다. 인일은 정월 초칠 일을 말하며, 곡일은 정월 초파일을 의미한다. 정월 초순 맑고 따스한 날을 잡아 농부는 응천의 소나무 숲 아래서 토지 신에게 돼지 다리를 뼈개 놓고 정성껏 제사를 올리고 있다. 시인은 먼발치에서 그 농부의 행동을 주시하였다. 그러면서 농부의 소망처럼 이 한 해에는 풍년이 들어 모든 농민들에게 기쁨을 안겨 주었으면 하는 바램을 시에 담았다. 당시 농업이 전적으로 자연의 기상 조건에만 의존했던 점을 감안한다면, 농부의 토지 신에 대한 기도는 매우 간절했을 것이며, 이를 지켜보던 김종직의 심정 역시 매우 절실했을 것으로 보인다. 다음은 후인들이 역사상 업적을 남겼던 인물에 대한 추모의 심정으로 여전히 제사하는 유풍을 시화했다.

205) 『詩集』 卷15, 「四月初八日雨」(註), 文叢12, p.327, "郡守 令民皆張燈 違者有罰 民無由者 縛松明火於長竿上達夜."
206) 『詩集』 卷20, 「記時」, 文叢12, p.363.

성주는 이미 죽고 왕자도 끊어져서
신인의 사당 역시 황량하기만 한데

세시엔 부로들이 아직도 옛 일 추모하여
광양당에서 퉁소와 북을 다투어 울리네

星主已亡王子絶　神人祠廟亦荒凉
歲時父老猶追遠　簫鼓爭陳廣壤堂[207]

　탐라국의 변천 모습을 말해 주고 있다. 전래의 성주와 왕자의 혈통이 단절되고 해마다 제사 올리던 사당마저 황량하기 그지없었던 터에 고을의 늙은이들만 그 유풍을 좇아 풍악을 울리며 제사를 올린다고 하였다. 주민들은 봄가을로 광양당에 무리를 지어 모여 술과 고기를 갖추어 신에게 제사를 올린다고 한다.[208] 이는 제주 부로(父老)들이 한라산 신에 대한 고대적 제의의 유풍을 이어가고 있는 모습을 그려낸 것이다. 김종직의 나주 왕건 사적에 관한 관심은 다음 시로 이어진다.

비단 빨던 강가는 혜종 외가의 고향으로
흥룡사 안에 그 서광이 어리었도다

지금도 부로들이 남긴 덕을 사모하여
퉁소와 북 울려 추대왕을 기쁘게 하네

濯錦江邊舅氏鄉　興龍寺裏藹祥光
至今父老懷遺德　簫鼓歡娛皺大王[209]

　시인은 왕건의 처가이며 혜종의 외가인 금강진(錦江津)과 그곳에 세워진 흥룡사(興龍寺)를 돌아보며 상념에 잠겼다. 왕건은 즉위한 이후에 자신

207)『詩集』卷1,「乙酉二月二十八日宿稷山之成歡驛濟州貢藥人金克修亦來因夜話略問風土物產遂錄其言爲賦乇羅歌十四首」(3), 文叢12, p.208.
208)『新增東國輿地勝覽』卷38,「濟州牧條」, "又於春秋 男女群聚廣壤堂遮歸堂 具酒肉祭神."
209)『詩集』卷22,「錦城曲」(4), 文叢12, p.381.

의 입지를 굳힌 발판이 되어 준 나주 고을 사람들에게 특별히 관심을 가지고 돌보아 주었다고 한다. 그래서 고을 사람들은 오씨가 살던 곳에 홍룡사를 세웠고, 홍룡사 안에 별도로 혜종사(惠宗祠)를 세워 그를 추모하여 제사를 올리는 것이다. 그 옛날, 비단 빨던 오씨 처녀의 고운 자태가 시인의 뇌리를 떠나지 않는 터에 그의 시선은 오씨의 옛 거주지 위에 세워진 홍룡사로 옮겨졌다. 혜종사에는 여전히 서기가 서려 있고 고려 태조를 비롯한 추대왕(雛大王) 곧, 혜종에 대한 추념이 아직도 이 고을에 남아 부로(父老)들이 사당에서 제사를 올리는 것이다. 다음은 토속 유풍을 시화한 경우이다.

　　　　마당 풀숲에서 전룡을 만나면
　　　　술 부어 향을 사르는 게 이 지방 풍속일세

　　　　육지 사람들 놀라며 서로 다퉈 비웃지만
　　　　지네가 대통에 들면 원망스럽지요

　　　　庭除草際遇錢龍　　　祝酒焚香是土風
　　　　北人驚怕爭相笑　　　還怨吳公在竹筒[210]

　제주민들의 토속 풍습을 읊은 시이다. 제주 주민들은 마당에서 큰 뱀인 전룡을 만나면 무서워하지도 않은 채 술을 붓고 향을 사르며 축원한다는 것이다. 제주에는 뱀·독사·지네가 많은데 만약 회색 뱀을 보면 차귀(遮歸)의 신이라 하여 죽이지 말라고 금한다고 하는데,[211] 이러한 토속 풍습이 시에 담겨 있다. 이러한 행동을 이해하지 못하는 육지 사람들은 비웃

---

210) 『詩集』 卷1, 「乙酉二月二十八日宿稷山之成歡驛濟州貢藥人金克修亦來因夜話略問風土物産遂錄其言爲賦毛羅歌十四首」(10), 文叢12, p.218.
211) 『新增東國輿地勝覽』 卷38, 「濟州牧條」, "又地多蛇虺蜈蚣 若見灰色蛇 則以爲遮歸之神 禁不殺." 濟州道 地方의 뱀과 연관된 설화에 대해서는 金榮敦·玄容駿·玄吉彦編, 『濟州說話集成』(1), 濟州大學校耽羅文化研究所, 1885의 「瞿政丞과 뱀아들」, pp.287～295 : 「추자도 부근의 뱀 이야기」, pp.423～424 : 「兎山里의 뱀 이야기」, pp.479～480 를 參照.

고 비아냥대기 마련이다. 그런 반면에 물이나 음식을 담는 대나무 통에 지네가 빠져 있으면 못내 원망스러워한다는 것이다. 그런 점에서 이 시는 제주 주민의 토속 정서가 잘 반영되어 있다 할 수 있다.

이어 미풍양속의 선양과 음풍을 경계한다는 차원에서 이러한 풍교 의식을 담고 있는 작품을 검토하기로 한다. 먼저 미풍양속의 선양과 관련된 작품을 보기로 한다. 주로 유가 덕목 구현의 인물 형상에 초점이 있다. 여성의 경우, 열의 실천이라는 차원에서 이러한 인식을 표출하였다.

2. 이풍역속 이념의 형상화

길재(吉再)212)의 유풍을 반영한 시를 보기로 한다. 김종직에게 선산은 특별한 곳이었다. 선산은 그의 토착 기반인 동시에 학문을 형성시켜 준 고향이었다. 그래서 그는 이곳 선산에 유교적 기반을 마련한 길재의 유풍에 고마움을 느꼈다.

> 금오산 봉계동을 마음대로 거닐었더니
> 야은의 맑은 기풍 말하면 길어지네
>
> 밥짓는 여종도 시 읊으며 절구질하니
> 지금도 사람들 정현의 고을에 견준다오
>
> 烏山鳳水恣倘佯　　冶隱淸風說更長
> 爨婢亦能詩相杵　　至今人比鄭公鄕213)214)

길재의 은거지를 돌아보며 지은 시이다. 길재가 금오산(金烏山) 봉계동

---

212) 吉再 : (1353~1419). 학자. 三隱의 한 사람으로, 자는 再父, 호는 冶隱이다. 시호는 忠節이다.

213) 鄭公鄕 : 후한 때 孔融이 經學者인 鄭玄이 사는 마을을 특별히 鄭公鄕이라고 부름. 그런데 鄭玄의 집에는 여종들도 『詩經』에 능하여 일반적인 대화에서도 이를 인용했다고 한다.

214) 『詩集』 卷13, 「尤了作善山地理圖題十絶其上」(6), 文叢12, p.310.

(鳳溪洞)에 은거하였는데, 세상에 전하는 말에 의하면, 그의 집안 여종들도 곡식을 찧을 때에 시사(詩詞)를 외우며 절구질을 했다고 한다.[215] 길재에게서 김숙자로 이어지는 도학 전수의 맥락에서 볼 때, 김종직이 길재의 과거 은둔지를 돌아보는 감회는 남달랐다고 할 수 있다. 시인은 길재의 유풍(遺風)을 설명하자면, 말이 길어질 수밖에 없다고 하였다. 그리고 길재의 그러한 유풍은 집안의 여종들마저 시를 읊으며 절구질하게 하는 교화력을 지녔다고 하였다. 결국 위의 시는 길재의 은둔지에 대한 김종직의 감회를 표현한 것으로, 길재의 충절과 그 교화력이 선산 고을 모든 백성들에게 파급되었음을 말해주는 것이다. 다음 시에서는 길재의 이러한 유풍이 선산 고을 인재의 배출로 이어졌다고 한다.

> 고을 사람들 예로부터 학교를 중히 여겨
> 해마다 인재를 조정에 바쳤다오
>
> 성 서쪽 조그만 영봉리를
> 선비들은 여전히 장원방이라고 부른다네
>
> 鄕人從古重膠庠　　翹楚年年貢舜廊
> 一片城西迎鳳里　　靑衿猶說壯元坊[216]

김종직은 선산이 길재의 충절을 이어 받은 선비들이 많이 배출된 고장임을 자부하고 있다. 이곳의 풍습은 문학을 숭상하고 백성들은 순박하며, 영봉리(迎鳳里) 출신의 전가식(田可植) · 정지담(鄭之澹) · 하위지(河緯地)[217] 등은 모두 장원을 했다고 한다.[218] 그는 선산 고을 사람들은 학문을 숭상하여

---

215) 『詩集』卷13,「尤了作善山地理圖題十絶其上」(6)의 (自註), 文叢12, p.310, "吉再 隱居金烏山鳳溪洞 世言再之家婢春粟時 亦以詩詞相杵."

216) 『詩集』卷13,「尤了作善山地理圖題十絶其上」(7), 文叢12, p.310.

217) 河緯地 : (1387~1456). 死六臣의 한 사람. 자는 天章이며 호는 丹溪이다.

218) 『新增東國輿地勝覽』卷29,「善山都護府條」, "俗尙文學 民風淳朴." · 『詩集』卷13,「尤了作善山地理圖題十絶其上」(7), (自註), 『文叢』12, p.310, "迎鳳里 在西門外 田可植鄭之澹

뛰어난 인재를 조정에 바쳤는데, 특히 영봉리는 여러 고을 가운데서도 더욱 그러하다고 했다.

이러한 점은 그의 시에서 '금오산이 우뚝하고 낙동강은 유유히 흐르는데, 인재 교육은 청소년에게서 시작해야 한다'고 강조한 것이나 '일선(一善)에는 예로부터 선비가 많아 영남 고을의 반을 차지해 삼 년마다 인재를 논할 때에 인재가 고을의 명성을 빛냈다'고 노래한 데서도 확인된다.[219] 다음 역시 선산 지방과 연관된 것으로, 약가(藥哥)라는 여인의 절개를 형상한 것이다.

> 자색 봉황 아득히 넓은 바다로 날아가니
> 팔 년 동안 외로운 등잔불 벗삼아 살았구려
>
> 돌아와 시험삼아 거울 가져다 비춰 보니
> 뺨 위에 홍조가 반이나 엉겼구려
>
> 滄海茫茫紫鳳騰[220]　　八年生理只孤燈
> 歸來試把菱花照　　腋上丹霞一半凝[221]

김종직은 봉계리의 열녀 약가를 정감 어린 표현으로 형상하였다. 일찍이 약가의 남편이 왜인(倭人)에게 잡혀갔다고 한다. 『신증동국여지승람』에서는 약가의 남편을 조을생(趙乙生)이라 하였다. 약가는 남편의 생사를 알지 못한 채, 8년 동안 고기를 먹지 않고 옷도 벗지 않은 채 자곤 하다가 끝내 남편이 살아서 돌아오자 재회하였다.[222]

河緯池 皆壯元."
219) 『詩集』 卷14, 「觀察使安公寬厚鄕校歌謠」, 文叢12, p.313, "烏山峨峨 洛水渙渙 涵泳化育 肇自童冠." 及 『詩集』 卷14, 「書黃著作璘榮親詩卷」, 文叢12, p.317, "一善古多士 號居嶺南半 三年論秀時 翹楚光里閈."
220) 紫鳳 : 男便.
221) 『詩集』 卷13, 「允了作善山地理圖題十絶其上」(8), 文叢12, p.310.
222) 『詩集』 卷13, 「允了作善山地理圖題十絶其上」(8), (自註), 文叢12, p.310, "鳳溪有烈女 名

김종직은 이들을 문학적으로 형상하여 절실한 부부애를 표현하였다. 위
의 시에서는 남편을 작중 화자로 설정하였다. 김종직은 팔 년 동안 등잔
을 벗삼아 수절해 온 약가의 얼굴에 홍조가 오르는 부부 상봉의 밤을 표
현하였다. 이들 부부의 아름다운 만남은 곧 약가의 정절과 인내의 결과라
는 것으로 종결된다. 조선 후기 영남의 선비 이광정(李光庭)[223] 역시 그의
문집에서 '열녀 향랑 이야기'에 이어 약가의 수절담과 부부 해후의 역정
을 소개한 바 있다. 이광정은 약가가 남편과 극적으로 해후할 수 있었던
것은 길재의 절의를 숭상하는 유풍에 힘입은 결과라고 하였다.[224] 결국
열녀 약가는 길재의 유풍에 의해 창조된 열녀 형상이라고 할 수 있다. 다
음은 역리의 아내가 여승이 되어 수절한 것을 형상한 작품이다.

> 오래 전에 듣건대 역리 부인에게
> 백주의 풍도가 넘친다 하네
>
> 문벌을 논하여 무엇하리
> 윤리 도덕은 만고에 통한다오
>
> 久聞郵吏婦　　剩有栢舟風
> 何用論門地　　民彝萬古通[225]

藥哥 其夫爲倭所虜而去 藥哥不知存沒 不食肉不脫衣裳而寢 凡八年而夫生還, 復爲夫婦."
223) 李光庭 : (1552~1627). 문신. 자는 德輝, 호는 海皐이며 본관은 延安이다.
224) 『訥隱集』卷20,「林烈婦薜娘傳」, "始吉先生退居鳳溪 每讀至忠臣不事二君列女不更二
夫 三復致意 隣有女子 輒至門下 傾耳聽之 先生問其故 女子曰 敢問所讀書何意 先生
爲解之 女子欣然若會其意 其後女子有夫戍邊 女子閉門獨居 及夫還 會夜門閉 夫呼令
開門 女子不可 夫曰良人遠來 人家皆顚倒以迎 汝獨閉門何也 女子曰吾固望子 然吾聞
女子愼夜不出入 吾旣閉此門 夜不開也 猶有明日 遂不開門 人以是女 爲聞先生風者."
그리고 당시 선산에는 약가 외에 金孝忠의 아내 韓氏도 열녀도 있었다고 한다. 그녀는
효충이 염병으로 죽자, 3년 동안 여묘살이를 하였는데, 부친이 개가를 권유하자, 그녀는
자결하려고 하여 식솔들의 개가 권유를 좌절시키고 수절했다고 한다(『新增東國輿地勝
覽』卷29,「善山都護府條」).
225) 『詩集』卷14,「用螺僧韻書圓尼卷」, 文叢12, p.315.

김종직은 이 시를 창작하게 된 배경을 시의 주석 부분에 덧붙여 두었다. 역리 부인의 속명은 득비(得悲)이며, 법명은 도원(道圓)이었다고 한다. 그녀는 안림역리(安林驛吏)의 아내로, 남편이 죽자 절개를 지키고 개가하지 않았다. 그러다가 만년에 가야산의 스님 도암(道巖)에게 선(禪)을 배우고 정각암(淨覺庵)을 짓고 기거했는데, 나이가 이미 70여 세가 되었다. 그런데 김종직이 해인사에 있다는 말을 듣고 시축을 보내어 몇 마디 일러주기를 청했으므로, 절구 두 수를 써서 주었다고 한다.226) 그녀는 자신이 비록 역리(驛吏)의 아내였지만, 남편에 대한 정절을 고수하기 위해 여승의 길을 택했던 것이다.

그러기에 김종직은 그녀가 일개 역리의 부인이지만 정절과 절개를 이루어 백주의 풍도가 넘친다고 극찬하였다. 3~4구의 언급이 이 시의 핵심이라 할 수 있다. 김종직은 미천한 신분으로 살아갔던 그녀에게서 정조를 고수하는 정신을 발견하였기에 윤리 도덕은 만고에 통상되는 것이라고 언명하였던 것이다.

이어 음풍 경계 의식을 담은 작품을 검토하기로 한다. 김종직은 「도요저(都要渚)」라는 시에서 음란한 짓을 한 부녀자의 집을 파서 방죽을 만들고, 그녀를 배에 실어 강에 내다 버리는 풍습을 표현한 바 있다. 그리고 「사방지(舍方知)」라는 시에서는 미천한 사방지가 어려서부터 여아 복장을 하고 화장까지 해오다가 장성하여 사인층(士人層) 부인들과 사통하다가 발각되어 신창현(新昌縣)으로 장배(杖配)된 경우를 시화하기도 하였다. 먼저 「도요저」를 검토하기로 한다.

> 동쪽 이웃 여인 서쪽 이웃으로 시집가고
> 남쪽 배의 생선을 북쪽 배에 나눠주네

---

226) 『詩集』 卷14, 「用螺僧韻書員尼卷」(註), 文叢12, p.315, "比丘尼道圓 俗名得悲也 少爲安林驛吏妻 其夫死 守節不二 晚年伽倻山僧道嚴學禪 構淨覺庵居焉 年已七十餘矣 聞余在海印 送其詩軸乞言 書二絶以答之."

조각 같은 강 마을의 생업이 협착한데
자손들은 끝내 농사엔 관심이 없다네

東隣有女西隣嫁　　南舫魚來北舫分
一片江壖生事窄　　子孫終不夢耕耘[227]

1~2구에서 이들의 생업을 소개하고 있다. 동쪽 서쪽 마을의 자녀들을
서로 혼인시키며, 남쪽 북쪽 마을은 서로 생선을 나누어주며 살아가는 유
풍을 담았다. 이렇게 살아가자니 생업이 곤궁하지만 이들은 결국 농사를
지으려 하지 않았다. 시의 소재로 채택된 도요저는 김해(金海)와 밀양(密
陽)의 경계에 있는데, 이 곳 주민 수 백호는 대대로 생선 장사를 생업으로
삼고 농사를 짓지 않았다. 그런데 음란한 짓을 한 부녀자가 있어 그의 집
을 파서 방죽을 만들고 그녀를 배에 실어 강물에 띄워 내쫓았다고 한
다.[228] 이 시는 음풍을 보인 여인을 들어서 음풍을 교훈한 것으로 볼 수
있다. 다음은 당대 지방과 서울에서 물의를 일으켰던 천민 사방지에 대한
음풍을 공개한 시이다.

　　　비단 장막 깊은 곳에 얼마나 숨겼나
　　　치마와 비녀 벗겨 보니 진실이 드러났도다

　　　예로부터 조물주가 변환을 용납했기에
　　　세간에 양성(兩性) 겸한 사람 있다네

　　　사낸지 계집인지 산파에게 물을 것 있나
　　　요망한 여우가 굴 파면 패가망신이라오

　　　길거리엔 요란히 하간전을 전하고
　　　규방에선 슬프게 양백화 노래하네

227)『詩集』卷2,「都要渚」, 文叢12, p.225.
228)『詩集』卷2,「都要渚」(註), 文叢12, p.225, "在金海密陽境上 居民數百餘戶 世以販魚爲
　　生 不業農 婦女有淫者 隳其室 載舟中 泛江以黜之."

絳羅深處幾潛身　　脫却裙釵便露眞
造物從來容變幻　　世間還有二儀人
男女何煩問座婆　　妖狐穴地敗人家
街頭喧誦河間傳229)　閨裏悲歌楊白華230)231)

위의 시에서는 사방지의 요망스러운 행각이 상세히 그려지고 있다. 그는 천민 신분으로 애당초 여성으로 가장하였다. 그러면서 그는 사대부가 (士大夫家)를 전전하며 풍속을 문란케 하였던 것이다. 그래서 조정에서도 이 일을 함부로 다루기 어려워 결국 그를 지방에 유배 보내는 것으로 사건을 종결했다고 한다. 사방지는 여장을 한 채 남성의 신분을 속이고는 풍속을 교란하고 사회적 물의를 일으켰다. 그는 비단 치마를 두르고 여장을 하여 사대부 집안 여성들을 농락하는 작태를 서슴지 않았다.232) 김종직도 그의 소행에 대해 어이가 없었다는 표현으로, 그를 별종이라 칭하며 마무리하였다.

김종직은 두 번째의 시에서 경계하고 충고하려는 대상을 지적하고 있다. 즉, 이러한 패려의 소지가 남성에게 국한된 것이 아니라는 것이다. 그러한 가능성은 여성에게도 동일하게 적용된다는 것이다. 사방지의 추악한 행위 뒤에는 사대부가 여성들의 동조가 있었을 것이다. 때문에 김종직은 여성들에게도 응당 그 책임의 일부를 물어야 한다고 하였다. 길거리에는 고상한 음악이 울려 퍼지지만, 규방의 일부 여성들은, 옛날에 호태후(胡太后)가 위(魏)의 명장과 간통하였는데, 위의 명장이 양 나라로 달아나자, 그를 그리워하며 불렀던 「양백화(楊白花)」를 애창한다고 말한 것도 이 때문

229) 河間傳 : 河間 地域의 正樂名(縣名 屬河北省 故戰國趙地).
230) 楊白華 : 樂府雜曲歌詞名. 본래 魏의 명장 楊大眼의 아들인데, 胡太后가 일찍이 그와 간통했다가 그가 후환이 두려워서 梁 나라로 달아나버리자, 호태후가 그를 사모하여 이 노래를 지어 불렀다고 한다.
231) 『詩集』 卷3, 「舍方知」, 文叢12, p.230.
232) 『詩集』 卷3, 「舍方知」(註), 文叢12, p.230 參照.

이다. 다음은 나주의 재래 음사 풍속을 경계한 시이다.

> 비단옷의 남녀 푸른 봉우리 둘러싸고
> 춤추고 노래하여 간악한 귀신 즐겁게 하네
>
> 사군은 서문표 같은 인물이니
> 경내에 늙은 홀아비 없게 하리라
>
> 士女羅紈裏碧巒　　婆娑歌舞樂神姦
> 使君定是西門豹[233]　一境能令無老鰥[234]

　　나주 고을 사람들의 토속 음사 풍속을 표현한 시이다. 나주 사람들은 순박하여 농업에 전념하지만 음사를 숭상한다고 했다.[235] 위의 시에서 보아 이들이 정기적인 토속 음사 행사를 시행했던 것 같다. 금성산(錦城山)에는 상실사(上室祠)·중실사(中室祠)·하실사(下室祠)·국제사(國祭祠)·예조사(禰祖祠) 다섯 사당의 사신에게 춘추로 제사를 올리는데, 사당의 신은 영험하여 제사를 지내지 않으면 재앙을 내린다고 한다. 그래서 해마다 봄가을로 이 고을 사람들뿐만 아니라 인근 고을 사람들도 몰려 와 제사를 지내는 북새통을 이루게 되었던 것이다. 그래서 남녀가 혼잡하게 어울려 노숙하게 되므로, 서로 간통하여 급기야 부녀를 잃는 자도 많다고 하였다.[236]
　　김종직은 위의 시에서 이러한 정황들을 열거하고 있다. 춘추로 음사를 시행하느라 금성산 전체가 남녀 옷치장으로 수놓아진다고 하였다. 이들은

---

233) 西門豹 : 전국 시대 魏나라 사람인데, 일찍이 鄴令으로 나갔을 때에 그곳 풍속이 河伯에게 부녀자를 시집보내야만 해를 입지 않는다 하여, 늙은 여자 무당의 지휘 아래 자주 부녀자를 河水에 바쳤으므로, 서문표는 그 사실을 들은 즉시 그 늙은 무당들을 하수에 빠뜨려 죽여서 다시는 그런 피해가 없게 한 데서 비롯된 말.
234) 『詩集』 卷22, 「錦城曲」(11), 文叢12, p.381.
235) 『新增東國輿地勝覽』 卷35, 「羅州牧條」, "居人淳朴 無外慕 力田爲業……尙淫祠."
236) 『新增東國輿地勝覽』 卷35, 「羅州牧條」, "錦城山祠 祀典載小祀 祠宇有五 上室祠在山頂 中室祠在山腰 下室祠在山足 國祭祠在下室祠之南 禰祖堂在城中……俗謂祠神有靈 不祭則災 每春秋 非獨一道之人 往祭者絡繹闐咽 男女混揉 蔽山露宿 因而相竊 多失其婦女."

간악한 신에게 제사를 올릴 뿐만 아니라, 남녀가 혼숙하는 터에 각종 문란한 행위가 자행되었다. 그래서 김종직은 목사가 이러한 폐단을 척결해 주기를 기대하였다. 아울러 그에게 서문표처럼 사악한 무당을 처벌하고 부녀자들의 정조를 보존케 하여 온 경내에 불행한 홀아비가 발생하지 않도록 조치하라고 촉구하였다. 이는 『성종실록』에서 확인되고 있다.[237]

따라서 이 작품은 나주의 토속인 음사 행위를 혁파하자는 작자의 의지가 반영된 것으로 볼 수 있다. 이런 점에서 이 시는 관풍역속(觀風易俗)의 의미를 지니며, 김종직의 풍교의식이 시적으로 형상된 것이라고 할 수 있다. 이러한 김종직의 음풍 척결과 건전한 기풍 확립 의식은 다음 시에서도 확인된다. 김종직이 영남을 순안(巡安)하러 가는 정괄(鄭佸)[238]에게 준 시이다.

> 명광전에서 내려온 사신 깃발 사양 마오
> 바닷가 봉산이 바로 그대 고향일세
>
> 시조 모신 산의 송추가 봄 골짜기에 가득하고
> 후손이 올린 제수상엔 잔마다 술이 그득하리
>
> 이요들 말을 에워싸고 서로 공수할 거고
> 징 울리는 수졸들 대열 이탈 않으리
>
> 공이 가서 잘 다스려 조석 사이에
> 오랑캐를 기어이 문명인으로 바꾸겠네

---

237) 김종직은 나주의 음사 숭상에 대한 우려를 표명하고 있다. 특히, 금성산에는 神祠가 무려 대여섯 군데나 있어 고을의 士女들이 유숙하면서 풍기가 극히 문란하여 이를 엄단 조치해야 한다고 주청하고 있다(『成宗實錄』 卷204, 18年 6月 20日 戊子條). 이외에도 김종직은 종친의 딸인 권영덕 처가 종과 사통하여 딸까지 낳았으나, 우윤곤의 난을 저지른 인물 때문에 추국이 지연된 것에 대해 추국을 주청했으며(『成宗實錄』 卷218, 19年 7月 12日 癸酉條), 박성근과 영산이 어미를 살해한 악행을 계기로 진부현과 청평현의 혁파를 주장하였다(『成宗實錄』 卷229, 20年 6月 29日 丙辰條).
238) 鄭佸 : (1435~1495). 자는 慶會이며 본관은 東萊이며 시호는 恭肅이다.

莫辭旌節下明光　　海上蓬山是故鄉
鼻祖松楸春滿洞　　雲孫蘋藻酒盈觴
里徭擁馬爭叉手　　戍卒鳴鐃肯亂行
朝夕公歸當燮理　　介鱗須使易衣裳[239]

하단에서 김종직의 내심을 읽어 낼 수 있다. 김종직은 1∼4구에서 정괄
에게 영남 지방 순안 업무를 완수해 달라고 당부하였다. 그가 동래 정씨
인 만큼 영남이 곧 그의 고향과 다름없는 바, 고향을 돌아본다는 감회로
이곳의 유학 기풍을 진작하라고 당부하였다. 그리고 김종직은 5∼6구에
서 그곳에 부임하면 백성과 수졸들이 저마다 정괄의 위엄에 절로 존경하
며 따르게 될 것이라고 일러주었다. 이 시에서 가장 중요한 사안은 7∼8
구에 있다. 여기에 김종직이 강조하려는 핵심이 담겨 있기 때문이다.

김종직은 그에게 영남 지방을 문명화된 고장으로 개조시켜 달라는 의
도를 비쳤다. 말하자면 오랑캐 같은 유습을 혁신하여 유교 문화가 만개하
는 문명의 고장으로 만들어 달라며 권고한 것이다. 미처 다 분석하지 못
한 관련 시에서도 김종직의 지방 목민관을 통한 풍교 의지는 여전히 비쳐
지고 있다.[240] 다음은 지방관으로 나간 이인형이 민폐를 척결한 것을 보
고 시화한 것이다.

　　옛날, 왕사종(王嗣宗)이 빈주수(邠州守)로 있으면서 신사(神祠) 밑에 혈처(穴處)
하던 요상한 여우를 잡아 죽였으므로 당시 사람들이 그를 훌륭히 여겨 '성조방신
유영웅(聖朝方信有英雄)'이라는 시구까지 있었다. 그런데 개령(開寧)의 석불은 그
요괴함이 요호(妖狐)보다 심하지만, 어느 누구도 감히 그 현혹됨을 공격해 제거할
자가 없었다. 그런데 명부(明府)가 그것을 남의 고을의 일로 여기지 않고 의연히
군졸을 보내어 요괴의 우두머리를 체포하고 지전을 태워 어리석은 백성들로 하
여금 자신들이 그릇된 가르침을 받고 있다는 점을 분명히 알도록 하였으니, 참으

---

239) 『詩集』 卷23, 「送鄭二相佸巡按嶺南」(2), 文叢12, p.390.
240) 해당 시구는 다음과 같다(『詩集』 卷23, 「送崔觀察使應賢巡忠淸道」, 『文叢』12, p.385,
　　　淳風美俗易馴致　太史定應泚筆待) : (『詩集』 卷23, 「送忠淸李觀察使李則」, 『文叢』12,
　　　p.387, 進秩恩隆期後效　分憂務急變頑風).

로 세상에 드문 한 가지 뛰어난 일이다. 나는 그 말을 듣고 나도 모르게 탄복하여
우선 당률(唐律) 한 편을 지어 축하하는 바이다.[241]

> 햇수도 모른 채 묵 밭에 버려진
> 완둔한 한 덩이 돌이 어찌 신통하랴
>
> 처음엔 목거사에게 복을 비는 듯하더니
> 점차 토사인에게 돈 던져 주더라
>
> 그 고장 남녀들 많이 물들어
> 향등 행사를 온 마을이 그대로 따르네
>
> 우리 사군은 빈주수 같아
> 요사한 것 깨뜨려 사방을 진압시켰네

> 抛擲田萊不記春　　頑然拳石有何神
> 初如求食木居士[242]　漸作撞錢土舍人
> 男女幾家將汚染　　香燈一里欲因循
> 我侯眞是邠州守　　擊破妖邪震四隣[243]

　　김종직은 「주」에서 이 시를 짓게 된 배경을 설명하고 있다. 송 나라 때,
왕사종이 빈주의 고을 원이 되었을 때, 성의 동쪽에 영응공묘(靈應公廟)가
있는데, 그 곁에는 많은 여우들이 살고 있었다고 한다. 그런데 요망한 무
당이 그 여우를 가지고 사람의 길흉사를 점치자, 백성들이 여기에 현혹되
어 각종 재해를 벗어나고자 이곳으로 몰려들어 기도하였다고 한다. 이후
이곳에 부임하는 수령들은 예외 없이 모두 그렇게 했지만, 왕사종은 그곳
에 부임하여 그 사당을 불태우고 여우들을 모조리 잡아죽임으로써 그곳

---

241) 『詩集』 卷16, 「賀金山李郡守仁亨並敍」(註), 文叢12, p.329, "昔王嗣守邠州 擒殺神祠下
　　妖狐 時人美之 有聖朝方信有英雄之句 今開寧之石佛 其怪愈於妖狐 而無敢攻擊祛惑者
　　明付不以爲他境之事 而毅然遣卒 逐捕妖首 焚壞紙錢 使愚民曉然知其爲所誤 眞廣世一
　　奇事也 宗直聞之 不覺嘆服 姑以唐律一篇 爲代賀舌云."
242) 木居士 : 사람처럼 생긴 고목을 절에 안치해 둔 것을 말함(『韓昌黎集』 卷9, 火透波穿不
　　計春 根如頭面幹如身 偶然題作木居士 便有無窮求福人).
243) 『詩集』 卷16, 「賀金山李郡守仁亨並敍」, 文叢12, p.329.

의 음사를 척결했다는 것이다.244)

　김종직은 1~6구에서 돌부처에게 현혹된 주민들의 실상을 표현하였다. 즉, 그곳의 백성들은 묵정 밭에 버려진 돌부처에게 영험이 있다고 믿어 관행이 된 폐단을 지적하였다. 그래서 수많은 고을 주민들이 거기에 현혹되어 재물을 쏟아 부었다는 것이다. 7~8구는 금산군수로 부임한 이인형(李仁亨)245)의 음사 축출 의기를 표현한 것이다. 이인형은 이러한 폐단을 신속히 축출하였는데 군졸을 보내어 요망한 수괴를 체포하고 사당을 훼파하여 그곳 백성들로 하여금 음사를 숭상하지 못하도록 권계했다는 것이다.

　음사의 혁파는 당대 신진사류가 지니고 있던 공통적 관심사였다. 김종직이 이인형의 의로운 행위를 부각시킨 까닭도 이러한 흐름과 연관이 있다. 또한 김종직은 여타의 시에서도 척불의식(斥佛意識)을 보여 주었는데,246) 이 역시 그러한 기풍을 반영한 것이라고 생각된다. 곧 신진사류는 고려의 유풍으로 남아 있는 불교의 잔재와 일반 백성들의 사신 우상 숭배에 대해 철저한 척결과 혁신을 추구하였거니와 그 과정에서 김종직의 음풍 경계 의식이 반영된 작품이 출현했다고 볼 수 있다.

제2절 연민의식과 경세의식

　김종직이 살았던 15세기 후반의 농민은 자기 토지를 경작하거나 남의 땅을 빌려 농업에 종사했던 자들이다. 당시 사회 구성원의 대부분을 차지

---

244)『宋史』卷287 參照.
245) 李仁亨 : (1436~1497). 자는 公夫이며 호는 梅軒이다. 본관은 咸安이며 김종직의 문인이다. 20세에 진사가 되고 1468년(세조 14)에 식년문과에 장원급제하여 北評事·金山郡守를 거쳐 大司憲에 이르렀다. 1498년 戊午士禍 때 부관참시당했다.
246) 김종직은 불교가 우리 나라에 전래된 배경과 함께 백성들을 현혹하였음을 비난하는가 하면(『詩集』卷15,「盧秀才瑈請僧智照詩卷」, 文叢12, p.325), 양씨 성을 가진 청년이 불가에 귀의한 것을 애석히 여기며 불가에 대한 비판적 시각을 시로 표현하였다(『詩集』卷15,「盧又爲梁僧求詩」, 文叢12, p.325).

했던 농민은 사회 경제적 측면에서 양반 지주층의 지배를 받았다. 그런데 이들 가운데 일부 자영 농민층은 소규모의 토지를 소유하고 가족의 노동력으로 이를 경작하였다. 그러나 전호는 남의 토지를 빌려 경작하여 수확물을 반으로 나눈 뒤 겨우 살아가야만 했다. 그런 가운데 15세기말부터 지배층들은 적극적으로 새로운 농지를 개간하거나 매매·겸병·탈점·장리 등을 통해 수단과 방법을 가리지 않고 토지를 확대해 나갔다.247) 이런 과정에서 소작농을 경영하던 농민층의 생활 여건이 매우 어려웠을 뿐만 아니라 지배층에 의해 강제로 토지를 점탈(占奪)당하거나 전호로 전락하는 경우가 빈번하였다.

김종직이 벼슬길에 나섰을 무렵, 훈구 세력들은 정치 경제적 특혜를 누리면서 사치스러운 생활에 젖어 있었다. 반면에 양민들은 지배층의 혹독한 가렴주구와 예기치 못한 자연재해를 겪어야만 했다. 때문에 당시의 사회 현실은 과전법 체제의 붕괴 이후 훈구파의 대토지 점유와 공역(貢役)의 과중으로 인해 양민층은 급격히 몰락하고 있었는데, 이에 따른 개혁이 요청되던 때였다.248)

이러한 시대를 살았던 김종직은 지배 계층에 의해 농민층이 침탈 당하는 참상을 묵과하지 않았다. 그들에 대한 연민의식을 시로 표현하였는데, 이는 영남을 비롯한 농민층에 대한 애정에서 비롯된 것이라 하겠다. 이러한 김종직의 농민층에 대한 애정이 애민시 창작의 배경이 되었다. 김종직의 이러한 의식은 농민층에 대한 연민의식과 이것이 좀더 발전된 형태인 경세의식으로 나누어 살펴 볼 수 있다.

먼저 연민의식을 담은 시를 검토하고, 이어 경세의식을 담은 시를 살펴보기로 한다. 김종직은 무엇보다 농민층에 대한 연민이 강했다. 이는 그

247) 한길사編, 「中世社會의 發展」2, 『韓國史』8, 圖書出版 한길사, 1995, pp.117~127 參照.
248) 關聯 論議는 姜萬吉, 「兩班 社會의 矛盾과 對外 抗爭」, 『韓國史』12, 國史編纂委員會, 1974, pp.2~5 參照.

자신이 이미 영남 재지사족의 토착 기반을 가지고 있었기 때문이다. 자연 재해를 겪는 농민에 대한 연민의식을 담은 시를 보기로 한다.

1. 농민층에 대한 연민의식

조선 초기의 농민들은 생산력의 발전에도 불구하고, 한발·홍수·냉해 등의 자연 재해로 인해 흉년으로 생계가 막막해지면 유망(流亡)의 길을 택하기 일쑤였다. 비록 15세기 초에 논농사가 확대되었다고 하지만, 이에 따른 수리 시설이나 농업 기술상의 미숙과 개국 초창기의 빈번한 국가적 요역 동원 등으로 농민층은 자연재해를 극복할 여력이 없었다. 그때마다 대규모의 유이민이 발생하였다.[249] 김종직은 농민들이 자연 재해로 인해 당하는 고통을 외면하지 않았다. 한해를 당한 농민에 대해 연민의식이 표현된 시를 보기로 한다.

> 도성 안의 십만 호의
> 모든 우물이 말라 버렸네
>
> 계집종 짧은 두레박줄 껴안고
> 아침엔 한숨쉬고 저녁엔 흐느끼네
>
> 한밤중에 한 잔 물 퍼 올리지만
> 이웃끼리 남은 물방울을 다투지만

---

249) 15세기 전반에 대규모의 유이가 생겨난 해와 지역을 보면, 1422년에는 평안도·함길도·황해도·강원도와 그 밖의 북부지역에 큰 흉년이 들었으며, 1423년에는 전년의 대기근으로 유이민이 많이 발생하였다. 1424년에는 강원도에 대규모 유이현상이 발생하였으며, 1425년에는 경기·강원도의 농민들이 전라도·충청도로 유랑하는 현상이 나타났다. 이후 어느 정도 다시 안정을 찾게 되었으나 1436년에도 큰 가뭄으로 흉년이 들어 경기·강원 이남의 기민들이 서울로 모여들었으며 하삼도에 유이민이 대량 발생하였다. 1444년에도 흉년으로 각지의 기민들이 서울로 모여들어 폭주하였으며, 이듬해 봄에는 함길도를 제외한 7도에 기근이 들어 많은 사람들이 유이되었다고 한다. 15세기 재해대책에 대해서는 오종록, 「15세기 자연재해의 특성과 대책」, 『역사와 현실』 5, 역사비평사, 1991 참조.

부호가 잔치 집에서는
일만 항아리도 값을 따지지 않네

듣건대 사평의 나루터에는
강물이 말의 배에도 닿지 않는다네

城中十萬戶	井井皆枯涸
赤脚抱短綆	朝歔仍暮泣
中夜竊勺水	隣里鬪餘瀝
曷矣豪家宴	萬甕寧論直
吾聞沙平津	水不濡馬腹[250]

　시인은 도성 안의 한해로 인해 모든 우물이 고갈되어 백성들이 고통을
받는 광경을 묘사하였다. 물을 길러 간 계집종은 탄식하며 흐느낀다. 비록
그녀가 한밤중이 되어 작은 물줄기를 따라 스며드는 우물의 물을 긴지만,
아주 적은 양에 불과했다. 그것마저 이웃끼리 서로 다투는 참상이 벌어진
다. 이들의 곤궁한 입장과 달리 권세가의 잔치 집에서는 천금을 아끼지
않고 음용수(飮用水)를 사서 이용한다.
　김종직은 한해로 인해 일반 백성들은 고통을 겪고 있지만, 부호가는 여
전히 부의 혜택을 누리고 있음을 극명하게 대비시켰다. 그렇게 함으로써
빈민들이 겪는 한해의 고통이 더욱 강렬하게 부각되는 것이다. 다음은 지
독한 가뭄이 농토의 농작물로 파급되었음을 안쓰럽게 여긴 시이다.

누가 누운 용 불러 일으켜
은근히 계주 한 잔 권하리

대지의 고운 생명들 비를 기다리는데
어찌해야 씨앗의 껍질 트게 할거나

誰能喚起臥龍來	桂酒殷勤勸一盃
大地佳生望雷雨	若爲孚甲盡敎開[251]

---

250) 『詩集』 卷19, 「井涸」, 文叢12, p.357.

시인은 한해로 인해 농토에 파종과 발아가 이루어지지 못하는 참상을 애석해 하고 있다. 김종직이 이 시를 창작할 무렵에 가뭄이 극심하여 망종(芒種)이 지나도록 파종을 하지 못했으며, 이미 파종한 것도 채 싹을 틔우지 못했다고 한다.252) 그래서 그는 비를 오게 할 수 없는 자신의 한계를 하늘에 의탁하고자 하였다. 비를 몰고 오는 용에게 의뢰해 비를 오게 하여 파종한 농토의 씨앗이 발아되어 성장되기를 희망하였다. 김종직은 농민들이 한해를 입은 원인이 목민관인 자신에게도 있다고 하였다.

> 칠월 뜨거운 볕이 계속되어
> 수많은 농작물이 타들어 가네
>
> 아이들의 도마뱀 부르는 소리 듣기 민망하고
> 들에서 상양이 춤추는 것 보길 기다리네
>
> 누가 하늘 천 종의 은택을 아껴
> 내 마음을 애타게 하는가
>
> 태수 잘못이지 백성에게 무슨 죄랴
> 두류산엔 푸른 봉우리 솟아 있네

> 時將流火遇驕陽　　多稼連雲欲就荒
> 悶聽兒童呼蜥蜴253)　佇看原野舞鷗鴲254)
> 誰敎天靳千鍾澤　　自識心爲一炷香
> 太守無良民曷罪　　頭流空只聳靑蒼255)

---

251) 『詩集』 卷6, 「和兼善送春用國華韻九絶」(8), 文叢12, p.254.
252) 『詩集』 卷6, 「和兼善送春用國華韻九絶」(8)의 (註), 文叢12, p.254, "時旱甚 過芒種 猶未播 已播者 猶未申折."
253) 呼蜥蜴 : 가물면, 항아리의 도마뱀을 놓아 주고 비가 오도록 해주면 놓아 주겠다고 한 데서 비롯된 말이다.
254) 舞鷗鴲 : 전설상의 새로, 이 새가 나타나 춤을 추면, 홍수를 이룬다고 한다.
255) 『詩集』 卷7, 「悶雨」, 文叢12, p.262.

칠월의 작열하는 태양이 농작물을 모두 태우는 듯하다. 시의 주인공은 목민관이다. 목민관은 무력한 채 타 들어가는 현장을 바라볼 뿐이다. 농가 아이들이 민간 전래 신앙에 따라 도마뱀을 놓아주며, 비를 내려 달라고 기원한다. 그래서 목민관의 마음은 더욱 슬퍼진다. 연민의 정서는 바로 이런 것이다. 지도자로서 백성들이 어려움에 처한 상황에서 손을 쓸 수 없는 가운데 백성을 향한 괴로움과 안타까움이 솟구치는 것이 곧 연민의식이다.

7행에서 가뭄의 책임을 목민관 자신에게 돌린다. 백성들의 한해로 인한 수난을 탄식하면서 갈등하는 자아를 표출하려 한 것이다.[256] 마지막 8행은 두류산의 푸르고 우뚝한 자태를 묘사하였다. 절박한 현실 전개와 무관할 것 같은 마무리이다. 그러나 찬찬히 생각해 보면 작자의 재해를 극복하겠다는 의지를 함축한 표현으로 보인다. 전반부의 다급한 정황이 안온한 지리산의 자태와 대비되면서 작자의 굳센 결의가 느껴지는 것도 그 때문이다. 다음은 장마로 인해 어려움을 겪는 농민들을 향한 연민을 담은 작품이다.

> 남루에 닷새 동안 빗소리 요란하더니
> 가뭄 걱정 끝에 도리어 머리 자주 긁어대네
>
> 천고에 죽천의 물은 붕어에 줄 만했는데
> 산을 삼킨 홍수가 절로 도도히 흐르네

> 南樓五日雨聲豪　　憂旱餘懷首屢搔
> 千古竹川纔射鮒[257]　包山巨浸自滔滔[258]

---

256) 이는 『文集』 卷13의 「鯉埋淵禱雨書于沙上」, 文叢12, p.306의 시와 同一한 責任意識의 表現이다(田疇龜坼稻難芽 天意茫茫坐畫沙 虐魃未知誰所使 神龍聞道此爲家 鑾刀忍斷 舒鳧頸 桂月凝成泛齊波 無德及民雖可愧 也饒方寸耿丹霞).

257) 纔射鮒 : 물이 매우 적음을 의미함(『周易』, 「井卦 : 九二爻」, 井谷射鮒 參照).

258) 『詩集』 卷13, 「自端午大雨至十日不止甘川竹川皆漲數日不退悶甚有作」(1), 文叢12, p.307.

닷새 동안 쉬지 않고 내린 비로 해갈은 되었으나 강우량이 지나쳐 도리어 걱정거리가 되었다. 장마로 인한 재해의 발생이다. 수량이 항상 적어 고작 붕어가 서식할 정도였던 죽천이 산을 삼킬 만큼 도도한 물결을 이루었다. 이내 홍수로 발전된 재해가 예상되는 대목이다. 큰물을 바라보는 시인의 고민은 증폭된다.

> 장마 비에 하늘 기둥이 문드러진 것 같고
> 무너질 듯한 파도만 해문을 향해 흐르네
>
> 강가의 전답이 절반이나 떠내려갈 것이니
> 보리처럼 올해는 의지할 곳 잃었구나

> 積雨眞成天柱爛　　崩濤却向海門歸
> 湖田一半應漂蕩　　甫里今年失所依[259)260)]

장마로 인한 큰물 피해상황을 그려내었다. 지독하게 퍼부었던 비가 흡사 하늘 기둥이라도 무너뜨리는 듯하다고 하였다. 시인의 탄식이 이어졌다. 물길이 거대한 파도를 이루어 바다로 유입되면서 강가의 전답을 모조리 삼켜 버려 당 나라 때의 은자인 보리가 그랬던 것처럼 농민들이 생업을 모두 떠내려보내고 살길을 잃어 버렸다고 말한다.

일련의 시 분석을 통하여 한해와 홍수로 인한 농민들의 고통에 대한 작자의 연민의식을 엿볼 수 있었다. 이는 김종직이 농민들의 생산과 연계된 천방과 관개의 이로움을 역설하고, 제언 수축의 폐단으로 인해 백성들의 고초가 크다고 주청한 데서도 확인된다.[261)] 이러한 언론활동은 연민의식

---

259) 甫里 : 당나라 때의 은사 陸龜蒙의 호이다. 그는 평생 동안 벼슬을 하지 않고 손수 농사를 지어 생활하였는데, 그의 전답이 낮은 지역에 위치하여 장마가 되면, 모두 떠내려가서 항상 굶주렸다고 함(『唐書』 卷1).
260) 『文集』 卷16, 「和子健二首子健病暑且阻雨留金陵客館」(1), 文叢12, p.330.
261) 『成宗實錄』 卷182, 16年 8月 26日, 甲辰條 參照.

의 정치적 반영이라 할 수 있다. 이처럼 김종직은 농민들의 생산과 직결되는 한해에 대해 큰 관심을 보였다. 그러나 앞서 말했듯이 백성을 가엽게 생각하는 의식은 문제를 타개하는 국면으로 진전되지 못하는 한계를 보인다. 애민정신의 소극적 표현, 바로 그것이 연민의식이기 때문이다.

한해로 인해 백성들이 겪는 참상에 대한 김종직의 연민의식은 비가 내림으로써 해소되기 마련이다. 김종직은 성종과 대화 도중에 비가 오는 것을 보고 매우 기뻐하며 치하한 바 있는데,[262] 이 역시 동일한 연민의식의 표출이라 할 수 있다. 그의 문집에는 비가 내린 기쁨을 감출 길 없다고 표현한 시구가 여러 번 보인다. 예를 들면, 「육월중순문경상도우(六月中旬聞慶尙道雨)」에서 김종직은 자신의 고향인 경상도에 비가 내려서 기쁨에 들뜬 심정으로 마음이 이미 고향에 달려가 있다고 하였다.[263] 가뭄에 대한 애달픔이 곧 흡족히 내린 비에 대한 희열의 표현으로 전이되었다. 한해의 반대편에서 느끼는 연민의식의 표출이다. 이어 장마로 인해 발생하는 연민의식이 담긴 작품을 보기로 한다.

> 산중에 이미 칠월이건만
> 궂은 비는 지루하게 그치지 않네
>
> 측천이 새는 정도가 아니어서
> 당제의 탄식마저 자주 나오네
>
> 외로운 성은 깊어 무너지려 하고
> 땔감마저 젖어 기장밥 짓기도 어렵구나
>
> 한 해에 거듭 재해만 이르렀으니

---

262) 『成宗實錄』 卷165, 15年 4月 3日, 己未條 參照.
263) 『詩集』 卷6, 「六月中旬聞慶尙道雨」, 文叢12, p.257, "聞道東南雨 愁人喜欲狂……夜來多少夢 一半在高堂." 이 외에 『詩集』 卷7의 「喜雨水調歌頭」, 文叢12, p.266에서는 비 내린 뒤 온 들판에 김 매는 농부들의 모습이 베를 짜듯하다고 표현했다(滿眼桑麻蔥菁 田野鋤耰如織).

민생들은 어떻게 살아갈까

山中已流火　　陰雨久淹時
不獨蜀天漏[264]　頻煩唐帝咨[265]
孤城深欲圮　　新黍濕難炊
一歲災重疊　　民生那可支[266]

　칠월 장마가 끝날 무렵이다. 산골짜기엔 중국 서촉 지방 못지 않게 지루한 장마가 계속되어 급기야 요임금의 홍수에 대한 탄식을 발하게 한다. 전반부에서는 중국 고사를 동원하여 장마의 피해를 간접적으로 표현하였다. 심각성은 후반부에 이르러 구체화된다. 작고 외로운 성은 장마로 인해 무너지려 하고, 땔감이 젖어 기장밥도 지을 수 없다. 민생에 대한 애환은 7～8행에 집약된다. 시인은 한 해에 가뭄과 장마가 겹쳐 백성들도 살 길이 없다고 탄식한다. 김종직의 연민 정서가 돋보이는 대목이다. 다음은 장마의 피해와 함께 호환(虎患)으로 고생하는 백성들의 삶을 표현한 시이다.

　　가문 해에 겨울 장마 찾아와 진창을 이뤄
　　하느님 구름 무지개 아낀 걸 후회하리

　　거친 들판엔 빗물 젖은 벼 싹이 돋아나고
　　어둑한 작은 저자에 범의 발자국 남아 있네
　　(…)

　　이따금 햇빛이 소나무 길에 새어 드는데
　　멀리서 과부가 울면서 이삭 줍는구나

　　旱歲冬霖謾作泥　　天公應悔嗇雲霓

---

264) 蜀天漏 : 西蜀은 비가 많이 내리는 곳인데, 杜甫의 시에 근거한다(江雲何夜盡 蜀雨幾時乾).
265) 唐帝咨 : 堯임금이 성대한 홍수가 재해를 일으켜 산과 언덕을 범람함을 걱정한 데서 비롯된 말이다(『書經』,「堯典」).
266) 『詩集』卷7,「苦雨」, 文叢12, p.264.

荒原泹泹禾生耳　　小市昏昏虎印蹄[267]

(…)

有時日色篩松徑　　遙見孤嫠拾穗啼[268]

초겨울이 다 되어 갈 무렵 뜻하지 않게 찾아 든 비로 인한 참상이다. 시인은 서두에서 궁핍한 상황을 연출한 하늘을 원망하였다. 가뭄마저 겹친 터에 늦가을에서 초겨울로 옮겨가는 들판에서 지나친 장마로 인해 누운 벼에 싹이 돋아난다. 제대로 된 수확을 기대할 수 없다. 게다가 어둑어둑한 시장 거리에 호랑이가 공공연히 설치는 극한 상황이 전개된다. 농민들은 가뭄으로 인한 기근과 겨울 장마로 인한 자연 재해를 겪은 뒤에 다시 호랑이에 의해 시달려야 했던 것이다.

김종직의 연민의식은 말미에 이르러 더욱 고조된다. 지루한 장마 속에 드러난 햇살이 실루엣처럼 소나무 길 사이로 비친다. 그 사이로 울며 이삭을 줍는 과부의 화면이 겹친다. 시에 과부에 대한 소개는 없다. 그러나 그녀가 매우 궁박한 지경에 이른 것은 분명하다. 가뭄과 장마 · 호환의 발생이 울며 이삭을 줍는 한 과부의 형상을 통해 한 줄기 슬픔으로 다가오는 시적 현실이 연민의식의 본질을 심각하게 설명해 주고 있다. 자연 재해로 인한 연민 의식은 다음 시에서도 강도 높게 표현된다.

비 온지 열흘 되었건만
두류산엔 구름 걷히질 않네

아득히 만 리가 캄캄하고
천지 사방엔 바람 천둥뿐일세

---

267) 虎印蹄 : 杜甫의 『杜小陵集』 卷12, 「復愁詩」(1), 人煙生處僻 虎跡過新蹄 參照.
268) 『詩集』 卷15, 「辛丑年三時無雨自十月初恒陰且雨旬餘不止頗妨收穫及種麥又多虎患」, 文叢12, p.322.

모진 가뭄을 이미 쫓아버렸지만
비바람 도리어 재앙이라네 ①

두렵기는 은하수가 터져
신선의 배도 떠다니기 어렵구나

뭇 산들 모두 입을 벌려
겁회를 배설해 놓았으니

봇도랑 밭둑뿐만 아니라
돌로 쌓은 방죽마저 허물어졌구나 ②

누런 흙탕물 위세는 천병 만마 같아서
무너지듯 요란히 흘러내리네

실낱같던 뇌계 물줄기도
강해처럼 웅장하게 흘러가네

높고 거대한 백 년 묵은 나무의
뿌리가 땅속 깊이 서렸지만

거꾸러져 모래 따라 떠내려가니
작은 덤불이야 말할 게 무어냐 ③

상마는 물가와 멀리 떨어져 있지만
온 마을 소용돌이 물바다가 되었네

아낙은 낮은 지붕 밑에서 통곡하고
닭은 벽 모퉁이로 도망치는구나

말처럼 작고 외로운 성의
동쪽 서쪽 누첩 모두 무너졌구나 ④

비록 반도 생각은 일어나지만
우리 백성들이 참으로 불쌍하구나

단비가 괴로운 장마로 변했기에
높은 하늘 우러러 호소할 뿐일세 ⑤

一雨已十日　　頭流雲不開
莽莽萬里閉　　六合但風雷
旱魃旣逐北　　屛翳還爲災 ①
正恐天河缺　　仙槎難遡洄269)
群山盡呀吐　　振洩及劫灰270)
豈惟溝壑潰　　石樴爲之摧 ②
黃流若陣馬　　崩騰復喧豗
潘溪一綫爾　　江海何雄哉
偃蹇百年樹　　其根蟠九陔
顚倒隨漂砂　　何異樸樕材 ③
桑麻水府遠　　籬落盤渦回
婦哭矮屋底　　鷄竄窮壁隈
孤城僅如斗　　樓堞東西頹 ④
縱起蟠桃想271)　吾民實可哀
甘霖化苦雨　　仰訴天恢恢 ⑤272)

5언 장편시이다. 김종직의 연민 정서가 길게 토로되었다고 볼 수 있다. 내용의 전개상 다섯 단계로 나누어 보았다. ①에서는 거센 장마가 시작되는 정황을 묘사하고 있다. 열흘 동안 비가 내렸지만 좀처럼 개일 기미가 보이지 않고 천지 사방에 어두운 배경이 깔린다. 서두는 시의 전체 시상의 침울함을 말해 준다. 전반부에서 지독한 가뭄에 이은 비바람이 농민들로 하여금 거듭 어려움을 겪게 하고 있음을 말하였다. ②는 전반부에서 설정된 비바람을 동반한 집중호우로 농토가 유실되는 상황을 묘사했다. 폭우를 은하수에 비유하고 있거니와 엄청난 폭우로 홍수와 산사태가 발생한 것이다. 농토의 유실과 토사의 유입 앞에서 작자의 애달파하는 연민 정서는 길을 잃고 방황하기 시작한다.

③에서는 홍수의 피해를 묘사하였다. 도도히 흘러가는 흙탕물의 위세

---

269) 仙槎 : 銀河水에 떠다닌다는 神仙의 뗏목.
270) 劫灰 : 온 세상이 파멸될 때 일어난다는 큰 불의 재.
271) 蟠桃 : 東海의 仙境에 있다는 전설상의 복숭아를 의미함. 杜甫의 「苦雨詩」 參照(吾衰同泛梗 利涉想蟠桃).
272) 『詩集』 卷7, 「六月大雨十日百川漲溢雨若不止水將及城出巡溪岸悶甚有作」, 文叢12, p.267.

는 대 군단의 기마병 위세를 능가한다. 그 물결 소리 또한 우람하기 짝이 없다. 가늘게 흐르던 뇌계가 대해를 이루어 흘러 넘친다. 홍수의 위용을 가히 짐작할 만 하다. 몇 백년 묵은 거목의 뿌리를 파헤쳐 떠내려보낼 수 있는 것이 홍수의 위력이었다. 이러한 참혹한 광경이 시인의 가슴과 머리를 쳤다.

작품 전반부와 중반부가 대홍수로 인한 농토와 자연의 훼손을 묘사한 반면, ④와 ⑤는 주민들이 사는 마을 묘사 및 개인 서정의 표출로 시상이 수렴되고 있다. ④는 수마가 지나간 마을의 참상을 담은 것인데, 강과 마을이 상당히 떨어져 있지만, 거대한 홍수 탓에 마을은 물바다로 변해 버렸다고 한다. 작자의 시야에 낮은 지붕 아래서 통곡하고 있는 아낙과 달아나는 닭이 들어왔다. 폐허로 변한 마을의 황량한 모습이 연상된다. 마을을 방어하기 위해 쌓았던 성루마저 무너뜨린 수마였다. 온전한 것이 있을리 없다. 그야말로 참상 그 자체였다. 시인의 어두운 심상을 예감할 수 있다.

⑤는 재난을 목도한 작자의 연민 정서가 토로되었다. 시인은 재난을 치유할 도리가 없다. 하늘을 향해 탄식할 뿐이다.[273] 수마를 당한 농민들의 아픔, 그것을 자신의 것으로 수용하려는 의지 그것이 바로 연민 의식이다. 그래서 연민의식은 상황을 타개할 대책을 내놓지 않으며 개인적 서정이 길게 삽입되게 마련이다. 무력감을 보상하는 애상의 정조가 늘 작품의 저변에 흐르게 되는 것도 이 때문이다.

2. 영남민에 대한 애정과 애향의식

앞에서 자연재해로 인해 생겨난 김종직의 농민층을 향한 연민의식을 파악하였다. 김종직의 경우, 영남과 영남 백성들에 대한 애정이 주류를 이

---

273) 그리고 그는『詩集』卷19,「苦寒」, 文叢12, p.357에서 겨울 추위로 인한 백성들의 고초를 다음과 같이 표현한 바, 이 역시 그러한 의식이 담긴 작품이다(朱夏熱旣甚 玄冬寒又劇 熱因旱之烈 寒則誰爲虐 一年二極備 天意誠難測 腸飢骨髓凍 哀哉民孔棘 吾聞街頭炭 斛斛論金帛).

룬다. 김종직의 영남 백성들에 대한 애정은 곧 영남을 위한 향토의식의
발현과 같다. 다시 말하면, 김종직의 애민의식이 소극적으로는 연민의식
으로 나타나고, 적극적으로는 경세의식으로 표출되는 바, 이 양자의 의식
은 애향의식에 근거한다.

「낙동요」는 북쪽 사람들로 구도된 지배 계층에 의해 영남 지방 백성들
이 수탈 당하는 현장을 목격하고 지은 시이다. 이 시는 강원도 황지에서
발원하여 영남 일대를 관류하여 남해로 유입되는 낙동강을 두고 읊은 것
이다. 낙동강은 60여 고을을 가로지르면서 4백여 리를 달려 흐른다. 잔잔
하게 흐르는 낙동강을 바라보는 작자의 눈은 비관적이다. 그가 목격한 낙
동강은 낭만적인 것이 아니라, 수탈의 현장이었기 때문이다.

> 황지의 근원은 잔에 넘칠 정도이더니
> 급히 흘러 어이 이리 넘실대는가
>
> 한 줄기 물이 육십 주를 나누었으니
> 나루터 몇 곳에 돛대 연하였네
>
> 바다 길로 곧바로 사백 리 길인데
> 순한 바람 따라 상인들 오가네
>
> 아침에 월파정을 출발하여
> 저녁엔 관수루에서 묵는구나
>
> 누대 아래 관선의 천만 꿰미 돈을 보니
> 남민들 가렴주구 어떻게 견디리 ①
>
> 쌀독도 비고 상률도 떨어졌건만
> 강가엔 풍악 울리고 살 찐 소를 잡네
>
> 나라의 사신들 유성 같이 달려오건만
> 길가의 해골 누가 이름이나 물어 보더냐 ②

궁궁이 싹에 부드러운 바람이 부는데
아지랑이는 고운 물가에 희롱하네

멀리 보니 날던 새 들어오는데
고향의 꽃구경할 일이 새로워졌구나

흉년은 노니는 사람 돌보지 않아
기둥에 기대어 소리 높여 노래하네

문득 봄 흥취 사라져 버리고
백구는 나를 비웃는 듯
바쁜 듯 한가한 듯 나네 ③

黃池之源纔濫觴　　奔流到此何湯湯
一水中分六十州　　津渡幾處聯帆檣
海門直下四百里　　便風分送往來商
朝發月波亭　　　　暮宿觀水樓
樓下綱船千萬緝　　南民何以堪誅求 ①
缾罍已罄橡栗空　　江干歌吹椎肥牛
皇華使者如流星　　道傍髑髏誰問名 ②
少女風王孫草　　　遊絲澹澹弄芳渚
望眼悠悠入飛鳥　　故鄕花事轉頭新
凶年不屬嬉遊人　　倚柱且高歌
忽覺春興慳　　　　白鷗欲笑我
似忙還似閑③[274]

낙동강은 황지에서 발원하여 영남 일대를 관류하면서 남해로 유입된다. 시인은 낙동강이 비록 작은 근원에서 발원했지만 점차 넓은 강을 이루어 60여 고을을 가르고 4백여 리의 긴 여로를 거친다고 하였다. 김종직은 낙동강이 영남의 젖줄이란 말을 하고 싶었던 것이다.

①은 낙동강의 발원과 그 위를 오가는 상인들의 뱃길을 묘사했다. 아직

---

274) 『詩集』卷5,「洛東謠」, 文叢12, p.245.

약동하는 시상의 전개가 드러나지 않는다. 그러나 시인은 낙동강에 떠 있는 상선이 단순한 상선이 아니라고 하였다. 왜냐하면 그 배는 농민들의 고혈을 빼낸 돈 수만 냥을 실었기 때문이다. "누대 아래 관선의 천만 꿰미 돈을 보니"라는 표현에서 돈꿰미를 싣고 있는 배는 상선임을 확인할 수 있다. 그런데 이 상선은 선산(善山)의 월파정(月波亭)에서 상산(商山)²⁷⁵⁾의 관수루(觀水樓)로 오면서 장사를 하는 배로 번 돈이 무려 천만 꿰미나 된다고 하였다. 장사꾼들이 배에 가득 실은 곡물은 결국 영남 지방 백성들에게서 착취한 것이다. 이 대목에 이르러 피폐한 시인의 영남 인민을 향한 애향의식이 스며 나온다. 김종직은 평화롭게 흘러가는 낙동강 위에 이처럼 수탈 당하는 영남 백성들의 곡물이 실려 나가고 있음을 연민의 시각으로 바라보고 있는 것이다.

②는 수탈 양상을 구체적으로 보여주고 있다. 농민들은 쌀독이 비워진 지 오래이고, 구황 식품인 도토리 마저 바닥난 터에 살길이 막막하였다. 그러나 반대편에서는 토색자들의 소비와 유흥이 펼쳐진다. 조정에서 구휼이란 명목으로 사신을 지방으로 파견하지만 길가에 뒹구는 해골을 외면하고 만다. 애당초 그들은 빈민 구제에 대해서는 관심이 없었던 것이다. 가진 자와 없는 자의 극명한 대비는 분노하는 작자의 애향의식을 반영한다.

급박한 시상 전개는 ③에서 평온하며 서정적 감흥으로 바뀐다. 부드러운 바람이 불어오고 꽃 소식이 들려 오는 좋은 시절이 다시 찾아 온 것이다. 그러나 흉년은 고향의 봄 놀이마저 앗아가 버린다. 춘흥이 사라진 자리에 찾아 든 작자의 우울한 정서가 날아가는 흰 새처럼 고독하기 만하다. 김종직의 애향의식이 담긴 작품은 언제나 이처럼 고독과 불만으로 가득차 있다. 늘 수탈을 당하는 쪽이 영남 인민이었기 때문이다.

「가흥참(可興站)」은 수취 제도의 문제점을 지적한 작품이다. 김종직은 작품에서 벌열층의 가렴주구로 인한 농민층의 고통을 고발하였다. 지배 계

275) 尙州의 古號.

층과 피지배층의 대립이 심각하게 그려지고 있는 것이 이 작품의 특징이다.

> 높고 가파른 저 계립령이
> 예로부터 남북을 갈라놓았네 ①
>
> 북쪽 사람들은 호화롭게 살기 다투어
> 남쪽 사람들의 기름과 피를 달게 먹는다네 ②
>
> 우마차로 험한 고갯길 넘어가자니
> 들판엔 농사짓는 장정 하나 없구나
>
> 밤이면 강가에서 엉켜 자는데
> 아전들은 매섭도록 탐학한다오
>
> 시장에선 생선 가늘게 회치고
> 모점의 술은 뜨물처럼 하얗구나
>
> 돈 거두어 노는 계집 불러오니
> 푸른 머리 단장에 연지까지 발랐네 ③
>
> 백성들 심장 도려내듯 괴롭지만
> 아전들은 방자히 취해 떠드네 ④
>
> 말과 섬으로 이익 보려고 하니
> 세곡 수송 관원들 부끄러운 줄 알아야지
>
> 관가의 세금 십분의 일인데
> 어찌 십 분의 이나 삼을 바치게 하나
>
> 넘실넘실 강물은 절로 흐르고
> 밤낮으로 구름과 남기를 불어대네
>
> 배 돛대 협곡 어귀에 그득한데
> 북쪽으로 앞 다투어 내려가네
>
> 남쪽 사람 얼굴 찡그리고 바라보건만
> 북쪽 사람 누가 그 마음 알려나 ⑤

嵯峨鷄立嶺　　終古限北南　①
北人鬪豪華　　南人脂血甘　②
牛車歷鳥道　　農野無丁男
江干夜枕藉　　吏胥何쫓쫓
小市魚欲縷　　茅店酒如泔
醵錢喚遊女　　翠翹凝紅藍　③
民苦剜心肉　　吏恣喧醉談　④
斗斛又討贏　　漕司宜發慚
官賦什之一　　胡令輸二三
江水自滔滔　　日夜噓雲嵐
帆檣蔽峽口　　北下爭驂騑
南人蹙頞看　　北人誰能諳　⑤[276)]

이 시는 김종직이 30대 중반에 창작한 것이다. 지배층에 의해 자행된 가렴주구로 인한 영남민들의 폐해를 고발하였다. '가흥참'은 영남에서 올라온 세곡을 한강의 뱃길로 서울에 보내는 충주 가흥창(可興倉)의 역참(驛站)을 말한다. 김종직은 30대 혈기가 왕성할 때, 영남으로부터 세곡미를 싣고 오는 아전들의 작태를 세밀하게 살펴본 뒤에 이 작품을 구상하였다. 따라서 이 시는 현장감 있고 사실적인 묘사가 탁월하다.

①에서 가흥참의 지리적 배경을 설명하였다. 계립령은 새재의 북쪽에 위치한 재의 이름으로, 이를 경계로 하여 기호 지방과 영남 지방이 나뉜다. 지역적 분기는 ②와 와서 호화와 열락을 즐기는 층과 그들의 유흥을 위해 물자를 제공하는 층으로 다시 한번 분화를 보이며 대립한다. ③에서는 공물을 가흥창에 보관했다가 배에 실어 한양으로 운송하는 일에 동원된 백성들의 안쓰러운 모습이 그려졌다. 이들은 세곡미와 공물을 상납했을 뿐만 아니라, 운송을 위한 사역마저 부담해야 했다. 또한 노역에 동원된 이들의 조건은 매우 열악했다.

276) 『詩集』 卷4, 「可興站」, 文叢12, pp.236~237.

작자는 가파른 고갯길로 세곡미를 운송하느라 무진 애를 쓰는 백성들 (5~7행)에 대비된 아전들의 탐욕을 8행에서 공개하였다. 8~12행에서는 감독하러 파견된 아전들이 생선회와 술, 게다가 유녀(遊女)까지 곁들인 유흥을 일삼고 있음을 보여 주었다. 아전들의 세곡미 징수에 따른 횡포는 이어지는 ④에서 구체적으로 드러난다. 13행에서는 백성들의 괴로움이 살을 도려내는 듯하다고 하였다. 14~18행까지는 아전들의 세곡미 부당 징수에 대한 고발이다. 작자는 애당초 세수미가 십분의 일이었음에도 불구하고 아전들의 횡포에 의해 십 분의 이 삼이 착취되었다고 분노하였다.

영남출신인 김종직은 가홍창에 쌓이는 세수미가 곧 자신의 향토에서 생산되었으며, 운송에 동원된 백성들 역시 그러하기에 솟아나는 격한 감정을 억누를 수 없었다. 이어지는 19~22행에서 격한 감정이 다소 이완되고 있다. 시인은 어쩔 수 없는 현실을 자탄하며, 넘실넘실 흐르는 강물 위로 세곡미가 유유히 한양으로 유입되는 광경을 지켜 볼 수밖에 없다.

김종직의 애향의식은 당대 훈구 계층이 남긴 농민시와는 변별된다. 이를테면, 시에 드러난 북쪽과 남쪽의 대비는 심각하다. 지배 계층들의 수탈에 의해 침탈 당하는 영남 백성들에 대한 울분, 그것은 김종직이 홀로 감당해 낼 수 있는 것이 아니었다. 더 많은 동지들의 힘으로 타개해야 할 미래의 과제였다. 이것이 바로 김종직의 애향의식이 지닌 한계이다.

이를테면, 서거정의 칠언고시 「직부행(織婦行)」이 농민층과 봉건 관료, 전호와 지주간의 대립적 관계를 사실적으로 묘사하는 대신 윤리적 관계 및 관념화된 애민의 명분만 드러나고 있으며, 성현의 「전가십이수(田歌十二首)」 역시 당시 농민층의 구체적인 삶의 실상을 핍진하게 드러내지 못한 채 농촌에 대한 규범적 인식과 관념적 서술이 주류를 이루고 있을 뿐이다.[277]

---

277) 關聯 論議는 金成奎, 「15世紀 後半 士大夫 文學의 몇 가지 傾向」, 成均館大學校大學院 博士學位論文, 1990을 參照.

김종직의 작품은 지배층과 그 반대 계층인 백성들 사이의 대립적 구도
를 설정하고 있지만 격렬한 표현을 구사하지 않으면서도 강약의 기조(基
調)에 의해 지배층의 비리와 수탈 양상을 부각시킨 것이 특징이다. 김종직
의 애민의식은 지방관을 역임하는 가운데 백성들의 참혹한 현실을 목격
하면서 점차 견고해졌다.278) 그리고 그 이후에는 지속적으로 민생의 고통
을 덜어 주기 위한 방안을 성종에게 건의하는 활동으로 이어졌다.279) 요
컨대, 「가흥참」과 「낙동요」에 형상된 연민의식은 영남 재지사족 출신의
애향의식이 밑받침되어 매우 강렬한 대립구도로 표출되었다고 할 수 있다.

3. 권력 계층의 모순과 침학 고발

김종직의 연민의식은 권력 모순 때문에 발생하기도 한다. 지배층간의
갈등으로 야기된 이시애 난은 당시에 김종직이 목도할 수 있는 권력 모순
의 전형이었다. 이시애의 난은 세조의 등장으로 인한 권력구조의 개편과
정에서 일어났다. 이시애는 바로 세조의 등극에 반기를 든 변방 무장 세
력을 대표한다.

김종직은 일찍이 영남병마평사가 되어 영남 지방을 순시하며 이시애
난을 평정하기 위한 모병 활동을 벌인 바 있다. 그 과정에서 징병군의 고
통을 보고 그들의 호소를 듣게 된다.

---

278) 김종직은 세조 11~13년에는 嶺南兵馬評事로 경상도 일대를 순찰하면서 군정을 점검하
    였으며, 이어 성종 1~6년에는 咸陽郡守職을 수행하였다. 그리고 성종 7~10년에 善山
    都護府使로서 각각 善治를 행하여 그곳 민생에 크게 이바지하였다. 그리고 그는 영남병
    마평사와 수령으로 근무할 당시에 백성들의 참혹한 실상을 목격하고, 그들의 생활 개선을
    위해 노력하였다(『年譜』參照).
279) 그는 經筵에서 民弊를 解決하기 위해 平安道量田敬差官 派遣의 中止를 建議하였으며
    (『成宗實錄』卷194, 成宗 17年 8月 丙子), 下番軍士의 休息을 建議하기도 하며(『成宗
    實錄』卷196, 成宗 17年 10月 戊寅), 慶尙道民의 宿債徵收禁止 등을 要請한 바 있다
    (『成宗實錄』卷197, 成宗 17年 11月 庚戌).

북방에 역적 놈 있어
관가 군대를 훔쳐 희롱하였네

허위 보고서 만들고 나서
여러 고을의 많은 생명 앗아갔네

요망한 여우가 아홉 굴 팠으니
맨손으로 감히 덤빌 수 있으랴

틈타서 제 스스로 날뛰니
대낮에 전쟁 비린내가 풍기네

함흥에 관군이 주둔했는데
달 아래 이경에 피리 소리 들리네

종영이 군대 증원 청하여
유성처럼 급한 전갈이 왔네 ①

이 때에 이 지방에도 징병 당해
농사 모두 접어 두었네

부모와 처자식들
길 막고 원통을 호소한다네

건장한 사람도 걱정이 태산인데
쇠약한 사람이 어찌 감당하랴

서로 다퉈 말하길 마천령이
장평의 구덩이로 변한다네

살아올 지 예측할 수 없는 터에
큰 공 이루길 바라리 ②

엄한 군령을 돌보지 않고
온갖 계책으로 이름 숨긴다네

독을 발라 손발 붓게도 하고
눈을 부릅뜬 채 야맹증이라 속이네

쑥 대강이처럼 산발하기도 하고
국 끓는 소리처럼 꿍꿍 앓기도 한다네

굽히지도 펴지도 못하는 병신 행세하여
역참에 무리들 가득하구나 ③

이들 감별함이 원수의 직무이건만
혹 그 정에 이끌린다네

이들 몰아 견탄을 건너게 하면
주정뱅이처럼 마구 충돌하겠네

나는 이 때 막부에 있어
격분한 마음 우울하도다

조정에서 병졸 기르는 뜻은
급할 때 부리려는 것이지

이들이 응하기만 한다면
적들 소탕할 만 하겠지만

이처럼 징발하는 일에
엄살 떨며 안 가려는가

이는 감당키 어려움 때문이리니
태평에 젖어 그런 것 아니라오

비록 양떼에서 건장한 놈 골랐어도
어찌 호랑이 표범과 겨룰 수 있을까

작은 도적 염려될 것 없지만
큰 도적 참으로 두렵네

대궐의 문은 만 리나 멀기에
답답한 맘에 홀로 운다네 ④

朔方有逆竪　　盜弄官家兵
幻出尺紙書　　列牧俱捐生

妖狐穴九地　　赤手誰敢攖
乘間自跳踉　　白日煙塵腥
官軍頓哈蘭　　月籥已再更
宗英請濟師[280)]　傳遽如流星　①
此方亦被徵　　田里盡輟耕
爺孃及妻子　　攔道冤號聲
健士尙疾首　　羸者胡得寧
爭言磨天嶺　　化作長平坑[281)]
生還未可卜　　況望奇功成　②
不顧簡書嚴　　百計竄其名
傳毒腫手足　　瞠目稱雀盲
鬒囊首飛蓬　　呻吟聲沸羹
籧篨與戚施　　雜遝盈長亭　③
鑑別在元戎　　或得擒其情
驅之渡犬灘　　隕突猶狂酲
我時忝幕府　　扼腕心怦怦
朝廷養兵卒　　緩急欲使令
此輩苟樂應　　庶可掃攙槍
柰何一簽發　　嗷嗷不肯行
良由力難任　　非但狙昇平
羊群雖擇壯　　寧與虎豹爭
小賊不足慮　　大敵誠可驚
天門萬里遠　　有懷徒自鳴　④[282)]

　　북방의 역적은 이시애(李施愛)[283)]를 말한다. 그는 판회령부사(判會寧府事)를 역임한 뒤에 조정에 불만을 품고 함경도 병마절도사였던 강효문(康

280) 宗英 : 李施愛亂 당시, 四道兵馬都統使였던 宗室 龜城君 李浚을 의미함.
281) 長平坑 : 長平은 戰國時代 趙 나라의 邑名임. 秦 나라 장수 白起가 여기에서 조나라 군대를 격파하고 항복한 조 나라의 수많은 군졸을 생매장했던 데서 비롯된 말이다(『史記』, 「秦記」).
282) 『詩集』 卷3, 「醴泉與節度使點兵」, 文叢12, pp.231~232.
283) 李施愛 : (?~1467).

孝文)²⁸⁴⁾과 함께 그 휘하 군관을 살해한 다음 반란을 일으켰다. 김종직은 ①에서 이시애 난의 발생 배경을 설명하였다. 그가 북도 백성들의 민심을 얻어 단주(端川)·북청(北靑)·홍원(洪原) 등지를 공략하여 점거하며 피해를 입혔던 사실을 제시하였다. 그의 반역 행위를 요망한 여우의 소행으로 단죄하고 대낮에 피비린내가 나는 참상을 발발시킨 것에 대해 격분하였다. 그런데 역도들이 관군과 함흥에서 대치했는데, 관군이 위기에 몰리자 조정에 지원군을 요청하게 된다. 이처럼 상황이 급박하게 돌아가고 있었던 것이다. 이에 조정에서는 김종직을 영남병마평사로 삼고 그에게 영남 장정들을 뽑아 토벌군에 편입시키라는 임무를 부여한 것이다.

②에서는 징병된 군사들과 그 가족들의 불안한 심리가 묘사되어 있다. 장정이 징병되면 농사를 접게 마련이어서 부모와 처자들이 길을 막고 울며 매달리는 것은 인지상정이었다. 건장한 사람이야 그런 대로 견딜 만하겠지만, 쇠약한 사람들은 견디기 어려운 상황이 펼쳐지는 것이다. 또한 역도들의 위세가 대단하여 평정에 성공할지 여부도 불확실하기에 주민들과 징병된 이 모두가 불안을 떨쳐 버리지 못한다. 이들의 참상을 바라보는 모병관 김종직의 마음도 매우 고통스러웠다. 자신의 고장 영남을 돌며 역적을 토벌할 군사를 모집하면서 부모와 처자가 길을 막고 울부짖는 모습에서 조정의 명을 수행하는 공복으로서 갈등을 느끼지 않을 수 없었다. 그렇지만 그는 시에서 이러한 갈등 심리가 드러나지 않도록 억제하려 하였다.

③은 징병을 회피하려 안간힘을 쓰는 여러 가지 웃지 못할 장면이 제시되었다. 독극물을 손과 발에 발라 병이 든 것처럼 위장하기도 하고, 눈을 버젓이 뜨고도 야맹증 환자라고 우겨대기도 한다. 머리를 풀어헤치고 신음 소리를 내는 부류가 있는가 하면, 아예 허리를 굽힐 수 없다며 둘러대는 자도 있다. 징집을 모면하기 위해 갖은 방책을 쓰고 있는 모습이 연출된 셈이다. 그러나 이를 대하는 김종직의 심사는 아직 표출되지 않았다.

---

284) 康孝文 : (?~1467).

④에 오면 작자의 감정이 흘러나온다. 김종직은 우선 이들이 징병을 거부하는 현실적 이유가 역도들의 기세를 감당할 만한 역량이 부족한 데 있다고 하였다. 말하자면 서로 적수가 되지 못하는 전장에 나가는 것은 명분 없는 짓이라는 인식이다. 명분과 승산이 없는 전장을 외면하려는 현실이 작자를 괴롭히고 있지만 그 역시 혼자서는 어떻게 해 볼 도리가 없었다. 김종직의 고민은 여기서 그치지 않는다. 문제는 권력 모순으로 야기된 변란이야 시간이 흐르면 평정될 수 있겠지만 이를 틈탄 외적의 침입을 우려하지 않을 수 없다는 것이다.

동족간의 살육을 전제로 하는 전쟁을 위해 집병을 독려했던 그의 심정은 매우 착잡했을 것이다. 더구나 영남의 장정들을 차출하여 전선으로 보내어야 했던 그였다. 김종직은 이들을 문경에서 충주로 이어지는 길목인 견탄을 건네 보내면 죽음의 전장이 그들을 맞이하리라는 사실을 누구보다 잘 알고 있었다. 때문에 그의 심리상태는 더욱 안타깝고 착잡해져 갔다. 그래서 그는 "비록 양떼에서 건장한 놈 고른다 해도 어찌 호랑이 표범과 맞설 수 있겠는가?"라고 반문하였다. 권력 갈등의 야기된 의미 없는 싸움이 가져다 줄 무고한 인명의 손실을 개탄한 것이다. 여기서 우리는 다시금 그의 애민정신을 관류하는 연민의식과 애향의식을 동시에 포착하게 된다.

이러한 김종직의 애민정신은 권력층의 침학을 고발하는 현장으로 그 초점이 이동된다. 다음 시는 국왕이 온천으로 거둥함으로써 민초들이 겪을 고통을 미연에 막자고 한 것인데, 역시 김종직의 연민의식이 반영되어 있다.

> 겹겹의 험준한 금정산
> 그 아래 유황수가 나온다네
>
> 천 년 두고 찌는 듯 들끓어
> 달걀도 익힐 수 있다오

그 누가 땔나무 제공하는지
귀신이 시키는 일 헤아릴 수 없어라

내 와서 오랫동안 탄식하다가
애오라지 때나 한번 씻고자 하네

신라왕의 구리 기둥 흔적이
여전히 석추 속에 박혀 있으니

당시 큰 은총 입은 것
여산 온천 터와 다를 바 없네

지금 이 바다 한쪽 구석엔
임금님 행차 용이하지 않으니

태수께선 온천 수리하지 마시길
백성들만 괴롭힐까 염려스럽다오

巖巖金井山	下有硫黃水
千載沸如蒸	可以熟鷄子
誰供薪爨用	莫測神所使
我來久嘆息	塵垢聊一洗
羅王銅柱痕	猶在石甃裏
當時被寵遇	何異驪山址
今焉海一角	巡幸非容易
太守勿修繕	只恐勞民耳[285]

　시인은 동래 금정산 아래서 솟아나는 온천수가 신라 때부터 있어 왔다
고 하였다. 유구한 역사 속에 신라왕이 세운 구리 기둥 자취가 아직도 남
아 있어 왕의 온천 행차 역사를 말해 주고 있다. 그곳이 당시부터 국왕의
은총을 받았다면 분명 그에 따른 백성들의 고초가 뒤따랐을 것이었다. 김
종직은 역사 속에 잊혀졌던 민초들의 수고를 충분히 짐작하고 있었다. 때

---

285) 『詩集』 卷2, 「東萊縣溫井」, 文叢12, p.223.

문에 김종직은 고을 원에게 동래 온천이 비록 오랜 역사를 지니고 있지만, 온천 보수 공사에 따른 주민들의 수고가 염려되므로 아예 수리하지 않는 편이 나을 거라고 했다.

여기서 중국 여산 온천 터는 바로 당 현종의 화청지를 의미한다. 당 현종은 화청지에서 양귀비와 사랑을 속삭이다가 결국 안록산의 난을 당하는 비운을 맞았다. 김종직은 이러한 역사적 사실에서 감계를 얻어야 한다고 보았다. 신라왕이 온천을 파고 욕조를 만든 흔적이 있다고 한 것은 바로 신라왕이 그렇게 방탕한 생활을 누리다가 나라를 망쳤다는 사실을 상기시키고자 한 것이다.

김종직은 "지금 바다 한쪽 구석에는 임금 행차 어려우니 태수는 수리하지 말라. 괜히 백성들만 괴롭힐 뿐이다"라고 하였다. 이는 신라 때에는 동래 온천과 거리가 멀지 않았으나, 지금의 한양은 한반도의 모퉁이에 위치한 동래와는 지리상 너무 떨어져 있어서 찾기 힘든 곳이 되었다는 말이다. 그렇기 때문에 이러한 현실을 감안하여 괜한 수리로 백성들의 고혈을 빼앗는 짓을 할 필요가 없다는 것이다. 다음 작품도 온천과 관련하여 김종직의 연민의식이 표현되어 있다.

> 담장과 집 무너지고 샘마저 막혔는데
> 연풍 아전 몇 명이 집 수리하네
>
> 병 든 몸의 때나 벗기고자 하는데
> 도랑 귀신에게 온천 근원이 위협받네
>
> 땅 귀신 할미 불 잘 안 지핀다 의심하고
> 하늘이 백성 사랑할 줄 안다고 하지만
>
> 열 집의 마을 모두 흩어지고 없으니
> 노인이 말하려다 다시 수건 적시네
>
> 垣廬摧壞井將堙　　修葺延豐吏數人

病客要除身上垢　湯源見詈瀆中神
或疑后媼慉敲火　亦道天公解愛民
十室村今流徙盡　老翁欲語更沾巾286)

　시에 그려진 수안보 온천 터는 관리를 소홀히 하여 거의 못 쓸 지경이다. 그나마 연풍 관아에서 나온 몇 명의 아전들이 온천을 수리하고는 있지만 그 전처럼 온천수를 내보낼 수 있을지 의심스럽다. 도랑의 물이 범람하여 온천을 덮쳤지만 이를 보수할 주민이 보이지 않는 현실이다. 그런데 주민들이 다른 곳으로 이주한 이유는 재상들의 잦은 핍박을 견딜 수 없었기 때문이었다.

　작자에게 이야기를 들려주던 노인이 말이 채 마치기도 전에 눈물이 흥건해졌다는 대목은 애잔한 여운을 남긴다.287) 이는 결국 백성들의 삶이 지배 계층에 의해 침탈되는 현실을 비판한 것인데, 백성의 눈물을 달래주려는 연민의식이 작자의 서정을 지배하고 있다. 다음의 시는 국가권력에 의한 민력(民力)의 침탈과 관련되어 있다.

　　가을 벼 부실해 도리깨질도 안 차는데
　　타작도 안 끝나 조세를 독촉하네

　　해변에서 또 두 성의 부역을 동원하는데
　　농가에 한 사람씩 삼대 같이 뽑아 가네

　　마을 이장들 동서로 인부를 소리쳐 불러대며
　　어찌 조금이나마 늦추어 감사를 두려워 않으랴

　　그대들에게 부탁하니 택문 노래는 부르지 마소
　　삼포 오랑캐가 마음의 걱정거리라네

---

286) 『詩集』 卷12, 「浴安保溫泉」, 文叢12, pp.300~301.
287) 『詩集』 卷12, 「浴安保溫泉」, 文叢12, p.300, "丙申年大雨連月 川水泛溢 衝激溫井 廨舍板甃亦漬 遂川水通 自是水甚冷 不堪沐浴 舊時泉傍居民十餘戶 今無一人 問之修葺者一老翁歎息云 爲浴來宰相等侵车 皆流徙他邑."

秋禾蕭蕭不滿耞　　滌場未旣催徵科
海上復調兩城役　　八頃一抽人如麻
西呼東叫伯格長　　豈不少緩畏使家
憑渠勿和澤門謳[288]　三浦之夷心腹憂[289]

　관청에서 농민의 작황이 별로 좋지 않은 터에 타작도 채 끝나기 전에
다시 조세 독촉을 한다. 그런가 하면 마을의 이장은 축성 부역에 동원할
인부를 다시 차출해내는데 삼대 뽑아 가듯 한다고 하였다. 시제(詩題)에
붙어 있는 주석을 보면 "정유년 10월에 관찰사가 창원(昌原)·울산(蔚山)
두 고을에 성 쌓을 것을 청하여 30일 만에 완공하였다"고 한다. 그러므로,
해상에 있는 두 성은 곧 창원과 울산을 가리킨다. 정유년은 1477년(성종
8)이다. 김종직은 1476년에 자신의 관향(貫鄕)인 선산에 부사로 부임한 이
래 향음주의(鄕飮酒儀)나 양로례(養老禮)를 거행하는 등 백성을 교화하는
데 힘을 쓰고 있었다. 그런데 이듬해인 정유년에 자신의 고을에서도 축성
에 필요한 인력을 차출해 가는 사태가 발생하였다. 목민관으로서 관내 백
성들에게 매우 미안한 일이었다. 하지만 관찰사가 주장하는 일이어서 군
수로서 협조하지 않을 수도 없었다.

　여기서 우리는 관찰사와 고을 백성 사이에서 중간자 역할을 수행해야
하는 김종직의 고민을 읽을 수 있다. 그의 고민은 애향의식과 연민의식에
서 유래한 것이다. 그러나 궁극에 가서는 그의 애향의식이 승화되어 우국
정신으로 고양되고 있다. 그가 농민들의 원성을 알고 있으면서도 택문의
노래만은 제발 부르지 말라고 호소하였다. '택문의 노래'는 추수기에 성

---

288) 澤門謳 : 澤門은 춘추시대 송 나라 도성의 남문이다. 송 나라 재상인 黃國父가 平公을
　　위하여 누대를 지으면서, 백성의 추수하는 일에 방해를 입히게 하자, 司城子罕이 농사가
　　끝난 뒤에 하자고 건의했으나 듣지 않았다. 그러자 누대를 짓던 자들이 원성을 담은 노래
　　를 지어 부른 데서 비롯된 말임(『春秋左氏傳』 襄公十七年 澤門之晳 實興我役 邑中之
　　黔 實慰我心).
289) 『詩集』 卷13, 「築城行」, 文叢12, p.310.

을 쌓기 위해 인력을 차출해 간 것에 대한 원망을 담은 것이다.

김종직은 개인적인 원망을 접고 국가를 생각하자고 했다. 마지막 구에서 말한 '삼포의 오랑캐'가 늘 마음에 걱정으로 남아 있었기 때문이다. 왜란에 대비해야 한다는 우국의 신념이 그의 애향의식과 연민의식을 일시적으로 잠재울 수 있었다. 이렇게 볼 때, 이 작품은 앞에서 검토한 시와는 달리 김종직의 애인과 우국이라는 두 차원을 넘나드는 중층적인 대민 의식이 표출되었다고 하겠다. 다음 시는 관과 민에게 주어진 대조적 현실을 고발하고 있다.

> 남쪽 고을에 세 철 가뭄이 들어
> 눈에 보이는 건 가라지 돌피 뿐이라
>
> 면포로 한 말 곡식을 바꾸니
> 두 물건값을 어찌 서로 따지랴
>
> 몇 일에 나물국 한 번씩 먹는 형편에
> 관아에선 피리 소리 요란하여라
>
> 하인들도 술과 고기를 먹지만
> 가난한 집 돌아본 적 없다네
> (…)

> 南州三時旱　　滿目稊稗村
> 吉貝換斗粟　　兩直寧相論
> 藜羹倂日食　　公府笙竽喧
> 酒肉及厮役　　何曾顧柴門290)
> (…)

이 시에서도 대립 구도가 드러난다. 농민들의 극한 상황과 관아 나부랭이들의 유흥 양상이 서로 대립적으로 묘사되었다. 농민들은 연이은 한해

---

290) 『詩集』卷15, 「贈楊秀才浚洪貢生裕孫」, 文叢12, pp.321~322.

로 곡식을 제대로 재배할 수 없어 농토에는 잡초만 무성하다. 이들은 궁
여지책으로 면포를 곡식과 바꿔 연명하는가 하면, 나물 죽으로 끼니를 잇
고 있다. 그러나 관아의 형편은 전혀 딴판이었다. 피리 소리가 요란하며
하인들까지 술과 음식으로 질탕한 놀음을 즐긴다. 농민들의 수고와 고초
를 생각한다면 관아에서 그런 일이 벌어질 수 없다.

  권력을 가진 자와 그렇지 못한 농민의 현실을 그려낸 작품에 언제나 김
종직의 연민의식이 각인되어 있다. 이러한 연민의식이 발전하면 백성들의
고통을 해결하기 위해 정책을 제시하는 경세의식으로 확대된다.

4. 양심적 목민의 실천과 경세의식

  경세의식이란 문자 그대로 세상을 경륜하고 백성을 구제하려는 의식이
다. 경세의식은 국가와 인민을 마음속으로 사랑하는 심정적 차원에서 한
단계 더 진전된 의식이다. 말이 아닌 실천을 담보하는 구체적 대안 제시
가 요구되는 것이 경세의식이다. 따라서 이러한 의식이 피지배층에게서
나타나기를 기대할 필요가 없다. 피지배층은 현실을 책임질 만한 위치에
있지 않다. 그렇다고 해서 모든 지배층이 공유하는 의식이라고도 볼 수
없다. 오로지 지배층 가운데 총명하고 양심적 선비만이 누릴 수 있는 의
식이다.

  김종직은 신진사류 출신으로 경세의식을 품고 이를 실현하기 위해 노
력할 수 있는 관인이었다. 그러나 당시의 여건이 김종직 자신이 품은 경
세의식을 자유롭게 시험할 만한 여건은 아니었다. 그는 훈구 계층과의 갈
등을 최소화하면서 신진 사류의 점진적인 진출을 도모해야만 했다. 이 점
이 늘 김종직의 마음을 괴롭혔을 것이다. 또한 그로 인해 그는 문도(門徒)
로부터 현실개혁에 과감하지 못하다는 비난을 받기도 하였다. 사실 그의
문집에서 경세의식을 담은 작품이 많지는 않다. 이는 위 같은 사정에 기

인한다고 생각된다.

이제 몇 편의 작품에 드러난 김종직의 경세의식을 살펴보기로 한다. 먼저 조운 책임자의 지도력 부족 때문에 발생한 재앙을 고발하고 있는 작품을 분석하기로 한다.

> 천 척의 배가 흰쌀을 운반하는데
> 바닷길이 어찌 그리 아득한지
>
> 섬들이 천백 겹으로 둘러 있어
> 매년 파도의 우환이 있었네
>
> 지난해엔 평년작을 이루어
> 국고가 다행히 조금 넉넉하였네
>
> 수많은 배가 강장을 출발하여
> 저녁에 변산 모퉁이에 닿았지만
>
> 뱃사람들 마음이 저마다 달라
> 흩어서 정박해 수합할 수 없었네 ①
>
> 큰 파도가 밤에 세차게 몰아쳐
> 반은 침몰하고 반은 표류하였구나
>
> 어떻게 풍백을 죽일 수 있으랴
> 양후를 죽일 계책 또한 없구나
>
> 백성의 고혈인 세곡은 물론이거니와
> 죽은 자 중 백성인지 운송관인지 구분 못하네
>
> 통곡 소리 물가에 진동하건만
> 아득한 바다 어디에서 찾을거나 ②
>
> 멀리 작당의 후미진 곳 바라보니
> 큰 배 만 척도 감춰둘 만했지만
>
> 시기를 당하여 호령을 잘못했으니

이 지경이 된 건 참으로 까닭이 있네 ③

千艘運白粲　　海道何悠悠
島嶼千百重　　歲有風濤憂
前年頗中熟　　國廩幸少優
舳艫發江藏　　夕止邊山耶
舟人各有心　　散泊不能收 ①
驚波夜盪激　　半溺半漂浮
焉能戮風伯[291)]　無計戕陽侯[292)]
民膏且勿論　　死者誰恩讎
哭聲殷水濱　　茫茫何處求 ②
遙望鵲堂澳　　可藏萬海鰌
臨機失號令　　致此良有由 ③[293)]

조운선의 침몰이 가져온 비극을 다루었다. 작품을 세 부분으로 나누어 분석하기로 한다. ①에서는 조운선의 출발과 파도의 우환을 표현하였다. 즉, 이 조운선은 3월 29일에 법성포(法聖浦)의 조운선(漕運船) 60여 척이 부안(扶安)의 변산(邊山) 아래 당도하여 바람을 만났는데, 작당(鵲堂)에 정박한 34척은 모두 온전하고, 모항양(茅項洋) 바깥에 정박한 배들은 모두 파선하여 익사자가 3백여 명이나 되었다고 한다.[294)] 조운선에 실린 세곡은 삼남 지방에서 거둔 것이다. 그런데 이 조운선이 법성포에서 조운하여 부안의 변산반도까지 오려면 수많은 섬을 통과해야 하는데, 풍랑을 만나 급히 정박하는 과정에서 안전한 곳에 대피하지 못한 탓에 많은 인명피해와 선박의 손실이 있었던 것이다.

결국 조운 책임자의 지도력 부족이 엄청난 인재(人災)를 불러오고 만 것

---

291) 風伯 : 바람신.
292) 陽侯 : 海神, 또는 波濤神.
293) 『詩集』 卷22,「古阜民樂亭望漕船」, 文叢12, p.378.
294) 『詩集』 卷22,「古阜民樂亭望漕船」(自註), 文叢12, p.378, "三月二十九日 法聖浦漕船六十餘艘 到扶安邊山下 遇風 泊鵲堂者三四十艘皆全 泊茅項洋外者皆敗 溺死者三百餘人."

이다. 삼남지방에서 거둬들인 세곡이 조운선에 실려 변산 앞 바다에 당도하여 저마다 적당한 곳에 정박을 하였지만, 뱃사람들의 의견이 저마다 달라 각자 원하는 지역에 조운선을 정박시켰다고 한다. 그런데 밤새 큰 파도가 몰아쳐서 여러 곳에 분산해 정박시켜 둔 조운선이 반이나 침몰하는 이변이 발생한 것이다.

②는 배가 침몰된 이후 참담한 상황을 묘사한 것이다. 시인은 너무 어이없는 재난을 당해 바람의 신과 파도의 신을 저주하였다. 그는 백성들의 고혈로 이루어진 세수미의 유실을 안타깝게 지켜볼 수밖에 없었다. 그리고 인명의 손실 또한 막대하여 관원과 백성들의 시신조차 구분할 수 없는 지경에 이르렀다. 통곡 소리가 진동하건만 시신을 찾을 길 없는 암담함이 남아 있는 사람들의 마음을 또 한번 쓰리게 하였다.

김종직은 ③에서 이 지경에 이른 원인을 규명하였다. 작당에 숨겨 둔 배는 모두 무사하였다. 그리고 작당엔 아직 만 척의 배라도 숨길 만한 공간이 있었다. 지휘관이 임기응변하지 못하고 무사안일로 아무 곳에나 배를 정박하도록 허락한 것이 이처럼 막대한 재난을 초래했다고 진단하였다. 여기서 김종직은 사태의 모든 원인을 기상의 악화로 돌리지 않았다. 기상악화가 재난의 1차 원인이었다면, 2차 원인은 지휘관의 무능력에 있다고 보았다.

이 시에도 김종직의 분노 섞인 연민의식이 흐르고 있다. 아울러 지휘관의 정확한 상황판단이 재난을 예방하거나 극복하는데 가장 중요한 요소임을 일깨워 준 작품이다. 김종직의 이러한 인식은 지방 목민관들의 덕치 구현으로 확대된다. 다음은 기근으로 고생하는 농민을 보고 애석해 하는 목민관 형상을 담은 작품이다.

천 만 그루 소나무 뼈만 앙상한데
흉년이 들자 제 살 아끼지 않았구나

부질없이 하내의 부절만 지닌 몸
한갓 급 대부에게만 부끄러우리

骨立千株復萬株　　凶年曾不惜肌膚
嗟我謾持河內節　　豈徒羞煞汲大夫[295)]

　농민들은 보리 고개를 채 넘기지 못하고 소나무 껍질을 벗겨 연명하기
에 이른다. 농민들의 주린 배를 채우기 위해 온 산의 소나무 껍질은 온전
한 게 없었다. 시인은 이러한 현실에서 한 나라 때 급암처럼 백성들에게
시혜를 다하지 못하여 부끄러움을 감출 길 없다고 말한다. 백성에 대한
목민관의 자괴감이 표출된 것이다. 자괴감의 표출은 단순한 연민의식 보
다 더욱 강한 애민의 정조이다. 다음은 무능한 지방 관원의 태만을 질타
하며 풍자한 작품이다.

　　　아득한 바다 가로 베고 누운 고을
　　　울창한 뽕나무 삼도 많구나

　　　앉아서 무근한 말에 흔들려서
　　　산천을 오이 나누듯 갈랐구나

　　　원래 관청의 땅을 가지고
　　　어찌 사가(私家)를 살찌우리

　　　옛 모습 회복하려면 이내 되리니
　　　민물(民物)이 아름다움 드러내리라

　　　내가 와서 대청에 누우니
　　　비바람이 옆을 스쳐 가는구나

　　　등불 아래서 그 전말을 물었더니
　　　늙은 아전 다투어 슬퍼하네

295)『詩集』卷5,「道傍松皮剝盡」, 文叢12, p.246.

태수는 삼가 백성들 어루만져
누런 이불 속에서 정사(政事)를 게을리 마소

茫茫枕海縣	鬱鬱饒桑麻
坐爲浮議搖	山川如剖瓜
由來考工地	豈容肥私家
復故不旋踵	民物生光華
我來臥堂皇	風雨旁橫斜
靑燈叩顚末	老吏爭悲嗟
太守愼拊循	勿放黃紬衙[296][297]

아산현의 농지를 황폐하게 만든 지방관을 꾸짖는 내용이다. 시인은 전
반부에서 아산이 바다와 인접해 있기 때문에 물산이 풍부하다고 하였다.
그런데 물정에 어두운 지방관이 중론(衆論)에 휩쓸린 채 국유지를 용도를
변경함으로써 농토를 불모지로 만들었다고 지적하였다. 시인은 불모지로
변한 땅이 오이씨처럼 갈라졌다고 표현함으로써 무능한 지방관의 직무유
기를 고발하였다.

지방관의 무능과 태만으로 농민들에게 젖줄과 같은 농토가 황폐하게
된 사실을 폭로함으로써 목민관의 태만한 의식을 경각시킨 것이다. 앞서
의 결과에 대한 원인 규명이 5~6행에서 드러난다. 아산현의 지방관이 애
당초 관아 소속의 땅을 사욕을 채우기 위해 용도를 변경함으로써 농토가
소기의 목적을 벗어나 황폐하게 되었다는 것이다.

김종직은 늙은 아전을 통해 이 사건의 전말을 전해 듣고, 이러한 행정
비리는 조기에 해결되어야 함을 강조했다. 그리고 나서 그는 이런 병폐를
조작한 당사자를 향해 준열히 꾸짖었다. 중세 왕권 중심의 지배 체제에서
지방관의 역할이 이처럼 중요하다는 것을 극명히 보여주는 작품이다. 김

---

296) 黃紬 : 宋 太祖가 어느 縣令에게 "근신하여 黃紬被 속에 누워서 청사를 비우지 말라"고
　　한 데서 비롯된 말로, 政事를 소홀히 하지 말라는 의미이다.
297) 『詩集』 卷4, 「宿牙山縣」, 文叢12, p.239.

종직은 목민관으로서 수행해야 할 역할에 대해 다음처럼 강조하였다.

> 세상의 수령들 가운데 나약한 자는 남에게 얽매임을 받아 스스로 진작하지 못
> 하여, 비록 관부(官府)가 퇴락해도 적당히 괴고 붙들어서 세월만 보낼 뿐, 감히
> 손 한 번 놀리지 않는다. 그리고 강한 자는 자기의 지혜와 기교만을 뽐내어 백성
> 들을 함부로 동원해 쓰면서 명령을 받아 따른다고 핑계를 대고는 끊임 없이 집을
> 짓거나 수리하곤 하여, 심지어 수많은 백성들로 하여금 마치 매를 맞는 것처럼
> 고통스럽게 한다.298)

김종직은 위의 예문에서 두 부류의 수령을 들었다. 유약한 수령의 경우,
무능한 채 무사안일로 일관한다. 그리고 패역한 수령들은 관권을 이용하
여 백성들을 수족처럼 부리며 사리사욕을 채우기에 급급하다. 그래서 그
는 수많은 백성들이 그들의 폭정에 의해 희생되고 있음을 예리하게 갈파
하였다. 또한 그는 「선산지도지(善山地圖誌)」를 편찬하면서, 해당 고을의
수령된 사람이 만일 고을을 잘 헤아리고 단속하지 못하면, 호강(豪强)한
종족(宗族)이나 교활한 아전들에게 속고 숨김을 당하게 될 것이며, 백성들
의 피해가 속출할 것이라고 언급한 바 있으며,299) 「유의정부정별수령교
(諭議政府旌別守令敎)」에서는 백성들을 위무(慰撫)하는데 있어 수령보다
더 소중한 것은 없으니 수령의 비행은 국가의 근심거리가 된다고 역설하였
다.300) 이 역시 목민관으로서 갖추어야 할 기본 덕목을 강조한 내용이다.

김종직은 인정(仁政)을 행하는 목민관이 되고자 하였다. 44세 때인
1474년(성종 4)에 함양 군수로 있으면서 여러 가지 치적을 남겼다. 예를
들면, 군에서 생산되지도 않는 차[茶]의 관납(官納)을 원활히 하기 위해 옛

---

298)『文集』卷2,「榮川小樓記」, 文叢12, p.433, "世之守令 儒者爲人所拘持 不克自振 雖官
   府頹頓 撑扶以了歲月 而莫敢一搖手 剛者矜其智巧 而輕用民力 諉以承稟 營繕不休 至
   使千室 如被榜撻."
299)『文集』卷2,「善山地圖誌」, 文叢12, p.434, "爲守宰者 苟失於檢括勾稽 則鮮不爲强宗
   猾吏之所欺蔽者 齊民之受害 可勝道哉."
300)『文集』卷1,「諭議政府旌別守令敎」, 文叢12, p.391, "親民之官 莫重守令 守令之匪人
   國家之大憂也."

다원(茶園)을 찾아내어 재배함으로써 해결하였으며, 1475년(성종 5)에는 함양성 나각의 폐단을 개혁하여 민폐를 척결하였다. 이는 김종직의 경세 의식과 연결되며, 투철한 애민의식에 입각한 목민관의 소임을 다한 대표 적 사례라고 할 수 있다. 「다원이수(茶園二首)」를 보기로 한다. 김종직은 「병서(幷書)」에서 다음처럼 설명하였다.

> 상공(上供)하는 차(茶)가 함양군에서 생산되지 않으므로, 해마다 백성들에게 이 를 부과하여 백성들은 차 값을 가지고 전라도에서 사오는데, 대략 쌀 한 말에 차 한 홉을 얻는다. 내가 처음 이 고을에 부임하여 그 폐단을 알고 이를 백성들에게 는 부과하지 않고 관(官)에서 자체로 여기저기서 구걸하여 납부했다. 그런데 한번 은 『삼국사기』를 열람했는데 '신라 때에 당에서 그 종자를 얻어 지리산에 심게 했다'는 말이 실려 있었다. 아! 우리 군이 바로 이 산 밑에 있는데, 어찌 신라 때 의 남긴 종자가 없겠는가 하고는 부로(父老)들을 만나는 대로 그것을 찾아보게 하였더니, 엄천사(嚴川寺)의 북쪽 대숲에 두어 떨기의 몇 그루를 발견하였다. 이 에 나는 매우 기뻐하면서 그 땅을 다원(茶園)으로 만들게 하였다. 그 부근이 모두 백성들의 토지이므로 그것을 관전(官田)으로 보상해주고 모두 사들여 차를 재배 했다. 그러기를 몇 년 동안 제법 번식하여 다원 전체에 두루 퍼지게 되었으니, 앞으로 4～5년만 기다리면 상공할 액수를 충당할 수 있게 될 것 같아 시 두 수를 읊는다.[301]

김종직은 차가 이곳에서 생산되지 않아 주민들이 해마다 전라도에 가 서 차를 구입해 납부하는 번거로움을 간파하고, 이를 해결하려고 궁리를 하다가 『삼국사기』의 기록을 확인한다. 그 후 차나무를 몇 그루 찾아 직 접 재배에 성공함으로써 고을 주민들의 고민을 모두 해결하였다.

김종직은 일찍이 「유두유록(遊頭流錄)」에서 나라에 바치는 매는 고작 한 두 마리지만, 애완 욕구 충족을 위해 백성들로 하여금 밤낮 눈보라를

---

301) 『詩集』 卷10, 「茶園二首幷序」, 文叢12, p.284, "上供茶不産本郡 每歲賦之於民 民持價 買諸全羅道 率米一斗 得茶一合 余初到郡 知其弊 不責諸民 而官自求丐以納焉 嘗閱三 國史 見新羅時得茶種於唐 命蒔異山云云 噫郡在此山之下 豈無羅時遺種也 每遇父老 訪之 果得數叢於嚴川寺北休林中 余喜甚 令建園其地 傍近皆民田 買之償以官田 纔數 年而頗蕃 敷遍于園內 若待四五年 可充上供之額 遂賦二詩."

견디면서 산꼭대기에 엎드려 있게 하는 짓을 애석해 하였는데,[302] 이 역
시 「다원이수」에 담긴 연민정서와 일치된다. 그는 주민들이 함양군에서
산출되지도 않던 차를 상공(上貢)하는 어려움을 겪던 것을 해결하고 나서
다음과 같이 기뻐하였다.

> 신령한 싹 올려 성군께 축수하고자
> 신라 때 남긴 종자 오래 못 찾다가
>
> 이제 두류산 밑에서 채취하고 나서
> 백성들 수고 덜 것 생각하니 기쁘네 ①
>
> 죽림 밖 황량한 동산 두어 이랑 언덕에
> 붉은 꽃 검은 부리 어느 때 무성할거나
>
> 백성들은 심장병만 치유하게 할 뿐이요
> 차싹을 광주리에 따서 진상하길 바라지 않네 ②

> 欲奉靈苗壽聖君　　新羅遺種久無聞
> 如今撮得頭流下　　且喜吾民寬一分 ①
> 竹外荒園數畝坡　　紫英烏觜幾時誇
> 但令民療心頭肉[303] 不要籠加粟粒芽 ②[304][305]

　김종직은 ①에서 신라 때 재배되었던 차의 내력을 추적해 두류산 아래
에서 그 종자를 찾아내어 백성들의 진상에 따른 어려움을 해결할 수 있을
것 같다며 기쁨에 도취된 심정을 표현하였다. 백성들의 수고를 덜어 주고
기뻐하는 김종직의 모습이 바로 어진 목민관의 형상이다. ②에서는 차의

---

302) 『文集』卷2,「遊頭流錄」, 文叢12, p.445, "且夫進獻 不過一二連 而充戲玩 使鶉衣啜飱
　　者 日夜耐風雪 跧伏於千仞峯頭 有仁心者 所不忍也."
303) 心頭肉 : 心臟 위의 살을 말함. 먹을 것이 없어 심장병을 얻게 되었다는 聶夷中의 田家
　　詩 參照(二月賣新絲 五月糶新穀 醫得眼前瘡 剜却心頭肉).
304) 粟粒芽 : 싸라기처럼 생긴 초봄의 茶芽를 의미한다(君不見武夷溪邊粟粒芽 前丁後蔡相
　　籠加 :『蘇東坡集』卷39).
305) 『詩集』卷10,「茶園二首」, 文叢12, p.284.

종자를 얻어 재배에 성공한 뒤에 이 차가 더욱 번식하여 주민들의 진상
고충이 완전히 해소되기를 염원하였다. 백성들은 차가 다만 심장병을 치
료할 줄은 알았지만 진상의 수고를 덜어 주리라고는 전혀 예상하지 못했
던 것이다. 다음은 그가 함양성 나각의 민폐를 해결하고 나서 기뻐하며
지은 시이다.

> 함양성 나각이 모두 이백 사십 삼 칸인데, 한 칸마다 세 가호(家戶)가 함께 출
> 력하여 볏짚으로 지붕을 이어오고 있다. 그런데 해마다 비바람에 지붕이 걷히게
> 되면, 한창 바쁜 농사철이라도 백성들이 반드시 우마차에 볏짚과 재목을 싣고 와
> 서 수리를 하였다. 대대로 계속 이렇게 해 오다 보니 백성들이 매우 괴롭게 여겼
> 다. 그래서 을미년 이월에 내가 마을의 연로한 분들과 상의하여 다시 토지 십 결
> 을 비율로 삼아 한 칸마다 거의 열 가호씩을 배정해서 그 썩은 재목을 바꾸고
> 또 기와를 이게 하였다. 그랬더니 한 가호에 겨우 기와 십여 장씩만 내놓아도 충
> 분하여 일도 닷새가 채 못되어 마무리되었다. 백성들이 처음에는 졸속하게 고치
> 려는가 하고 의아하게 여겼으나, 일이 완성된 뒤에는 모두 기뻐하며 좋다고 일컬
> 으므로, 이것을 기록하여 보인다.306)

이백 사십여 간 되는 집
비바람 때문에 해마다 수리했었네

흉년 때 일천 가호 동원키 어려웠는데
힘 합하면 석 달 안에 마치리라 기대했다네

도끼 자귀로 착착 깎는 소리 일찍 거두고
기와 이으니 안목도 새롭네

십 년 동안 농촌에서 안온하게 지냈으니
내가 고지식하지 않음을 어찌 알았으리

二百四十餘間架　　風雨年年補葺頻
時絀方虞動千室　　力均猶冀及三春

306)『詩集』卷10, 文叢12, p.289, "咸陽城羅閣 凡二百四十三間 每間三戶共葺 覆之以草 歲
爲風雨所壞 小民雖在農月 必牛載藁草及材以修之 歷世因循 民甚困焉 乙未二月 余謀
諸父老 更以田十結爲率 一間幾配十戶 易其腐材 且令覆以瓦 一戶纔出瓦十許張而足
未五日而訖功 民初訝更張之猝迫 旣成則俱懽然稱美 遂書此以示之."

斧斤斲斲收聲早　　瓦縫鱗鱗轉眼新
十載田原穩耕稼　　渠能知我不因循[307]

　김종직의 경세적 면모가 두드러진 작품이다. 그는 41세인 1471년에 함
양군수로 부임하여, 이 고을을 5년 동안 다스린 바 있다. 그러나 막상 그
가 부임하고 보니, 240여 칸이나 되는 나각의 관리에 있어서 적지 않은
민폐가 있었다. 비바람이 몰아치면, 금새 초가 지붕이 날아 가버리고 흙담
이 무너지는 등의 폐단이 잦았던 것이다. 그렇지만 그는 이를 그대로 방
치하여 백성들의 어려움을 대대로 지속시킬 수는 없었다.

　김종직의 나각 개축 방안이 매우 참신하다. 우선 지붕을 기와로 개량하
여 해마다 손을 들일 필요가 없도록 조치하였다. 그리고 나각 한 칸을 열
가호씩 분담하여 수리케 함으로써 썩은 재목은 교체하고 기와를 이게 하
였다. 그러자 온 고을의 백성들이 그의 어진 행적에 칭송을 보냈다는 것
이다.

　김종직이 이 일을 계획하고 추진할 당초에는 함양 고을의 사람들이 모
두 의아한 눈초리로 지켜보았다고 한다. 김종직은 어진 목민관이었다. 주
도면밀한 계획으로 모든 공정을 순조롭게 진행시켜 개축을 완료하여 민
폐도 해결하고 백성들의 부역 동원도 덜어 주었다. 그러자 고을 사람들
가운데 흡족해 하지 않는 이가 없었다는 것이다.

　함양군은 김종직이 군수로 이곳에 부임한 이후, 사림의 세력이 다른 지
방에 비해 비교적 일찍이 형성될 수 있었다. 그에 따라 성리학적 분위기
도 일찍부터 성숙될 수 있었음은 물론이다.[308] 이 역시 연민의식이 적극
적으로 발양된 경세의식의 실천이 가져다 준 결과이다. 그의 이런 의식은
그가 외직을 수행하면서 임지마다 해당 지역의 지도를 작성한 것에서도

---

307) 『詩集』 卷10, 文叢12, pp.289~290.
308) 李樹建, 『嶺南學派의 形成과 展開』, 一潮閣, 1998 參照.

드러난다. 즉, 그가 경상좌도의 영남병마평사직을 수행할 때 작성한「경
상도지도지(慶尙道地圖誌)」의 편찬 의도가 유사시에 적을 선제 공격하고
후방 지원 체계 구축을 위함이라고 했으며,309) 그가 선산부사직을 수행할
때 작성한「선산지도지(善山地圖誌)」는 조세의 균등 징수로 인해 교활한
아전의 농간을 미연에 방지하고 민생의 안정으로 도모함에 있다고 했
다.310) 이런 일련의 의식은 연민의식이 보다 확장된 경세의식의 일면이다.

　이상 김종직의 연민의식이 표현된 시와 그러한 의식이 진보되어 백성
들의 삶을 억누르고 괴롭히는 원인 규명과 문제 해결을 추구하는 경세의
식을 담은 시를 검토하였다. 김종직의 이러한 의식은 백성들의 삶을 온전
히 파악하여 그들로 하여금 보다 안정된 삶을 영위하도록 하자는 풍교 의
식의 한 실천이라고 할 수 있다.

　김종직의 애민시는 위로 고려조 이규보(李奎報)311)의 애민시 전통을 잇
고 아래로 김시습(金時習)312)·어무적(魚無迹)·권필(權韠)313) 등에게 연
결된다고 할 수 있다. 애민시 전통은 17~18세기 실학파 리얼리즘에 이르
러 새로운 단계로 진입하게 된다.314) 그런 점에서 김종직은 조선 전기를

309)『文集』卷2,「慶尙道地圖誌」, 文叢12, p.434, "爲將者 不可不知輿地也 平時則已 至於倉卒
其山川險易 道路遠近 苟不目慣心熟 則雖有方略 無所施矣 我慶尙道一道 二面瀕海 本廂年
南極 實與島夷相望 卒然短狐獨蜑 出沒睥睨 或追捕 或救援 馳檄微發 其能懸度而合事宜乎
余爲是懼 籌于盛府 命畫師 使一道廣輪 張之廳事 然後其名山大川 邑落郵傳 煙臺斥候 襟
帶要衝之地 瞭然目前……萬一有警 按是圖 爲策應之術 豈無小補."

310)『文集』卷2,「慶尙道地圖誌」, 文叢12, p.434, "宗直 府人也 枌楡之不報久矣 歲丙申 承
之爲府使 叨莅吏民 畫繡之榮 於分已過 夙夜思念 所以答故鄕父老之望者 惟在均賦役
欲均之 惟在於明簿籍 簿籍已粗明矣 又命畫手 悉其山川井落 倉廨院驛 繪之于一輻 戶
口墾田 道里之數 亦疏逐材之下 旣成 使置之黃堂之壁 一邑封域 了了然盡在眼中 每遇
科斂調發之際 先考其籍 次按是圖 而與之裁闊狹 則庶幾吾民得蒙一分之賜 而强猾不能
胸臆於其間矣."

311) 李奎報 : (1168~1241). 고려 때 문신. 자는 春卿, 호는 白雲居士.

312) 金時習 : (1435~1493). 생육신의 한 사람. 자는 悅卿, 호는 梅月堂.

313) 權韠 : (1569~1612). 문인. 자는 汝章, 호는 石州.

314) 關聯 論議는 金時鄴,「高麗後期 士大夫文學의 性格」, 成均館大學校大學院 博士學位論
文, 1986 : 宋載邵,『茶山詩 硏究』, 創作과 批評社, 1984 : 金相洪,『茶山 丁若鏞 文學

대표하는 애민시 작가로 인정되며, 또한 그의 애민시는 15세기 후반 지방
농민층의 애환을 포착한 점에서 의의가 있다.

제3절 역사 비판과 인물 회고

여기서는 김종직의 영사회고시에 형상된 풍교 의식을 검토하고자 한다.
김종직은 지난 시기의 역사 사적을 통한 감계나 유교 이념에 충실한 역사
적 인물에 대한 추모와 회고를 통해 바람직한 인간상의 준거를 제시하려
고 하였다. 이 경우 김종직의 풍교 의식은 과거 역사의 현재적 의미라는
관점과 연결해서 이해할 수 있다.

1. 사적을 통한 감계

김종직은 천 년 역사를 간직한 채 자취만 남은 신라 고도(古都)를 둘러
본 감회를 시로 남겼다. 일련의 시는 단순히 회고적 정서의 표출로 그치
지 않는다. 지난 역사가 후대 사람들에게 감계가 된다는 의미를 부여하려
하였다. 첨성대를 둘러 본 감회를 보기로 한다.

> 반월성 가 뿌연 안개 걷히자
> 우뚝한 석탑이 오는 이를 맞이하네
>
> 신라의 옛 물건으로 산만 남았는가 했더니
> 뜻밖에 첨성대도 있구나
>
> 기형으로 칠정을 다스림은 순우의 일
> 황당무계한 그 제작은 어디에 쓰려나
>
> 옥좌를 여인에게 부여했으니

研究』, 檀國大學校出版部, 1991 등을 參照.

진평왕은 천고에 화를 남겼다네

半月城邊嵐霧開　　亭亭石塔迎人來
新羅舊物山獨在　　不意更有瞻星臺
璇衡齊政舜禹事[315]　制作無稽安用哉
敢將神器付晨牝[316]　千古眞平爲禍胎[317]

시인은 반월성 터를 찾다가 뿌연 안개 속에 모습을 드러낸 첨성대를 만난다. 그는 매우 반가워 흥분을 감추지 못한다. 신라 사적이라고는 찾을 길 없는 황량함 가운데 첨성대를 만났기 때문이다. 첨성대를 둘러 싼 지난 역사에 대한 회고가 감계 의식으로 이어진다. 후반부는 이러한 감계 의식의 표출이다. 5～6구의 기형(璇衡)은 칠정(七政)의 운행을 조절하는 것으로, 순임금과 우임금이 시행했던 것이다. 그런데 김종직은 신라에서 이를 선의의 목적으로 제작은 했겠지만 제대로 활용하여 민생에 이바지하지 못한 점을 은근히 나무라고 있다. 이를 적극 활용해 천체의 움직임을 주시하여 농업 생산에 적용하고 자연 재해를 예방하지 못한 점에 대해 질책의 의미를 담고 있다. 김종직의 이런 의식은 이어지는 7～8행에서 더욱 첨예화되고 있다. 이 첨성대는 선덕여왕이 죽던 해에 건립되었다고 하는데, 애당초 진평왕이 옥좌를 여성에게 넘겨준 데서 국운의 쇠망을 초래하였다는 것이다.[318] 김종직의 남성 편향적 유가 의식이 드러난다. 이어지는 시에서도 이러한 정서를 엿볼 수 있다.

　　얕은 골짜기에 어떻게 적병을 숨겼는지

---

315) 璇衡齊政 : 璇衡은 璇璣玉衡의 준말. 舜禹 때, 璇璣玉衡으로 천체를 관측하여 七政인 日月과 五星(水火金木土)의 운행을 가지런히 다스렸음을 의미함(『書經』, 「舜典」).

316) 神器 : 玉座.

317) 『詩集』 卷2, 「瞻星臺」, 文叢12, p.222.

318) 이는 金富軾도 同一하게 認識하였다(『三國史記』, 「善德王條」, 新羅扶起女子 處之王位 誠亂世之事 國之不亡 幸也).

천년 동안 부질없이 옥문이라 불려졌네

주민들은 다퉈가며 여왕의 지기(知機)를 말하여
공연히 장수에게 길 돌아가게 하였구나

淺谷何能伏敵兵　　玉門千載謾爲名
居民爭說知幾事　　空使元戎枉道行319)

이 시는 선덕여왕의 '지기삼사(知機三事)'와 연관이 있는데, 선덕여왕이
자신이 죽을 날을 먼저 안 것과 여근곡(女根谷)의 백제 복병 퇴치 및 당
태종이 보낸 목단 씨앗과 그림을 보고 향기가 없음을 미리 감지했다는 고
사에 근거를 둔 작품이다. 1~2구는 여근곡에 관한 것으로, 선덕여왕이
개구리가 옥문지(玉門池)에 모여 있음을 보고 백제군이 옥문곡에 잠복해
있음을 알아채고 이를 궤멸시켰다는 것이다. 그렇지만 김종직은 현장을
답사하고 나서 얕은 골짜기가 도무지 적병을 숨길 만한 적지(適地)가 아님
에도 불구하고 그 설화가 천 년 이상 부질없이 전해지는 현실에 대해 부
정적인 시각을 드러내었다.

3~4구에서는 주민들이 선덕여왕의 지기삼사를 다투어가며 전하는 과
정에서 이것이 확대 미화되었다고 한다. 그 결과, 백제의 주장(主將)이 이
곳을 지나다가 죽었으므로, 그 이후로는 장수들이 부임할 때에 이를 꺼려
이 길로 다니지 않았다는 것이다.320) 이 대목에서 김종직의 지난 역사 사
실의 합리적 수용 태도를 엿볼 수 있다. 여기서도 남성 입장에서 선덕여
왕의 행적에 대해 선의로 해석하지 않으려는 입장이 드러난다. 이는 곧
동양의 남녀 분별 의식의 통념에서 비롯된 발상이다. 그러므로 이 작품
역시 김종직의 유가적 역사 의식이 투영된 것이라 하겠다. 다음 시는 이

---

319) 『詩集』 卷2, 「過玉門谷一名女根山事在三國史」, 文叢12, p.223.
320) 『詩集』 卷2, 「過玉門谷一名女根山事在三國史」(註), 文叢12, p.223, "爲百濟主將死　後
　　來將師上任 皆忌之 不由此路."

러한 역사를 배태한 원인이 군왕의 태만과 사치, 방종에서 기인한다는 감계 의식을 담고 있다.

포어의 등위로 물이 돌아 흐르는데
깃 일산 수레 송죽 사이로 비치네

궁중의 저울 오래 사용하지 않은 채
불계를 빙자한 한가로움 탐하네

임금과 신하 기뻐하며 유상곡수를 즐길 때
견훤군대 북소리 급히 금오산을 진동하였네

임금 왕비 허둥지둥 달아나는 터에
그 어느 군졸이 도성 방어하기 즐기랴

견훤의 칼날에 붉은 피 물들자
만조백관이 풀처럼 어지러이 쓰러지네

편한 재앙 오래 지탱하지 못하는 법
진한의 어려웠던 국운을 믿었어야 했네

당시 종묘와 사직 타다 남은 재뿐이고
오직 천고에 완악한 돌만 남았구나

내 와서 옛일 슬퍼하며 길게 휘파람부니
풍운은 처참하고 시냇물만 흐르네

鮑魚背上水灣環　　羽葆隱映松篁間
宮中衡石久不用[321]　却憑祓禊耽餘閑[322]
君臣拊髀看流觴　　鼙鼓忽動金鰲山
倉皇輦路盡奔迸　　虎旅何人謀拒關

---

321) 宮中衡石久不用 : 임금이 정사를 전혀 돌보지 않음을 의미함. 衡은 저울이고, 石은 120근을 말함. 진시황이 매일 반드시 120근의 각종 서류를 결재했다는 데서 비롯된 말임(『史記』, 「秦始皇紀」).

322) 祓禊 : 流觴曲水의 놀이를 하며 신에게 빌어 災惡과 厄運을 떨어버리는 일.

鮮血自汚甄王劍　　滿朝狼藉如茅菅
宴安之禍不旋踵　　須信辰韓天步艱
當時廟社已荒爐　　唯有片石千古頑
我來弔古獨長嘯　　風愁雲慘溪潺潺[323]

　이 시는 내용상 네 부분으로 나누어진다. 전반부에서는 신라 종말의 비극적 현장을 표현하였으며, 중반부에서는 신라 왕조에 대한 책망을 묘사하였다. 그리고 후반부에는 회고의 정서가 표출되었다. 그렇지만 이 시의 무게 중심은 중반부에 있다고 봐야 한다. 이를 세분해서 보면, 1구에서 6구까지는 포석정을 배경으로 하여 당시 군왕과 신료가 질탕하게 놀음을 벌인 것을 현재화하여 표현하였다. 그렇게 함으로써 신라 말기의 방종과 사치성이 더욱 현실감 있게 드러난다. 3구에서 궁중 저울을 의미하는 '형석(衡石)'은 진시황이 매일 120근의 서류를 결재했다는 데서 비롯된 것으로, 신라 경애왕의 행정력 상실을 비판한 시구이다. 경애왕은 푸닥거리를 한답시고 정사를 돌보지 않고 태평과 안일만을 탐닉하였는데, 견훤 군대가 급습하여 금오산을 진동시키자, 잔치의 유흥은 일시에 깨어지고 말았다. 결국 흥겨운 포석정의 유상곡수 놀음에 날아 든 비보(悲報)는 나라의 상실로 이어진다.
　7~10구에서는 신라 왕조가 왕궁을 점령한 백제 군대에 의해 무참히 짓밟히는 역사의 현장을 묘사하였다. 견훤의 군대는 문무 백관을 가릴 것 없이 닥치는 대로 도륙하였다. 이로써 견훤의 침공에 의해 신라 천년 사직이 최대의 치욕을 맞기에 이른 것이다. 김종직은 '군왕과 왕비가 허둥지둥 달아나는 판에 어느 군사들이 침략군을 물리쳤겠느냐'라 하여 부패한 정권의 말로를 극명하게 표현하였다. 여기서 김종직은 신라 왕조의 무사태평주의에 대해 비판하였다. 이는 고려 태조 10년에 후백제의 견훤이

---

323) 『詩集』卷4, 「鮑石亭」, 文叢12, p.236.

신라의 고을부(高鬱府)를 습격하고, 신라의 도성을 습격하자, 당시 경애왕은 신료들과 함께 포석정에서 유상곡수(流觴曲水)를 즐기고 있었는데, 경애왕은 백제군에게 사로 잡혀 왕궁으로 끌려가 핍박을 받다가 자살하였으며, 왕비는 그들에게 능욕을 당했다는 역사 사실에 기인한다.

11~12구에서는 신라 왕조에 대한 김종직의 책망이 이어진다. 시인은 신라의 쇠망 원인을 다음처럼 진단하였다. 애당초 신라가 건국 당시의 어려움을 극복하고 조정을 수립하였던 사실을 망각한 채 오직 연락(宴樂)만을 즐긴 탓에 이러한 재앙을 맞게 되었다고 하였다. 여기에서 김종직은 군왕의 비리와 안일이 국가의 위기를 자초한다는 교훈을 선명히 제시하였다.

13~16구는 폐허가 된 사당을 둘러보며 느낀 감회를 표현한 것이다. 종묘 사직은 불에 타서 없어지고 그 옛날, 영화와 방종을 상징하기라도 하듯이 포석정의 유적만이 홀로 후인들에게 지난 역사의 오욕과 슬픔을 전해주고 있다. 지난 일을 회고하는 김종직의 심사는 바람과 구름의 스산한 분위기와 함께 침울하기 만하다. 마지막 구에 제시된 '흐르는 시냇물'은 변함 없는 자연의 역사를 표상하는 것으로 덧없는 인간사를 슬퍼하는 작자의 마음을 담고 있다. 이러한 김종직의 지난 역사에 대한 감계 의식은 유교 이념에 입각한 인물의 표창과 회고 정서 표출로 이어진다.

2. 충의인물 선양과 추모

충의 인물을 표창하려는 의식의 기저가 되는 작품을 보기로 한다. 사마천의 『사기(史記)』를 읽고 나서 느낀 점을 표현한 시인데, 김종직은 이 시에서 역사상 바람직한 인간상의 준거를 제시하려 하였다.

소장의 순환 이치를 내 어찌 하랴마는
넓은 우주의 많은 인물을 두루 보았네

쥐가 똬리 물고 어떻게 굴에 들어가리
칼은 집을 벗어나야 막야 될 수 있다네

칠 대 고관은 참으로 인의를 쌓았기 때문
백년의 성사도 이내 소멸된다오

군자 소인 섞여도 분변하기 어렵지 않지만
권아 이을 이 없는 게 한스럽구나

消長相尋奈我何　　茫茫宇宙閱人多
鼠銜寶籔寧容穴[324]　劍脫袂襬可擬邪[325]
七葉貂蟬眞積累[326]　百年城社旋消磨[327]
薰蕕同器非難辨　　太息無人續卷阿[328][329]

　시의 서두에서 역사 순환의 섭리를 말했다. 흥망성쇠를 거듭하는 역사
에 미력한 인간이 간여할 수 없다는 입장을 보였다. 영구한 역사의 진전
속에 일개 인간의 미약성을 밝힌 것이다. 그는 서책을 통해 역사상 명멸
했던 인물들의 행적을 두루 섭렵하였다. 그 속에서 교훈을 발견하였다.
　이어지는 시는 이러한 교훈적 사유의 표현이다. 먼저 3～4구에서는 쥐
가 똬리를 물고 굴에 들어 갈 수 없다는 고사를 들어 인간이 이 세상에서
처신하기 어려움을 말하였다. 그러나 아무리 유명한 검이라도 칼집에 들
어 있어서는 제 기능을 발휘하지 못한다고 하여 인재가 세상에 나와 자신
의 역량을 충분히 발휘하도록 해야 한다고 하였다. 유가의 적극적인 현실

---

324) 鼠銜寶籔 : 漢의 楊惲이 쥐가 굴에 들어가지 못함은 또아리를 물렀기 때문이란 데서 비
　　롯된 말로, 세상에서 처신하기 어려움을 의미한다.
325) 莫邪 : 名劍.
326) 七葉狐蟬 : 漢의 金日磾와 張安世의 두 집안이 7대 동안 天子의 좌우에서 총애와 영광
　　을 누렸던 것을 의미함.
327) 城社 : 城狐社鼠의 준말로, 城中의 여우나 社中의 쥐가 안전한 곳에서 나쁜 짓을 하듯이,
　　소인배가 임금 곁에서 간사한 짓을 일삼는 것을 의미한다.
328) 卷阿 : 周의 召公이 成王에게 안일에 빠지지 말고 널리 어진 선비들을 찾아 등용하라고
　　경계한 데서 비롯된 말임(『詩經』,「大雅」).
329)『詩集』卷14,「讀史二首」, 文叢12, p.318.

참여 의지가 드러난 것이다.

이러한 김종직의 생각은 5~6구에도 보인다. 중국 한 나라 때 김일제 (金日磾)와 장안세(張安世) 두 집안에서 7대 동안 천자를 보필하는 영광을 누린 것은 바로 그들이 평소 인의를 쌓아 왔기 때문이라고 한다. 반면에 소인배의 간사한 행위는 이내 소멸한다는 신념을 보였다. 매우 낙천적 역사 인식이다. 이런 점에서 김종직은 유교의 기본 이념인 인의(仁義)를 체득한 인물만이 군왕을 바람직하게 보좌하며 올바른 정치 발전에 이바지할 수 있다는 인식에 투철하다. 7~8구의 권아(卷阿)는 『시경(詩經)』에서 주(周)의 소공(召公)이 성왕(成王)에게 안일에 빠지지 말고 널리 어진 선비들을 찾아 등용하라고 경계한 데서 비롯된 말이다.[330] 그런데 문제는 현인과 소인의 분별은 가능하겠지만, 이를 제대로 실천할 수 있는가 여부이다. 이는 군왕의 올바른 사리 분별에 맡길 수밖에 없는 것이었다. 그래서 그는 문제를 제시하는 것으로 시를 마무리하였다. 바람직한 역사 인물을 지향하는 김종직의 의지는 충의(忠義)의 표창으로 이어진다. 고려조 혼란기에 충정을 바친 인물 한종유(韓宗愈)[331]를 선양한 시를 보기로 한다.

> 한 줄기 맑고 급한 강에 바람 실은 돛단 배
> 외딴 섬의 묶인 배를 보니 복재옹이 생각나네
>
> 재상들은 일찍이 여회의 과단성이 있다 했고
> 태상에서는 공명 같은 충신이라 기록했다네
>
> 비가 돌이끼 적시나 와준은 모두 말랐고
> 달은 갈대에 비치나 낚시 여울 텅 비었구나
>
> 그 때 사람들 몇이나 용감히 물러났던가
> 지금도 조선 선비들은 높은 산처럼 사모하네

---

330) 『詩經』, 「大雅」.
331) 韓宗愈 : (1287~1354). 고려 때 문신. 자는 師古, 호는 復齋.

一江淸駃一帆風　　絶嶼維舟憶復翁
黃閣早稱如晦斷　　太常猶記孔明忠
雨添石蘚窪尊涸　　月淡汀蘆釣瀨空
當日幾人能勇退　　至今東士慕衡嵩[332]

　김종직이 30대에 한강의 저자도를 지나가면서 고려 충신 한종유를 추
모하며 지은 시이다. 한종유는 당시 충숙왕의 자리를 엿보던 심양왕(瀋陽
王) 고(暠)의 무고로 충숙왕이 원제(元帝)에게 불려가 국왕인(國王印)을 빼
앗기자, 이조년(李兆年, 1269~1343)과 함께 원나라로 가서 충숙왕의 환국
을 상소한 충신이다. 그는 1324년에 충숙왕이 국왕인(國王印)을 찾아 귀국
하자, 좌부대언(左副代言)이 되었다. 1339년에는 조적(曺頔)의 난을 다스
리다가 원나라로 잡혀갔다가 충혜왕과 함께 돌아 왔다. 그리고 나서 충혜
왕의 원자인 충목왕을 원나라로부터 보호했다가 왕위에 오르게 했다. 이
후 좌정승(左政丞)을 거쳐 한양부원군(漢陽府院君)에 봉해졌다. 치사(致仕)
하고 만년에 고향인 한양에 은거하였는데 당대 명사들과 함께 술에 취하
면 「양화사(楊花辭)」를 읊었다고 한다.[333]
　1~2구는 저자도를 지나가며 경물을 보고 느낀 정회를 표현하였다. 1
구의 지나가는 배와 2구의 묶여둔 배에는 저마다 일정한 의미가 함축되어
있다. 두 배는 현재와 과거를 연결시키는 매개체이다. 현재 시점에서 지난
역사를 회상하게 만들고 있다. 또한 고려조 충신인 한종유를 회상케 하는
매개로 작용하였다.
　3~4구에서 한종유의 행적에 대한 찬양이 이어졌다. 시인은 그가 어두
운 고려 정국 하에서 사직 보존을 위해 바친 충정은 당(唐) 태종(太宗) 때
의 명신 두여회(杜如晦)나 촉의 재상 제갈공명과 다를 바 없다고 하였다.
한종유의 충의가 극도로 찬양되는 대목이다. 작자의 고조된 감정은 5~6

---

332) 『詩集』 卷4, 「楮子島懷韓文節公」, 文叢12, p.237.
333) 『高麗史列傳』, 「韓宗愈條」 參照.

구에서 다소 이완되어 경물 묘사로 이어진다. 한종유가 은거했던 저자도
의 모습을 재현한 것이다. 부슬비가 내려 돌이끼를 적시며, 달빛 비친 낚
시 여울은 주인을 잃어 텅 비워져 있다고 하였다. 한종유가 그 낚시터의
주인이었기 때문이다.

한종유의 충절이 김종직의 붓끝에서 되살아나고 있다. 시인은 말미에
이르러 거듭 그의 용퇴(勇退) 정신을 드높였다. 그의 과단한 은거는 당대
세력 다툼에 혈안이 되어 있던 부류들과는 차원을 달리하는 것이었다. 그
러므로 후세의 선비들의 정신적 지향이 될 수 있기에 형산(衡山)과 숭산(崇
山)처럼 우러를 수 있는 것이다. 이어 고려조 충신 문극겸(文克謙)[334]을 형상
한 작품을 보기로 한다.

> 고려의 국운이 중도에 불행해져
> 임금이 바다 구석으로 몽진을 갔었네
>
> 무부들 다투며 노기 등등할 때에
> 문상은 그들 잘 막아내었지
>
> 구묘의 신령들을 편안히 모시어
> 삼한의 벽상공신도 환하게 빛나니
>
> 영원히 백성들의 의지하는 바 되어
> 황하의 지주처럼 우뚝 솟았네

> 麗運方中否　　金輿狩海隅
> 武夫爭叱咤　　文相善枝梧
> 九廟安神馭　　三韓煥壁圖
> 永爲民倚重　　砥柱屹然孤[335][336]

---

334) 文克謙 : (1122~1189). 고려 때 문신. 자는 德柄.
335) 砥柱 : 원래 砥柱는 黃河 가운데 있는 산으로, 격류 속에 있으면서도 조금도 움직이지 않
　　는다고 하는데, 곧 난세에 있으면서 절개와 지조를 지키는 일을 비유한다.
336) 『詩集』 卷23, 「文克謙」, 文叢12, p.389.

문극겸은 남평인(南平人)이다. 음보(蔭補)로 산정도판관(刪定都監判官)이 되었다가 의종 때에 와서 과거에 급제한다. 좌정언(左正言)으로 있을 때 백선연(白善淵)의 비리를 탄핵하다가 진주판관(晋州判官)으로 좌천되는 불행을 겪었으나, 유사들의 상소에 힘입어 전중내급사(展中內給事)로 승진된다. 정중부(鄭仲夫)의 난에는 앞서 좌정언 시절에 직언을 하다가 좌천되었던 일로 인해 화를 면하였거니와, 의종(毅宗) 역시 그의 말을 따르지 않았던 것을 후회했다고 한다. 그 해 명종이 즉위하자, 그는 좌승선어사중승(右承宣御史中丞)이 되어 많은 문신들을 화로부터 구해 내고, 무신들로부터는 고사(故事)의 자문(諮問)을 받는다. 이후, 그는 용호대장군(龍虎大將軍)에 상장군(上將軍)까지 겸하였다고 한다.

문극겸은 이처럼 고려조 혼란기에 문무를 겸비한 재상으로 탁월한 경륜을 보여준 인물이다. 정중부의 난 때에 나라를 안정시키고, 많은 문신들을 화에서 구출했던 인물이다. 시인은 1～2구에서 고려의 국운이 불행해졌던 당시 사실을 회고하였다. 무신인 정중부의 난리로 인해 임금이 몽진하는 참상을 표현하였다. 3～4구는 무신들의 기세를 억누르고 국난을 극복한 문극겸의 위용이 묘사되었다. 5～8구는 문극겸에 대한 칭송이다. 고려조 종묘와 사직을 온전히 보존하게 한 문극겸의 충정과 공로가 공신도로 전해져 찬연히 빛난다고 하였다. 뿐만 아니라 그는 황하의 거센 물결에도 요동하지 않던 지석(砥石)처럼 백성들에게 숭모의 대상이 되었다고 하였다. 다음은 신라 박제상의 충절을 노래한 시이다.

> 인물이 당시에 제일이었으니
> 부임하며 한결같은 충성을 다짐했네
>
> 원통히 흘린 피가 갈대에 분명하니
> 넓고 큰 바다에 만고의 시름을 남겼구나

人物當時第一流　　精忠空想割雞秋
分明怨血兼葭上　　留得滄溟萬古愁[337]

　박제상은 눌지왕 때 삽양주[338]의 태수로 부임한 바 있다. 그는 신라를 배반하고 왜국으로 도망 나온 것처럼 위장하여 왜인을 안심시켜 놓고는 몰래 왜국에 볼모로 잡혀 온 왕자 미사흔(未斯欣)을 무사히 귀국시켰다. 그리고 나서 그는 이 일이 발각되자, 왜왕의 갖은 협박과 회유에도 굴하지 않다가 결국 목도(木島)에서 순절하였다.[339] 이러한 박제상에 대하여, 김종직은 형제 우애의 아름다움을 「우식곡(憂息曲)」으로 노래하였는가 하면,[340] 박제상과 그 부인과의 이야기를 「치술령(鵄述嶺)」으로 형상하기도 하였다.[341]
　김종직은 박제상을 당대 최고의 인물로 보고 그의 충절을 극찬하였다. 2구에서 박제상은 삽량주 태수로 부임하던 날 이미 충정을 다하리라고 다짐하였다. 3구에서 박제상이 죽은 뒤 천여 년의 세월이 흘러갔건만 그의 충정은 갈대 위의 선명한 피로 남아 후인들을 경계하고 있다고 한다. 이는 세월의 흐름과 무관하게 그의 충절은 더욱 빛나고 있음을 말해 주는 것이다. 김종직은 그의 충정은 갈대 위의 선혈로 전해 질 뿐만 아니라 동해의 푸르고 넓은 물결 위에 시름으로 남았다고도 했다. 박제상을 향한 지극한 추모의 정이 표현된 작품이다. 다음은 성충(成忠)[342]의 충정을 담은 작품이다.

---

337) 『詩集』卷5,「梁山澄心軒次韻」, 文叢12, p.246.
338) 梁山의 古號.
339) 『詩集』卷5,「梁山澄心軒次韻」(註), 文叢12, 246, "新羅朴堤上 爲此郡太守 死節於日本." 및 『三國史記列傳』,「朴堤上條」참조. 그리고 이는 星湖에 의해 박제상 아내의 비통한 모습이 더욱 절실하게 표현되기도 한다(『星湖集』卷5,「樂府-鵄述嶺」, 驪江出版社, 1984, p.79). 박제상의 행적은 『三國遺事』에는 金堤上으로 형상화되었다.
340) 『詩集』卷3,「東都樂府」(2), 文叢12, p.227.
341) 『詩集』卷3,「東都樂府」(3), (自註), 文叢12, p.228, "朴堤上 自高句麗還 不見妻子而往向倭國 其妻追之栗浦 見其夫已在船上 呼之大哭 堤上但搖手而去 堤上死後 其妻不勝其慕 率三娘子 上鵄述嶺 望倭國慟哭而死 因爲鵄述嶺神母焉."
342) 成忠 : (?~656). 백제의 충신.

대둔산 아래 세 겹 고개에
중간의 탄현이 적의 요충지 되었네

신라의 오만 군대가 쉽게 통과했으니
부여의 왕업이 이내 헛일되었네

大芚山下三重嶺　　炭峴中蟠作敵衝
五萬東兵容易過　　扶餘王業旋成空[343]

　김종직은 전라도 고산현(高山峴) 탄현(炭峴)을 지나면서 충절을 바친 좌
평 성충에 대한 감회를 시에 담았다. 성충은 주색에 빠진 백제(百濟) 의좌
왕(義慈王)에게 직간했다가 투옥되었으나, 죽어가면서도 적의 육군으로
하여금 침현(沈峴)[344]을 통과하지 못하게 하고 수군은 지벌포(伎伐浦)[白
馬江]로 들어오지 못하게 하라는 글을 올린 바 있다. 그러나 왕은 끝내
그의 충정을 가납하지 않았다. 의자왕은 당의 소정방이 덕적도(德積島)에
이르고, 신라 김유신이 정예병 5만을 거느리고 백제를 침공해오자, 유배
중이던 좌평 흥수(興首)에게 계책을 물었는데 흥수 역시 성충의 유언처럼
신라군으로 하여금 탄현을 넘어오지 못하게 방어해야 하며 당나라 군대
로 하여금 백마강으로 들어오지 못하게 해야 한다고 하였다. 그러나 의자
왕은 끝내 그의 충고마저 수용하지 않았다. 결국 나당 연합군이 이 요로
로 공격해 오자, 백제의 계백 장군이 결사대 오천 명을 이끌고 황산[345]에
서 최후 항전을 벌였으나 중과부적으로 백제는 멸망하고 말았다. 그제야
의자왕은 성충의 말을 듣지 않았던 것을 뉘우쳤다고 한다.[346] 그런데 「주
」에 따르면, 이현(梨嶺)은 탄현의 동쪽에 있고 가점(加岾)은 탄현의 서쪽에
있다고 한다.[347]

---

343)『詩集』卷21,「高山炭峴有懷成忠」, 文叢12, p.370.
344) 炭峴을 말함.
345) 連山을 의미함.
346)『三國史記』,「百濟本紀」(義慈王條) 參照.
347)『詩集』卷21, p.370,「高山炭峴有懷成忠」(註), 文叢12, "梨嶺 在炭峴東 加岾 在炭峴西."

시인은 탄현이 그 중간 지점에 위치하고 있기 때문에 적의 요충지가 되었지만, 성충의 충정 어린 간언을 무시한 의자왕의 실책으로 신라군이 쉽게 통과하여 백제의 사직이 종말을 고하게 되었다고 하였다. 이어지는 시에서 용계(龍溪)가 흐르는 탄현 서쪽 옛 진루를 바라보는 작자의 구슬픈 심정이 표현되고 있다.

> 용계(龍溪) 오열하고 나무들 듬성한데
> 옛 진루 탄현 서쪽에 남아 있네
>
> 여기서 황산까지 삼십 리 길인데
> 옥에서 글 올린 성충이 가련하여라

> 龍溪嗚咽樹扶疎　　故壘猶存炭峴西
> 此去黃山三十里　　可憐成子獄中書[348]

용계천이 목놓아 울고 있다. 흐르는 냇물 주변으로 듬성듬성 나무들이 서 있다. 탄현의 서쪽 지역에는 여전히 옛 백제의 진루가 남아 있다. 시인은 이곳에 발길을 머문 채 지난 역사의 비참한 현장을 되돌아보았다. 여기서 계백의 결사대가 최후의 일전을 벌였던 황산까지는 불과 삼십 리의 길이었다. 당시에 의자왕이 성충의 말을 듣고 이곳에 군사를 주둔시켜 항전하도록 조치했더라면, 백제의 왕업이 더 유지될 수 있었으리라는 추정도 해보았다. 역사의 현장에서 시인은 자꾸만 성충의 말을 무시한 의자왕이 미워지는 것이다.

김종직은 행간을 통해 성충처럼 훌륭한 신료의 간쟁을 무시하고 주색과 황음무도한 무리에게 현혹된 의자왕의 무능을 비난하였다. 이는 곧 올곧은 신료의 충정을 가납할 줄 아는 총명한 군왕만이 국가의 안녕을 도모할 수 있다는 김종직의 소신이 표현된 것으로 볼 수 있다. 이어서 우탁(禹

---

348) 『詩集』 卷21, 「高山炭峴有懷成忠」, 文叢12, p.370.

倬)349)을 추념한 시를 검토한다.

> 고려의 운세 오백 년을 이었는데
> 뜻밖에 말세에 현인이 있었다네
>
> 대궐 뜰에서 도끼를 쥔 건 당개 같았고
> 초막에서 경서 연구한 건 정현 같았소
>
> 향리에선 몇이나 그의 지절을 사모하는지
> 오늘날 자손들은 황전에 조세를 문다하네
>
> 나는 일찍부터 회안의 뜻을 품었기에
> 홀로 큰 띠 떨치며 한 번 탄식한다네

> 麗運涵儲五百年　　不圖衰叔有斯賢
> 肜庭持斧眞唐介350)　白屋窮經似鄭玄
> 鄕里幾人懷素節　　子孫今日稅荒田
> 嗟余早負希顔志351)　獨拂儒紳一悵然352)

　김종직은 세조 12년인 1466년에 이시애의 반란을 토벌하기 위해 동원할 군사를 모집하는 임무를 받고 영남 일대를 순찰한 적이 있다. 그 때 예안을 지나다가 우탁의 충절을 추모하게 된다. 단양 출신인 우탁이 만년에 기거한 곳이 예안이었는데, 김종직은 우탁 유적을 찾아보고 자신의 심회를 시로 붙인 것이다.353) 김종직이 추구하던 바람직한 인간상을 이 시에서도 발견하게 된다. 우탁이 유교적 명분 하에 군왕의 비리를 직간하고, 바람직한 군왕의 처신을 강조한 행동이야말로 그가 희구한 인물임에 틀

---

349) 禹倬 : (1263~1342). 고려 때 학자. 자는 天章, 호는 易東.
350) 唐介 : 宋의 殿中侍御史, 임금의 비리를 직간하고 부정한 관원을 탄핵했던 直臣을 말한다. 本文에서는 禹倬이 忠宣王의 非行에 대해 極諫한 것을 말한다.
351) 希顔 : 孔子의 弟子 顔回처럼 행하기를 희망한다는 의미이다.
352) 『詩集』 卷3, 「過禮安有懷禹諫議倬」, 文叢12, p.227.
353) 易東 禹倬의 行蹟에 대한 檢討는 李鍾虎, 「禹倬의 形象과 禮安의 退溪學團」, 『退溪學』 第4輯, 安東大學校退溪學硏究所, 1989를 參照.

림없기 때문이다.

전반부는 역동의 행적을 소개하였고 후반부는 김종직 개인의 정서가 표현되었다. 1~2구에서 고려의 국운이 오백 년 동안 지속되다가 말기적 현상이 드러나던 때에 충직한 인물이 태어났다고 하였다. 3~4구에서는 우탁의 강직한 충정과 치열한 경전 연구를 특서하였다. 『고려사(高麗史)』에 의하면, 우탁은 충선왕의 근친상간 음행에 대해 직간했던 충절의 인물로 소개되어 있다.354) 뿐만 아니라 그는 미신을 숭상하는 주민들을 계도하여 이를 척결하였으며, 역학 연구에도 탁월한 업적을 남겼다고 한다.355) 그래서 김종직은 그가 군왕의 불의를 직간한 점은 오대(五代) 주(周)356)의 감찰어사(監察御使)였던 당개(唐介)와 같고, 경학에 뛰어나고 올곧은 인품은 후한의 정현(鄭玄)과 흡사하다고 하였다.

5~8구에서는 향리에서도 그의 기개와 풍도가 점차 잊혀져 가고, 그 자손들마저 소작 농민으로 전락하여 거친 밭뙈기의 세금까지 물고 있는 현실에 대해 서글픈 심정을 드러내었다. 우탁의 형상이 세월이 흘러갈 수록 세인들의 기억 속에 희미해지고, 자손들마저 쇠락해 간 점을 애석해 한 것이다. 그래서 그는 7~8구에서 일찍이 자신이 안회와 같은 인물이 되기를 희망하였기에 우탁의 기개와 학자적 면모에 대해 흠모해 마지않았다고 하면서, 그의 꼿꼿한 선비 정신이 계승되지 못하는 현실을 탄식하였다.

이렇듯 김종직은 우탁의 투철한 유가 정신이 퇴색되고 바르게 계승하지 못한 현실을 개탄하였다. 이는 결국 그러한 정신의 계승과 실천이 절실하다는 것을 역설적으로 표현한 것으로 보아도 좋을 것이다. 다음으로

---

354) 『高麗史列傳』, 「禹倬條」, "監察糾正時 忠宣烝淑昌院妃 倬白衣持斧 荷藁席 詣闕上疏 敢諫 近臣展疏不敢讀 倬勵聲曰 卿爲近臣 未能格非 逢惡至此 卿知其罪耶 左右震慄 王有慙色."

355) 『高麗史列傳』, 「禹倬條」, "倬登第 初調寧海司錄 郡有妖神 名八鈴 民惑靈怪 奉祠甚瀆 倬至卽碎之 沈于海 淫祠遂絕…倬通經史 尤甚於易學 卜筮無不中 東方無能知者 倬閉門月餘 敎授生徒 理學始行."

356) 宋을 말함.

이색(李穡)357)을 추모하며 지은 시를 보기로 하자.

> 무가정 가운데 화씨의 옥박이 있었고
> 관어대 밑엔 북쪽 바다 곤어가 있었네
>
> 옷 소매 헤치고 중국을 유람한 이후로
> 구구하게 운몽은 삼킬 것도 없었지
>
> 無價亭中和氏璞358)　　觀魚臺下北溟鯤359)
> 自從擺袖遊燕薊　　雲夢區區不足呑360)361)

첫째 수는 이색의 기개를 마음껏 선양하였다. 1구의 무가정(無價亭)은
이색의 생가 뒤쪽 산비탈에 세운 정자이다. 김종직 생존 당시까지도 그
터가 남아 있었다고 한다.362) 김종직은 무가정 가운데 화씨의 옥박이 있
었고, 북쪽 바다에 곤어가 있다고 했다. 이는 이색의 위용을 비유한 것이
다. 옥박과 곤어가 천하에 뛰어난 인재를 상징하기 때문이다. 이러한 예찬
은 3~4구에서 더욱 확대된다. 이색이 중국을 유람한 이후로는 '사방 구
백 리의 큰 늪을 8~9개 삼켜도 가슴에 걸리는 바 없다'는 고사처럼 이색
의 포부와 역량이 확대되었다고 하였다. 다음은 이색의 광대한 포부가 국
내에 어떤 방식으로 드러났는가를 알려주고 있다.

> 푸른 바다 동쪽 끝엔 유학을 모르다가
> 천 년 기운이 진흙에서 살아났네

---

357) 李穡 : (1328~1396). 문신, 학자. 三隱의 한 사람. 자는 穎叔, 호는 牧隱.
358) 和氏璞 : 楚의 卞和가 얻은 玉璞. 훌륭한 人品을 意味한다.
359) 北溟鯤 : 북쪽 바다의 곤어를 말하는데, 큰 인물을 비유한다(『莊子』).
360) 雲夢區區不足呑 : 가슴속이 매우 광대함을 비유함. 雲夢은 楚 나라에 있는 사방 9백리의
　　큰 늪을 말함(『漢書』, 「司馬相如傳」).
361) 『詩集』 卷3, 「寧海府懷牧隱三首」(1), 文叢12, p.232.
362) 『詩集』 卷3, 「寧海府懷牧隱三首」(註), 文叢12, p.232, "牧隱宅基 在府東二里許 公之初
　　度處也 公嘗築無價亭于宅後小麓 遺址存焉."

선생이 한번 태어나 인서(人瑞)가 되니
이로부터 단양에 초목이 말랐다네

滄海東頭不識儒　　千年間氣只塊蘇
先生一出爲人瑞　　從此丹陽草木枯[363][364]

　'푸른 바다 동쪽'은 이색의 출생지인 현재의 경북 영해를 말한다. 단양
은 영해의 고호(古號)이다. 그가 유학을 잘 알지 못하던 땅에서 태어나자,
영해 고을의 초목이 말랐다고 하였다. 훌륭한 인물이 탄생하면, 그 지역의
초목이 마른다고 한다·열전(列傳).『동도사략(東都事略)』의 미산(眉山)에서
삼소(三蘇)[365]가 태어나니, 초목이 모두 말랐다는 데서 연유한다.
　이색은 영해에서 출생하여 동해의 웅장한 기상을 가슴에 안고 마음의
바른 도리를 추구하였다. 이러한 그의 문예적 표현이 「관어대소부(觀魚臺
小賦)」이다.[366] 이색은 이처럼 고향에 대한 애착과 웅대한 기상과 포부를
「관어대소부」에서 표현했던 것이다. 김종직은 36세 때에 영남병마평사
시절 영해부를 지나다가 이곡(李穀)의 옛집을 찾고, 이어 관어대(觀魚臺)에
노닐며 이색의 「관어대소부」에 화답하여 「관어대부(觀魚臺賦)」를 창작한
바 있다.[367] 「관어대부」에서 김종직은 심성탐구 의지와 천인합일의 사상
을 응축시켰다.[368] 다음 시는 이색의 후대 유학의 연원에 끼친 영향을 표
현한 것이다.

---

363) 草木枯 : 丹陽은 寧海의 古號임. 훌륭한 인물이 탄생하면, 그 지역의 초목이 마른다는 뜻
　　임.『東都事略』의 '眉山에서 三蘇(蘇洵·蘇軾·蘇轍)이 태어나니, 초목들이 모두 말랐
　　네.'에서 비롯된 말임.
364)『詩集』卷3,「寧海府懷牧隱三首」(2), 文叢12, p.232.
365) 蘇洵·蘇軾·蘇轍을 말함.
366)『牧隱藁』卷1,「觀魚臺小賦幷書」, 文叢3, pp.520~521, "觀魚臺在寧海府 臨東海 石崖
　　下游魚可數 故以名之 府吾外家也 爲作小賦 庶幾傳之中原耳."
367)『文集』,「年譜」, 文叢12, p.487, "先生三十六歲 在巡邊使幕府……七月李施愛叛 先生
　　以節度使關 簽兵到寧海府 兵未集 與教授林惟性進士朴致康 訪稼亭舊家 仍有觀魚臺
　　是日風恬浪靜 俯見群魚游泳於崖下 遂和牧隱小賦 以貽二子."
368)『文集』卷1,「觀魚臺賦」, 文叢12, p.398.

사우의 연원 전후로 빼어나
청구의 인물 모두 도야시켰네

부질없이 선생께서 생장한 곳을 들러 보니
당시에 태어나 모셔 보지 못한 게 한일세

師友淵源絶後前　　靑丘人物盡陶甄
如今謾過軒渠地　　恨不同時一執鞭369)

　김종직은 이색의 스승과 제자가 모두 빼어났다고 칭송하였다. 이색은
이제현(李齊賢)370)과 부친 이곡(李穀)371)의 학문과 사상을 발전시킨 인물
이다. 그는 가학(家學)의 기반을 가지고 있으면서 26세에 이르기까지 신유
학의 연찬에 몰두하였으며, 사서(四書)와 오경(五經)을 시험 과목으로 하는
원(元)의 과거에 제이갑(第二甲) 제이인(第二人)으로 합격하여 당대의 유풍
(儒風)을 주도하였다. 아울러 그는 성리학을 깊이 체득하여 제도의 개선과
교육에 열중하여 성리학 발전에 크게 기여하였으며,372) 당대 신흥사대부
들의 공통 관심사였던 불교를 배척하는 데에 있어서도 적극적이었다고
한다.373) 따라서 후학들이 이색을 이어 유학의 참된 이치를 추구하고자
한 것은 너무나 당연한 것이었다.
　김종직은 이색과 동시대에 태어나 직접 훈도를 받지 못한 것을 애석하
게 여겼다. 이러한 김종직의 생각은 바람직한 유학전통의 성립을 염원했
던 그의 풍교 의식과 통하는 것이다. 이어 김종직은 중요한 역사 인물로

369)『詩集』卷3,「寧海府懷牧隱三首」(3), 文叢12, p.232.
370) 李齊賢 : (1287~1367). 고려 때 문신. 학자, 시인. 자는 仲思, 호는 益齋.
371) 李穀 : (1298~1351). 고려 때 학자. 자는 仲父, 호는 稼亭.
372) 關聯 論議는 呂運弼,『李穡의 詩文學 硏究』, 太學社, 1995를 參照.
373) 당시, 성리학 수용기의 儒者들은 자신들의 존립 기반 축소 위기의식과 맞물려 충숙왕대
　　이후 안향·최해·이제현 등이 사원의 남설, 승려의 과잉, 재정적 부담 등의 이유를 들어
　　불교를 비판해 온 것에 이어 이색·정몽주·정도전 등이 경제적 이유와 아울러 불교의
　　초세속적 논리를 비판하였다. 관련 논의는 邊東明,『高麗後期性理學受容硏究』, 一潮閣,
　　1995를 參照.

최치원(崔致遠)374)을 주목하였다. 그의 시집에는 최치원이 주인공으로 등
에장하는 시가 네 수 있다.375) 다음 시는 쌍계사에서 그를 추모한 것이다.

> 쌍계사에서 고운을 생각하나
> 분분했던 당시의 일을 들을 수 없네
>
> 본국으로 와서도 유랑했던 건
> 학이 많은 닭 속에 끼었기 때문이라오
>
> 雙溪寺裏憶孤雲　　時事紛紛不可聞
> 東海歸來還浪跡　　秪緣野鶴在鷄群376)377)

김종직은 쌍계사에서 최치원을 회고하였다. 신라 말기 어지러운 상황에
처했던 최치원을 그려 본 것이다. 그가 당에서 떠나 본국으로 돌아 왔지
만 유랑할 수밖에 없었던 것은 신라 사회가 그를 용인할 만한 여건이 되
지 못했다며 탄식하였다. 김종직은 그가 출중한 인물이었지만 신라 사회
에서 용인되지 못한 점을 애석하게 여겼다. 해인사에서 지은 시에서 최치
원이 다시 보인다.

> 고운은 은둔한 나그네였어도
> 온 세상에 큰 명성이 들리었네

---

374) 崔致遠 : (857~?). 신라의 학자. 호는 孤雲, 시호는 文昌候.
375) 本考에서 채 다루지 못한 崔致遠에 관한 시는 다음과 같다(『詩集』 卷14, 文叢12, p.315,
　　「題詩石用孤雲韻」, 淸詩光燄射蒼巒 墨漬餘痕闘澎間 世上但云尸解去 那知馬鬣在空山
　　:『詩集』 卷21, 文叢12, p.368, 「泰仁蓮池上懷崔致遠」, 割鷄當日播淸芬 枳棘棲鸞衆所
　　云 千載吟魂何處覓 芙蕖萬柄萬孤雲).
376) 割鷄 : 牛刀割鷄의 준말. 큰 재능이 아주 작은 데에 쓰임을 비유함. 본문에서는 신라 崔
　　致遠이 당나라에서 과거에 급제하여 벼슬을 하다가 고국으로 돌아와 장차 평소의 포부를
　　펴 보려고 하였으나, 나라가 쇠망해 가는 터에 크게 쓰이지 못하고 외직으로 나가서 泰仁
　　太守가 되었던 일을 의미한다.
377) 『詩集』 卷8, 「靈神菴」(4), 文叢12, p.270.

두건 신 매미 허물 벗듯 두었고
풍채는 학의 무리에 섞였다네

부질없이 바둑판만 이지러졌고
시 적은 돌 반이나 갈라졌구나

거닐던 지경 세밀히 걷자니
추모의 정은 더욱 간절하여라

孤雲佳遯客　　白日大名聞
巾屨同蟬蛻　　風標混鶴群
碁盤空剝落　　詩石半刳分
細履仿佯地　　追懷祇自勤378)

　시인은 1～2구에서 최치원이 비록 세상에서 용납되지 못한 채 유랑의
생활을 하였지만, 온 세상에 그의 명성이 퍼졌다고 하였다. 이어지는 3～
4구에서 최치원이 두건과 신을 매미가 허물벗듯이 하였다는 표현은 그가
가야산에 들어갔다가 어느 날 신을 벗어 놓고 사라졌다는 전설을 수용한
것이다. 최치원이 세상을 등진 경위가 설명되어 있거니와, 결국 그의 은둔은
노장적 현실 도피가 아니라, 모순된 현실에 대한 거부 행위로 봐야 할 것
이다. 그래서 시인은 그의 은둔을 미화하여 그가 학 무리와 어울렸다고 했다.
최치원이 신라에 용납되지 못한 채 자유의 세계를 동경하였다는 변론이다.
　5～6구는 현실의 경물 묘사에 따른 회고의 정서를 담았다. 해인사에는
최치원이 두었던 바둑판 흔적이 어지럽게 널려 있고 시를 새긴 돌은 세월
의 추이와 함께 두 동강 난 채 시인의 마음을 더욱 슬프게 하였다. 시인은
그가 거닐던 유적지를 답사하고 나니, 추모의 정이 더욱 깊어진다고 했다.
　김종직은 왜 최치원이 남긴 유적지를 거닐면서 그에 대한 심회를 여러
편의 시에서 토로하였을까. 이는 단순한 개인적 추모의 차원에서 연유한
것이 아니다. 최치원 같은 인물이 제 역할을 할 수 없었던 당대 사회에

378) 『詩集』卷14,「海印和板上韻三首與克己同賦」(2), 文叢12, p.315.

대한 질책과 그러한 인물을 적극 수용하여야 한다는 의지를 동시에 표현하고자 한 때문이다. 이어「동도악부(東都樂府)」에 형상된 일련의 풍교의식을 검토하기로 한다.

제4장 「동도악부」에 형상된 풍교의식

우리는 앞에서 기속시·애민시·영사회고시 분석을 통해 김종직의 풍교 의식을 알아보았다. 본 절에서는 「동도악부」에 형상된 풍교 의식을 살펴보고자 한다. 「동도악부」는 김종직이 경주의 역사와 풍속을 형상한 작품인데,[379] 이는 우리 민족의 역사와 전설을 제재로 하여 쓴 일종의 역사시이다. 이 작품은 김종직 문학의 특징적 국면으로 지적될 만큼 소중한 것으로 평가되는 바, 후대 영사악부(詠史樂府)에 끼친 영향이 적지 않았다.[380] 「동도악부」는 경주의 전래 이야기나 고유 풍속을 시로 표현한 것인데, 그 속에 일정한 풍교 의식이 담겨 있다. 작품을 분석하면서 김종직의 풍교 의식을 알아보자.

제1절 충의의식 : 「양산가」·「황창랑」

충의의식은 보국충정(報國衷情)하는 신라 화랑들의 의기 표창으로 이어진다. 이 역시 위에서 검토한 바 있는 충의(忠義) 인물(人物)의 선양 차원과 맥락을 같이 한다. 김종직이 이러한 인물을 선양하려 한 본의 역시 풍

---

379) 「東都樂府」와 關聯된 先行 硏究로, 新羅 歌謠와 連繫한 硏究(尹榮玉, 「東都樂府의 硏究」, 『新羅伽倻文化』 第12輯, 嶺南大學校新羅伽倻文化硏究所, 1981), 自主意識의 發顯(朴善樹, 『佔畢齋 金宗直 文學 硏究』, 二友出版社, 1988), 移風易俗의 追求(申承勳, 「佔畢齋 詩의 儒家的 性格」, 韓國精神文化硏究院 碩士學位論文, 1997 등이 있다. 그런데 申承勳은 「東都樂府」 가운데 「會蘇曲」과 「憂息曲」 두 수만 들어 風敎의 觀點에서 分析하였다. 本 論文에서는 이 範圍를 擴張하여 나머지 作品 가운데서도 風敎意識과 連結되는 作品은 모두 分析하기로 한다.
380) 林熒澤, 「李朝前期의 士大夫文學」, 『韓國文學史의 視角』, 創作과 批評社, 1984, p.391 參照.

교 의식에 기반해 있다. 먼저 「양산가(陽山歌)」를 검토하기로 한다.

　　김흠운(金歆運)[381]은 내물왕(奈勿王)의 8세손으로 젊어서 화랑 문노(文努)의 문하에 있었다. 영휘(永徽) 6년에 태종무열왕(太宗武烈王)이 흠운을 낭당대감(郎幢大監)으로 삼아 백제를 치게 하여, 그가 양산(陽山) 아래에 진을 쳤다. 백제 사람들이 그것을 알아차리고 밤중에 급히 몰아와서 새벽에 진루(陣壘)를 타고 공격하였다. 그러자 아군은 놀라서 허둥지둥 어쩔 줄을 몰랐고 날아오는 화살은 빗살처럼 쏟아졌다. 그래서 흠운은 말을 타고서 적을 기다리고 있는데, 따르던 자가 고삐를 잡고 돌아가기를 권유하자, 흠운이 칼을 뽑아 그를 쳐버렸다. 그리고 마침내 대감(大監) 예파(穢破)와 소감(少監) 상득(狀得)과 함께 적진으로 달려가 싸워서 적 몇 명을 죽이고는 자신도 죽었다. 그런데 이 때 보기당주(步騎幢主) 보용나(寶用那)[382]가 흠운이 죽었다는 말을 듣고 탄식하며 말하기를 "저 사람은 출신이 귀하고 권세가 높은데도 오히려 절조를 지키고 죽었는데, 나는 살아서 도움될 것도 없고 죽어서 손해될 것이 없다." 라고 말하고는 마침내 적에게로 달려가 싸우다 죽었으므로, 당시 사람들이 양산가를 지어 그를 애도하였다.[383]

> 적국이 멧돼지처럼 포악하여
> 우리 변경 차츰 먹어 들어오자
>
> 용맹스런 화랑들은
> 보국하느라 마음에 여유도 없었네
>
> 창을 메고 처자 하직하고선
> 샘물로 입 닦고 말린 쌀 먹다가
>
> 야밤에 적이 성루를 무찌르자
> 씩씩한 넋이 칼끝에 흩어졌네
>
> 머리 돌려 양산의 구름을 바라보니
> 무지개 빛 높게 뻗쳤네

---

381) 金歆純 : 신라의 장군. 일명 歆春.
382) 寶用那 : (?~655). 신라의 장군.
383) 『詩集』 卷3,「東都樂府」(5), (自註), 文叢12, pp.228~229, "金歆運奈勿王八世孫 小遊花郎文努之門 永徽六年 太宗武烈王 以歆運爲郎幢大監伐百濟 營陽山下 百濟人覺之 乘夜疾驅 黎明緣壘而入 我軍驚亂 飛矢雨集 歆運橫馬待敵 從者握轡勸還 歆運拔劍擊之 遂與大監穢破小監狀得赴賊鬪 格殺數人而死 步騎幢主寶用那 聞歆運死 嘆曰彼骨貴勢榮 猶守節以死 況寶用那 生無益死無損乎 遂赴敵而死 時人作陽山歌以傷之."

슬프게 네 명의 대장부가
북방의 강함이 되었으니

천추 만세에 웅걸한 귀신이 되어
더불어 향사를 흠향하리라

敵國爲封豕	荐食我邊疆
趫趫花郞徒	報國心靡遑
荷戈訣妻子	嗽泉啖糇糧
賊人夜劘壘	毅魂飛劒鋩
回首陽山雲	矗矗虹蜺光
哀哉四丈夫	終是北方强
千秋爲鬼雄	相與歆椒漿[384]

이는 김흠운과 보용나의 장렬한 죽음으로 특징되는 양산의 전투 사화
(史話)와 「양산가」의 유래를 읊은 것이다. 5언 14행으로 구성된 작품 속
에 화랑의 용맹성과 보국을 위한 의기가 넘쳐 난다. 김흠운의 경우, 백제
와의 결전을 피하자고 말고삐를 잡고 만류하는 시종(侍從)을 칼로 벤 데서
그의 용맹과 충의가 번뜩인다. 여기서 김종직이 작품에서 말하려 한 주제
가 드러난다. 국가적인 안위에 개인적 안위가 결코 앞설 수 없다는 논리
를 강조하려 한 것이다. 이어 김흠운을 뒤따른 예파와 상득의 활약에 동
감한 보용나의 전투 정신 역시 돋보인다.

1~8행은 백제의 급습과 이에 항전하는 신라군의 전투 상황이 그려졌
다. 이들은 오직 보국(報國)의 일념으로 적의 기습에 대처하려 했으나 결
국 백제군의 칼날 아래 전사하고 말았다. 화랑들은 적들이 몰려오자, 보국
정신으로 성을 사수하다가 장렬히 죽었던 것이다. 그들은 가족이나 개인
적 안위보다는 국가적 안위를 앞세웠다. 때문에 주저함이 없이 국가의 부
름에 응하여 충의를 발휘할 수 있었다.

---

384) 『詩集』 卷3, 「東都樂府」(5), 文叢12, p.229.

시인은 9~14행에서는 이들의 용맹을 북방지강(北方之强)에 비유하였
다. 그래서 이들의 의기가 북방의 강함을 대표하는 표상으로 후세에 길이
추앙 받으리라 하였다. 이러한 충의(忠毅) 정신의 고무는 「황창랑(黃昌郎)」
에서도 드러난다. 이 작품은 황창랑무(黃昌郎舞)의 유래를 형상한 작품이다.

> 황창랑은 어느 시대 사람인지 알 수 없다. 세속에 전하는 말에 의하면, 8세의
> 동자(童子)로, 신라왕을 위해 백제에게 원수를 갚고자 백제의 시장에 가서 칼춤을
> 추었는데, 그것을 구경하는 시장 사람들이 담장처럼 둘러쌌다. 백제왕이 그 말을
> 듣고는 그를 궁궐로 불러들여 춤을 추게 한 결과, 창랑이 그 자리에서 백제왕을
> 찔러 죽였다고 한다. 그래서 후세에 가면을 만들어 그를 상징해 처용무(處容舞)와
> 함께 베푸는데, 사전(史傳)에 상고해보면 전혀 증거가 될 만한 것이 없다. 그런데
> 쌍매당(雙梅堂) 이첨(李詹)[385]은 말하기를, "이는 창랑(昌郎)이 아니라 곧 관창(官
> 昌)이 와전된 것이다." 하며, 변(辨)을 지어 변론하였다. 그러나 그 또한 억설(臆
> 說)이므로 믿을 수가 없다. 지금 그 춤을 보면, 주선하며 이리저리 돌아보고 언뜻
> 언뜻 변전(變轉)하는 것이 아직도 늠름하여 마치 생기가 있는 듯하고, 또 그 절주
> (節奏)는 있으나 그 사(詞)가 없으므로 아울러 기록해 둔다.[386]

> 그는 어떤 사람이기에 겨우 칠팔 세가 되어
> 석 자 키도 안 되는 아이로 참으로 씩씩했네
>
> 평생에 왕기를 자기의 스승으로 삼아
> 나라 위해 설욕했으니 마음에 여한 없겠네
>
> 칼날이 목을 겨누어도 다리는 떨지 않았고
> 칼날이 심장을 가리켜도 눈도 안 흔들렸지
>
> 공을 이루고는 춤 그만두고 유유히 떠나니
> 겨드랑에 태산을 끼고 북해도 뛰어넘겠네

---

385) 李詹 : (1345~1405). 문신, 문장가. 자는 中叔, 호는 雙梅堂.
386) 『文集』 卷3, 「東都樂府」(7)의 (自註), 文叢12, p.229, "黃昌郎 不知何代人 諺相傳 八歲
   童子 爲 新羅王 謀釋憾於百濟 往百濟市以劍舞 市人觀者如堵墻 百濟王聞之 招入宮令
   舞 昌郎於座 揕王 殺之 後世作假免以像之 擧處容舞並陳 考之史傳 絶無左驗 雙梅堂
   云 非淸郎 乃官昌之訛也 作 辨以辨之 然亦臆說不可信 今觀其舞 周旋顧眄 變轉倏忽
   至今凜凜猶有生氣 且有其節 而無其詞 故幷賦云."

若有人兮纔離齠　　身未三尺何雄驍
平生汪錡我所師　　爲國雪恥心無憀
劍鐔擬頸股不戰　　劍鍔指心目不搖
功成脫然罷舞去　　挾山北海猶可超[387)]

이 작품은 동자 황창랑이 신라왕의 복수를 위해 검무를 익혀 백제왕을 찔러 죽였다는 사화(史話)와 황창랑무(黃昌郎舞)의 유래를 배경으로 하여 창작된 것이다. 7언 8행으로 구성된 이 작품은 구전(口傳) 사화(史話)에 근거하여 황창랑의 의기를 드높히고 있다. 김종직은 황창랑이라는 개인이 충의 정신을 발휘하여 대국적 의기를 높힌 점에 대해 주목하였다.

김종직은 황창랑의 의기가 춘추 시대 노(魯) 나라가 제(齊) 나라와 싸울 때, 애공(哀公)의 폐동(嬖童)인 왕기(汪錡)가 애공의 수레에 함께 타고 가서 싸우다가 죽었던 예와 다를 바 없다고 칭송하였다.[388)] 또한 8행에서는 그의 의기를 태산을 끼고 북해를 뛰어넘는 것과 같다며 거듭 칭송했다.[389)] 황창랑은 적의 시퍼런 칼날 앞에서 전혀 다리를 떨지 않았고, 눈 하나 까딱하지 않는 용맹을 보였다고 했거니와, 이는 황창랑 자신이 행한 일이 정당함을 입증한 대목이다.

제2절 우애권농 의식 :「우식곡」·「회소곡」

이어 박제상의 희생으로 내물왕의 두 왕자 미사흔과 복호가 재회한 사적을 담은「우식곡(憂息曲)」과 신라 가배 놀이에서 유래된「회소곡(會蘇曲)」을 검토하기로 한다. 먼저「우식곡」을 보기로 한다. 이 작품의 주제

387)『詩集』卷3,「東都樂府」(5), 文叢12, p.229.
388)『春秋左氏傳』,「哀公 11年條」.
389)『孟子』,「梁惠王」(上), "曰不爲者與不能爲者之形 何以異……故王之不王 非挾泰山而超北海之類也." (註), "孟子曰 如挾泰山之重 以超北海之廣 此 事之至難者."

역시 충의라고 볼 수 있다. 하지만 문면에 박제상의 노력으로 구원된 내물왕의 두 왕자의 만남이 주조를 이루고 있다.

실성왕(實聖王) 원년에 내물왕(奈勿王)의 왕자 미사흔(未斯欣)을 일본에 볼모로 보냈고, 11년에는 또 미사흔의 형인 복호(卜好)를 고구려에 볼모로 보냈다. 그러다가 눌지왕(訥祗王)이 즉위하여서 두 아우가 보고 싶어 변사(辯士)를 구해 고구려와 일본에 가서 두 아우를 데려 오도록 하였다. 그리하여 많은 신하들이 삽량군 태수 박제상(朴堤上)을 천거하였다. 그래서 박제상은 왕명을 받고 고구려에 들어가 이미 복호를 맞이하여 돌아온 다음, 또 바다를 건너 일본에 이르러서는 왜왕(倭王)을 속여 몰래 미사흔으로 하여금 본국으로 돌아오게 하였다. 그러자 왕이 대단히 기뻐하면서 육부(六部)에 명하여 멀리 나가 맞이하게 하고, 두 아우를 만나고는 손을 잡고 서로 울었다. 그리고는 형제들이 다 모여 주연(酒宴)을 베풀고 극도로 즐겼다. 이 때, 왕이 스스로 노래를 지어 자신의 심정을 서술하였는데, 세속에서는 이를 두고 우식곡이라 하였다.[390]

상체화가
바람 따라 부상에 떨어지는구나

부상 만리에 고래 물결 사나우니
서신이 있은들 누가 가져올 수 있으랴

상체화가
바람 따라 계림으로 돌아왔구나

계림의 봄빛이 쌍궐에 성대히 둘렸으니
우애의 즐거운 정이 이처럼 깊구나

常棣華	隨風落扶桑
扶桑萬里鯨鯢浪	縱有音書誰得將
常棣華	隨風返鷄林
鷄林春色擁雙闕	友于歡情如許深[391]

---

390) 『詩集』卷3,「東都樂府」(2),(自註), 文叢12, p.227, "實聖王元年 以奈勿王子未斯欣 質於倭 十一年 又以未斯欣兄卜好 質於高句麗 及訥祗王卽位 思見二弟 欲得辯士往迎之 衆擧歃良太守朴 堤上 堤上受命 入高句麗 以卜好還 又浮海到倭國 紿倭王潛使未斯欣 還 王警喜 命六部遠迎之 及見握手相泣 會兄弟置酒極歡 王自作歌 以宣其志 俗謂之憂息曲."

위의 '상체(常棣)'는 『시경(詩經)』「소아(小雅)」에 보인다. 상체는 아가 위 꽃이다. 아가위 꽃은 한 줄기에 씨가 조밀하게 붙어 있어 형제애를 상 징한다.[392] 김종직은 눌지왕이 고구려와 일본에 인질로 잡혀갔던 동생 미 사흔과 복호가 살아서 돌아온 것을 기뻐하여 「우식곡」을 지은 경위를 시 로 개괄하였다. 전체가 3・5・7언 잡체 8행으로 되어 있다.

이 작품은 내용상 1∼4행과 5∼8행으로 이분된다. 앞 부분에서는 형제 가 헤어진 채 인질 생활을 하며 서로 그리워하는 정서를 담았다. 고래처 럼 사나운 큰 물결이란 표현에서 고구려와 일본에서 구금된 형제의 별리 (別離)가 절박함을 느끼게 한다. 이들의 이별을 차단하는 거센 물결 외에 서신 왕래조차 할 수 없는 극한 상황의 전개는 형제간의 그리움을 증폭시 키고 있다. 1∼4행은 두 형제가 양쪽 나라에서 억류된 채 서로 오갈 수 없는 어려운 사정을 표현하였다. 작품 어디에서도 박제상의 활약은 보이 지 않는다. 다만 미사흔과 복호의 별리에 따른 극한 상황만 설정되어 있 다. 그런 점에서 이 작품의 주제는 이들의 형제애에서 찾아야 한다.

후반부에서는 상황이 급박하게 전환된다. 상체가 바람결에 계림에 이르 자, 계림은 금새 봄기운으로 화했다고 했다. 이는 두 형제의 무사 귀환을 암시한다. 겨울처럼 암담했던 분위기는 이들 형제의 귀환으로 인해 금새 환하게 풀렸다. 이 부분에서도 역시 박제상의 역할은 생략되었다.

눌지왕은 미사흔과 복호의 무사귀환을 축하하는 성대한 연회 자리에서 그 기쁨을 이기지 못하여 「우식악」을 지었다. 8행의 "우애의 즐거운 정이 이처럼 깊도다(友于歡情如許深)"는 김종직의 의식이 첨가된 부분이다. 말 하자면, 제3자의 작중 개입이라 할 수 있다. 즉, 형제 우애의 기쁨이 이렇 게 깊다는 찬탄이다.

이는 결국 형제 우애를 강조한 김종직의 풍교 의식이 표출된 것이라 할

---

391) 『詩集』 卷3, 「東都樂府」(2), 文叢12, p.228.
392) 『詩經』, 「小雅」, "常棣之華 鄂不韡韡 凡今之人 莫如兄弟."

수 있다. 그러므로 이 작품의 주제는 이 대목과 연관하여 도출해야 한다. 이 작품이 박제상의 충을 배경으로 하고 있지만, 김종직이 부각하고자 한 주제는 형제간의 우애이다. 이 역시 풍교 의식의 시적 적용으로 보아야 한다. 이어 길쌈의 유풍을 반영한 「회소곡(會蘇曲)」을 보기로 한다.

신라 유리왕(儒理王) 9년에 육부(六部)의 호를 결정하였는데, 가운데를 나누어 두 편으로 만든 다음에 왕녀(王女) 두 사람으로 하여금 각각 부내(部內)의 여자들을 거느리고 무리를 지어 7월 보름날로부터 매일 이른 아침부터 대부(大部)의 마당에 모아놓고 삼베를 짜게 하였다. 이경(二更) 쯤에 일을 끝내곤 해서 8월 보름날까지 일을 계속하고 나서는 그 공의 많고 적음을 상고하여, 진 쪽에서는 술과 음식을 마련하여 이긴 쪽에 사례를 하도록 하였다. 그런데 이 잔치에 가무(歌舞)와 백희(百戱)를 모두 베풀었으므로, 이를 가배(嘉俳)라고 하였다. 그런데 이 때에 진 집의 한 여자가 일어나 춤을 추면서 탄식하기를 '회소회소(會蘇會蘇)'라 하였는 바, 그 음조가 슬프고도 우아하였으므로, 후인들이 그 소리를 인하여 노래를 지어 회소곡이라 이름하였다.[393]

회소곡 회소곡

가을 바람 넓은 마당에 불어 오고
밝은 달 큰집에 가득하여라

왕의 딸 윗자리에 앉아 물레 돌리니
육부의 아녀자들 빽빽이 모였구나

네 광주린 이미 찼건만 내 광주린 비었다며
술 걸러 야유하고 웃고 농담하네

한 아낙이 탄식해 천 집을 권면케 하니
앉아서 사방에 길쌈 부지런하게 하였네

가배 놀이가 규중의 격식 아니지만

---

393) 『詩集』卷3, 「東都樂府」(1)의 (自註), 文叢12, p.227, "儒理王九年 定六部號 中分爲二 使王女二人 各率部內女子分朋 自七月望 每日早集大部之庭績麻 乙夜而罷 至八月望 考其功之多少 負者 置酒食 以謝勝者 於是歌舞百戱皆作 謂之嘉俳 是時負家一女子起 舞 嘆曰會蘇會蘇 其音哀雅 後人因其聲作歌 名會蘇曲."

다퉈 소리 지르는 발하 보다 낫다네

會蘇曲	會蘇曲
西風吹廣庭	明月滿華屋
王姬壓坐理繰車	六部女兒多如簇
爾筥旣盈我筐空	釃酒揶揄笑相謔
一婦嘆千室勸	坐令四方勤杵柚
嘉俳縱失閨中儀	猶勝拔河爭嚆嚆[394]

「동도악부」는 우선 실전 가요와 관련 사화(史話)를 작품화하고 있다는 점이 특징이다. 이 「회소곡」이 바로 그런 경우이다. 김종직이 민가(民歌)인 「회소곡」과 관련 사화(史話)를 작품화했다는 의도가 분명하게 드러난다. 이 작품은 8월 한가위와 관련해서 생겨난 실전가요인 「회소곡」의 유래를 소개한 것이다. 형식에 있어서 3·5·7언의 잡체 13행으로 구성되어 있다. 그런데 3·5·7·3·7언 등의 교묘한 배치를 통해서 가락의 높낮이를 흥겹게 하여 전체적으로 악곡적 연상을 가능케 하였다. 그리고 전체 작품이 13행으로 이루어져 있어 굳이 상호 짝을 이루는 대구적 발상을 하지 않아도 된다. 이는 아마도 경쾌한 리듬 효과를 도모한 배치라고 생각된다. 음력 8월 한가위 길쌈 풍습을 토대로 하였기에 작자의 시적 상상에 의한 역동적인 길쌈 노동과 흥겨운 가배 놀이가 재현되고 있다. 이렇듯 민속놀이의 문학적 형상화 이면에는 여성들의 길쌈에 대한 권장의 의미도 담겨 있다.

당대 여성 노동 가운데 주요 부분을 차지하는 길쌈은 의식주 생활의 주요한 부분 가운데 하나일 뿐만 아니라 여성으로서의 갖추어야 할 일종의 덕목 같은 유풍이었다. 『신증동국여지승람』에 의하면, 당시에도 그 풍속이 행해졌다고 한다.[395] 위의 "한 아낙이 탄식하여 천 집을 권면하게 하

---

394) 『詩集』 卷3, 「東都樂府」(1), 文叢12, p.227.
395) 新增東國輿地 『勝覽』 卷21, 「慶州府-風俗條」 參照.

니, 앉아서 사방에 길쌈 부지런하게 하였네"라는 대목에서 길쌈 놀이의
유풍을 계승하려는 작자의 의도가 드러난다. 치자의 입장에서 볼 때, 백성
들에게 근로 정신을 고취시키는 것은 매우 중요한 것이다. 그런 측면에서
이 작품 역시 풍교와 연관되는 것이다.

김종직은 가배 놀이 전통이 당 나라 중종(中宗) 때에 궁녀들이 삼으로
꼬아 만든 동아줄로 서로 줄다리기를 하는 시합인 발하놀이396) 못지 않다
고 하였다. 가배 놀이가 비록 규중 여인들의 의례는 다소 잃었다고 하지
만 중국의 발하놀이보다 낫다고 함으로써 자국 문화에 대한 주체 인식을
드러내었다. 아무튼 이 작품은 고도 경주의 문화적 자부심을 표현하고 아
울러 여성의 근로 정신을 권장하자는 의도로 창작된 것이라 하겠다.

제3절 이풍역속 의식 : 「달도가」·「치술령」

미풍양속을 계승하거나 인륜덕목을 고양하고자 하는 정신은 음풍에 대
한 경계와 열녀 선양의 의지로 확대된다. 왕비와 수도승의 패륜을 담은
「달도가(怛忉歌)」를 보기로 한다.

> 소지왕(炤知王) 10년에 왕이 천천정(天泉亭)에 납시었는데, 어떤 늙은이가 연못
> 가운데로부터 나와 글을 바쳤다. 그런데 그 봉투에 쓰여 있기를 "뜯어보면 두 사
> 람이 죽고, 뜯어보지 않으면 한 사람이 죽는다." 라고 되어 있었다. 왕이 말하기
> 를 "두 사람이 죽게 하는 것보다는 뜯지 말아서 한 사람만 죽게 하는 것이 낫겠
> 다." 라고 하였다. 일관(日官)이 말하기를 "두 사람이란 보통 사람을 의미하는 것
> 이며, 한 사람이라는 것은 전하를 가리키는 것입니다." 라고 아뢰었다. 그러자
> 왕이 두려워하면서 그것을 뜯어보니, 거기에 "금갑을 쏘아라" 고 쓰여 있었다.
> 그래서 왕이 궁에 들어가 금갑을 보고는 벽을 기대고 그를 쏘아 넘어뜨리고 보
> 니, 바로 내전의 분수승(焚修僧)이었다. 왕비가 그를 데려다 간통을 한 뒤에 왕을
> 시해하려고 꾀했으므로, 이에 왕비도 죽임을 당했다. 그 후로는 나라의 풍속이

---

396) 『唐書』, 「中宗紀」 參照.

매년 정월의 상진일(上辰日)·상해일(上亥日)·상자일(上子日)·상오일(上午日)에
는 온갖 일을 금기하여 감히 동작을 하지 않고 이를 지목하여 달도일(怛忉日)이라
하였다. 그런데 굳이 4일을 지목한 것은 그때에 마침 오(烏)·서(鼠)·시(豕)의 요
괴가 있어 기사(騎士)로 하여금 추격하게 한 결과, 용(龍)을 만났기 때문이다. 또
는 16일을 오기일(烏忌日)로 삼아 찰밥으로 제사를 올렸다.[397]

놀랍고 놀라우며 슬프고 슬퍼라
임금이 목숨 잃을 뻔하였네

오색 술 장막 속의 현학금이 거꾸러지니
예쁜 왕비와 해로할 수 없게 되었네

슬프고 놀랍고 슬프고 놀라와
귀신 알려주지 않았다면 어찌되었으랴

귀신이 알려주어
나라 운수 길어졌다오

怛怛復忉忉	大家幾不保
流蘇帳裏玄鶴倒	揚且之晳難偕老
怛忉怛忉	神物不告知奈何
神物告兮	基圖大[398]

이는 소지왕이 까마귀의 암시로 금갑(琴匣)을 쏘아 재앙을 면했다는 사
금갑(射琴匣) 사화와 정월 16일을 오기지일(烏忌之日)로 정한 풍속의 유래
를 바탕으로 엮어진 시이다. 4·5·7언 잡체 7행으로 구성되어 있다. 「달
도가」는 단순한 역사 기록의 재현이 아니다. 민간의 정월달과 연관된 금

---

397) 『詩集』卷3,「東都樂府」(4)의 (自註), 文叢12, p.228, "炤知王十年 王遊天泉亭 有老翁
自池中出 獻書 外面題云 開見二人死 不開一人死 王曰與其二人死 莫若不開 但一人死
曰官曰二人者 庶民也 一人者王也 王懼折而見之 書中云射琴匣 王入宮 見琴匣倚壁射
之而倒 乃內殿焚修僧也 王妃引與通 因謀殺王也 於是王妃誅戮 自後國俗 每正月上辰
上亥上子上午 忌百事 不敢動作 目 之爲怛忉日 必以四日者 其時適有烏鼠豕之怪 令騎
馬追之 因遇龍也 又以十六日 爲烏忌之日 以粘飯祭之."
398) 『詩集』卷3,「東都樂府」(4), 文叢12, p.228.

기일(禁忌日) 풍속을 담고 있다. 달(怛)과 도(忉)를 전반부와 후반부에 거듭 배치시켜 임금이 시해 당할 뻔한 위기와 이를 극복한 방식에 대한 놀라움과 감탄을 그려내었다. 반복 효과에 의한 신이(神異)의 강조가 흥미롭다.

앞서 「치술령」에서와 같이 이 작품에서도 중간에 작자의 개입이 시도되고 있다. 4행에서 8행까지가 그러하다. 4행의 양차지석(揚且之皙)은 『시경』에 보인다.[399] 위(衛)나라 선공(宣公)이 부친 장공(莊公)의 첩인 이강(夷姜)과 정을 통해 급(伋)[400]을 낳았다. 선공은 급이 성장하자 그를 제나라 여자에게 장가를 보내려 했는데, 그녀의 미모에 반하여 자기의 첩으로 삼았다. 그녀의 이름은 선강(宣姜)이었다. 선공이 죽고 그녀의 아들 삭(朔)이 왕위를 이어 혜공(惠公)이 되었다. 이때, 선강은 배다른 서자인 소백(昭伯)[401]과 정을 통하는 불륜을 저질렀다.[402] 김종직의 교훈적 발언은 절제되었지만, 왕비의 불륜 행각이 암시되어 있다. 이 역시 김종직의 풍교 의식이 투영된 결과이다. 이는 천인과 귀족층의 불륜 행각을 제기하여 감계 효과를 노린 작품이라 하겠다.

이는 위에서 검토한 이풍역속과 연관된 작품이며, 음풍을 경계하고자 한 김종직의 의도가 담겨져 있다. 다음은 열녀를 선양하고자 한 작자의 의지가 표현된 작품을 예로 들어본다. 박제상 부인이 남편을 그리워하다가 죽어 치술령 모신(母神)이 되었다는 민간 사화(史話)를 수용한 「치술령(鵄述嶺)」이 그것이다.

박제상이 고구려로부터 돌아와서 처자도 만나보지 않고 바로 일본으로 곧장 향해 가버렸다. 그의 아내가 뒤따라 율포(栗浦)에 이르러 보니, 자기 남편이 이미

---

399) 『詩經』, 「鄘風」(君子偕老), "玼兮玼兮 其之翟也 鬒髮如雲 不屑髢也 玉之瑱也 象之揥也 揚且之皙也 胡然而天也 胡然而帝也." (註), "君子偕老 刺衛夫人也 夫人淫亂 失事君子之道 故陳人君之德 服飾之盛 宜與君子偕老也."
400) 美子를 말함.
401) 公子頑을 말함.
402) 『春秋左氏傳』 卷2, 「桓公 16年條」 參照.

배 위에 있으므로 남편을 부르며 대성통곡을 하였으나, 박제상은 손만 흔들어 보이고 가버렸다. 마침내 박제상이 일본에서 죽은 뒤에 그의 아내는 남편을 사모하는 마음을 감당하지 못하여 세 낭자를 데리고 치술령에 올라가 왜국을 바라보고 통곡을 하다가 죽어 치술령의 신모(神母)가 되었다.[403]

> 치술령 꼭대기에 올라 일본 바라보아도
> 하늘에 닿은 큰 물결은 끝이 없어라
>
> 낭군님 떠나실 때 손만 흔들었는데
> 살았는지 죽었는지 소식도 없어
>
> 소식 끊기고 길이 이별했으니
> 죽은들 산들 서로 만날 때가 있으랴
>
> 하늘 향해 부르짖다 무창의 돌이 되었으니
> 열녀의 기운이 천추의 하늘을 찌르네.

> 鵄述嶺頭望日本　　粘天鯨海無涯岸
> 良人去時但搖手　　生歟死歟音耗斷
> 音耗斷長別離　　　死生寧有相見時
> 呼天便化武昌石　　烈氣千載干空碧[404]

　김종직은 박제상 아내가 남편을 그리워하다가 죽어 망부석이 되었다는 슬픈 사연을 담은 민간 사화를 시에 수용하였다.[405] 작품은 전체 3·7언이 주조를 이룬 잡체 9행의 형식으로 이루어져 있다. 전반부는 전래 사화의 서사에 충실을 기하고 있다. 1행에서 7행에 이르기까지는 박제상의 아

---

403) 『詩集』 卷3, 「東都樂府」(3)의 (自註), 文叢12, p.228, "朴堤上自高句麗還 不見妻子而往向倭國 其妻追之栗浦 見其夫已在船上 呼之大哭 堤上但搖手而去 堤上死後 其妻不勝其慕 率三娘子 上鵄述嶺 望倭國慟哭而死 因爲鵄述嶺神母焉."
404) 『詩集』 卷3, 「東都樂府」(3), 文叢12, p.228.
405) 김종직은 박제상의 충정을 추모하며 양산의 징심헌에서 다음과 같은 시를 남겼으며(『詩集』 卷5, 「梁山澄心軒次韻」, 文叢12, p.246, 人物當時第一流 精忠空想割雞秋 分明怨血蒹葭上 留得滄溟萬古愁), 그리고 이는 星湖에 의해 박제상 아내의 비통한 모습이 더욱 절실하게 표현되기도 한다(『星湖集』 卷5, 「樂府-鵄述嶺」, 驪江出版社, 1984, p.79). 박제상의 행적은 『三國遺事』에는 金堤上으로, 『三國史記』에는 朴堤上으로 형상화되었다.

내가 지녔던 남편을 향한 애절한 사연과 간절한 그리움이 집약되어 있다. 가신임에 대한 그리움이 여성 화자 입장에서 섬세하게 그려졌다. 그러나 8행과 9행에 걸쳐 김종직은 자신의 감정을 개입시켜 순수한 박제상 아내의 사랑을 정절이란 유가 이념으로 재평가하였다. 결국 김종직은 역사 사실을 구현했을 뿐 아니라, 그녀를 유가 이념에 충실한 여성 형상으로 재조명하였다. 김종직의 풍교 의식이 작용한 결과이다.

「동도악부」는 비록 경주의 역사와 민속을 형상한 것이지만,406) 전체 작품에서 김종직의 지닌 이풍역속의 이념, 즉 풍교 의식이 관철되어 있다.407) 이런 점에서 「동도악부」의 창작배경과 기본사상이 재검토될 필요가 있다.

---

406) 關聯 研究로, 尹英玉, 「東都樂府의 研究」, 『新羅伽倻文化研究』 第12輯, 嶺南大新羅伽倻文化研究所, 1981 : 黃渭周, 『朝鮮前期 樂府詩 研究』, 高麗大學校大學院 博士學位論文, 1989 : 金榮淑, 「朝鮮時代 詠史樂府 研究」, 嶺南大學校大學院 博士學位論文, 1988 등을 參照. 金榮淑의 위 論文, pp.140~141에 의거하여 「東都樂府」의 작품이 후대 詠史樂府에 同一한 素材를 취한 同一 題目의 作品 分布를 圖表로 提示하면 다음과 같다. 이는 곧, 「東都樂府」가 이후 展開될 歷史樂府의 典刑이 되었음을 意味한다.

東都樂府 作品名	①海東樂府 (沈光世)	②大東樂府 (李衡祥)	③樂府 (李瀷)	④海東樂府 (吳光運)	⑤東國樂府 (李光師)	⑥箕東樂府 (金壽民)	⑦東國樂府 (李令翊)	⑧嶺南樂府 (李學逵)	⑨海東樂府 (李福休)	⑩海東樂府 (李裕元)	計
會蘇曲	·	會蘇曲	會蘇曲	·	·	·	·	會蘇曲	會蘇曲	會蘇曲	5
憂息曲	·	憂息曲	憂息曲	憂息曲	憂息曲	·	憂息曲	·	·	憂息樂	6
鵄述嶺	鶴林臣	鵄述嶺	鵄述嶺	·	鵄述嶺	獻良州于歌	鵄述嶺	·	·	鵄述嶺曲	7
世初書	鳥卿書	世初歌	鳥衙書	·	·	鳥晴謠	·	射琴匣	射琴匣	世初歌	7
陽山歌	·	陽山歌	·	陽山歌	陽山歌	·	陽山歌	·	·	陽山歌	5
碓 樂	·	碓 樂	碓 樂	·	·	·	·	碓樂曲	碓樂曲	碓 樂	5
黃昌郎	黃昌郎	黃昌郎	黃昌舞	黃昌舞	黃昌舞	黃昌舞	黃昌舞	春杵樂	·	黃昌郎舞	9

407) 그리고 본문의 논지에서 다소 벗어난 「東都樂府」 가운데 남은 한 작품 「碓樂」 역시 방아타령 설화와 백결 선생의 안빈낙도 생활 철학을 형상한 작품이다. 이 작품에 역시 김종직의 안빈낙도 사상이 함축되어 있다. 이러한 사상 역시 크게는 유가적 이념의 발현과 연관된다. 『文集』 卷3, 「東都樂府」(6)의 〈自註〉, 文叢12, p.229, "百結先生 失其姓名 居狼山下 家極貧 衣百結若懸鶉 故以名之 嘗慕榮啓期之爲人 以琴自隨 凡喜怒悲歡不平之事 皆以琴宣之 歲將暮 隣里舂粟 其妻聞杵聲曰 人皆有粟 我獨無 何以卒歲 先生仰天嘆曰 夫死生有命 富貴在天 其來也不可拒 其往也不可追 汝何傷乎 吾爲汝 作杵聲以慰之 乃鼓琴作碓樂 世傳謂碓樂." 그의 安貧樂道 思想은 다음 詩에서도 確認된다. 『詩集』 卷11, 「次許學長」, 文叢12, p.292, "男兒憂道不憂貧 休把酸辛費受辛 樂道方成快活士 安

결론 : 김종직 풍교 시문학의 의의

본론을 통해 김종직의 '이성정·달풍교'에 입각한 풍교문학론을 점검하고, 한시 작품 분석을 통하여 시에 형상된 풍교 의식의 양상을 살펴보았다. 이제 지금까지의 논의를 요약하고, 김종직 풍교 시문학의 의의를 정리하는 것으로 결론을 대신하기로 한다.

제1장에서 김종직의 관인적 인간상을 고찰하였다. 김종직은 어려서부터 부친 김숙자로부터 유교적 교양을 학습 받았으며, 입신양명의 포부를 안고 세조 조정에 출사하였다. 그는 세인들로부터 문재의 탁월함을 인정받아 당대 훈구 계층 문인들과 문학적으로 교유하고 정치적 역량도 발휘하면서 성종으로부터 각별한 총애를 받기도 하였다. 선인들 가운데 몇 분은 김종직의 이 같은 출처를 문제삼아 비난한 바 있는데, 이 글에서는 선인들의 비판이 나름대로 의의를 지닌 것이지만, 15세기 김종직의 입장에서 볼 때 크게 문제삼을 것이 아니라고 하였다.

제2장에서는 김종직의 풍교 문학론을 정리하였다. 먼저 김종직이 지향한 풍교 문학론의 배경을 살폈다. 김종직은 시문학이 '이성정'과 '달풍교'를 위해 기여해야 한다고 천명하였는데, 그의 시대는 '이성정'보다는 '달풍교'를 보다 비중 있게 요구하고 있었기 때문에 자연 '풍교' 문제가 그의 시문학을 설명하는 핵심어가 되었다고 하였다.

세조가 문신들로 하여금 잡학을 권장케 하려고 했을 때, 김종직은 이는 유자로서 숭상할 바가 아니라고 반대하였고, 훈구 계층이 저마다 필기물

貧始作自由身."

을 편찬했지만 그는 필기를 편찬하지 않았다. 이를 '잡학필기불긍론'이라 하고 풍교문학론을 설명하는 단서로 삼았다. 또한 경술과 문장의 일치를 주장한 '경문일치론'을 검토하여 이를 풍교 의식이 반영된 문학론으로 이해하였다.

김종직은 지난 역사가 후인들에게 감계를 제공한다는 '역사은감론'을 제시하였다. 그는 「조의제문」을 통해 난신적자는 반드시 응징된다는 사실을 경각시켰으며, 「발송도록」에서는 고려 왕조의 쇠망을 촉진한 제왕들의 문제의 정치 행태를 비판하였다. 부정적인 역사 사실을 들어 후대를 감계하려는 의지를 보인 것이다. 이어 치자의 입장에서 백성들의 삶과 풍속을 관찰하고 교정한다는 '관풍역속론'을 살펴보았다. 잘못된 공자의 사당제도를 혁신하겠다는 의지를 담은 「알부자묘부」에서 역속의 의지가 드러났으며, 밀양 향교 제생에게 보낸 편지 글에서도 15세기 부패된 향교 문화 혁신을 위한 비판의지가 표출되어 있었다. 역사은감론과 관풍역속론은 역사와 정치 양 측면으로 김종직의 풍교 의식이 확산된 것으로 파악하였다.

제3장에서는 김종직의 풍교 문학론에 기초한 풍교 의식이 한시에 어떠한 양상으로 형상되었느냐를 살폈다. 기속시・애민시・영사회고시・「동도악부」에 형상된 풍교 의식을 중점적으로 검토하였다. '관풍역속'과 관련된 시로, 토산풍물과 민간유풍을 담은 시를 분석하였다. 그는 치자의 입장에서 백성들의 삶을 시로 형상하되, 미풍양속은 계승하고 악습은 교정하는 풍교 의식을 창달하고자 하였다.

애민 계열의 시를 분석함에 있어 연민의식과 경세의식 두 부분을 중점적으로 알아보았다. 자연재해를 겪는 농민층을 향한 연민의식이 표현된 것과 영남 지방 백성들에 대한 애정과 애향 의식이 담긴 것, 권력 계층의 모순과 침학을 고발한 작품을 분석하였다. 이를 통해 영남 재지사족 출신

인 김종직의 애향의식이 연민의식을 동반하면서 강렬한 대비와 대립구도
로 형상되고 있음을 확인하였다. 연민의식이 반영된 작품에서 항상 작자
의 분노에 찬 무력감이 표출되는 바 이를 소극적인 애민정신으로 수용하
였다. 이에 반해 적극적 애민정신은 경세의식으로 표출되었다고 보았다.
김종직은 양심적 목민 형상을 실천한 인물이었다. 목민관으로 부임하여
지방민들의 고충을 직접 해결하는 모범을 보여주었기 때문이다. 그는 함
양군수 시절, 차 재배지를 찾아내어 민폐를 해결하였고, 함양성 나각을 효
과적으로 개축하는 슬기를 발휘하였다. 이 두 가지 사업의 경과를 담아
낸 시편에서 우리는 김종직의 경세의식을 엿볼 수 있었다.

　김종직은 영사회고시에서 지난 역사로부터 유가적 감계 의식을 발견하
려 하였고, 바람직한 인간상을 역사 속에서 찾아내어 후대인의 준거로 삼
고자 하였다. 일련의 작품 분석에서 지난 역사가 정치적 득실과 선악간
행위에 따라 후대 사람들을 권징할 수 있다는 김종직의 역사의식을 살필
수 있었다. 또한 김종직은 역사 속에서 유가적으로 본받을 만한 인물을
찾아내어 추념하는 한편 위난의 시대를 극복하기 위해 헌신했던 충의로
운 인물을 발견하여 작품화하려고 하였다.

　김종직의 「동도악부」는 경주의 역사와 풍속을 형상한 작품인데, 보국
충정하는 신라 화랑을 형상한 「양산가」와 황창랑 춤의 유래를 형상한 「
황창랑」에서 충의정신이 강조되어 있다고 보았다. 한편 박제상의 희생으
로 미사흔과 복호가 재회한 사적을 담은 「우식곡」에서는 형제간 우애를
권면하였으며, 길쌈의 유풍을 반영한 「회소곡」에서는 근로정신을 고취시
키고자 하는 의식이 담겨 있었다. 그리고 「달도가」에서는 음란 풍조를 경
계했으며, 박제상 부인이 남편을 그리워하다가 죽어 치술령 모신이 되었
다는 「치술령」에서는 열녀의식이 표현되었다고 보았다. 이처럼 「동도악
부」는 경주의 역사와 민속을 형상한 것이지만, 작품 이면에는 유가적 풍

교 의식이 관류하고 있었던 것이다.

끝으로 김종직의 풍교문학론과 관련 시문학이 한국한문학사상 어떤 의의를 갖느냐에 대해 정리하고자 한다. 이 글이 김종직의 풍교문학론을 바탕으로 전개된 논문이기에 주제에 수렴되지 못한 다른 작품들에 대한 언급이 거의 생략되었다. 분명히 해 둘 것은, 풍교적 측면을 중점적으로 검토한다고 해서 김종직 문예의 다른 측면이 과소 평가되어서는 안 된다고 생각한다. 김종직에게서 드러난 풍교 의식의 문예적 형상화가 이후 전개될 16세기 문학론에 어떤 의미를 가질 수 있는지에 대해 생각해 보면 다음과 같다.

김종직 시대의 관료 문인들은 성리학을 기반으로 하여 문학을 정치적 교화의 수단으로 여기는 문예 인식을 공유하고 있었다. 김종직의 시대는 창업에 치중되었던 조선 개국 초기와 달랐다. 수성이 강조되었던 시기였던 만큼 그들은 문학적 역량을 왕화의 극대화를 위해 쏟아 부어야 했다. 김종직의 문예도 이러한 맥락에서 이해되어야 한다.

김종직은 시문학의 본질을 '이성정·달풍교'로 요약하였는데, 이 두 가지의 선후관계를 따진다면, 성정이 풍교에 앞선다고 할 수 있다. 성정이 잘 닦인 문예가 보다 큰 풍교의 역량을 지닐 것이기 때문이다. 그러나 이 선후 관계는 시대 상황에 따라 달라질 수 있다. 김종직의 시대는 국고전장(國故典章)과 예악형정(禮樂刑政)을 확립하고 정비하는 방면에 문인들의 역량이 집중되었다. 그래서 김종직은 치자의 입장에서 풍교를 창달하여 백성을 교화한다는 풍교론의 입장에 서게 된 것이다. 그런 과정에서 그는 통치자의 입장에서 시로써 백성을 교화한다는 풍화(風化) 이념을 표현하기도 하고, 백성들의 입장에서 통치자들의 부조리나 불합리한 국가 경영에 대해 지적하는 풍간(諷諫) 의식을 시문으로 표현하기도 하였다. 이러한 김종직의 풍교문학론은 교화(敎化)와 권징(勸懲)을 강조한 『시경』의 정신을 계승한 것이었다.

조선 전기 한문학의 초석은 정도전·권근·조준·변계량·정인지·서거정·성현 등에 의해 놓여졌다. 특히, 정도전과 권근은 문학은 성리학에 근거를 두어야 한다는 원칙을 제시하여 후대의 관각 문예를 선도하였다.[408] 김종직의 역사적 사명은 이러한 조선 초기에 이룩된 성리학적 문학관을 계승하여 16세기로 연결하는 일이었다.

조선 초기 정도전이나 권근 등에 의해 이루어진 성리학적 문학관은 문형직을 맡아 온 이들에 의해 계승되다가 김종직을 통해 새로운 전기를 맞게 된다. 이러한 예는 그가 만년기에 편찬한『청구풍아(靑丘風雅)』와『동문수(東文粹)』의 편찬 의도에서 분명히 확인된다. 즉, 김종직은 서거정이 중심이 되어 편찬한『동문선(東文選)』에 반발하여『청구풍아』와『동문수』를 편찬했던 것이다.[409] 김종직이 역대 시에서 성정을 구현한 작품을 선집하고, 문에 있어서는 사리(詞理)가 겸비되어 있으면서도 이승(理勝)한 작품을 뽑으려 한 의도는 신진사류의 문예 노선을 극명히 하고자 한 데 있었다.[410]

김종직은 시선집(詩選集) 편찬을 통해 이승(理勝)한 문예를 강조함으로써 당대 훈구 계층의 문승(文勝)한 문예론과 차별을 선언하였다. 이러한 그의 문예 인식이 도통의 맥락과 연계하여 제자나 후배들에게 자연스럽게 계승됨으로써 16세기 사림파 문학의 대두를 가능케 하였다. 이러한 김종직의 문예 노선은 결국 16세기 이언적·이황 등에게 계승되어 성리학 사유를 담은 시풍의 표출과 함께 인간 성정의 올바름을 표현하는 본격적인 사림파 문학으로 발전되었던 것이다.

그러므로 15세기의 김종직은 풍교문학(風敎文學)을 주장하여 16세기의 성정문학(性情文學)이 개화하도록 하기 위한 토대를 구축하였다. 그렇다

---

408) 關聯 論議는 李敏弘,『朝鮮中期 詩歌의 理念과 美意識』, 成均館大學校出版部, 1993을 參照.
409) 關聯 論議는 李東歡,「東文選의 選文方向과 그 意味」,『震檀學報』第56輯, 서울大出版部, 1983을 參照.
410) 李鍾虎 前揭 論文 參照.

면 김종직의 풍교문학론이 지니는 의미는 자명하다. 16세기 사림파 문학의 이념적 방향을 선도했다는 것이다. 결국 김종직은 분명 훈구 계층들과 문예적 교류는 하였을지라도 이념적 지향은 달리하였던 문인으로 평가되어야 할 것으로 보인다. 그렇기 때문에 김종직을 두고 15세기 기존 관인의 문학 노선을 선회시켜 16세기 사림파 문학 형성에 기여한 인물로 기억해도 무방하지 않을까 한다.

제2부

김종직의 부에 형상된 유자의식과
기속시의 관풍역속 이념

제1장 부에 형상된 유자의식

1. 머리말

김종직의 문학은 선학들에 의해 상당한 연구 업적이 축적되어 왔다. 그런데 이러한 선행 연구는 대개 그의 문학론과 연관된 시를 중심으로 다루어왔다고 해도 지나친 말이 아니다.[411] 반면 그의 산문에 관한 연구는 미흡한 편이다. 이는 그의 문집 대부분을 차지하는 것이 시이기 때문이다.

그러나 15세기 후반 인물 김종직에 대한 올바른 해명을 위해 그가 남긴 시 못지 않게 작은 분량의 산문도 비중 있게 다뤄야 한다고 본다. 특히, 「부」와 관련된 부분적 검토가 있었지만, 풍자와 우의적 경향의 작품 분석에 치우치고 있다.[412] 이 분석의 의의는 인정된다. 그렇지만 이 분석 역시 종래 김종직을 절의의 인물로 추앙하는 선상에서 크게 벗어나지 못하고 있다.

때문에 21세기 벽두를 살아가는 우리가 15세기 후반 어려운 정국에서 이념과 현실 사이에서 고민했던 김종직의 실체를 얼마나 이해하고 있느냐에 대해 새삼 반성할 필요를 느낀다. 이러한 김종직의 실제 면모를 파악하기 위해서는 우선 해당 작품의 내적인 분석에 치중해야 한다고 생각된다.[413] 이 글에서는 김종직의 유자 의식을 바탕으로 하여 창작된 그의

---

411) 拙稿, 「金宗直 詩文學 硏究」-風敎意識의 形象化를 中心으로-, 成均館大學校 大學院 博士學位論文, 2002, pp.3~7 參照.

412) 洪性旭, 「金宗直의 賦 및 散文의 硏究」, 高麗大學校 大學院 碩士學位論文, 1992.

413) 金宗直의 賦 작품은 모두 4편이다. 두 작품(「弔義祭文」·「謁夫子廟賦」)은 제1부의 제2

「부」 작품을 분석하여, 이들 작품이 당대 김종직의 고민과 유자 의식의 형상이라는 점을 부각해 보고자 한다.

2. 갈등과 수신의 결의 : 「의등루부」

이 작품은 김종직이 35세 무렵에 창작한 것이다. 당시 그는 사헌부감찰로 근무하면서 어전에서 세조에게 직간을 하다가 파직되어 고향에 머물렀다고 한다.[414] 이후 그는 세조 10년(1464) 2월에 영남병마평사 직책을 받으러 밀양에서 서울로 올라가게 되었다. 옥천(沃川)에 이르러 적등탄(赤登灘)을 건넜는데, 누각에 올라 경물(景物)을 구경하다가 마음이 울적해 왕찬(王粲)의 「등루부(登樓賦)」에 견주어 이를 짓게 되었다고 한다.[415]

이 작품은 서두(1~4행)-본문(5~70행)-결말(71~82행)로 이루어져 있다. 서두의 내용을 보기로 한다.

> 천년 뒤에 다시 누각에 오르니
> 이 마음 진실로 옛사람과 합했도다
>
> 어찌 빈한하고 미천한 몸이
> 태평 시대에 드러나기 바라는가
>
> 後千載以登樓兮　　心實獲乎古人
> 胡蓬篳之側陋兮　　希明揚於昌辰

서두이다. 김종직은 영남병마평사의 직책을 받기 위해 상경하는 자신의

장. 風敎文學論에서 다루었으므로, 여기서는 나머지 두 작품을 분석하기로 한다.

414)『世祖實錄』卷34, 10年 8月 6日 丁亥條 參照.

415)『文集』卷1,「擬登樓賦」, 文叢12, p.397, "乙亥二月 余自密陽還京 道出沃川 渡赤登灘 登岸上樓 覽物傷懷 遂擬仲宣登樓之作." 이는 왕찬의 「등루부」 창작 동기와 부합되는데, 왕찬이 누대에 올라 한직에 종사하는 자신의 불우한 신세를 한탄하며 누대에서 바라보는 경물을 통해 고향을 그리워하는 심정을 표현한 것이 그러하다.

심정이 왕찬의 그것과 동일하다고 술회하였다. 자신이 가난하고 미천하기에 두각을 드러내기 어렵다고 했다. 이는 당시 영남 재지사족 출신 김종직의 한계를 말해주는 것이다. 그리고 김종직은 이미 세조에게 미움을 사 파직 당한 쓰라린 경험이 있었으며, 이 직책이 이시애 난을 진압하기 위한 조정의 특별 배려임을 모르는 바 아니다. 그러면서 그의 앞 길 역시 불투명하기에 여러 가지 복합적 불안 심리가 그의 심정을 어둡게 하였다. 그리고 당시 조정에서는 훈구 계열의 인물이 주축을 이루고 있기에 그는 여전히 불안하다. 이어지는 글에는 험난한 세상살이와 이에 맞서야하는 김종직의 심정이 담겨 있다.

> 옛날에 외로운 둔마가 길을 알았음은
> 사사의 맑은 유풍에 의지했기 때문일세
>
> 사특하고 굽은 길 분잡히 널렸지만
> 곁눈질하거나 무작정 달려가지는 않았네
>
> 그렇지만 세상과 서로 부합되지 않았으니
> 험난한 길에 거꾸러지기 합당하도다
>
> 이미 삼부의 녹봉도 누리지 못한 채
> 국문을 밀치고 남쪽으로 떠나왔네

> 曩孤騫而識路兮　依士師之淸塵
> 雖徑竇之紛如兮　不敢睨之敢驅
> 果與世而齟齬兮　宜顚躓乎險途
> 旣三釜之不吾謀兮　排國門而南徂

5～12행이다. 김종직의 불운한 신세 한탄이 과거 회상을 통해 전개되고 있다. 여기에서 당대 중앙 정계에서 기득 계층을 형성한 훈구 계열이 득세한 데서 중앙 관계에 진출했던 지방 출신 김종직의 고독한 심정을 읽

을 수 있다.[416] 그래서 그는 자신을 둔한 말에 비유하여 사사(士師)의 맑은 유풍에 의지해 바른 길을 걸어가면서 사특하고 굽은 길로는 다니지 않았다고 하였다. 여기의 사사는 춘추 시대 노(魯) 나라 유하혜(柳下惠)가 사사에 임명되어 세 번이나 쫓겨나자, 어떤 이가 "그대는 여기를 떠나지 못하겠는가?" 하자, 유하혜는 "곧은 도로써 임금을 섬기면 어디를 가나 세 번 쫓겨나지 않겠으며, 도리를 굽혀서 임금을 섬기면 어찌 반드시 부모의 나라를 떠날 필요가 있겠는가?" 라고 했던 데서 비롯된 말이다.[417]

말하자면, 김종직이 지금까지 굽은 길로 가지 않았던 것은 바로 이러한 정신을 계승하여 실천했기 때문이라고 밝혔다. 이런 점에서 김종직의 꼿꼿한 선비 형상을 발견할 수 있다. 이는 곧 당시 신진 사류의 의식 세계를 의미하는 것이기도 하다. 그렇지만 그러한 기상과 정신은 결국 세상과 부합되지 못한 채 거꾸러뜨림을 당해 미관의 벼슬살이를 상징하는 삼부(三釜)의 박봉도 채 누리지 못한 채 낙향하고 말았다며 술회하였다. 다음은 낙향 이후의 심정을 담은 것이다.

> 눈서리를 무릅쓰고 멀리 달려
> 밀양의 어머님 찾아뵈었네
>
> 흉년을 만난 터에
> 거친 밥도 배불리 먹질 못하시네
>
> 고향집 찾아 형제들 만나 보니
> 경란의 고아 과부처럼 비참하구나

---

416) 김종직의 방황하는 형상은 다음 시에서도 확인된다. 이 시는 그가 세조 13년(1467)에 이시애난이 평정된 뒤에 그 동안 군병을 점검하던 영남병마평사의 소임을 마치고 홍문관수찬이 되었는데, 이는 훈구파 일색의 조정에서 느끼는 갈등과 번민을 표현한 작품이다(『詩集』卷4,「禁中白鷴」(2), 文叢12, p.240, 江湖心遠翅翎短 蹳躃跳梁不自窺 一啄更遭家鷩嚇 岸邊斜日立如癡).

417) 『論語』,「微子篇」, "柳下惠, 爲士師三黜 人曰 子未可以去乎 曰直道而事人 焉往而不三黜 枉道而事人 何必去父母之邦."

마을 사람들 분주히 모여 와서
내게 근신하라고 경계한다네

오로지 묵묵히 조용하게 살면서
밭 갈고 고기 잡는 처음 마음 이루고 싶네

추운 겨울 지나 따스한 봄 돌아오자
새들은 동산 숲에서 지저귀네

각건 쓰고 나막신 신고서
그윽한 곳 찾아 배회했네

凌雪霜以遙奔兮	就慈闈於推火
値歲年之未稔兮	腹蔬糲之不果
省兄弟於影堂	悲鏡鸞之孤寡
里閈續其來集兮	故徹余以仗馬
專純嘿以靖處兮	願遂耕釣之初心
歷玄英而發春兮	鳥間關於園林
理角巾與蠟屐兮	思逍遙乎幽尋

　13～26행이다. 이는 전반부 13～20행과 후반부 21～26행으로 다시 나눌 수 있다. 전반부는 귀향 이후 어려운 가정 사정 묘사이다. 고향 사람들은 흉년을 당한 터에 거친 밥도 배불리 먹지 못한다고 하였다. 김종직의 연민 정서가 드러난 부분이다.[418] 그가 찾은 고향집 역시 이와 무관하지 않다. 그는 가족이 고아와 과부처럼 곤궁한 생활고에 얽매인 모습을 보고 마음이 편하지 않았다. 경란의 고아와 과부는 계빈국왕(罽賓國王)이 기르던 난새 한 마리가 3년 동안 울지 않다가 거울을 보고 짝을 그리워하여 슬피 울다 죽었다는 고사에서 비롯된 말로, 부부가 사별한 것을 의미한다. 이는 당시 남편과 사별한 김종직의 모친을 의미한다.

---

418) 金宗直의 愛民詩 考察은 拙稿,「金宗直 愛民詩의 展開 樣相」,『漢文敎育硏究』第17
　　輯, 韓國漢文敎育學會, 2001 參照.

이처럼 김종직의 낙향 이후 정황은 암울하다. 그의 낙향 연유를 알게 된 이웃 사람들이 찾아 와 당 나라 때 이임보(李林甫)가 재상으로 있을 때, 천하의 이목(耳目)을 기만하면서 조정의 관원들을 위협하기를, '그대들은 의장에 선 말을 보지 않았는가. 종일토록 조용하게 있으면서 삼품(三品)의 추두(芻豆)를 먹지만, 한 번 울었다 하면 바로 쫓겨난다.' 고 했던 데서 비롯된 장마(仗馬) 고사처럼 근신하길 거듭 당부한다. 그래서 김종직은 조용히 자신을 돌아보며 소일하려고 다짐한다. 추운 겨울이 지나고 새 봄이 돌아 와 김종직은 고향에서 동산을 거닐며 한적하게 살고자 하였다.

그러나 그의 기대와는 달리 조정에서의 어명이 하달되어 상경을 독촉한다. 김종직은 다시 출사하게 된다. 상경 길의 심회를 담은 대목을 보기로 한다.

이 때 나를 병액에 보임하여
봉수대나 지키라 하네

중도 도사도 아닌 몸 어디로 피하랴
정첨을 두고 점을 쳐서 길흉을 살피네

어머님께 우러러 눈물 흘리고
관과 패옥 정제하고 구슬피 떠나 왔네

개탄스럽게 나의 행차 더디고
도리조차 멀고도 험난하구나

낮엔 길을 가고 저녁이면 잠드는데
날이 갈수록 고향과 멀어지는구나

물은 너무 깊어 굽어볼 수 없고
높은 누각은 오를 수 없는 것 같구나

적등탄에 이르러 가로질러 건넜더니
이 누각에서 발돋움하면 보일 것만 같구나

時搜補於兵額兮　　將械余以兜鈴
匪緇黃其曷逃兮　　觀貞卜於鄭詹
仰春暉以流涕兮　　矯冠佩而悲還
慨余行之遲遲兮　　矧道里之脩艱
朝余征而夕寐兮　　逴日遠乎關山
水何深之不臨兮　　樓何高之不攀
戾赤登而徑渡兮　　忽茲宇之如跂

　27~40행이다. 김종직은 왕명에 따라 상경한다. 29~32행은 자신의 신분이 중이나 도사가 아닌 이상 도피할 수도 없는 처지라고 한다. 그래서 국명을 어길 수 없으며, 홀어머니를 궁박한 지경 속에 두고 떠나야만 하는 심정을 가눌 길 없어 눈물로 이별한다. 여기서 정첨(鄭詹)은 춘추 시대 정(鄭) 나라 대부 첨(詹)을 말한다. 첨이 제(齊) 나라에 사신으로 갔는데 정 나라가 제 나라에 조회하지 않았다는 이유로 체포되었다가 가을에 제 나라에서 도망쳐 왔다는 고사에서 비롯된 것으로, 도망치는 일을 비유한다.[419] 김종직은 이 고사처럼 왕명을 피할 길 없었다.

　이어 33~36행은 그가 상경하는 길에서 점차 고향과 멀어지고 있음을 표현한 것이다. 상경 행차는 그의 마음처럼 무겁게 실려 느리게 진행되고, 시간이 흐를수록 고향과는 점점 멀어지게 된다. 이러한 그의 심정은 34~40행에서 건너기 힘든 적등탄과 오르기 어렵다는 누대로 이입되어 표현된다. 적등탄은 어쩌면 험난한 세상살이와 벼슬길을 의미한다고 볼 수 있다. 그리고 높게 솟은 누대 역시 그러한 상징이라 할 수 있겠다.

　그렇지만 김종직은 그 개울을 건너고 누대 정상에 오르고 말았다. 이는 곧 그 자신이 복잡다단한 현실을 극복하고 이후에 성취할 여러 사안을 의미한다고 볼 수 있다. 그리고 김종직은 거기서 발돋움하였다. 그가 지향한 곳은 어디일까. 문맥으로 보아 고향 산천이다. 김종직은 자신의 입장이 고향

---

419)『春秋左氏傳』(莊公 17年條), "十有七年春 齊人 執鄭詹 夏 齊人 殲于遂 秋 鄭詹 自齊逃來."

과 점점 멀어지는 가운데 누대에서 발돋움을 하여 고향의 어머니와 산천을
그리워했다. 김종직의 불안한 심리가 고향에 대한 그리움으로 증폭된다.

> 말고삐 매고 올라 배회해 보니
> 황홀한 봄 경치 멀리 이어졌구나
>
> 흐르는 여울의 고기를 내려보니
> 고향 냇물의 방어 잉어 생각나네
>
> 촌락의 꽃나무 두루 구경하니
> 고향 동산 복사꽃 오얏꽃 떠오르네
>
> 들밭에서 향기로운 나물 뜯으니
> 고향 산 고사리 고비가 생각나네
>
> 내 마음 꽉 잡아 놓아주지 않기에
> 여기서 돌아가고픈 마음 간절하여라
>
> 혼자 일어나 사방 둘러보니
> 흰 구름 무성히 외롭게 나네
>
> 다시 난간에 기대어 잠시 잠이 들었는데
> 한가롭게 꿈은 끊임이 없구나
>
> 聊縶馬以徙倚兮　　恍煙景之邐迤
> 俯湍瀨而窺魚兮　　想故川之魴鯉
> 覽榮木於聚落兮　　懷故園之桃李
> 擷芳新於野田兮　　緬故山之蕨薇
> 膠余心而莫捨兮　　羌中道而懷歸
> 子起立而騁目兮　　白雲藹其孤飛
> 復憑檻以假寐兮　　魂佁儗而無所極

41~54행이다. 여기에는 누대 위에서 느끼는 봄 경치와 정서가 담겨
있다. 여울을 따라 흐르는 물에 비치는 고기는 고향의 방어와 잉어를 연
상시켰으며, 촌마을의 꽃나무는 고향의 복사꽃과 오얏꽃을 생각하게 한

다. 들녘의 향기로운 봄나물은 고향 산천의 고사리와 고비를 연상시켰다.
이러한 여러 고향에 대한 그리움의 매개체가 그로 하여금 귀향하고픈 충
동질을 하였다. 그는 먼 하늘을 주시한다. 사방을 둘러보니 흰 구름이 외
롭게 피어오르고 있다. 외로운 구름은 그의 고독한 심상의 또 다른 표현이다.

그러다가 그는 부질없이 잠에 빠졌다. 그렇지만 고향에 대한 그리움은
꿈에도 연속된다. 고향에 대한 그리움의 지속 표현은 당시 김종직이 그만
큼 내적으로 불안했음을 말해주는 것이다. 이러한 내면 갈등은 이어지는
대목에서 더욱 강하게 표출된다.

> 하인 놈 나를 불러 깨우더니
> 황량의 밥이 익었다고 알려주네
>
> 세수하고 우두커니 서서 바라보니
> 태양은 신속히 서산으로 기우네
>
> 층계 내려와 안장에 걸터앉으니
> 속이 뒤틀리고 우울하고 답답하여라
>
> 진실로 가고 머묾이 내게 달려 있거늘
> 어찌 결단치 못한 채 머뭇거리는고
>
> 격문을 받아들고 기뻐한 것을
> 누구나 다 알 수 있는 건 아닐세
>
> 가난 위해 승전 벼슬한 것 생각하니
> 다시 접여에게 슬픈 탄식 나오네
>
> 스스로 재물 모으기만 힘쓴다면
> 누가 내 먹은 나머지를 먹으리
>
> 세속의 더럽고 혼탁함이 가증스럽고
> 태양 아래서 처자에게 교만 부리도다

忽僕夫之喚醒兮　　報黃粱之已熟
揮沃盥以延佇兮　　踆烏奮迅其西厞
下階梯而據鞍兮　　腸馮回而鬱塞
固行止之在我兮　　何不斷而自惑
唶捧檄而動色兮　　非尋常之可測
念乘田之爲貧兮　　亦復欷歔乎接輿
苟自圖於封殖兮　　人誰食乎吾餘
嫉世俗之洿濁兮　　驕妻子於白日

55～70행이다. 김종직이 비록 벼슬길에 나서기는 했지만 여전히 갈등하는 형상이 담겨 있다. 그는 하인이 밥을 다 지었다고 깨우는 바람에 잠에서 깨어났다. 여기서 황량은 메조를 말하는데, 당 나라 때 노생(盧生)이 도사 여옹(呂翁)의 베개를 빌어 잤더니, 메조 밥을 한 벗 짓는 동안 꿈속에서 온갖 부귀 공명을 모두 누렸다는 고사에서 비롯된 말이다.

김종직은 잠에서 깨어나 하늘을 바라보니, 해는 이미 서산으로 기울고 있다. 층계에서 내려 와 말안장에 걸터앉았으나 속이 뒤틀리고 우울하였다. 여전히 김종직은 현실과 이상 사이에서 방황하고 있다. 결국 그의 고민은 계층적, 기질적, 학문적 성향이 다른 부류들과 화합할 수 없었던 사정에서 비롯된 것이다.[420]

61～62행은 출처에 과감하지 못한 김종직 자신의 책망으로 이어진다. 이하의 내용 역시 이에 대한 해명이다. 그가 출사하게 된 것은 후한 때 효자였던 모의(毛義)처럼 어머니를 기쁘게 해드리기 위한 것이므로 남이 쉽게 이해할 수 없을 것이라고 하였다. 때문에 가난을 면하기 위해 벼슬한 처사는 도리어 은자였던 접여(接輿)의 탄식을 자아내게 되었다고 한다. 그렇지만 그는 재물 모으기에 급급하지는 않을 것이지만 그 행색이 제(齊)

420) 李鍾虎,「佔畢齋 金宗直의 文學觀에 나타난 階層 意識」,『漢文學硏究』第12輯, 啓明漢文學會, 1997을 參照.

나라 사람이 동곽(東郭)의 무덤 사이를 오가며 제사 지내고 남은 음식을
얻어먹으면서 처와 첩에게 거드름을 피우는 격이라고 한다.[421] 그렇지만
김종직은 그 개울을 건너고 누대 정상에 오르고 말았다. 이는 곧 그 자신
이 복잡한 세태를 원만히 극복하겠다는 복선적 의미를 갖는다고 할 수 있
다. 그리고 김종직은 거기서 발돋움을 하였다. 그가 그리워한 곳은 분명
고향 산천이지만 출과 처에 대한 그의 고민과 갈등 심리가 역력히 담겨
있다. 그러나 이러한 번민 가운데 김종직은 굴하지 않았다. 비록 현실 상
황이 어렵고 전망이 투명하지 못하지만, 적극적인 출사를 다짐한다.

> 산초와 난초도 따라 변하는데
> 슬프게 겉모양만 있고 실상은 없다네
>
> 화살처럼 바르게 도를 실천하려고 하지만
> 사람들 떼지어 지껄이며 비웃네
>
> 옛 선현들 훌륭한 자취 징험해 보니
> 참으로 지나 온 길 잘못이 많구나
>
> 그래도 내 처음 뜻 바꾸지 않았으니
> 운수 궁박해도 마음은 변치 않으리
>
> 아직 백세가 후일에 남았으니
> 맹세한 말 확고하지 못할까 두렵구나
>
> 모름지기 큰 띠에 써 스스로 반성해
> 주야로 부지런히 힘쓰리라
>
> 椒蘭隨以變化兮　　哀容長而無實
> 有蹈道之如矢兮　　羌群咻而衆咥
> 徵往哲之芳躅兮　　信余命之多屯
> 顧初服其猶未悔兮　　縱阨窮而勿遷

---

421) 『孟子』, 「離婁」(下) 參照.

尚百歲之在後兮　　懼誓言之不堅
聊書紳以自詔兮　　庶日夜以乾乾[422]

71~82행이다. 자신에 대한 반성과 근신의 다짐으로 마무리된다. 산초와 난초는 고결을 상징한다. 그렇지만 이들도 겉모양과 실상은 다르다고 한다. 김종직은 자신의 고결함을 화살에 비유하였다. 화살처럼 올곧게 살기를 다짐하지만 세인들의 조롱과 비난을 면할 수 없다. 그는 옛 선현들의 자취를 회고하면서 자신의 지나 온 자취를 돌아보니, 참으로 과오가 많았다고 한다.

그가 이처럼 바른 도를 추구하려는 의지는 말미에 이르러 더욱 견고해진다. 애당초 작정한 바를 고치지 않으리라고 한다. 비록 자신에게 주어진 여건이 어렵고 운세가 궁박해도 바른 도를 실천하며, 광정(匡正)하리라고 거듭 다짐한다. 그에게 아직 충분히 만회할 기회와 시간이 주어져 있음을 확인한다. 그러면서 다짐했던 말이 확고하지 못할까 조심하는 것이다. 그래서 그는 띠에 이를 새겨 주야로 근신하기를 다짐한다.

이 작품은 김종직의 출처에 대한 개인적 번민과 갈등, 그리고 근신의 다짐을 표현한 것이다. 김종직에게 당대 15세기 후반 정국을 주도하고 있는 기득 세력층인 훈구와 벌열층과의 예기치 못한 충돌과 진로에의 불투명 등 여러 요인이 불안 요소로 작용하였을 것이다. 그렇지만 김종직은 현실 참여를 추구하는 유자로서 현실에 적극 참여하여 자신이 견지한 바를 이루리라는 다짐하였다.

김종직은 혼탁한 세상에 나가되, 결코 타협하거나 영합하지 않으면서 자신이 체득한 유학의 도를 견지하리라는 어조로 이 작품을 마무리하였다. 그러면서 그는 늘 근신하기를 다짐하며, 아직은 자기 시대가 아님을 절실히 깨닫게 된다. 그러면서 그는 현실을 수긍하면서 자기 세력층인 신

---

422) 『文集』 卷1, 「擬登樓賦」, 文叢12, pp.397~398.

진 사류의 점진적 진출 방안을 모색하였을 것으로 추측된다. 조정에서 이미 견고하게 구축된 기성층과의 대결은 그 자신의 힘만으로는 역부족이기 때문이다. 그러므로 그는 신진 사류의 중앙 진출을 암중모색하며 지방 유학의 진흥을 통해 유교적 이상 사회 건설을 희망하였을 것이다. 이 작품에 그러한 의지가 담겨 있다고 본다.

3. 천도 인식과 체득 : 「관어대부」

이 작품은 김종직이 36세(1466년, 세조12) 때 지은 것이다. 당시 그는 영남 병마평사직을 수행했다. 그 해 7월에 이시애가 모반을 하였고, 김종직은 절도사의 명으로 군사를 모집하기 위하여 영해부(寧海府)로 나갔다고 한다. 그러던 중, 교수 임유성(林惟性)과 진사 박치강(朴致康)과 함께 가정(稼亭) 이곡(李穀)의 옛 집을 방문하여 관어대(觀魚臺)를 유람하였다. 그런데 이 날은 바람이 조용하고 물결이 잔잔해 절벽 아래 많은 고기들이 헤엄쳐 노는 것을 내려다보며 목은(牧隱)의 「소부(小賦)」에 화답하여 이를 지어 두 사람에게 주었다고 한다.423) 김종직은 자신이 목은과 직접 교분을 맺은 것은 아니지만, 시대를 초월하여 그의 학문과 인격을 추모했는데,424) 이는 본 작품의 창작과 연관이 있다. 이는 김종직의 천도 인식과 체득을 추구하고 싶은 심정이 담긴 작품으로, 이 역시 유자 의식의 발로에서 비롯된 것이라고 하겠다. 전체 내용은 네 부분으로 나누어진다. 첫째 단락을 검토한다.

---

423) 『文集』 卷1, 「觀魚臺賦」, 文叢12, p.398, "丙戌七月 李施愛反 予以節度使之命 簽兵到寧海府 兵未集 與教授林惟性進士朴致康 訪稼亭舊家 仍遊觀魚臺 是日風恬浪靜 俯見群魚游泳于崖下 遂和牧隱小賦 以貽二子云."

424) 『詩集』 卷3, 「寧海府懷牧隱三首」(2), 文叢12, p.232, "滄海東頭不識儒 千年間氣只塊蘇 先生一出爲人瑞 從此丹陽草木枯."

원수부로부터 부절 받아
동쪽 바닷가에 이르렀네

격문이 급박히 왕래하는 터에
내 어찌 다른 일을 돌보랴

장년의 일과 노후의 계획 두려우니
세월과 함께 헛되이 지나갔구나

예주의 성에서 휴식하며
옛 선현의 고가에 우두커니 섰다네

> 蕭承符于玉帳兮   東將窮乎海涯
> 紛羽檄之交午兮   余安能以恤他
> 懼壯事與老謀兮   泪日月以消磨
> 吶禮州之闐闍兮[425] 聊延佇於前修之故家

1~8행이다. 김종직은 이시애 반란군을 토벌하기 위해 군대를 점검하러 영남 일대를 순시하였는데, 영해부에 이르렀다. 김종직은 위의 예문에서 유서 깊은 가정 이곡의 옛 집을 방문하는 여정을 상세히 묘사하였다. 그는 격문이 오가는 사이에 유흥적 유람은 할 수 없었을 것이다. 그렇지만 그곳을 그냥 지나칠 수 없어 잠시 둘러 본 것으로 여겨진다. 선현의 고가에 발길을 멈춘 김종직은 자못 숙연해 졌다. 고려조 가정에 대한 회고와 어수선한 자기 시대의 혼란한 모습을 동시에 떠올리며, 유가 인물 가정에 대한 추념을 아끼지 않았다. 다음은 관어대로 향하는 김종직의 모습을 담은 것이다.

그 곁에 관어대 우뚝 섰으니
적성산의 새벽 노을 옷깃을 스치네

---

425) 『佔畢齋集』, 「壬辰本」에는 「湖樓州之闐闍兮」으로 되어 있다.

두 나그네 따라 이 곳 향하니
이 몸이 호기 덕에 온 줄도 모르겠네

장주는 고기를 안다고 자랑했으며
맹자도 감히 물 관찰하는 것 말하였네

높은 섬돌 의지해 멀리 바라보니
아득한 구름 물결 그 몇 리인가

시간 지나도 회오리바람 불지 않고
소금 굽는 연기만 멀리서 일어나네

신기루가 쓸어버린 듯 없어지더니
광경이 갑자기 달라지는구나

有臺巇屺于厥傍兮　　襯赤城之晨霞
從二客以指點兮　　恍不知身之憑瀨氣而踊玆地也
蒙莊奚詑於知魚　　鄒孟敢稱於觀水
倚危礏而遐矚兮　　渺雲濤其幾里
少焉颶母不翔　　鹽煙遙起
海市如掃　　光景欻異

　9~20행이다. 김종직은 가정에 대한 추념에 이어 그의 아들 목은 이색
이 노닐었던 관어대를 찾았다. 자신은 두 길손을 따라 호기에 힘입어 이
곳에 당도하였다고 했다. 김종직은 관어대에서 물고기의 노닒을 관찰하는
자신의 형상이 장자가 고기의 즐거움을 알지 못한다고 한 점과 맹자가 물
을 관찰했던 고사에 비겼다. 즉, 이는 장자가 혜자(惠子)와 함께 호량(濠梁)
위에서 노닐며 피라미가 노니는 모습을 보고 즐거움에 대해 논한 것과 맹
자가 급한 여울을 보아 물을 관찰한다는 고사를 원용하였다.426)
　김종직이 섬돌에 의지하여 멀리 바라보는 가운데 구름이 물결을 이루
고 있으며, 소금 굽는 연기가 아득히 피어오르고 있다. 이는 신기루가 사

---

426) 『孟子』, 「盡心」(上) 參照.

라지듯 이내 그의 시야에서 사라지고 말았다. 급변하는 삼라만상의 추이를 세밀히 관찰하였다. 이 부분은 동적(動的) 물상의 표현이 주를 이룬다. 이는 이어지는 대목은 정적(靜的) 물상 표현으로 이어진다.

길게 휘파람 불며 내려다보니
많은 고기 발랄히 즐거워하네

제 무리끼리 장난치고 헤엄치니
조금씩 출몰하는 것과 비교할 바 아닐세

넓은 파도 헤치며 입을 벌름거리니
그물 작살 있어도 잡을 수 없겠네

혹은 지느러미 흔들고 비늘 뽐내는데
바람과 우레 변화로 신령을 통할까 염려하네

소나무 가지 잡고 긴 한숨지으니
만물이 모두 편안함을 느끼네

솔개 나는 것으로 비유 취했으니
누가 지극한 이치에 의혹을 가지리

이는 태극의 진리가 앞에 나타난 것이니
맹세코 깊이 간직하여 버리지 않으리

劃長嘯以俯窺兮	群魚撥刺以悅志
寒族戲而隊游兮	匪膚寸之濊澉可擬
凌通派以喝噲兮	縱網揭兮奚冀
或掉鬐而奮鱗兮	吾恐風雷變化以通靈
攀虬枝而太息兮	感物類之咸寧
竝鳶飛以取譬兮	孰聽瑩於至理
斯太極之參于前兮	矢佩服而勿棄

21~34행이다. 휘파람 불며 내려다보니 그곳에는 많은 물고기들이 무

리 지어 헤엄치고 있다. 그래서 그들의 자태는 이따금씩 출몰하는 고기들과는 비교할 수 없을 만큼 장관이다. 김종직은 고기떼가 파도를 헤치고 입을 벌리기도 하며 지느러미를 흔들고 비늘을 뽐내는 모습을 담았다. 그는 만물이 이처럼 약동하고 있음을 파악하고 한숨을 내쉬었다. 천지 만물이 이처럼 천리대로 유행되고 있지만 그가 사는 현실은 어수선하기 그지 없기 때문이다.

그는 이러한 물고기의 생기발랄한 모습이야말로 『중용』에서 말한 천지 상하에서 천리(天理)가 끊임없이 운행되는 한 현상임을 인식하고 기뻐하였다. 그래서 김종직은 이 이치에 대하여 그 누구도 의혹을 가질 수 없다고 단언한다. 그러면서 태극의 오묘한 진리가 드러난 점을 파악하고 맹세코 이를 간직하리라는 다짐을 하였다. 다음 대목에서 이런 의지는 더욱 견고해진다.

> 두 나그네의 안내 덕분에
> 문득 우러러 사모함 얻었네
>
> 술잔 가득 채워 서로 권하노니
> 도의 근본 여기 있음 깨달았네
>
> 묵은 옹께 술잔 올리며 좋은 노래 읊으니
> 진귀한 음식에 배부른 듯하여라
>
> 초나라 월나라처럼 마음이 서로 멀지 않으니
> 명성하는 군자와 함께 돌아가길 원하네

> 眷二客之脩騫兮　　忽有得於瞻跂
> 崇羽觴以相屬兮　　悟一本之在此
> 酌牧翁而詠婍辭兮　若飽飫於珍旨
> 肝膽非楚越之遙兮　願同歸於明誠之君子[427)

35~42행이다. 김종직은 도의 근원이 여기에 있음을 확인했다. 목은 옹에게 술잔 올리며 좋은 노래를 읊으니 매우 흡족하다고 하였다. 말하자면, 그는 이 관어대에서 도체를 터득했으며 그것을 깊이 간직하겠다고 하였다. 명철(名哲)의 군자와 함께 불변의 진리를 즐거워하며 살아가겠다고 다짐한다. 이는 곧 그가 지향하는 정신 세계가 무엇인지를 해명해 주는 대목이다. 말미의 명성군자(明誠君子)에게 돌아가겠다는 표현은 물고기의 노닒을 통해 천도 유행을 이끌어 내었던 자사(子思)의 학문 세계에 함께 돌아가고자 함을 나타낸 것이다.

4. 맺음말

김종직의 「부」 작품 가운데 두 수를 분석하였다. 김종직의 유자 의식을 바탕으로 해서 창작된 두 작품을 검토한 결과는 다음과 같다.

「의등루부」는 김종직의 출과 처에 대해 갈등하는 형상과 수신의 결의가 담긴 작품이다. 이는 김종직이 35세에 창작한 것으로, 당시 그의 내면 갈등이 담겨 있다. 이 작품에 김종직의 이상과 현실 사이의 고민과 갈등, 현실 참여로의 결의와 수신의 다짐 등 연속 과정을 복합적으로 담고 있다. 여기서 당시 그가 처한 정치 격변 상황을 짐작케 한다. 그런 가운데 김종직은 상당한 고민에 빠졌던 것으로 보인다. 신진사류로 그가 갖는 한계와 고독한 형상 등이 동시에 비쳐지고 있다. 그러나 김종직은 현실 참여의 유자로서 자기 입장을 굳힌다. 현실에 적극 응하여 자신이 견지한 바를 이루리라고 다짐하였다. 김종직은 혼탁한 세상에 나가되, 결코 타협하거나 영합하지 않으면서 자신이 체득한 유학의 도를 견지하리라는 각오를 드러내 보였다.

「관어대부」는 천도 인식과 체득을 추구하는 심정을 담은 작품이다. 이

---

427) 『文集』 卷1, 「觀魚臺賦」, p.398.

는 김종직이 36세에 영남병마평사직 수행시에 창작한 것이다. 이시애 모반에 의해 그는 절도사의 명으로 모병을 위해 영해부로 나아가 관어대를 유람하면서, 그곳에 드러난 자연 현상을 보고 천리 유행의 묘리를 체감하고 이처럼 표현하였다. 당시 그의 심정도 매우 착잡하였을 것이다. 천지 상하에 천리가 유행하고 있지만, 조정은 불안하고 변방에는 이시애가 변란을 일으켜 온 천지가 혼란 속에 빠진 가운데 그는 천리 유행의 평온한 세상을 염원했다. 말미에서 그는 도의 근원이 그것에 있음을 확인했다. 그는 관어대에서 도체를 터득했으며, 그것을 깊이 간직하겠다고 하였다.

김종직의 「부」 작품은 그의 유자의식을 기반으로 하여 창작된 작품으로, 평소 그가 견지하고 있던 이념의 표현이라 하겠다. 일련의 분석을 통해 김종직은 15세기 후반 혼란 정국에서 고민하는 유자였음을 확인했다. 그는 훈구 세력이 포진한 중앙 정계에서 근신하며 점진적 유학 이념 구현을 모색하였다. 그러면서 그는 결국 유교 이상 세계의 실현을 희망하였던 것이다. 그래서 그는 고독한 자아를 방황하기도 하였지만, 근신의 다짐을 통해 현실 위기를 극복하고자 하였다. 일련의 의식 속에 김종직의 유자 형상이 각인되어 있다.

제2장 연작 기속시에 형상된 관풍역속 이념

1. 머리말

이 글에서 검토할 내용은 김종직의 연작 기속시(紀俗詩)이다.[428] 이는 향토를 소재로 한 역사·풍속·민가 등을 다룬 것이다. 김종직의 기속시 창작은 주로 외직을 수행하는 과정에서 이루어졌다. 그는 41세에 함양군 수, 46세에는 선산부사, 57세에는 전라도 관찰사를 역임하였다. 그는 이 과정에서 지방의 물산과 토속, 인심 등에 유의하여 이들을 시로 형상하였 다. 김종직의 「탁라가(乇羅歌)」[429]·「금성곡(錦城曲)」[430]·「십절가(十絶 歌)」[431]에 이러한 의식이 담겨 있다.

김종직의 연작 기속시에 집약된 사적(史的) 배경 등을 중심으로 분석하 여 김종직의 향촌 의식과 지방 관풍역속(觀風易俗) 의식을 살펴보고자 한 다. 관풍역속은 백성들의 삶을 시로 표현하되, 그들의 삶 가운데 순후한 풍속은 권장하고 악한 풍속은 교정한다는 의미이다. 관풍은 치자(治者) 입장에서 백성들의 삶을 주시하는 것이며, 역속은 악습이나 폐습을 교정 한다는 적극적 개념이다. 다시 말하면, 이는 백성들을 바람직한 방향으로 교화하고 선도하기 위한 기초 정보의 수집이 필요한데, 이를 위해 백성들

---

428) 紀俗詩의 特徵에 대해서는 鄭景柱, 「佔畢齋 國俗詩의 文明意識에 對하여」, 『石堂論叢』 第16輯, 1990을 參照.
429) 『文集』 卷1, 「乙酉二月二十八日宿稷山之成歡驛濟州貢藥人金克修亦來因夜話略問風土 物産遂錄其言爲賦乇羅歌十四首」, 文叢12, pp.208~209
430) 『詩集』 卷22, 「錦城曲」, 文叢12, p.381.
431) 『詩集』 卷13, 「允了作善山地圖誌題十絶其上」, 文叢12, p.310.

의 삶을 주목해서 살핀다는 의미이다.

그리고 김종직에게서 남다른 향촌 의식을 느낄 수 있다. 김종직의 경우, 분명 향토 출신으로서 당대 훈구 계열과는 성향을 달리한다고 할 수 있다. 그러므로 그가 비록 세조조에 입사해서 그들과 문예를 겨루며 정치적 입안을 함께 했지만 그들과 지향을 달리했다고 볼 수 있다. 김종직의 주거지는 영남 일대였으며, 그곳을 중심으로 형성된 전장(田莊)을 간접 경영했기 때문에 향토에 대한 관심은 유별했다고 본다.

이러한 그의 기본 시각은 문학에서 향토에 대한 진지함으로 연결된다. 당대 중앙 관료들의 문예 의식 일반이 진취성을 상실하고 유흥적이고 퇴영적인 감각으로 바뀌어 간 것과는 달리,432) 그의 시문에는 그가 성장하고 발판을 삼고 있는 영남에 대한 애착과 자부심이 담겨 있다. 그에게서 강렬한 연민 정서와 향촌 의식을 느낄 수 있는 것은 이런 점에서 연유한다.433) 김종직의 기속시 창작은 이러한 배경을 갖고 있다. 이런 점에 유의하여 「탁라가」・「금성곡」・「십절가」에 반영된 김종직의 관풍역속 이념을 살펴보고자 한다.

2. 제주의 특산과 풍습 : 「탁라가」

「탁라가」는 칠언절구 14수이다. 이는 김종직이 35세 무렵 영남병마평사 시절에 제주도 약공납자(藥貢納者) 김극수(金克修)로부터 제주도에 관해 전해 듣고, 상상력을 발휘하여 그곳의 풍속과 풍물을 표현한 것이다.

---

432) 徐居正의 「漢都十詠」에 서울 주변 승경의 묘사와 당시 일류 관료 문인 李承召(1422~1484), 姜希孟(1424~1483)의 화답시가 곁들인 데서 이런 면모를 확인할 수 있다. 관련 논의는 林熒澤, 「李朝前期의 士大夫 文學」, 『韓國文學史의 視覺』, 創作과 批評社, 1984를 參照.

433) 金宗直의 鄕村 意識과 嶺南 백성들에 대한 憐憫 意識은 「洛東謠」(『詩集』 卷5, 文叢12, p.245)・「可興站」(『詩集』 卷4, 文叢12, pp.236~237)에 잘 반영되어 있다.

작품을 순차대로 분석하기로 한다. 김종직은 김극수의 첫 인상을 이렇게
표현했다.

여관에서 금새 만났어도 친한 듯한데
겹겹 보자기의 온갖 약물 진기하여라

비린 내 나는 옷에 언어도 껄끄러우니
그대는 진정 바다 사람일세

郵亭相揖若相親　　包重般般藥物珍
衣袖帶腥言語澁　　看君眞是海中人(1)

　김극수의 첫인상 묘사다. 그는 성격이 매우 소탈했던 것 같다. 금새 김
종직과 친해졌으며 제주도에서 생산되는 진귀한 약재도 보여 주며 김종
직으로 하여금 제주도에 관한 호기심을 발동시켰다. 그가 제주도 토박이
임은 옷에서 풍기는 비린내와 억양이 높은 제주도 방언 구사에서 드러난
다. 토속민의 언어는 난삽하여 초성은 높고 종성은 낮다고 한다.[434] 제주
사나이의 건강한 모습이 담겨 있다. 이어지는 시는 탐라국 건국 설화를
담은 것이다.

애당초 세 명의 신인이
서로 짝 이루어 해뜨는 물가에서 왔다네

백세토록 세 성씨끼리 서로 혼인한다니
그 유풍 듣고 보니 주진촌과 비슷하여라

當初鼎立是神人[435]　　伉儷來從日出濱
百世婚姻只三姓　　　遺風見說似朱陳(2)[436]

---

434) 『新增東國輿地勝覽』 卷38, 「濟州牧條」, "村民俚語難澁 先高後低."
435) 鼎立是神人 : 제주도 건국 시조 高乙那・良乙那・夫乙那를 말함.

탐라국 건국 신화와 여전히 전해지는 유풍을 표현했다. 탐라 건국 신화를 바탕으로 세 신인의 배필이 되어 줄 처녀들이 바다 건너에서 온 것과 자손들이 자기네끼리 통혼하며 목축과 농사로 삶을 영위해 오고 있음을 표현하였다. 그러한 재래 유풍이 여전히 남아 있어 중국의 주진촌처럼 두 성씨끼리 서로 혼인하며 후손을 이어 온다고 하였다. 김종직은 시의 표현에서 자신의 입김을 전혀 개입시키지 않았다. 다만 객관 사실 표현에 충실할 뿐이다. 비록 이것이 허구성이 개입된 신화의 산물이지만 그는 이를 개의치 않고 시에 담았다. 이런 점에서 그의 지방 풍물에 대한 애정을 확인할 수 있다. 다음 시는 후손이 그 유풍을 여전히 추모하고 있음을 보여준다.

> 성주는 이미 죽고 왕자도 끊겨
> 신인의 사당이 매우 황량하여라
>
> 세시엔 부로들 여전히 옛 일 추모하여
> 광양당에서 퉁소와 북을 다투어 울리네
>
> 星主已亡王子絶　　神人祠廟亦荒涼
> 歲時父老猶追遠　　簫鼓爭陳廣壤堂(3)[437]

탐라국의 변천 상황을 말해 주고 있다. 『신증동국여지승람』에 의하면, 고을라의 15대 후손인 고후(高厚)·고청(高淸)과 막내 삼 형제가 신라의 탐진(眈津 : 강진)에 도착하자, 신라왕이 고후를 성주(星主), 고청을 왕자(王子), 막내를 도내(都內)라고 불렀다 한다. 이후, 고씨(高氏)를 성주, 양씨(良氏)를 왕자(王子), 부씨(夫氏)를 도상(徒上)으로 삼았으며, 양씨는 후일 양씨(梁氏)로 고쳤다 한다. 이후 조선 태종 2년까지 이들의 칭호가 계속되다

---

436) 朱陳村 : 중국 徐州의 朱陳村에서는 朱氏와 陳氏들만 살면서 대대로 서로 通婚하며 의 좋게 살았다는 데서 비롯된 말.
437) 廣壤堂 : 제주도 남쪽 護國神祠의 堂名.

가 성주(星主)를 좌도지관(左都知管)으로, 왕자를 우도지관(右都知管)으로
고쳤다 한다.

그리고 세조 12년 이후에는 제주도에 목사(牧使)를 두었으며, 성주와 왕
자의 칭호가 완전히 사라진 것은 태종 2년(1402)이다. 전래의 성주와 왕자
의 혈통이 단절되고 해마다 제사 올리던 사당마저 황량하기 그지없었던
터에 고을의 늙은이들만 그 유풍을 좇아 풍악을 울리며 제사에 임한다고
하였다. 주민들은 봄가을로 광양당에 무리 지어 모여 술과 고기를 갖추어
신에게 제사를 올린다고 한다.[438] 이는 한라산 신에 대한 고대 제의의 유
풍을 이어가고 있는 제주 부로(父老)의 모습을 그린 것이다. 다음은 김극
수의 배 몰이 솜씨를 표현한 것이다.

> 바닷길 수천 리가 넘건마는
> 해마다 왕래해 이전부터 익숙하다네
>
> 구름 돛 내걸고 쏜살같이 달려
> 하룻밤에 순풍 타고 해남에 당도한다지
>
> 水路奚徒數千里　　年年來往飽曾諳
> 雲帆掛却馳如箭　　一夜便風到海南(4)

시상이 다소 전환되었다. 김극수가 노련하게 배를 모는 솜씨가 엿보인
다. 그는 해마다 공납을 위해 바다와 육로를 왕래하는데, 바닷길에 너무
익숙한 탓에 수천 리가 넘는 바닷길에 돛을 내걸고 순풍에 의지해 하룻밤
사이 해남에 당도한다며 놀라워한다. 다소 과장된 표현이지만 제주 토박
이 김극수의 배 몰이 솜씨가 부각되어 있다. 다음은 제주 특산 준마에 대
한 표현이다.

---

438)『新增東國輿地勝覽』卷38,「濟州牧條」, "又於春秋 男女群聚廣壤堂遮歸堂 具酒肉祭神."

한라산 푸른 기운 방사와 통하는데
물풀 사이에 아침 안개 활짝 걷혔구나

호원에서 한번 목장을 주관한 이후
해마다 준마들 원나라 황실로 들어갔다네

漢拏縹氣通房駟[439]　雲錦離披水草間
一自胡元監牧後　　驊騮歲歲入天閑(5)

한라산 정기가 말을 주관하는 별과 합치된다는 데서 한라산이 말을 기르는 최적지임을 말해 준다. 푸른 풀잎 사이로 아침 안개가 걷힌 목장의 모습은 신선감을 더해 준다. 김종직의 사실적 표현 기법이 드러난다.

후반부는 몽고가 이곳에 탐라총관부를 설치하여 목마장(牧馬場)을 세워 준마를 키운 뒤, 조공물로 상납케 했던 역사적 사실을 말해주고 있다. 시인은 제주도에서 우수한 말이 생산되고 있음을 강조하면서 제주 특산물을 이렇게 표현한 것이다. 다음은 제주 토산물에 관한 것이다.

오매·대모·검은 산호에
향부자·청피는 천하에 없는 것이니

물산만 동방의 부고일 뿐 아니라
그 정수가 사람 살리는 데로 들어간다오

烏梅玳瑁黑珊瑚　　附子青皮天下無
物産非惟東府庫　　精英盡入活人須(6)

이 시 역시 내용상 위의 시와 유사하다. 제주 특산 가운데 인체에 유용한 오매·대모·흑산호·향부자·창피 등에 대해 표현하였다. 이곳 제주는 물산 측면에서 조선 전체의 으뜸일 뿐만 아니라 약재도 인간의 생명을

---

439) 房駟 : 車馬를 관장하는 별 이름.

살리고 수명을 연장하는데 크게 이바지한다고 자부하였다. 김극수의 구어체 어투를 실감나게 담아 놓았다. 다음은 제주 해산물 소개이다.

대합조개 · 해파리 · 굴
농어와 문채 나는 고기 많다네

날 저물어 온 마을 비린내로 덮일 무렵
수많은 배에 고기 가득 실어 온다오

車蟹海月與蠔山　　巨口文鱗又幾般
日暮腥煙羃鄕井　　水虞千舶泛鮮還(7)[440]

제주 해산물 보고이다. 김극수는 제주도가 대합 · 해파리 · 굴 · 농어 · 열대어 종의 보고임을 자세히 설명하였을 것이다. 하루 종일 바다로 나간 어부들은 저녁 무렵 저마다 배에 고기를 가득 싣고 돌아온다고 하였다. 제주 어민들의 건강한 삶을 표현하였다. 그리고 땀 흘리는 미학까지 시에 담아 내었다. 다음은 특산품 귤을 소개한 것이다.

집집마다 귤 · 유자 가을 서리에 무르익어
상자 가득 따 담아 바다 건너온다네

고관들 이를 받들어 임금님께 올리면
빛과 맛 향기 완연하다오

萬家橘柚飽秋霜　　採着筤籠渡海洋
大官擎向彤墀進　　宛宛猶全色味香(8)

당시 귤과 유자는 뭍에 사는 사람들에게는 희귀한 제주의 특산물이었다. 시에 제주산 귤이 진상되는 과정을 설명하였다. 집집마다 감귤과 함께

---

440) 水虞 : 해산물을 관장하는 기관.

가을 서정이 무르익고 있다. 평생 내륙에서만 살아 온 김종직에게 들려주는 제주도 특산물은 그로 하여금 호기심을 자극했을 것이다. 그래서 그는 잔뜩 호기심 어린 채 이를 시에 소중히 담아 내었던 것이다. 김종직은 이곳이 풍부한 물산 못지 않게 맹수가 없는 낙토임을 강조한다.

> 사또님 수레와 기마대 빽빽이 포위하면
> 꿩·토끼·고라니·노루 온갖 짐승 쓰러지네
>
> 섬이어서 곰·범·표범 없기 때문에
> 숲 거닐거나 노숙해도 놀래 킬 것 없다오
>
> 使君車騎簇長圍　　雉兎麢麚百族披
> 海島但無熊虎豹　　林行露宿不驚疑(9)

제주도는 해산물이 풍부할 뿐만 아니라 각종 날짐승과 길짐승들의 번식이 왕성하여 사냥 거리가 풍부하다고 한다. 사냥 나온 사또와 기마대의 포위망이 좁혀 감에 따라 사냥감은 이내 포획된다. 시 전체에 박진감이 넘친다. 그리고 이곳은 섬이기 때문에 맹수도 없어 어디를 다니거나 노숙하더라도 공포를 느끼지 않는다고 하였다. 당시 기록에 의하면, 제주에는 맹수가 존재하지 않았다고 한다.441) 이 시는 제주도의 환경 여건이 각종 짐승들의 서식처로도 제공되고 있음을 보여 준 것이다. 다음은 제주 고유의 토속 풍습을 보여주는 시이다.

> 마당 풀 섶에서 전룡을 만나면
> 술 부어 향 사르는 게 이 지방 풍속일세
>
> 육지 사람들 놀라며 서로 다퉈 비웃지만
> 지네가 대통에 들면 원망스럽지요

---

441) 『新增東國輿地勝覽』 卷38, 「濟州牧條」, "無虎豹熊羆豺狼害人之獸."

庭除草際遇錢龍　　祝酒焚香是土風
北人驚怕爭相笑　　還怨吳公在竹筒(10)

　　제주민의 토속 풍습을 읊은 시이다. 제주 사람들은 마당에서 큰 뱀인
전룡을 만나면 무서워하지 않고 술을 붓고 향을 사르며 축원한다는 것이
다. 제주에는 뱀·독사·지네가 많은데 만약 회색 뱀을 보면 차귀(遮歸)
의 신이라 하여 죽이지 말라고 금한다고 하는데,[442] 이러한 토속 풍습이
담겨 있다. 이러한 행동을 이해하지 못하는 육지 사람들은 비웃고 비아냥
대기 마련이다. 그런 반면에 물이나 음식을 담는 대나무 통에 지네가 빠
져 있으면 못내 원망스러워한다고 한다. 제주의 토속 정서가 반영되어 있
다. 김종직은 이곳 제주가 뭍과 떨어진 곳이라 하여 학문마저 단절된 곳
은 아니라고 한다.

　　　여염집 자제들 태학에 유학하여
　　　학문으로 많은 인재 길러짐을 기뻐한다네

　　　큰 바다라고 지맥까지 끊길 것인가
　　　높은 인재도 때때로 문과에 오른다오

　　　閭閭子弟游庠序　　絃誦而今樂育多
　　　滄海何曾斷地脈　　翹材往往擢巍科(11)

　　제주도의 학문 풍토를 설명하였다. 비록 제주도가 뭍과 상당히 떨어져
있다 해도 학문이 완전 단절된 곳이 아님을 강조하였다. 일반 백성들의
자제들이 태학에 유학하여 학문을 증진시키며 가끔씩 문과 급제자도 배
출된다고 하였다. 이러한 인물로는 고려조의 고유(高維 : 政黨文學·參知
政事·中書侍郎平章事)가 있으며, 조선조의 고득종(高得宗 : 漢城府尹)·고

---

442) 『新增東國輿地勝覽』 卷38, 「濟州牧條」, "又地多蛇虺蜈蚣 若見灰色蛇 則以爲遮歸之
　　神 禁不殺."

태필(高台弼 : 開城府留守)·고태정(高台鼎 : 奉常侍正) 등을 들 수 있다.[443]
김종직이 강조한 것은 제주도라고 해서 미개 지역이 될 수는 없다는 논리
이다. 다음은 한라산의 위용을 묘사한 것이다.

> 한라산 위 신령스런 연못은
> 가물어도 마르지 않고 비와도 불어나지 않네
>
> 천둥 벼락 치고 구름과 안개 갑자기 생기니
> 유람객 가운데 누가 신령한 위엄 업신여기랴
>
> 頭無岳上靈湫水[444]   旱不能枯雨不肥
> 霹靂雲嵐生造次   遊人疇敢褻神威(12)

　봉우리가 모두 평평하여 두무악(頭無岳)이라 불리는 한라산의 신령스럽
고 위엄 있는 형상을 표현했다. 백록담은 건기나 우기에 상관없이 일정한
수량을 유지하며 때에 따라 천둥과 번개, 그리고 구름까지 일으키는 위엄
을 지니고 있다. 그렇기 때문에 이곳을 유람하는 자들은 저마다 근신해야
할 것임을 당부하고 있다. 이처럼 한라산과 백록담은 제주 주민들에게 신
성한 이미지로 각인되어 있다는 점을 말해 주고 있다. 아울러 제주는 한
라산의 신비와 함께 바다의 신이가 담긴 섬이라고 한다.

> 화태도의 서쪽 물결 서로 부딪쳐
> 바람 불고 우레 쳐서 성난 파도가 일어나네
>
> 모든 섬에 바다 미꾸라지 스쳐 지나가면
> 나그네 목숨은 기러기 털 같다오
>
> 火脫島西水相擊   風雷噴薄怒濤高

---

443)『新增東國輿地勝覽』卷38,「濟州牧條」參照.
444) 頭無岳 : 漢拏山의 별칭.

萬斛海鰌傾側過　　行人性命若鴻毛(13)

　제주도의 주민들은 추자도(楸子島) 남쪽의 대화태도(大火胎島)와 서남쪽의 소화태도(小火胎島) 물결이 서로 맞부딪쳐 바람을 일으키고 우레를 쳐 거센 파도를 일으킨다고 믿었다. 그런데 그 거센 바람을 일으키는 원인이 거대한 바다 미꾸라지라는 것이다. 그렇기 때문에 거센 파도가 일 무렵, 근처를 항해하는 행인들의 목숨이 경각에 달렸다는 것이다. 천문 기상학이 그렇게 발달하지 못했던 당시 제주 토속인의 순박한 정서와 신앙이 반영되어 있다. 이는 조천관에서도 마찬가지였다고 한다.

　　순풍 기다리며 조천관에 머무르면
　　처자들 서로 만나 술잔을 권하는데

　　한낮에도 부슬부슬 이슬비 내리는데
　　알건대 이는 미꾸라지가 기를 뿜는 거라네

　　候風淹滯朝天館445)　　妻子相看勸酒盃
　　日中震霖霏霏雨　　　知是鰍魚噴氣來(14)446)

　이 시도 위의 시와 의미가 연결된다. 여기에서도 바다 물결을 일으키는 장본인은 거대한 미꾸라지라고 밝혔다. 미꾸라지가 기를 뿜지 않을 때를 기다리느라 항해자들은 모두 조천관에 모여들었고, 무사 항해를 기원하는 아내와 자식은 술을 권하며 안전을 기원하고 있다. 이 대목에서 제주 사람들이 바다와 힘겹게 싸우고 있다는 사실을 느낄 수 있다. 이처럼 상상의 바다 미꾸라지가 엄청난 위력을 발휘하기 때문에 제주 사람들은 저마

---

445) 朝天館 : 제주도 세 고을을 경유하여 육지로 나가는 자는 모두 이곳에서 바람이 잦아지기를 기다리고, 전라도를 경유하여 세 고을로 돌아오는 자들도 모두 이곳과 涯月浦에서 정박한다고 한다.
446) 『詩集』卷1, 文叢12, p, 208, 「乙酉二月二十八日宿稷山之成歡驛濟州貢藥人金克修亦來因夜話略問風土物産遂錄其言爲賦毛羅歌十四首」.

다 두려워한다. 이어 나주의 풍물과 산물을 표현한 「금성곡(錦城曲)」을 보
기로 한다.

3. 나주의 고려 사적과 풍물 : 「금성곡」

이 시는 김종직이 전라도관찰사 직책을 수행할 때, 나주의 사적과 물산
에 대해 읊은 것이다. 나주는 고려를 일으킨 왕건과 인연이 깊은 곳이다.
나주 사적을 살펴보면, 이 땅은 본래 백제의 발라군(發羅郡 : 通義)이며, 신
라 때는 금성군(錦山郡 : 錦城)으로 지명을 고쳤다. 그런데 신라 말에 견훤
(甄萱)이 후백제라 칭하고 이 땅을 모두 차지했다. 이후 얼마 지나지 않아
궁예가 그곳을 빼앗았다고 한다.[447]

이 작품도 「탁라가」처럼 지방 색채가 짙게 반영된 것이다. 다시 말하
면, 김종직의 지방 사적과 풍물에 대한 관심의 연장이라 할 수 있다. 김종
직은 후삼국 분열기를 회상하여 당대 이곳에서 전개되었던 상황을 다음
처럼 표현했다.

> 염백의 누선이 변한 지방을 통과하자
> 환호성이 금성산을 진동하였네
>
> 흥함과 폐함을 알아 먼저 귀순했으니
> 예로부터 주민들은 좋은 인상 받았지
>
> 鹽白樓舡過卞韓　　歡聲已振錦城山
> 知興知廢先歸順　　從古州民有好顔(1)

서두에 왕건의 사적을 담았다. 900년에 견훤이 후백제를 건국하자, 신

---

447) 『新增東國輿地勝覽』 卷35, 「羅州牧條」. 그리고 『三國事記』 본기 효공왕·신덕왕조·
　　열전궁예·견훤조 및 『高麗史』, 『세가 태조』 등의 기록에 의하면, 이곳 나주에서 대규모
　　의 네 차례 전투(903·910·912·914)가 치열하게 전개되었다고 한다.

라의 영토였던 금산군(금성)은 그 영역에 편입되었다. 고을 사람들이 궁예에게 귀속되자, 궁예는 903년에 당시 왕건이 거느린 수군으로 하여금 금성을 비롯한 10여성을 빼앗게 했는데, 이때부터 금성을 나주라고 불렀다고 한다. 위에서 염백의 누선은 왕건 휘하 수군의 위용을 말한다. 당시에 전후 상황을 파악한 금성 고을 사람들은 왕건 부대를 환대하였는데, 그 환호성이 금성산을 뒤흔든다고 하였다.

그런데 애당초 나주 주민들이 왕건을 적극 지지한 것은 아닌 것 같다. 『고려사』에 의하면, 912년 치열한 공방전에서 왕건이 시세의 우위를 점하자,[448] 나주 백성들은 후백제 견훤을 등지고 부상하는 신흥 실력자 왕건에게 자신들의 생존권을 위탁했다고 한다. 김종직은 나주 주민들이 왕건을 지지하여 고려 건국을 거쳐 오늘에 이르렀기에 이 지역이 조정으로부터 완악한 지역으로 낙인되지 않았다고 해명하였다. 다음 시에는 과거 회상 방식이 전개된다. 왕건의 나주 침공 쾌거 묘사이다.

교활한 오랑캐 깃발이 덕진포를 뒤덮었지만
남포에 천인이 주둔한 줄 어찌 알았으랴

가련한 조조의 배 천 척의 군졸처럼
결국 주랑의 횃불 티끌이 되고 말았네

獪虜旌旗蔽德津[449]　　豈知南浦駐天人[450]
可憐孟德千艘卒[451]　　終作周郞一炬塵(2)[452]

---

448) 『高麗史』, "初羅州管內諸郡 與我阻隔 賊兵遮絶 莫相應援 頗懷虞疑." 參照.
449) 獪虜 : 신라 말기 견훤이 후백제라 자칭하고 羅州 등지를 점거한 사실을 의미.
450) 天人 : 위 獪虜에 대응되는 것으로, 고려 태조 王建을 의미함.
451) 孟德 : 曹操의 字.
452) 周郞 : 吳의 周瑜. 이는 조조와 주유의 적벽대전을 의미하는 것인데, 당시 조조는 북쪽 언덕에 있었고 주유는 남쪽 언덕에 있었는데, 주유의 진영에서 배에 섶을 가득 싣고 가서 조조 진영의 배에 불을 지르자, 마침 동남풍이 불어 와 조조의 배를 모조리 불사름으로써 조조가 크게 패한 데서 비롯된 고사처럼 왕건도 동일한 방법으로 견훤을 무찔렀다는 것을

왕건 사적에 대한 표현이다. 왕건은 910년에 금성에서 한 차례 전투를
벌였으며, 912년에 남포(南浦 : 錦江津 : 木浦)와 덕진포(德津浦)를 잇는 뱃
길에서 치열한 공방전을 벌였다고 한다. 서두는 견훤의 군대가 목포에서
부터 덕진까지 가득 메운 상태를 표현한 것이다. 이는 위(魏)의 조조(曹操)
군대가 적벽(赤壁)에 포진한 모습을 의미하며, 이어지는 내용은 당시 목포
에 진을 치고 있던 왕건을 말한다. 이 역시 유비(劉備)와 손권(孫權) 군대
가 조조 군대와 대치하던 상황과 비슷하다.

이어 후반부는 오(吳) 나라 손권이 화공(火攻)으로 조조의 수군을 무찌
른 것처럼 왕건이 견훤의 수군을 공략했던 위용을 표현한 것이다.[453] 그
런데 견훤은 이 전투에서 주력을 잃었고 왕건은 겨우 목숨만 건졌다고 한
다. 이 시에서는 적벽대전(赤壁大戰) 고사를 인용해 왕건이 견훤을 물리쳤
던 전공(戰功)을 소개하였다. 왕건에게 정통성을 부여하는 심리가 담겨 있다
하겠다. 왕건의 나주 정벌 승리는 이곳 토성 오씨와의 기연으로 이어진다.

> 당시 용의 후손이 여기에 군함을 대고
> 아침엔 구름 저녁엔 비가 되는 신녀를 만났다오
>
> 천년 전 박씨 계집과 참으로 같은 법칙인데
> 행인들 그곳 가리켜 완사천이라 부르네
>
> 龍孫當日艤戈船[454]　　忽夢朝雲暮雨仙

의미함.

453) 당시, 전투 상황을 『高麗史』에서 상세히 소개하고 있다(太祖及至羅州浦口 萱親率兵 列
戰艦 自木浦至德津浦 首尾相衝 水陸縱橫 兵勢甚盛 諸將患之 太祖曰勿憂也 師克在和
不在衆 乃進軍急擊 敵船稍却 乘風縱火 燒溺者太半 斬獲五百餘給 萱以小舸進歸 初羅
州管內諸郡 與我阻隔 賊兵遮絶 莫相應援 頗懷虞疑 至是 挫萱銳卒 衆心悉定 於是 三
韓之地 裔有大半).

454) 龍孫 : 고려 태조 왕건을 가리킴. 왕건이 水軍將軍으로 나주에 주둔하고 있을 때, 목포에
서 배를 정박시키고 물위를 바라보니 오색 구름이 서려 있으므로, 그곳을 가보니 후일 莊
和王后가 될 吳氏 처녀가 빨래를 하고 있었는데, 처녀 역시 용이 품안으로 들어오는 꿈
을 꾼 터에 왕건이 처녀를 불러 들여 동침한 데서 비롯됨.

千載薄姬眞合轍(455)　　　行人指點浣紗泉(3)

왕건의 나주 정벌 때 로맨스가 담겨 있다. 왕건을 용의 자손으로 빗대어 격상시켰으며, 미천한 오씨 처녀를 아침에는 구름을 일으키고 저녁에는 비를 뿌리게 하는 신녀로 신격화했다. 『고려사』 열전의 「후비조(後妃條)」를 참조하면, 왕건의 비빈(妃嬪)으로 6명의 왕후와 23명의 부인을 두었다는 기록이 있다. 오씨 처녀는 왕건의 제2～3차 나주 정벌 때에 인연을 맺은 것으로 보인다. 열전의 기록에 의하면, 왕건이 그녀를 불러 동침은 했으나, 그녀가 미천한 신분이기 때문에 임신을 원하지 않아 침석(寢席)에 사정하자 오씨가 이를 흡입(吸入)하여 결국 임신하기에 이르렀다고 한다.

이들 둘 사이에서 태어난 아들이 자라나서 제2대 혜종(惠宗)이 되었다. 그래서인지 혜종은 얼굴에 자리 무늬[席文]가 있었다는 설화도 전해지고 있다. 김종직은 오씨와 왕건의 만남을 진나라 때 궁중에서 미천한 신분으로 일하던 여인이 후일 황태후가 된 것에 빗대어 표현했다. 그 사적은 여전히 완사천(浣紗泉)으로 남아 전해지고 있다. 김종직의 나주 왕건 사적에 관한 관심은 다음 시로 이어진다.

> 비단 빨던 강가는 혜종 외가의 고향으로
> 흥룡사 안에 그 서광 어리었도다
>
> 지금도 부로들 남긴 덕을 사모해
> 퉁소와 북 울려 추대왕을 기쁘게 하네

> 濯錦江邊舅氏鄕　　興龍寺裏藹祥光
> 至今父老懷遺德　　簫鼓歡娛皺大王(4)(456)

---

455) 薄姬: 秦나라 말기에 魏王豹의 궁중에 있었던 미천한 신분의 여자였는데, 위왕 표가 멸망한 뒤에 그가 漢高祖의 부름을 받고 들어가 文帝를 낳았는데, 문제가 代王에 봉해지자 그녀는 代太后가 되었고, 문제가 帝位에 즉위하자 그녀는 皇太后가 되었다. 여기서는 오씨 처녀가 나중에 장화 왕후가 되었음을 비유한 말이다.

456) 皺大王: 얼굴이 주름진 임금, 곧 惠宗을 의미함.

시인은 왕건의 처가이며 혜종의 외가인 금강진(錦江津)과 그곳에 세워진 흥룡사(興龍寺)를 돌아보며 상념에 잠겼다. 왕건은 즉위한 이후 자신의 입지를 굳힐 발판이 되어 준 처향(妻鄕) 나주 고을 사람들에게 특별한 관심을 가지고 돌보아 주었다고 한다. 그렇기 때문에 고을 사람들이 오씨가 살던 곳에 흥룡사를 세웠고, 흥룡사 안에 혜종사(惠宗祠)를 별도로 세워 그를 추모하여 제사 올리는 것이다.

김종직의 뇌리에는 그 옛날, 비단 빨던 오씨 처녀의 고운 자태가 떠나지 않는 터에 그의 시선은 오씨의 옛 거주지 위에 세워진 황용사로 집중된다. 혜종사에는 여전히 서기가 서려 있고 고려 태조를 비롯한 혜종에 대한 추념이 아직도 이 고을에 남아 고을의 늙은이들이 제사를 올린다는 것이다. 김종직은 나주의 고려 때 재래 유풍을 시에 담았다. 다음 시는 고려 현종의 나주 몽진 사적을 표현한 것이다.

> 대동강 푸른 나무가 전란으로 문드러지자
> 현종이 배에 올라 비단 빨던 강으로 왔으니
>
> 당 명황이 서촉에 몽진한 것과 무엇 다르랴
> 무이루를 도리어 산화루로 삼았구려
>
> 浿江靑木爛戈矛　顯廟來航濯錦流[457]
> 何異明皇竄西蜀　撫夷樓作散花樓(5)[458]

고려 사적에 대한 시다. 이 시는 고려 현종이 1010년 11월 거란군 40만의 제2차 침입으로 평양이 포위 당하자 나주로 파천하게 된 역사를 배경

457) 浿江……濯錦流 : 이는 고려 현종이 원년에 거란의 침입으로 인해 난리를 피해 남방으로 파천하여 이곳에 와서 10여 일 머물다가 거란이 퇴각하자, 還都한 데서 비롯된 것임(『新增東國興地勝覽』 第35卷, 「羅州牧條」 參照).
458) 何異……散花樓 : 唐明皇이 安祿山의 난을 피해 西蜀으로 몽진한 것을 비유한 것으로, 錦江은 나주와 서촉에 모두 있고, 撫夷樓는 나주 객관 동쪽에 있으며, 散花樓는 서촉의 누각이다.

으로 하고 있다. 당시 목종(穆宗)을 시해하고 현종(顯宗)을 추대한 강조(康
兆)는 행령도통사(行營都統史)가 되어 선천(宣川) 서북(西北)의 통주(通州)
에서 거란군을 맞아 싸우다가 결국 피살되고 말았다. 이후, 거란군의 남침
은 계속되어 평양 성마저 포위되어 버린 상황에서 현종은 우선 거란군의
칼날을 피한 뒤 후일을 도모하자는 강감찬(姜邯贊)의 계책에 따라 나주로
파천한 것이다.

김종직은 현종의 거란족의 침입에 의한 나주 파천이 곧 중국 당나라 현
종이 안록산의 난으로 인해 서촉에 몽진한 바와 다를 바 없다고 했다. 나
주에는 무이루가 있어 남경(南京 : 成都)에 세운 산화루에 비기고 있다. 이
백(李白)은 이 당시 정황을 들어 「상황서순남경가(上皇西巡南京歌)」에서
"비단 빨던 맑은 강이 만리를 흐르는데, 구름 돛단 큰배가 양주로 내려
가네. 북쪽 서울에는 비록 상림원을 자랑하건만 남경에는 도리어 산화루
가 있다오." 라고 읊었다.459) 이는 중국 당나라 현종의 고사를 가져와 현
종의 파천행과 결부시킨 것으로, 김종직의 뛰어난 시재를 엿볼 수 있는
작품이다. 다음은 김종직이 나주 동문루에서 이곳과 인연이 있었던 조선
초 정도전을 추억한 시이다.

> 누가 종지를 기설의 무리라 하였는지
> 험난과 평탄이 끝내 몸을 위태롭게 하였네
>
> 부질없이 동문에서 부로들 유시했다던데
> 잠자코 회진에 숨어 지내는 게 낫지 않았을까
>
> 誰謂宗之夔契倫　　崎嶇平地竟阽身460)

---

459) 『李太白集』 卷7, 「上皇西巡南京歌」(濯錦淸江萬里流 雲帆龍舸下揚州 北地雖誇上林苑
　　南京還有散花樓) 參照.

460) 誰謂……竟阽身 : 宗之는 鄭道傳의 字이고, 夔契는 舜임금을 섬기던 두 名臣의 이름이
　　다. 고려 때 辛禑가 北元의 사신을 맞이하라고 명하자, 정도전은 "내가 의당 북원 사신의
　　머리를 베어 오거나, 아니면 그를 결박하여 明 나라로 보내겠소." 라고 하여, 마침내 會

謾煩父老東門諭   爭似三緘隱會津(6)[461]

이 시는 나주 회진에 유배된 정도전의 사적을 담은 것이다. 아마 김종
직이 동문루(東門樓)를 지나며 지은 시가 아닌가 한다. 동문루와 연관된
인물로 정도전이 떠올랐던 것 같다. 정도전은 공민왕대까지 순탄한 벼슬
길을 걸었다. 그러다가 신임했던 공민왕이 시해되고 우왕이 즉위하면서부
터 그에게 시련이 다가왔다. 권신(權臣) 이인임(李仁任)이 우(禑)를 왕으로
세우고 친원정책(親元政策)으로 돌아가려 하자, 정도전은 이를 격렬히 반
대하다가 경복흥(慶復興)과 이인임(李仁任)의 노여움을 사 우왕 원년(1375)
에 전라도 나주군 회진현(會津縣) 거평부곡(居平部曲)의 소재동(消災洞) 산
간 마을로 유배되었다. 그는 이곳에서 3년 동안 부곡민 주민들과 생활하
며 호남 농민의 생활 모습을 직접 체험하였다.[462]

김종직은 정도전의 처신에 대해 다소 불만을 표시하였다. 정도전의 행
적은 순 임금의 어진 두 신하인 직(夔)과 설(契)의 행적과 비교할 수 없다
고 하면서 귀양가는 정도전이 부로를 깨우치기 위한 글을 썼다고 비난하
였다.[463] 결구의 삼함(三緘)은 공자가 주(周)나라에서 구리로 만든 인형을
만들고 그 입을 세 번 꿰맨 것을 보고 말을 삼가라는 의미로 본 것인데,
김종직은 삼봉의 경박한 처신을 나무란 것이다. 어쩌면 이 부분에서도 김
종직의 처세관을 엿볼 수 있지 않을까 한다. 그렇지만 김종직의 근본 의
도는 나주 동문루에 대한 사적 감회를 시로 표현하는데 있다고 본다. 김
종직은 나주의 산천·인물·명물도 빼놓지 않았다.

津으로 귀양을 가게 된 것을 의미함.
461) 謾煩……隱會津 : 정도전이 회진으로 귀양가던 도중에 나주의 東門樓에 올라 아름다운
   산천과 번성한 인물을 바라보고 나서 그곳의 부로들을 유시하는 글인 「諭父老書」를 지
   었던 데서 비롯된 말임.
462) 關聯 論議는 韓永愚, 『鄭道傳 思想의 硏究』, 서울大學校 出版部, 1999 參照.
463) 『三峯集』에는 「登羅州東樓諭父老書」(錦南雜題 乙卯)라는 제목으로 실려 있다. 『三峯
   集』 卷3, 文叢5, p.329.

산과 바다 아름답고 빼어난 기운 산뜻하여
예로부터 유독 명신만 배출된 것 아닐세

삼향리 대화살은 천하에 소문났으니
석석과 단은이 그렇게 진기할 것 있으랴

山海扶輿秀氣新　　古來不獨出名臣
三鄕竹箭聞天下　　錫石丹銀豈足珍(7)

　나주의 명승과 인물, 그리고 특산품 죽전(竹箭)에 대해 설명하고 있다.
죽전은 이곳 삼향리(三鄕里)의 토산물로 유명하다고 한다.464) 그래서 주석
[錫]과 선약(仙藥)인 단은(丹銀)에 비교할 수 없을 만큼 값진 것이라고 한
다. 이 시는 나주 고을의 명승·인물·특산물에 대한 종합 소개라 하겠
다. 이어 김종직은 영산창을 지나면서 그 감회를 다음처럼 표현했다.

파도 위에 붉은 뱃전 검은 돛대 가득하고
납작한 집 마을마다 노적가리 높아라

영산창에 백만 섬의 곡식 쌓여 있으니
금년엔 백성의 고혈 쥐어짜지 마오

紅舷烏榜滿波濤　　矮屋村村積稻高
百萬溁山倉裏粟465)　今年休道浚民膏(8)

　어업과 농업을 겸하는 어촌 풍경을 담았다. 시인의 시선이 바다로 옮겨
졌다. 붉은 배 검은 돛대가 출렁이는 바다 파도에 따라 일렁거리고, 뭍에
는 마을마다 노적가리가 드높다. 바닷가에 위치한 마을이다. 바람을 막기
위해 나지막하게 지붕을 올린 정경 묘사가 뛰어나다. 영산창에는 인근 고

---

464)『新增東國輿地勝覽』卷35,「羅州牧條」, "竹箭 出三鄕里."
465) 榮山倉：錦江津 언덕에 위치하며 榮山縣에 속했다. 羅州·順天·康津·光山·珍島·
　光陽·和順·務安·靈巖·長興·海南 등지의 田稅를 여기로 집결시켜 서울로 운반하
　는 곳이다.

을에서 들여온 쌀로 가득 차 있다.

결구에서 김종직은 금년만큼은 농민들에게서 강제로 곡식을 거둬들이지 않았으면 하는 희망을 표현했다. 농민의 풍년이 곧 자신의 기쁨으로 받아들인 것이다. 이 시가 비록 영산창을 두고 읊은 것이지만, 농민들의 안정된 생활을 희망하는 어진 목민관의 형상이 드러난다. 다음은 나주의 승경을 칭송한 것이다.

> 앙암 복암 두 바위는 기괴하고도 훌륭한데
> 노는 사람이 동쪽 서쪽 멋대로 배를 띄우니
>
> 빙설 같은 금강을 창연히 바라보고파
> 말에서 내려 수홍교를 건너가노라
>
> 仰伏兩巖奇且勝　　遊人一棹任西東
> 氷雪錦江生悵望　　却揮騎從度垂虹(9)

나주 고을 금강(錦江)의 남쪽 언덕에 위치하여 위용을 자랑하는 앙암(仰巖)과 광탄(廣灘)의 서쪽 언덕에 자리잡은 복암(伏巖)의 장관을 배경으로 하여 유람객이 뱃놀이를 즐기는 모습을 보고 지은 시이다. 앙암은 금강 남쪽에 있으며, 일명 노자암(鸕鶿巖)이라고도 한다. 그 밑에는 물이 매우 깊어 깊이를 헤아릴 수 없으며, 속설(俗說)에 의하면 용이 산다고 한다. 그리고 광탄 서쪽에 있는 복암은 고을 사람들의 유람지가 되었다고 한다.[466]

맑고 고운 금강이 유유히 흐르고 뱃놀이하는 사람의 홍이 김종직에게 전이되어 금강을 완상하며 지나려고 말을 내버려두고 수홍교를 건넌다고 하였다. 김종직은 나주 성안의 학 다리를 바라보며 두보의 완화계를 상상하며 이렇게 읊었다.

---

466) 『新增東國輿地勝覽』卷35, 「羅州牧條」, "仰巖 在錦江南岸 或云鸕鶿巖 其下水深莫測 俗云有龍…伏巖 在廣灘西岸 州人遊賞之地."

월정봉 서쪽 시냇물 모래밭을 지나니
성안에 흐르는 물 그 누가 마다할거나

학교엔 나막신 끄는 소리 많음을 알겠으니
좋은 이름 천거해 완화와 짝지음 합당하리

月井峯西溪走沙　　城中流惡幾人家
鶴橋響屐知多少　　合薦嘉名配浣花(10)[467]

　나주 고을 사람들이 수려한 월정봉(月井峯)과 학교(鶴橋)의 경관을 애호
하며 멋스럽게 살아가고 있음을 표현했다. 월정봉은 고을 성의 서쪽에 있
으며, 학 다리는 성안에 있는데, 그 아래로 흐르는 학교천(鶴橋川)은 금성
산에서 흘러 나와 남쪽 성안으로 흘러들어 왔다가, 동쪽으로 광탄(廣灘)으
로 들어간다고 한다.[468] 이로 보아 월정봉 서쪽의 물이 유유히 흐르고 금
성산에서 흘러나오는 물이 성안으로 유입되어 흐르는데, 그 냇물을 가로
질러 학 다리가 놓여 있다고 생각된다.
　그래서 김종직은 이처럼 느긋한 정경은 두보가 안록산의 난을 겪다가
정착한 성도(成都)의 완화계(浣花溪)와 흡사하다고 했다. 두보는 건원 2년
(759) 10월에 진주(秦州)를 떠나 동곡(同谷)을 거쳐 12월에 성도에 도착하
여 이듬해 3월에 친구의 도움으로 그곳에 초가집을 지었다. 이곳은 성도
성 밖 벽계방(碧雞坊) 백화담(百花潭)의 북쪽인데, 완화계(浣花溪)와 만리
교(萬里橋) 서쪽에 위치한다고 한다.[469]

---

467) 浣花 : 杜甫가 일찍이 成都의 浣花里에 살았는데, 그 근처에는 錦江과 浣花溪·浣花橋
　　등의 勝景이 많았다고 한다.
468) 『新增東國輿地勝覽』卷35,「羅州牧條」, "月井峯 在州城西…鶴橋 在城中…鶴橋川 出
　　錦城山 流入城中 東出入廣灘."
469) 李丙疇,『杜甫 詩와 삶』, 民音社, 1995. pp.135~186 참조. 이 당시 두보가 지은 대표적
　　인 시로「卜居」를 들 수 있다(『杜詩諺解』卷7,「卜居」, 浣花溪水水西頭 主人爲卜林塘
　　幽 已知出郭少塵事 更有澄江銷客愁 無數蜻蜓齊上下 一雙鸂鶒對沈浮 東行萬里堪乘興
　　須向山陰入小舟).

김종직은 나주 도성 안의 정경을 두보가 살던 성도 완화계와 연결함으로써 평온한 분위기를 한껏 강조하였다. 나주의 승경과 백성들의 평안한 삶을 담았다. 다음은 나주의 재래 음사 풍속에 관한 것이다.

> 비단옷 입은 남녀 푸른 봉우리 둘러싸고
> 춤추고 노래하여 간악한 신을 즐겁게 하는데
>
> 사군은 곧 서문표 같은 인물이라서
> 온 경내에 늙은 홀아비가 없게 하리라
>
> 士女羅紈裏碧巒 　　婆娑歌舞樂神姦
> 使君定是西門豹[470] 　一境能令無老鰥(11)

나주 고을 사람들의 토속 풍속을 표현한 시이다. 나주 사람들은 순박하여 농업에 전념하지만 음사를 숭상한다고 했다.[471] 춘추로 음사를 시행하느라 금성산 전체가 남녀의 옷치장에 의해 수놓아지고 있다. 간악한 신에게 제사를 올릴 뿐만 아니라 남녀가 혼숙하는 등 문란한 행위가 자행되고 있다는 것이다.

그래서 김종직은 목사가 이러한 폐단을 척결해 주기를 기대하고 있다. 서문표처럼 사악한 무당을 처벌하고 부녀자들의 정조를 보존케 하여 온 경내에 불행한 홀아비가 발생하지 않게 조치하라는 것이다. 나주 토속 음사 행위 혁파를 기대하는 김종직의 심정이 반영된 시이다.[472] 다음은 나

---

470) 西門豹 : 전국 시대 魏나라 사람인데, 일찍이 鄴令으로 나갔을 때에 그곳 풍속이 河伯에게 부녀자를 시집보내야만 해를 입지 않는다 하여, 늙은 여자 무당의 지휘 아래 자주 부녀자를 河水에 바쳤으므로, 서문표는 그 사실을 들은 즉시 그 늙은 무당들을 하수에 빠뜨려 죽여서 다시는 그런 피해가 없게 한 데서 비롯된 말.

471) 『新增東國輿地勝覽』 卷35,「羅州牧條」,"居人淳朴 無外慕 力田爲業…尙淫祠."

472) 이러한 김종직의 지방 풍속 교정에 대한 애착은 다음 시에서도 확인된다. 해당 시구만 예로 든다(『詩集』卷8,「和高靈府院君代尹晉陽子濚」, 文叢12, p.271, 腰間綬若若 風俗未轉移 瘵民糜厚俸 面多發惄時) : (『詩集』卷1,「五絃琴」, 文叢12, p.215, 淳風死去不可挽 只有遺歌傳至今).

주의 현안을 해결한 것을 보고 지은 시이다.

> 광탄이 성지와 지척에 붙어있어
> 장사의 졸렬한 춤은 옛날부터 있어 왔구나
>
> 오늘에야 삼십 리를 더 개척해 놓았으니
> 느릅나무가 응당 생사당에 정결하리라
>
> 廣灘咫尺附城池　　拙舞長沙自昔時[473]
> 今日拓開三十里　　枌楡應已潔生祠(12)[474][475]

평탄과 나주성이 매우 근접해 있어서 여러 가지 어려운 점이 많았던 것
같다. 그래서 장사왕(長沙王) 발(發)의 졸렬한 춤 고사를 들어 해명하고 있
다. 자료가 없어 더 이상 알 길이 없지만 시의 「자주(自註)」에 의하면,
1487년에 인근 광산현(光山縣) 병화로진(幷火老津) 밖 30리의 땅을 나주에
소속시켰다고 한다.[476] 그런데 이는 김종직이 57세였던 1487년(성종 18)
에 이 지방을 순방하였던 점을 감안하면, 김종직이 주청하여 이를 곧 시
행하게 된 것으로 보인다. 즉, 이 시는 전·결구에서 왕건의 제2의 고향이
기도 한 이곳 나주가 그 영역을 확장함으로써 면모를 새롭게 하게 되었다
며 기뻐한다.

이런 점에서 이 시 역시 관풍역속의 의미를 갖는 것이라 하겠다. 즉, 김
종직이 나주 고을 주민들의 음사 행각을 보고 즉각 상소하여 해결을 촉구

---

473) 拙舞長沙 : 漢景帝의 아들 長沙王 發이 신분이 미천한 소생이라 하여 낮고 가난한 나라
　　인 장사에 봉해졌다. 그는 諸王이 來朝하여 獻壽歌舞할 때, 옷자락을 들고 약간만 손을
　　올리고 춤을 추었는데, 上이 그 까닭을 묻자, 나라가 작고 땅이 좁아 回旋할 수 없다고
　　변명한 데서 비롯된 말로, 지역이 좁다는 뜻임.
474) 枌楡 : 漢高祖가 고향인 豊에 느릅나무 두 그루를 심어 토지 신을 삼은 데서 유래한 것으
　　로, 임금의 고향을 의미함(『漢書』 卷53).
475) 『詩集』 卷22, 「錦城曲」, 文叢12, p.381.
476) 『詩集』 卷22, 「錦城曲」(12), "丁未二月 以朝旨 割光山幷火老津外三十里之地 屬于州."

했던 바와 같이, 김종직은 현장의 문제를 곧 개혁하는 과감성을 보여준 것이다. 이런 점에서 그는 15세기 신진사류의 기치였던 유교 이념의 올바른 정착을 몸소 실행했던 인물임이 거듭 확인되고 있다.[477] 즉, 「금성곡」의 (11)과 (12)는 단순한 풍속이나 민요의 채집 단계를 넘어 지방의 폐습을 혁파하고 민생의 개선을 적극 실천한 사례로 보인다.

4. 선산의 유풍과 정서 : 「십절가」

김종직에게 선산은 각별한 의미의 고향이다. 자신의 유학적 소양을 키워 주었고, 유교적 유풍이 깃든 고장이라고 자부했다. 일찍이 이중환도 이곳 선산이 산수가 수려하며 인재의 보고라고 하였다.[478] 김종직은 성종 7년(1476)에 선산부사를 자원해 부임하여 이듬해 이 고장의 유적·인물·산천 등을 소재로 시를 지었는데, 이것이 「십절가」이다. 그는 이 당시, 이곳 주민들에게 향사례·향음주례의 실시를 통해 성리학의 사회적 실천에 힘썼다.[479] 그리고 그는 선산부사 시절에 「선산지리도」를 편찬하면서 천하에는 천하의 지도가 있고, 일국(一國)에는 일국의 지도가 있으므로, 한 고을에도 응당 고을의 지도가 있어야 한다고 주장한 바 있는데,[480] 이는 지방 문화의 독자성을 인정한 데서 비롯된 것이라 할 수 있다. 위에서 검토한 「탁라가」와 「금성곡」에도 이러한 그의 잠재 의식이 표출되어 있었다.

---

477) 金宗直의 地方 遺風을 稱頌 詩句는 다음과 같다(『詩集』 卷12,「再和」, 文叢12, p.303, 故國風猶厚 何曾學越吟):(『詩集』 卷13,「送鄭山陰蘭秀秩滿拜監察還京次貞甫韻」, 文叢12, p.305, 誰道俗頑嚚 猶能戀舊主):(『詩集』 卷15,「元朝和通之兄」, 文叢12, p.324, 鄉里淳風猶似舊 燈前老我不堪孤):(『詩集』 卷20,「送洪府尹兼善」, 文叢12, p.361, 大尹才華一代雄 東都文物有遺風).

478) 『擇里志』,「八道總論」, "南則善山 山川比尙州 尤淸明穎秀 故諺曰 朝鮮人才 半在嶺南 嶺南人才 半在一善 故舊多文學之士."

479) 『文集』「年譜」(46歲條), 文叢12, p.490, "上特命除善山府使 善山乃先生鄉貫 而先祖先公所居之地 臨民御吏 皆有條法 每月朔望 次行鄉飲酒儀 春秋設養老禮."

480) 『文集』 卷2,「善山地圖誌」, 文叢12, p.434, "天下有天下之圖 一國有一國之圖 一邑有一邑之圖."

「십절가」도 김종직의 선산 지방 문화와 유적에 대한 애정의식의 소산
이라 할 수 있다. 선산의 연혁을 보기로 한다. 이곳은 원래 신라의 일선군
(一善郡)으로, 진평왕(眞平王) 때에 승격하여 주(州)로 하고, 군주(郡主)를
두었다가 신문왕(神文王) 때 주를 폐지하였다. 그러다가 경덕왕(景德王) 때
에 숭선군(崇善郡)으로 고쳤다. 이후, 고려 성종(成宗) 14년에는 선주자사
(善州刺史)로 개칭하고, 현종(顯宗) 9년에는 상주(尙州)에 소속되었다. 그리
고 인종(仁宗) 21년에 일선현령(一善縣令)으로 개칭되었다. 그 뒤에 다시
지선주사(知善州事)로 개칭되었으며, 조선 태종 때 선산으로 개칭되어 뒤
에 규례에 따라 선산도호부가 되었다고 한다.[481]

그런데 이 시의 원제목이 『문집』에는 「윤료작선산지리도제십절기상(尤
了作善山地理圖題十絶其上)」으로 되어 있으며, 『속동문선(續東文選)』과
『신증동국여지승람』에는 「십절가」로 되어 있다. 본고에서는 「십절가」로
지칭하여 논의를 진행하기로 한다.[482] 이는 정도전의 「신도팔영시(新都八
詠詩)」와 서거정 등의 「한양십영(漢陽十詠)」 및 서거정의 「대구십영(大邱
十詠)」이 국도의 번성과 승경 등을 묘사한 데 비해, 김종직의 「십절가」에
는 그러한 유흥 감각이 보이지 않는다. 반면 민족 정서와 체취가 살아 숨
쉬는 현장이 담겨 있다. 내용을 차례대로 분석해 보기로 한다. 일선 김씨
에 대한 내력을 담은 시를 보기로 한다.

> 옛집의 높은 나무가 지금도 남아
> 태수는 응당 마을 문에서 내려야겠네
>
> 반은 벼슬아치이고 반은 아전들이니
> 순충공의 뒤에 몇 대나 내려왔을까

---

481) 『新增東國輿地勝覽』 卷29, 「善山都護府條」 參照.

482) 關聯 論議는 金成奎, 「佔畢齋의 歷史・風俗詩에 대하여」-「十絶歌」를 中心으로-, 『成
大文學』 第27輯, 成均館大學校 國文學科, 1990 參照. 이 論文에서는 6首만 檢討했다.

故家喬木至今存　　太守應先下里門
半是簪纓半刀筆　　順忠公後幾雲孫(1)

먼저 김종직은 일선 김씨에 대한 자부심을 드러내고 있다. 교목(喬木)이
라는 표현에서 선산 김씨의 인물에 대한 긍지를 보이고 있다. 때문에 이
곳에 부임하는 태수는 응당 예를 갖추어 마을의 문에서 말을 내려야 한다
는 것이다. 이 고을의 인물들이 절반은 고관을 지낸 바 있고, 나머지는 아
전을 한다는 것이다.

결구에서 언급된 김선궁(金宣弓)은 고려 태조 왕건이 후백제를 칠 때,
이곳 숭선(崇善)에 이르러 종군할 사람을 모집하였다. 그런데 선궁이 아전
으로 응모하였으므로, 왕건이 기뻐하며 자기가 쓰던 활을 내려주며 선궁
(宣弓)이라는 이름도 함께 하사하였다. 뒤에 선궁은 그 공으로 대광문하시
중(大匡門下侍中)이 되었고, 정종(定宗)이 대승(大丞)으로 추증하고 시호를
순충(順忠)이라고 했다.[483]

그래서 고을 사족과 향리로 김씨 성을 가진 자는 모두 김선궁의 후손이
라고 한다.[484] 김종직은 이런 사적 배경을 두고 형성된 일선 김씨 가문의
번성한 동기를 언급하였다. 이어 왕건과 견훤이 혈전을 벌였던 태조산을
두고 읊은 것을 보기로 한다.

　　물불 같다 지목된 견훤이었지만
　　인의가 끝내 사방을 평정했다네

　　산중에 말 머물렀던 흔적 찾아 가보니
　　바위틈 꽃과 시냇가 풀만 향기 날리네

---

483) 『新增東國輿地勝覽』 卷29, 「善山都護府條」, "金宣弓 太祖征百濟 至崇善 募從軍者 宣弓
以吏應募 太祖 喜賜所御弓 因賜名焉 後以功爲大匡門下侍中 定宗 追贈大丞 謚順忠."
484) 『詩集』 卷13, 「允了作善山地理圖題十絶其上」, 文叢12, p.310, "府之士族及鄕吏之爲金
氏者 皆宣弓後."

指爲水火是甄王　　仁義終能定四方
試覓山中盤馬處　　巖花潤草發天香(2)

　견훤의 물불을 가리지 않던 용맹은 좌절되고, 왕건의 인의가 결국 승리
하게 된 점을 강조했다. 이는 김종직이 시종 나주에서 왕건의 사적을 칭
송하던 것과 동일한 발상이다. 그는 부의 동쪽 13리에 위치한 태조산에
올라갔는데,[485) 그곳에서 왕건이 견훤을 무찌르기 위해 위무를 갖추고 잠
시 머물렀던 상황을 추억해 보았다.
　당대의 영웅은 간 데 없고 다만 바위 틈새 꽃과 시냇물 가의 풀 향기만
그를 맞이하고 있다. 김종직은 그의 시조와 왕건이 이처럼 각별한 관계를
유지했기 때문에 왕건에 대한 호감을 줄곧 표현하였다. 다음 시는 신라
불교의 발원에 관한 것이다.

　　도리산 앞에 도리 꽃 활짝 피었는데
　　묵호자는 이미 떠나고 도사가 왔도다

　　신라의 빛나는 왕업을 그 누가 알리
　　끝내는 모랑의 움 속의 재가 되었네

　　桃李山前桃李開　　墨胡已去道師來
　　誰知赫赫新羅業　　終是毛郎窖裏灰(3)

　이 시는 우리 역사상 오랜 전통을 지닌 도리사(桃李寺)의 내력을 배경으
로 창작된 시이다. 도리사는 부의 동쪽 15리쯤에 있는데, 신라 때 승려 묵
호자(墨胡子)가 부의 도개부곡(道開部曲) 모례(毛禮)의 집에 오자, 모례는
움집을 만들어 그를 받들었다. 후일, 묵호자가 죽자, 아도(阿道)라는 자가
또 모례의 집에 왔으므로 모례는 그를 묵호자처럼 받들었다. 그런데 아도

---

485) 『新增東國輿地勝覽』 卷29, 「善山都護府條」, "太祖山 在府東十三里 高麗太祖 征百濟
　　時駐蹕 因名焉."

가 경주에 갔다가 돌아오니, 겨울철임에도 불구하고 산 앞에 복사꽃·오
얏꽃이 활짝 피어 있는 것을 보고 여기에 절을 지어 살면서 마침내 도리
사라 이름하였는데, 이것이 신라 시대 불법(佛法)의 시초라고 한다.[486] 김
종직은 신라 불교의 시원지가 된 이곳 도리사의 창건 내력을 표현했다.
후반부는 신라 왕업의 흥망성쇠에 대한 탄식이다. 다음 시는 이곳을 사수
하던 이득진에 대한 사모심을 담고 있다.

> 이후가 쌓은 성이 천시를 얻었으니
> 왜구의 떠도는 넋조차 엿보질 못하였네
>
> 묻건대 남은 사당이 어느 곳에 있느뇨
> 허물어진 성엔 가을 풀만 절로 우거졌네

> 李侯板築得天時　　　海寇遊魂不敢窺
> 爲問遺祠在何處　　　壞城秋草自離離(4)

　고려 말엽 이곳 수령이었던 이득진(李得辰)의 치적을 읊은 시다. 원래
읍의 성은 흙으로 쌓았다. 이는 원래 고려 말에 이득진이 축조한 것으로
둘레가 2천 7백 40척이나 되며, 성안에는 9개의 섬과 3개의 연못이 있었
다고 한다.[487] 이득진은 고려 말에 왜구가 이곳을 침략하자, 성을 쌓아 그
들을 방어하였다고 한다. 그래서 고을 사람들이 그의 덕을 사모하여 사당
을 세워 제사를 올린다고 한다.[488]
　당시의 성을 쌓았던 흔적은 이미 허물어지고 남문과 서문만 남아 있지

---

486) 『詩集』卷13, 「允了作善山地理圖題十絶其上」, 文叢12, p.310, "桃李寺 在府東十五里
　　新羅時 沙門黑胡子 至府之道開部曲毛禮家 禮作窖室以奉之 墨胡死 有稱阿道者 又至
　　禮家 禮奉之如墨胡 道嘗往東都而還 冬月 見山前桃李盛開 構寺以居 遂爲名 此新羅佛
　　法之始."
487) 『新增東國輿地勝覽』卷29, 「善山都護府條」, "邑城土築 高麗末知郡李得辰築之 周二
　　千七百四十尺 內有九島三池."
488) 『詩集』卷13, 「允了作善山地理圖題十絶其上」, 文叢12, p.310, "麗末 倭兵寇州 知州事
　　李得辰 築城以禦之 邑人德之 立廟以祀."

만 왜구의 침략을 수비하기에 전념했던 수령 이득진과 선조들의 의기는
여전히 남아 김종직의 가슴에 감동으로 다가왔다. 이득진을 추모하던 사
당이 있었다고 하지만 이 역시 현재 흔적조차 찾을 수 없다. 그래서 그에
대한 추념이 더욱 강해졌을 것이다. 이는 향토 수호를 위해 충정을 바친
인물 이득진에 대한 감회를 담은 작품이다. 다음은 이곳 주민들에 의해
숭배되어 온 남극성에 관한 것이다.

> 죽장암 곁에는 고목들 빽빽이 서 있는데
> 석반은 아직도 수성단을 누르고 있구나
>
> 성신이 오늘도 남극성에 빛나니
> 바다 사람들 장차 손으로 가리키며 보리라
>
> 竹杖菴邊古樹攢　　石槃猶鎭壽星壇
> 聖神今日輝南極　　負海人將指點看(5)

　남극성에게 제사를 올리던 고려 유풍을 표현했다. 제성단은 부의 서쪽
5리, 죽장사 옆에 있다. 고려 때 남극노인성(南極老人星)이 여기서 보였다
고 한다. 매년 봄가을 춘분과 추분에 향을 하사하여 제사지냈는데, 조선조
에 이르러 폐지되었다고 한다.[489] 이곳을 찾은 김종직은 그 옛날 선조들
이 남극성에 제사 드렸던 유풍을 시에 담았다.
　남극성은 여전히 빛나 아득한 과거와 현재를 잇는 가교 역할을 해 준
다. 김종직은 남극성을 바라보며 흥사를 극복하고 안정과 평화를 빌던 선
조들의 전래 신앙을 시에 수용하였다. 다음은 야은의 유풍을 반영한 시이다.

> 금오산 봉계동 마음대로 거닐었더니
> 야은의 맑은 기풍 말하자면 길어지네

---

489) 『新增東國輿地勝覽』卷29,「善山都護府條」, "祭星壇 在府西五里 竹杖寺側 高麗時南
　　極老人星見于此 每歲春秋中氣日 降香祀之 至本朝 廢其祭."

밥짓는 여종도 시 읊으며 절구질하니
지금도 사람들은 정현의 고을에 견준다오

烏山鳳水恣徜徉　　冶隱淸風說更長
爨婢亦能詩相杵　　至今人比鄭公鄕(6)[490]

길재의 은거지를 돌아보며 지은 시이다. 길재에게서 김숙자로 이어지는
유학 전통의 관점에서 볼 때, 김종직이 길재의 과거 은둔지를 돌아보는
감회는 남달랐다. 길재의 여풍을 설명하자면, 말이 길어질 수밖에 없다고
하였다. 그리고 길재의 유풍은 집안의 여종들마저 시 읊으며 절구질하는
교화력을 지녔다고 한다.

길재의 교화력은 가내 여종들뿐만 아니라 평민의 아낙 향랑 같은 여성
이 수절을 하는 것으로 파급되어 문학으로 형상되었다.[491] 결국 이 시는

---

490) 鄭公鄕 : 후한 때 孔融이 經學者인 鄭玄이 사는 마을을 특별히 鄭公鄕이라고 명명한 데
서 나온 말로, 정현의 집에는 여종들도 『詩經』에 능통하여 일반 대화를 할 때에도 인용했
다고 함.
491) 이는 訥隱 李光庭(1674~1756)이 선산의 평민층 아낙인 朴薌娘의 비극적 인생을 그린
「林烈婦薌娘傳」에서 확인된다. 미천한 농가 출신의 여성인 향랑이 17세의 나이에 年下
의 14세의 소년 林七逢에게 시집을 갔지만 임칠봉은 무식하고 패려한 성격의 소유자였기
에 터무니없는 이유로 학대를 가하고 그녀는 시부모에게도 구박을 받다가 마침내 소박을
당한다. 향랑은 친정으로 발걸음을 옮겼지만 친정에서도 出嫁外人이란 명분으로 문전박
대를 당한다. 이에 이모들이 개가를 적극 권유하지만 향랑은 "烈女不更二夫"의 원칙을
내세워 결국 투신자결을 하고 만다. 그런데 작품의 말미에 같은 유형의 야담 한 토막이
덧붙여 진다. 어느 아낙의 남편이 변방에 갔다가 돌아왔건만, 밤중에 찾아온 남정네이기
에 비록 남편의 목소리가 들려왔지만 결국 문을 열어 주지 않았다는 것이다. 이 역시 길
재의 교화에 힘입어 아낙들마저 귀동냥으로 "열녀불경이부"의 유교적 윤리를 실천할 수
있었음을 강조하고 있다. 이는 이어서 검토할 (8)의 내용과도 연관이 있다. 이에 대한 연
구로는, 朴玉嬪, 「香娘故事의 文學的 演變」, 『成均漢文學硏究』 第5輯, 1982이 있다. 또
한 訥隱은 여기에 관심을 집중시켜 『訥隱集』에 7언 장편 고시 형식으로 104행의 「薌娘
歌」를 남기고 있음이 주목된다. 이 작품에 대한 분석은 林熒澤 敎授의 『李朝時代 敍事
詩』(下), 創作과 批評社, 1992, pp.140~149 참조. 조선조에 포상된 열녀의 경우에는 15
세기에 포상된 열녀의 신분은 사족의 처가 67%나 되는 반면에 군인의 처나 良女 및 천
민은 모두 합하여 19%에 불과했다. 그러나 16세기에는 사족의 처가 45%를 차지하고 있
는 반면에 군인의 처와 良女 및 천민은 모두 47%를 차지함으로써 하층 신분과 사족의

길재의 은둔지에 대한 김종직의 감회를 표현한 것으로, 길재의 충절과 그 교화력이 선산 고을 모든 백성들에게 파급되었음을 말해주고 있다. 야은 의 유풍은 선산 인재의 배출로 이어진다.

> 고을 사람들 예로부터 학교를 중히 여겨
> 해마다 뛰어난 인재를 조정에 바쳤네
>
> 성 서쪽의 조그만 영봉리를
> 아직도 선비들은 장원방이라 한다네
>
> 鄕人從古重膠庠　　翹楚年年貢舜廊
> 一片城西迎鳳里　　青衿猶說壯元坊(7)

선산은 길재의 충절 못지 않게 선비들의 고장임을 자부하고 있다.[492] 길재의 영향을 받은 고을 사람들은 저마다 학문을 숭상해 뛰어난 인재를 배출하게 되는데, 영봉리는 여러 고을 가운데서도 더욱 그러하다며 문향 선산에 대해 자랑하고 있다. 이는 그의 시에서 금오산 우뚝하고 낙동강 유유히 흐르는데, 인재 교육은 청소년에게서 시작해야 한다고 강조한 것 과 일선에는 예로부터 선비가 많아 영남 고을의 반을 차지하여 삼 년마다 인재를 논할 때 인재가 고을의 명성을 빛냈다고 자부한 데서도 확인된 다.[493] 다음은 「십절가」(6)와 연관된 것으로, 약가라는 여인의 절개를 형 상한 것이다.

비중이 비슷하였다. 그러다가 17세기에 이르러서는 사족의 처가 43%를 차지하였는데 반 하여 군인의 처와 良女 및 賤民은 모두 52%를 차지하여 하층신분이 사족보다 더 많은 비중을 차지하였다. 따라서 유교윤리가 시간의 경과와 더불어 상층계급에서 하층계급으 로 확산되어 조선 사회에 널리 일반화되어 갔다. 관련 논의는 朴珠, 『朝鮮時代의 旌表政 策』, 一潮閣, 1997 參照.

492) 迎鳳里 出身의 田可植・鄭之澹・河緯地 등은 모두 壯元을 차지했다고 한다.

493) 『詩集』 卷14, 「觀察使安公寬厚鄕校歌謠」, 文叢12, p.313(烏山峩峩 洛水渙渙 涵泳化育 肇自童冠)・『詩集』 卷14, 「書黃著作璘榮親施卷」, 文叢12, p.317(一善古多士 號居嶺南 半 三年論秀時 翹楚光里閈).

> 아득한 넓은 바다로 자색 봉황 날아가니
> 팔 년 동안 외로운 등잔 벗삼아 살았구려
>
> 돌아와 시험삼아 거울 가져다 비춰 보니
> 뺨 위에 홍조가 반이나 엉겼구려

> 滄海茫茫紫鳳騰[494]　　八年生理只孤燈
> 歸來試把菱花照　　臉上丹霞一半凝(8)

　김종직은 봉계리의 열녀 약가를 정감 어린 표현으로 시에 담았다. 약가는 남편이 왜구에게 잡혀갔다고 한다. 『신증동국여지승람』에 의하면, 남편의 이름은 조을생이다. 약가는 남편의 생사도 모른 채 8년 동안 근신하며 수절하다가 남편이 살아 돌아오자 만나게 되었다고 한다.[495] 김종직은 이는 모두 길재의 교화에 힘입은 영향이라고 강조한 것이다. 김종직은 이들 부부의 애틋한 사랑을 절실하게 표현하였다.

　부부 상봉의 밤을 표현한 대목이 매우 아름답다. 이들 부부의 극적인 만남은 약가의 정절과 인내의 결과임을 말해준다. 눌은은 위 (6)의 시 분석에서 언급되었던 「열녀 향랑 이야기」에 이어 약가의 수절담과 부부 해후의 역정을 소개하고 있다. 그러면서 시종 그녀는 길재의 유교적 유풍에 의해 고귀한 만남을 이루게 되었다고 한다.[496] 그러므로 약가는 길재의

---

494) 紫鳳 : 남편을 일컫는 말임. 王昌齡의 「蕭駙馬花宅燭詩」에서 비롯된 말임(靑鸞飛入合歡宮 紫鳳銜花出禁中).
495) 『詩集』 卷13, 「尤了作善山地理圖題十絶其上」, 文叢12, p.311 參照.
496) 『訥隱集』 卷20, 「林烈婦薌娘傳」, "始吉先生退居鳳溪 每讀至忠臣不事二君列女不更二夫 三復致 意, 隣有女子 輒至門下 傾耳聽之 先生 問其故 女子曰 敢問所讀書何意 先生爲解之 女子 欣然若會其意 其後 女子有夫戍邊 女子 閉門獨居 及夫還 會夜門閉 夫呼令開門 女子不可 夫曰 良人遠來 人家皆顚倒以迎 汝獨閉門何也 女子曰 吾固望子 然吾聞女子愼夜 不出入 吾旣閉此門 夜不開也 猶有明日 遂不開門 人以是女 爲聞先生風者." 그리고 당시 선산에는 약가 외에 金孝忠의 아내 韓氏도 열녀였다고 한다. 그녀는 효충이 염병으로 죽자, 3년 여묘살이를 하였고, 부친이 개가를 권유하자, 그녀는 머리털을 자른 뒤, 자결하려고 하여 식솔들의 개가 권유를 좌절시키고 수절했다고 한다(『新增東國輿地勝覽』 卷29, 「善山都護府條」 參照).

유풍에 의해 창조된 열녀 형상이라고 할 수 있다. 다음은 월파정과 관련된 시이다.

일본 사신 매번 배타고 올 때에
십 리까지 잔치 벌여 송영함은 관례일세

어진 임금의 성교 멀리 미쳐서
고을 원이 자주 월파정에 오른다오

扶桑使者每楊舲　　十里樽牢慣送迎
賴是聖明聲敎遠　　邀頭頻上月波亭(9)

월파정에 대해 지은 것이다. 이는 부의 동쪽 10리쯤 되는 여차진(餘次津) 가에 있는데, 수로로 오는 일본의 사신을 맞아 여기에서 잔치를 베풀었다고 한다.[497] 일본과의 교류 양상을 보여 주는데, 십여 리 길에 걸쳐 맞이하고 보내는 행사를 거행했다고 한다. 어진 임금의 덕에 의해 고을 원이 명을 받들어 그 일을 성실히 수행하였다. 다음은 선산 주민들의 생활상을 담은 것으로, 소금 장사의 교역 양상을 표현했다.

보천탄 위엔 장삿배들 모여들어
일천 호의 집집마다 소금을 먹는다네

누가 백성을 착취해 영리 꾀하는고
예로부터 청렴한 장관이 드물었다지

寶泉灘上集商帆　　千室人人食有鹽
誰要脂膏營什一　　古來長吏罕能廉(10)[498]

497)『詩集』卷13,「允了作善山地理圖題十絶其上」, 文叢12, p.311, "亭在府東十里餘次津上 日本使臣 自水路者 本府必 設宴于此."
498)『文集』卷13,「允了作善山地圖誌題十絶其上」, 文叢12, p.311.

보천탄으로 물산이 교류되고 있는 정경을 묘사했다. 보천탄은 해평현 (海平縣) 서쪽 5리에 위치하는데, 바다의 장사꾼들이 봄·가을마다 이곳 에 배를 대고 물건을 팔고는 돌아간다고 한다.[499] 바다 장사꾼들이 소금 을 내륙으로 싣고 와 판매하기 때문에 이곳 선산 고을 주민들이 집집마다 식염으로 구매한다고 한다.

그러한 백성들의 모습을 바라보는 김종직은 고향 주민들이 평화롭고 안정된 생활을 누리길 소망했을 것이다. 그래서 그는 어진 목민관이 되길 거듭 다짐하며 청렴한 장관이 드물다고 탄식하였다. 이는 김종직이 목민 관의 입장에서 보천탄에서 바다 상인들과 물자를 교류하며 살아가는 고 을 주민들의 생활 모습을 주목해 지은 시다.

5. 맺음말

김종직의 연작 기속시를 검토하였다. 그는 자신의 생장 공간이며 주거 지인 영남 일대 향토에 대한 관심이 유별하였다. 실제 김종직은 외직으로 나가 지방 유교 문화의 창달을 위해 헌신했다. 그의 유자적 이상세계에 대한 실험을 실시하는 한편 이 당시 교학을 거쳐 많은 문인·인물을 배출 시켜 중앙 정계 진출을 가능케 하였다. 이러한 시각은 그의 문학 전개상 향토에 대한 진지함으로 연결되어 시문 창작에서 국토·풍속 등에 대한 애착으로 형상되었다. 이러한 시에 김종직의 관풍역속 의식이 투영되어 있었다. 이러한 김종직의 이러한 의식을 기반으로 창작된 「탁라가」·「금 성곡」·「십절가」에 형상된 양상을 요약한다.

「탁라가」는 김종직이 김극수를 통해 전해들은 제주도 이야기를 객관적 시점에서 서술하였다. 그는 과거 사실의 현재화를 통해 제주 물산과 풍토

---

499) 『詩集』 卷13, 「尤了作善山地理圖題十絶其上」, 文叢12, p.311, 寶泉灘 在海平縣西五里 海商 每春秋 泊船于此 販鬻以歸."

를 생동감 있게 재현했다. 총 14수를 정리하면 첫째, 김극수의 첫인상(1)·노련한 배 몰이 솜씨의 표현(4)이다. 둘째, 탐라 사적에 관한 내용으로, 건국 신화와 유풍(2)·역사적 변천상(3)을 표현한 것이다. 셋째, 제주 특산에 대한 소개인데, 준마와 조공의 역사(5)·약재와 그 효력(6)·해산물과 어부의 건강미(7)·귤과 진상(8)이다. 넷째, 제주의 풍물·풍습인데, 짐승 서식지와 쾌적한 환경(9)·큰 뱀을 숭상하고 지네를 기피함(10)·학문 숭상과 인재(11)·한라산의 신령한 위용(12)·화태도 서쪽의 미꾸라지 풍파(13)·조천관의 미꾸라지 위해(危害)로 인한 주민의 수고(14)이다.

「금성곡」은 김종직이 전라도관찰사 때 지은 작품이다. 첫째 고려 왕조 사적으로, 나주민의 궁예[왕건]에의 귀속(1)·왕건이 화공으로 견훤을 공략함(2)·왕건과 오씨 처녀의 기연(3)·혜종사와 부로의 추모(4)·현종의 나주 몽진을 당 현종이 서촉 몽진에 비유함(5)이다. 둘째, 나주의 승경과 풍물 묘사인데, 앙암과 복암 광경과 금강(9)·동문루와 정도전의 부로 유배 때 행적 비난(6)·풍년 조짐과 영산창 내력(8)·학교천의 완화계 비유(10) 등이다. 셋째, 나주의 특산물 삼향리 죽전(7)과 금성산 음사의 척결 의지 표현(11), 현안으로 광탄과 성지의 협소안 해결(12) 등으로 요약된다.

「십절가」는 김종직이 선사부사 시절에 지은 것이다. 첫째, 선산의 인물을 들 수 있는데, 일선 김씨 시조(1)·이득진의 무공(4)·야은의 유풍(6)·영봉리의 인물 배출(7)·열녀 약가(8) 등이다. 둘째, 선산의 유적으로, 태조산 유래(2)·도리사 창건 유래(3)·남극성 치제단 내력(5) 등이다. 셋째, 선산의 현안 표현으로, 월파정의 일본 사신 영접(9)·보천탄의 해상(海商) 활동(10) 등이다.

그런데 각 작품마다 특색을 보이는데, 「탁라가」는 제주 특산과 특이한 풍속이 돋보인다. 「금성곡」은 왕건 관련 사적 및 나주 풍물이 잘 표현되어 있다. 그리고 「십절가」는 선산 지역성에 맞게 유교적 유풍과 인물의 번성·신라 불교의 시원지 등의 표현이 돋보인다. 일련의 작품 분석을 통해서 김종직은 지방의 풍물·풍속·토속 신앙·민가·설화·사화 등을 객관 안목에서 서술하여 살아 있는 민족 정감으로 형상했음을 확인할 수 있다. 이는 김종직의 우리 고유 문화 전통에 대한 애착의 반영이라 하겠다.

그리고 이는 곧 그의 문학 사유 의식의 기반이 민족과 국토의 정조를 애호하는 데서 비롯되었으며, 이는 곧, 그의 계층 의식과도 연관된다고 본다. 그가 굳이 지방 문화에 대한 애착을 가졌으며, 성리학 풍교를 이루려고 시도했던 점은 15세기 후반 김종직의 특징적 국면이라 할 수 있다. 이는 당대 중앙의 훈구 관료들과 변별되는 한 부분이기도 하다. 때문에 위에서 검토한 시 분석 가운데 나주의 음사 척결·광탄과 성지의 협소 현안 척결·길재 유풍과 열녀 약가의 형상화 등에서 김종직의 유가 이념이 엿보인다. 이는 15세기 후반에 풍교를 지향한 김종직의 형상과도 연관되는 부분이라고 생각한다.

참고문헌

1. 자료

1) 비평문집류

『小華詩評』(洪萬宗)

『壺谷詩話』(南龍翼)

『晴窓軟談』(申欽)

『筆苑雜記』(徐居正)

『東人詩話』(徐居正)

『太平閑話滑稽傳』(徐居正)

『慵齋叢話』(成俔)

『芝峰類說』(李睟光)

『谿谷漫筆』(張維)

『國朝詩刪』(許筠)

『詩話叢林』(洪萬宗)

『謏聞鎖錄』(曹伸)

『朝鮮儒敎淵源』(張志淵)

『白居易集』(白居易)

『杜小陵集』(杜甫)

『韓昌黎集』(韓愈)

『高峯集』(奇大升)

『南冥集』(曹植)

『梅溪集』(曺偉)

『訥隱集』(李光靖)

『恥齋集』(洪遑)

『谿谷集』(張維), 韓國文集叢刊 92

『退溪集』(李滉), 韓國文集叢刊 30

『懶齋集』(蔡壽), 韓國文集叢刊 15
『牧隱藁』(李穡), 韓國文集叢刊 3~4
『四佳集』(徐居正), 韓國文集叢刊 11
『惺所覆瓿藁』(許筠), 韓國文集叢刊 74
『星湖集』(李瀷), 韓國文集叢刊 31
『南冥集』(曺植), 韓國文集叢刊 74
『㵢溪集』(兪好仁), 韓國文集叢刊 15
『佔畢齋文集』(金宗直), 韓國文集叢刊 12
『秋江集』(南孝溫), 韓國文集叢刊 16
『虛白堂集』(成俔), 韓國文集叢刊 14
『退溪全書』(李滉), 韓國精神文化研究院
『國譯退溪集』, 民族文化推進委
『國譯佔畢齋集』, 民族文化推進委
『國譯東文選』, 民族文化推進委
『國譯大東野乘』1, 民族文化推進委
『悔堂稿』(金宗直), 啓明漢文學研究會研究資料叢書 4
『青丘風雅』(金宗直), 啓明漢文學研究會研究資料叢書 5
『東文粹』(金宗直), 啓明漢文學研究會研究資料叢書 6

2) 경서 사서류

『論語』
『孟子』
『詩經』
『書經』
『周易』
『唐書』
『宋史』
『史記』
『後漢書』
『春秋左氏傳』
『高麗史』
『成宗實錄』
『世祖實錄』

『肅宗實錄』
『東都史略』
『燕山君日記』
『燃藜室記述』
『新增東國輿地勝覽』

3) 사전 기타류

『列子』
『莊子』
『文選』
『西陽雜俎』
『海東野言』
『文心雕龍』
『歷代詩話』
『三國史記』
『三國遺事』
『古漢語文選』
『辭源』(商務印書館)
『辭海』(上海辭書出版社)
『中文大辭典』(中華學術院)
『韓國史大事典』(高麗出版社)
『韓國人名大事典』(新丘文化社)
『儒佛道百科辭典』(潙江出版社)
『中國人名大辭典』(商務印書館)
『十三經大辭典』(中國社會出版社)
『漢語大詞典』(漢語大詞典出版社)
『二十六史大辭典』(九洲圖書出版社)
『中國歷代人名大辭典』(上海古籍出版社)
『中國佛敎人名大辭典』(上海古籍出版社)
『韓國漢字語辭典』(檀國大東洋學硏究所)
『韓國古典用語辭典』(世宗大王記念事業會)
『CD-ROM 國譯 朝鮮王朝實錄』(서울시스템)

2. 단행본

姜大敏, 『韓國의 鄕校硏究』, 慶星大學校出版部, 1998.

金乾坤, 『李齊賢의 삶과 文學』, 以會文化社, 1996.

金 燉, 『朝鮮 前期 君臣 權力關係 硏究』, 서울大出版部, 1997.

金相洪, 『茶山 丁若鏞 文學 硏究』, 檀國大學校出版部, 1991.

김성룡, 『麗末鮮初의 文學 思想』, 圖書出版 한길사, 1995.

金仁昊, 『高麗 後期 士大夫의 經世論 硏究』, 혜안, 1999.

金豊基, 『朝鮮 前期 文學論 硏究』, 太學社, 1996.

김홍경, 『朝鮮 初期 官學派의 儒學 思想』, 한길사, 1996.

睦貞均, 『朝鮮 前期 制度言論 硏究』, 高麗大民族文化硏究所, 1985.

閔丙秀, 『韓國漢詩史』, 太學社, 1997.

朴 株, 『朝鮮 時代의 旌表 政策』, 一潮閣, 1997.

裴宗鎬, 『韓國儒學史』, 延世大學校出版部, 1983.

邊東明, 『高麗 後期 性理學 受容 硏究』, 一潮閣, 1995.

宋載邵, 『茶山詩選』, 創作과 批評社, 1983.

_____, 『茶山詩 硏究』, 創作과 批評社, 1986.

_____, 『漢詩 美學과 歷史的 眞實』, 創作과 批評社, 2001.

申鶴祥, 『金宗直의 道學 思想』, 圖書出版영, 1990.

安大會, 『譯註小華詩評』(洪萬宗著), 國學資料院, 1995.

呂運弼, 『李穡의 詩文學 硏究』, 太學社, 1995.

劉永峯, 『完譯靑丘風雅』, 以會文化社, 1998.

李九義, 『崔孤雲의 삶과 文學』, 國學資料院, 1995.

李敏弘, 『朝鮮 中期 詩歌의 理念과 美意識』, 成均館大出版部, 1993.

_____, 『韓國 民族 樂舞와 禮樂 思想』, 集文堂, 1997.

李丙燾, 『韓國 儒學史略』, 亞細亞出版社, 1986.

李炳赫, 『高麗末 性理學 受容期의 漢詩 硏究』, 太學社, 1989.

李樹建, 『嶺南 士林派의 形成』, 嶺南大出版部, 1996.

_____, 『嶺南學派의 形成과 展開』, 一潮閣, 1998.

李佑成, 『韓國의 歷史像』, 創作과 批評社, 1983.

_____, 『韓國中世社會硏究』, 一潮閣, 1997.

李源杰,『安東女流漢詩』(編譯), 以會文化社, 2002.

李章佑,『中國詩學』(飜譯, 劉若愚著), 明文堂, 1994.

李鍾默,『海東江西時派研究』, 太學社, 1995.

李鐘殷,『韓國歷代詩話類編』(共編), 亞細亞文化社, 1988.

李鍾虎,『儒教經典의 理解』, 中和堂, 1994.

_____『安東의 선비 文化』(共著), 亞細亞出版社, 1997.

李泰鎭,『朝鮮 儒教 社會史論』, 知識産業社, 1989.

林熒澤,『韓國 文學史의 視覺』, 創作과 批評社, 1984.

_____,『李朝 時代 敍事詩』(上・下), 創作과 批評社, 1992.

_____,『實事求是의 韓國學』, 創作과 批評社, 2000.

_____,『韓國 文學史의 論理와 體系』, 創作과 批評社, 2002.

鄭景柱,『成宗朝 新進士類의 文學 世界』, 法仁文化社, 1993.

鄭大林,『韓國 古典 文學 批評의 理解』, 太學社, 1990.

鄭杜熙,『朝鮮 初期 政治 支配權力 研究』, 一潮閣, 1996.

鄭堯一,『古典批評用語研究』(共著), 太學社, 1998.

_____,『漢文學 批評論』, 集文堂, 1994.

趙東一,『韓國文學通史』2, 知識産業社, 1984.

池教憲,『朝鮮朝 鄕約 研究』, 民俗苑, 1991.

車溶柱,『韓國 漢文學 作家論』, 景仁文化社, 1996.

崔斗植,『韓國 詠史文學 研究』, 太學社, 1987.

최봉영,『조선시대 유교문화』, 사계절, 1997.

崔承熙,『朝鮮初期 言官言論 研究』, 서울大出版部, 1997.

韓永愚,『鄭道傳 思想의 研究』, 서울大出版部, 1999.

허경진,『韓國의 漢詩』22, 平民社, 1998.

玄容駿,『濟州道神話』, 瑞文堂, 1976.

3. 학위 논문

高南植,「㵢溪 兪好仁 研究」, 成均館大學校大學院 碩士學位論文, 1995.

高惠玲,「14世紀 高麗 士大夫의 性理學 受容과 稼亭 李穀」, 梨花女子大學校大學院 博士學位論文, 1992.

金光洙,「佔畢齋先生文集研究」, 啓明大學校教育大學院 教育學碩士學位論文, 1990.

金成奎,「15世紀 後半 士大夫 文學의 몇 가지 傾向」, 成均館大學校大學院 博士
學位論文, 1990.

金時鄴,「高麗後期 士大夫文學의 性格」, 成均館大學校大學院 博士學位論文, 1986.

金永峯,「金宗直 詩研究」, 延世大學校大學院 碩士學位論文, 1989.

_____,「佔畢齋 金宗直의 詩文學 研究」, 延世大學校大學院 博士學位論文, 1998.

金英淑,「朝鮮時代 詠史樂府 研究」, 嶺南大學校大學院 博士學位論文, 1988.

金正洙,「金宗直과 成俔의 文學思想 研究」, 仁荷大學校教育大學院 教育學碩士
學位論文, 1988.

金鍾九,「秋江 南孝溫 文學 研究」, 成均館大學校大學院 博士學位論文, 1997.

金鍾喆,「東文粹의 文體樣相과 選文意識」, 慶北大學校大學院 碩士學位論文, 1990.

金志愛,「初期 士林의 歷史紀行 詩文에 관한 一考察」, 成均館大學校大學院 碩
士學位論文, 1996.

金泰鷹,「退溪 詩의 한 研究」-正心의 詩世界-, 成均館大學校大學院 博士學位論
文, 1992.

_____,「成俔의 文學論과 詩世界」, 成均館大學校大學院 碩士學位論文, 1982.

朴善楨,「佔畢齋 金宗直 研究」, 高麗大學校大學院 博士學位論文, 1986.

尹榮玉,「朝鮮時代 詠史樂府 研究」, 嶺南大學校大學院 博士學位論文, 1988.

이동순,「金宗直 詩研究」-風格을 中心으로-, 서울大學校大學院 碩士學位論文, 1999.

李敏弘,「士林派文學研究」, 成均館大學校大學院 博士學位論文, 1984.

李秉烋,「朝鮮前期 畿湖 士林派의 成立과 發展」, 嶺南大學校大學院博士學位論
文,1981.

李鍾鎭,「麗末 士大夫의 性理學 受容과 文學의 樣相」, 高麗大學校大學院 碩士
學位論文, 1981.

李鍾虎,「三淵 金昌翕의 詩論에 關한 研究」, 成均館大學校大學院 博士學位論
文, 1981.

李昌炅,「秋江 南孝溫 文學研究」, 漢陽大學校大學院 博士學位論文, 1991.

任完赫,「朝鮮前期의 筆記 研究」, 成均館大學校大學院 碩士學位論文, 1991.

林鍾傑,「梅溪 曺偉의 生涯와 詩世界」, 安東大學校大學院 碩士學位論文, 1992.

張洪在, 「高麗時代 批評硏究」, 崇實大學校大學院 博士學位論文, 1987.

申承勳, 「佔畢齋 金宗直의 詩文學 硏究」, 韓國精神文化硏究院 碩士學位論文, 1997.

全秀燕, 「權近의 客觀唯心主義的 世界觀과 詩世界」, 梨花女子大學校大學院 博士學位論文, 1989.

鄭錫龍, 「金宗直의 漢詩 硏究」, 檀國大學校大學院 碩士學位論文, 1986.

洪性旭, 「金宗直의 賦 및 散文의 硏究」, 高麗大學校大學院 碩士學位論文, 1992.

洪順錫, 「虛白堂 成俔의 文學에 대한 硏究」, 成均館大學校大學院 博士學位論文, 1991.

黃渭周, 「朝鮮前期 樂府詩 硏究」, 高麗大學校大學院 博士學位論文, 1989.

4. 일반 논문

姜萬吉, 「兩班 社會의 矛盾과 對外 抗爭」, 『韓國史』12, 國史編纂委員會, 1974.

金成奎, 「佔畢齋의 歷史風俗詩에 대하여」, 『成大文學』 第27輯, 成大國文科, 1990.

_____, 「佔畢齋의 歷史風俗詩에 대하여」2 , 『漢城語文學』 第11輯, 漢城大國文科, 1992.

_____, 「佔畢齋의 歷史風俗詩에 대하여」3, 『漢城語文學』 第12輯, 漢城大國文科, 1993

_____, 「佔畢齋의 歷史風俗詩에 대하여」4, 『漢城語文學』 第13輯, 漢城大國文科, 1994.

金聖基, 「金宗直論」, 『韓國漢詩作家論』 第3輯, 太學社, 1998.

金時晃, 「佔畢齋 金先生의 詩文學 思想」, 金烏工科大學校善州文化硏究所, 1996.

_____, 「佔畢齋 金先生의 祭亡妻淑人文에 대하여」, 『大東漢文學』 第8輯, 1998.

金永峯, 「佔畢齋 金宗直의 官僚文人的 性格」, 『淵民學志』 第3輯, 1995.

_____, 「靑丘風雅硏究」, 『洌上古典硏究』 第11輯, 洌上古典硏究會, 1998.

金容珏, 「佔畢齋 金先生의 詩文學攷」, 金烏工科大學校善州文化硏究所, 1996.

金容晩, 「佔畢齋 金宗直 家門의 成長過程 및 財産所有形態」, 金烏工科大學校善州文化硏究所, 1996.

金忠烈, 「韓國 儒敎의 道統과 金宗直의 位相」, 密陽文化院主催學術會議資料集, 2002.

金泰永, 「佔畢齋의 自我意識과 歷史意識」, 密陽文化院主催學術會議資料集, 2002.

金洪永,「佔畢齋의 遊頭流錄에 대하여」,『漢文學硏究』第12輯, 啓明漢文學會, 1997.

閔丙秀,「歷代 漢詩選의 文學史的 意味」,『東岳語文硏究』第7輯, 1982.

朴丙練,「佔畢齋 金宗直의 政治思想과 士林派의 繼承樣相」, 密陽文化院主催學術會議資料集, 2002.

朴善楨,「金宗直의 文學 思想」,『韓國文學思想史』, 啓明文化社, 1991.

_____,「金宗直의 文學 思想」, 金烏工科大學校善州文化硏究所, 1996.

朴玉嬪,「香娘 故事의 文學的 演變」,『成均漢文學硏究』第5輯, 1982.

박현규,「原·重修本 東文粹의 選文觀」, 순천향大論文集 第13輯, 1990.

徐敬洙,「佔畢齋漢詩文學 硏究」,『伏賢漢文學』第2輯, 伏賢漢文學硏究會, 1983.

宋載邵,「朴齊家의 文學觀」,『韓國漢文學硏究』第5輯, 韓國漢文學會, 1980.

_____,「漢詩用事의 比喩的 機能」,『韓國漢文學硏究』第8輯, 韓國漢文學硏究會, 1985.

_____,「晦齋의 自然詩」,『李晦齋의 思想과 그 世界』, 成均館大出版部, 1992.

_____,「燕巖의 詩에 대하여」,『漢詩硏究』, 太學社, 1997.

宋熹準,「佔畢齋 漢詩의 風格」,『漢文學硏究』第12輯, 啓明漢文學會, 1997.

余鎭鎬,「金宗直의 詩世界」,『釜山漢文學硏究』第4輯, 釜山漢文學會, 1989.

_____,「金宗直의 生涯와 現實認識」, 善州文化硏究所, 1996.

오종록,「15世紀 自然災害의 特性과 對策」,『歷史와 現實』5, 歷史批評社, 1991.

兪炳爽,「佔畢齋 詩文學의 寫實性 考察」, 金烏工科大學校善州文化硏究所, 1996.

윤광봉,「金宗直의 文學思想과 詩世界」, 金烏工科大學校善州文化硏究所, 1996.

尹榮玉,「東都樂府의 硏究」,『新羅伽倻文化硏究』第12輯, 嶺南大新羅伽倻文化硏究所, 1981.

李九義,「佔畢齋 金宗直의 弔義帝文攷」,『大東漢文學』第8輯, 1998.

李東歡,「朝鮮後期 漢詩에 있어서 民謠趣向의 擡頭」,『韓國漢文學硏究』第3·4輯, 韓國漢文學會, 1978~1979.

_____,「朝鮮後期 文學思想과 文體의 變異」,『韓國文學硏究入門』, 知識産業社, 1982.

_____,「東文選의 選文方向과 그 意味」,『震檀學報』第56輯, 서울大出版部, 1983.

_____,「晦齋의 道學的 詩世界」,『李晦齋의 思想과 그 世界』, 成均館大出版部, 1992.

李樹建,「佔畢齋 金宗直의 生涯와 政治 社會 思想」, 金烏工大善州文化研究所, 1996.

이수환,「佔畢齋 金宗直의 生涯와 敎育活動」, 密陽文化院主催學術會議資料集, 2002.

李佑成,「高麗末 李朝初의 漁夫歌」,『成大論文集』第9輯, 成均館大出版部, 1964.

_____,「佔畢齋 先生에 對한 研究와 그 課題」, 密陽文化院主催學術會議資料
集, 2002.

_____,「韓國 儒學史上 退溪學派의 形成과 그 展開」,『韓國의 歷史像』, 創批
社, 1983.

李源杰,「金宗直 紀俗詩에 反映된 民族 生活相과 風俗美」,『漢文學報』第5輯,
우리한문학회, 2001.

_____,「金宗直 愛民詩의 展開 樣相」,『漢文敎育研究』第17輯, 韓國漢文敎育
學會, 2001.

_____,「金宗直 詠史懷古詩의 儒家的 認識美」,『大東漢文學』第15輯, 大東漢
文學會, 2001.

_____,「金宗直 嶺南 歷史風俗의 詩的 形象化」,『安東文化』第9輯, 2001.

_____,「金宗直의 賦에 反映된 儒者意識」,『退溪學』第13輯, 安東大學校退溪
學研究所, 2002.

_____,「金宗直의 風敎 文學論」,『安東漢文學論輯』第8輯, 安東漢文學會, 2003.

_____,「金宗直의 連作 紀俗詩에 形象된 觀風易俗 理念」,『退溪學』第14輯,
安東大學校退溪學研究所, 2003.

李源周,「佔畢齋 研究」, 金烏工科大學校善州文化研究所, 1996.

_____,「佔畢齋 研究-그 詩를 中心으로-」,『韓國學論集』, 啓明大學校韓國學研
究所, 1979.

李鍾建,「金宗直 詩文學考」,『畿甸語文學』第3輯, 水原大國語國文學會, 1989.

_____,「金宗直 詩文學考」, 金烏工科大學校善州文化研究所, 1996.

이종태,「道學的 實踐 精神의 着根- 前期 士林派-」,『朝鮮 儒學의 學派들』, 예문
서원, 1997.

李鍾虎,「退溪 美學의 基本性格」,『退溪學』創刊號, 安東大學校退溪學研究所, 1989.

_____,「禹倬의 形象과 禮安의 退溪學團」,『退溪學』第4輯, 安東大學校退溪學
研究所, 1989.

_____, 「佔畢齋 金宗直의 文學觀에 나타난 階層 意識」, 『漢文學硏究』 第12輯, 啓明漢文學會, 1997.

_____, 「朝鮮後期 嶺南南人의 文學觀 硏究」, 『退溪學報』 第103輯, 退溪學硏究院, 1999.

_____, 「儒敎의 現實主義 精神과 文藝美學의 性格」, 『安東漢文學論輯』 第7輯, 安東漢文學會, 1999.

李泰鎭, 「士林派의 留鄕所復位運動」, 『震檀學報』 第34輯, 1972.

任完赫, 「李朝前期 筆記 所載 逸話의 類型」, 『漢文敎育硏究』 第8輯, 韓國漢文敎育學會, 1994.

林熒澤, 「16世紀 士林派의 文學意識」, 『韓國文學史의 視覺』, 創作과 批評社, 1984.

_____, 「高麗末 益齋의 古文唱導」, 『韓國文學史의 視覺』, 創作과 批評社, 1984.

_____, 「李朝前期의 士大夫文學」, 『韓國文學史의 視覺』, 創作과 批評社, 1984.

鄭景柱, 「成宗朝 新進士類 文學論의 한 局面」, 『韓國漢文學硏究』 5, 韓國漢文學會, 1991.

_____, 「佔畢齋 紀俗詩와 文明 意識에 대하여」, 金烏工科大學校善州文化硏究所, 1996.

鄭錫龍, 「金宗直의 詞考察」, 『漢文學論集』 第5輯, 檀國大學校漢文敎育學科, 1987.

_____, 「遊頭流錄 所載 漢詩 硏究」, 『漢文學論集』, 檀國漢文學會, 1988.

鄭羽洛, 「金宗直의 文學精神과 東國文化에 對한 自覺」, 密陽文化院主催學術會議資料集, 2002.

鄭宗大, 「金宗直의 詩와 士林意識」, 『先淸語文』 第26號, 서울大國語敎育科, 1998.

朱昇澤, 「朝鮮中期 道學派와 詞章派의 對立樣相」, 『退溪學』 第8輯, 安東大學校退溪學硏究所, 1996.

崔根德, 「佔畢齋 金宗直의 經學思想」, 金烏工大善州文化硏究所, 1996.

崔 植, 「靑丘風雅에 대한 硏究」, 『成均漢文學硏究』 第69輯, 成均館大學校大學院漢文學科, 1999.

韓忠熙, 「佔畢齋 金宗直의 生涯와 政治·敎育活動」, 『漢文學硏究』 第12輯, 啓明漢文學會, 1997.

黃渭周, 「朝鮮 前期의 漢詩選集」, 『精神文化硏究』 通卷 第68號, 1997.

제3부
부록

【연보】

· 1세 (신해, 1431, 세종 13)

6월 경자일 갑신시에 선생이 밀양부(密陽府)의 서쪽 대동리(大洞里) 집에서 태어났다. 선생은 태어나면서부터 남다른 자질이 있었다. 동복(同腹) 소생이 모두 삼남이매(三男二妹)였는데, 그는 그 가운데 막내였다. 이에 앞서 강호(江湖) 선생이 영락(永樂)[500] 18년 경자(1420, 세종2) 봄에 사재감정(司宰監正) 박홍신(朴弘信)의 딸에게 장가를 들어 선산(善山)에서 밀양으로 거주지를 옮겼다.

· 2세 (임자, 1432, 세종 14)

· 3세 (계축, 1433, 세종 15)

· 4세 (갑인, 1434, 세종 16)

· 5세 (을묘, 1435, 세종 17)

· 6세 (병진, 1436, 세종 18)

선생이 비로소 글을 배웠다.
선공(先公)께서,

  "학문을 하는 데 있어서 차례를 뛰어넘어서는 안 된다."

---

500) 明 明祖의 年號(1403~1424).

라고 하였다. 처음에 『동몽수지(童蒙須知)』·『유학자설(幼學字說)』·『정속편(正俗篇)』을 가르쳐주어 모두 배송(背誦)하게 한 다음에 『소학(小學)』을 읽도록 권하였다. 그 다음, 『효경(孝經)』·『대학(大學)』·『논어(論語)』·『맹자(孟子)』·『중용(中庸)』·『시전(詩傳)』·『서전(書傳)』·『춘추(春秋)』·『주역(周易)』·『예기(禮記)』 등의 순서로 읽은 다음, 『통감(通鑑)』및 제자백가(諸子百家)의 서적을 자기 마음대로 읽도록 하였다. 그리고 활쏘기를 배우는 것에 대해서도 금하지는 않았다.

선공께서 일찍이 이르기를,

> "활과 화살은 자기 몸을 호위하는 물건이므로, 배우지 않을 수 없다. 더구나 옛사람들은 이것으로 덕을 관찰하였다고 하니, 장기나 바둑 두는 것에 비교할 바 아니다."

라고 하였다. 그리고 글씨 쓰기를 다음처럼 권면했다.

> "글씨는 마음의 그림이니, 본뜨는 글씨는 반드시 단정하게 써야 하고, 초서(草書)와 전서(篆書) 역시 정숙하게 익혀야 한다."

산 가지 잡는 방법을 권면하며 이르기를,

> "일상 생활 사물에 대해서 이것이 아니면 그 숫자를 쉽게 파악할 수 없으므로, 위치를 기울게 해서는 안 된다."

라고 하였다.

- 7세 (정사, 1437, 세종 19년)

- 8세 (무오, 1438, 세종 20)

선생이 『소학(小學)』을 읽었는데, 수군(獸君)에게 준 시에,

　　열 살 되어 소학을 읽고 있으니
　　너는 이미 나에게 뒤졌구나

　　十齡入小學　　汝已後於吾

라고 하였다.
이 해에 『소학』을 배워 뜻을 명확히 알았다.

・ 9세 (기미, 1439, 세종 21)

・ 10세 (경신, 1440, 세종 22)

・ 11세 (신유, 1441, 세종 23)

・ 12세 (임술, 1442, 세종 24)
이 때부터 시를 잘 짓는다는 명성이 있었고, 날마다 수천 개의 시구를 기억하여 문명(文名)을 크게 떨쳤다.

・ 13세 (계해, 1443, 세종 25)
이 해에 『주역』을 배웠다.
선공(先公)이 고령현감(高靈縣監)으로 나가 있었는데, 이 때 한여름이어서 청사(廳舍)에 앉아 사송(詞訟)을 간명히 처리하였다. 선생은 중씨(仲氏) 과당공(苽堂公)501)과 함께 『주역』을 배웠는데, 선공께서는 책상 위에 시초

---

501) 宗裕를 말함.

를 하나하나 세어 괘를 펼쳐서 가르쳤다.

· 14세 (갑자, 1444, 세종 26)

· 15세 (을축, 1445, 세종 27)

선생은 의관을 바르게 하고 단정히 앉아 글을 읽되, 먹고 자는 것도 잊을 정도였다.

· 16세 (병인, 1446, 세종 28)

이 해에 경사(京師)의 과거에 응시하여 「백룡부(白龍賦)」를 지었으나 낙제하였다. 이 때 김수온(金守溫)이 태학사(太學士)로 있으면서 낙방한 시험지를 응시자에게 나누어주었는데, 그 중에 선생의 낙방지인 「백룡부」가 있었다. 김수온이 이것을 읽어보고 기특하게 여겨 말하기를,

"이는 후일에 문형을 맡을 솜씨이다."

라고 말하면서 선생이 높은 재주를 지녔으나 낙방한 것을 애석히 여겨 그 시권(試券)을 들고 들어가 주상에게 아뢰었다.

이에 주상께서는 선생을 기특하게 여겨 영산훈도(靈山訓導)를 제수하셨다. 이 때 쓴 시로, 한강의 제천정(濟川亭)에 다음 시가 걸려 있다.

> 눈 속의 찬 매화 비 온 뒤의 산 경치
> 구경하긴 쉬워도 그림으로 그리긴 어렵다네
>
> 시인의 눈에 들지 않을 줄 일찍 알았더라면
> 차라리 연지로 모란이나 그릴 것을
>
> 雪裏寒梅雨後山   看時容易畵時難

　　　　早知不入時人眼　　寧把臙脂寫牧丹

그런데 뒤에 김수온이 제천정에 들렀다가 그 시를 보고 말하기를,

　　"이것은 반드시 저번에 「백룡부」를 지은 솜씨를 지닌 자가 쓴 시이다."

하고, 그 종적을 찾았더니 과연 선생의 작품이었다.

- 17세 (정묘, 1447, 세종 29)

- 18세 (무진, 1448, 세종 30)

　이 해에는 선공(先公)을 모시고 서울에 있었다. 하루는 남학(南學)에서 물러 나와 집에서 식사를 하는데, 선공이 불러

　　"태학(太學)의 책제(策題)를 들었는데, 너도 지어보았느냐?"

라고 묻자, 선생은,

　　"뜻이 제대로 통하지 않아 글짓기가 어려웠습니다."

라고 답했다. 이에 선공은 다음처럼 말했다.

　　"처음에는 너를 가르칠 만하다고 여겼더니, 내 희망이 끊어졌구나!"

선생의 등은 땀에 젖었다. 이에 성리학에 종사했다.

- 19세 (기사, 1449, 세종 31)

- 20세 (경오, 1450, 세종 32)

- 21세 (신미, 1451, 문종 원년)

이 해에 선생은 창산인(昌山人) 울진현령(蔚珍縣令) 조계문(曺繼門)의 딸에게 납채하였는데, 고려 때 상서(尙書) 이거(李琚)의 후손이었던 선공감정(繕工監正) 하빈(河濱) 이호신(李好信)이 바로 그의 외조부이다. 매계(梅溪) 조위(曺偉)는 선생의 처남이다.

- 22세 (임신, 1452, 문종 2)

선생이 백씨(伯氏)인 종석(宗碩)과 함께 감문(甘文)502)에서 선공의 가르침을 받았는데, 이 때 지지당(止止堂) 김맹성(金孟性) 선원(善源)이 즐거운 마음으로 찾아와 마침내 현(縣)의 별관에서 강학하였다. 그 후에도 선원은 선생과 함께 황악(黃嶽)의 능지사(能如寺)에 들어가 옛날에 읽었던 글을 복습하여, 앞뒤로 학문과 덕행을 도와 갈고 닦은 바가 매우 많았다.

- 23세 (계유, 1453, 단종 원년)

봄에 진사시에 합격하였고, 겨울에는 초례(醮禮)를 올렸다. 이 해에 처음으로 태학(太學)에 유학하여 『주역』을 읽으며 성리의 근원을 탐구하니, 함께 공부하던 자들이 공경해 복종하는 사람들이 많았다.

- 24세 (갑술, 1454, 단종 2)

선공이 여묘살이를 할 때에 몸을 크게 상하여 병들고 수척해졌으므로,

---

502) 開寧의 古號.

선생이 근심하고 마음 아파하면서 「유천부(籲天賦)」를 지었다. 선공이 성
균관사예(成均館司藝)로 있다가 성주교수(星州敎授)로 나가 있었으므로,
선생이 중씨와 함께 가서 뵈었다.

그리고 곧 그 곳 학교에 머물러 있으면서 글을 읽었다. 이 때 제자(諸子)
들을 이끌고 부자묘(夫子廟)에 들어가 예를 올려 절하고 대성(大聖) 이하
사성(四聖), 십철(十哲)을 둘러보았다. 이는 모두 흙으로 만들어진 소상(塑
像)들이 세월이 오래됨에 따라 혹은 눈이 없어지고 손가락이 이지러졌으
며, 혹은 관이 거꾸로 쳐지고 홀(笏)이 땅에 떨어지기도 하여 어두컴컴한
것이 마치 오래 묵은 절에 들어가 천년 묵은 우상(偶像)을 보는 것 같았다.
그러자 선생이 몹시 경악하여 감히 가리켜 보이지도 못하면서 이르기를,

"대성(大聖) 대현(大賢)이 만일 영혼이 있다면 여기에 의탁하여 향사(享祀)를
받으려고 하시겠는가!"

하고, 이에 맨 처음 소상을 만든 자의 황당무계함을 책망하였다. 그리고
마침내 부를 지어 제자(諸子)들에게 주며 밤나무 신주로 바꾸도록 하였다.

그 후 조정에서 이 사실을 듣고 계를 올려 위판(位版)으로 개조(改造)하
였다.

· 25세 (을해, 1455, 세조 원년)
선생이 백씨와 함께 동당시(東堂試)에 합격하였다.

· 26세 (병자, 1456, 세조 2)
3월 어느 날에 선공의 상을 당하여 죽만 마시며 곡읍(哭泣)하였는데, 기
절했다가 다시 깨어났다. 밀양부(密陽府)의 서쪽 6리쯤에 있는 고암산(高
巖山) 분저곡(粉底谷)에 장례를 치뤘는데 선공의 뜻을 따른 것이다. 선생

은 백씨·중씨와 함께 여묘살이를 하며 정성과 효도가 지극히 순수하여
온 고을 사람들이 감화를 받았다.

이 해 정월에 회시(會試)가 다가와 선생은 백씨와 함께 당(堂) 아래에서
선공에게 하직 인사를 올리자, 선공은 술잔을 잡고 축복하며 말하기를,

> "너의 형제가 고과(高科)로 급제하여 고향으로 돌아온다면, 내 무엇을 다시
> 근심하겠느냐? 감히 이 술잔으로 너희를 위해 복을 빈다."

라고 하였다.

선생은 평소 아무리 큰 슬픔이 있더라도 일찍이 선공에게 눈물을 보인
적이 없었는데, 이는 어버이의 마음을 상할까 염려했기 때문이었다. 그런
데 이 때에는 자신도 모르게 눈물을 줄줄 흘렸다. 결국 선생은 백씨와 함
께 서울로 가 백씨는 급제를 하고 선생은 낙제해 고향으로 돌아오다가 마
을 입구에도 못 미친 황간(黃澗)의 길가에서 선공의 부음을 들었다.

선생은 그때 일을 다음처럼 기록했다.

> "푸른 하늘이여, 푸른 하늘이여, 이럴 수 있단 말씀입니까. 선조시여, 선조시
> 여, 이럴 수 있으시단 말씀입니까? 술잔 잡고 축복하시던 말씀 지금도 귀에 쟁쟁
> 한데, 이것이 바로 선공께서 영결하신 말씀이었습니다. 생각컨대, 그 때 흘린 눈
> 물은 또한 하늘이 내 마음을 이끌어 선공의 곁을 떠나지 말도록 했던 것인데도,
> 이익과 복록에 얽매여 끝내 선공 곁을 떠나 이 지경에 이르렀으니, 이 극악하고
> 패역한 죄를 누구에게 돌리겠는가. 악하고 악하도다. 인간 세상에 무슨 즐거움이
> 있기에 나 혼자 살아남겠는가."

· 27세 (정축, 1457, 세조 3)

선생은 수질(首絰)과 요질(腰絰)을 벗지 않고 거적자리에 누운 채 나무
토막을 베고 자며 거친 음식을 먹었다. 그리고 시전(侍奠)의 여가에 아침
저녁으로 여소(廬所)에서 본가로 내려가 모부인을 뵙고 돌아갔다. 이런 일

을 추운 때나 더운 때, 비 오는 날이라고 해서 게을리 하지 않았다. 그러므로, 「조의제문(弔義帝文)」에,

정축년 10월 일에 내가 밀성(密城)에서 경산(京山)으로 가는 도중에 답계역(踏溪驛)에서 묵었다.'

라고 적은 말은 착오인 것 같다.

선생은 집에서 사숙(私淑)하며 유독 포은선생(圃隱先生)을 추앙하여, 쇠퇴한 세상에 스스로 우뚝 서서 세상 풍속에 휩쓸리지 않고 성인의 예제(禮制)를 따라 스스로 정성을 다하였는데, 어찌 거상(居喪) 중에 출입했겠는가.

· 28세 (무인, 1458, 세조 4)

복(服)을 마치고 두어 칸의 집을 지어 명발와(明發窩)라 이름하였다. 여기에 거처하면서 첫닭이 울면 의관을 바르게 갖추어 먼저 가묘를 배알한 다음 모부인을 뵙고 물러와서는 단정하게 앉아 경전을 부지런히 강구(講究)하였다.

그리고 선공의 지극한 덕과 훌륭한 행실이 세상에 크게 드러나지 못한 점을 매우 슬퍼하여 손수 편찬하여 『이준록(彛尊錄)』이라고 하였는데, 맨 먼저 보도(譜圖)를 기록하고, 이어 기년(紀年)을 기록하고, 또 다음 사우(師友) 관계를 기록하였다. 이어 평생 동안 벼슬살이할 때의 행사와 훈계한 말과 가묘(家廟)에서 행한 제의(祭儀) 가운데 본받을 만한 것까지 자세하게 기재하여 빠뜨린 것이 없었다.

선생은 과거 공부에 뜻이 없었는데, 백씨가 모부인에게 아뢰어 그로 하여금 과거를 보도록 권하여 이 해 가을에 별거(別擧)에 합격하였다. 백씨가 종기를 앓자, 의원이 지렁이 즙이 좋다고 말하자, 선생이 그것을 먼저

맛보고 백씨에게 마시게 했더니 과연 효과가 있었다.

· 29세 (기묘, 1459, 세조 5)

선생은 사문(斯文)을 떨쳐 일으키고 후인(後人)을 가르쳐 인도하는 것을
자신의 책임으로 삼았는데, 쇄소(灑掃)의 예를 행하고 육예(六藝)의 학문을
닦는 제자들이 앞에 가득하였다.

봄에는 고태정(高台鼎)의 방하(榜下)에서 급제하였다. 이 해 11월에 선
생이 백씨와 함께 조정에 하직인사를 올리고 모부인이 계신 고향으로 돌
아와 영연(榮宴)을 열었다. 이 때 선공은 원종공신(原從功臣)으로 중직대
부예문관직제학겸춘추관기주관(中直大夫藝文館直提學兼春秋館記注官)에
추증되었으며, 모부인도 영인(令人)에 올려 임명되었다.

선생은 영연을 여는 날에 먼저 선롱(先壟)에 분황(焚黃)하고, 이어 모부
인을 반여(板輿)에 모셔 백씨와 함께 앞에서 인도하였다. 이 때 부사(府使)
강숙경(姜叔卿)[503]이 청도군수(淸道郡守) 이약동(李約東)[504]·영산현감(靈
山縣監) 최계동(崔繼潼)·교수관(敎授官) 유효담(柳孝潭)[505]과 함께 공당
(公堂)에 경연(慶宴)을 크게 베풀고 몸소 술잔을 받들고 들어가 축수를 올
리니, 온 고을이 그를 영광스럽게 여겼다. 이어 승문원권지부정자(承文院
權知副正字)에 선보(選補)되었다.

· 30세 (경진, 1460, 세조 6)

봄에 승문원저작(承文院著作)에 승진 임명되었다. 어공세겸(魚公世謙)은
시를 잘쓴다는 명성이 있었는데, 그가 본원(本院)의 선배로 선생의 시를
보고 감탄하기를,

---

503) 姜叔卿 : 자는 景章, 호는 守軒. 본관은 晉州.
504) 李約東 : (1416~1493). 자는 春甫 호는 老村.
505) 柳孝潭 : 세종 때 문신. 호는 楸川 본관은 全州.

"만약 나 같은 사람은 말채찍을 잡고 그의 노예가 된다 하더라도 응당 달게
받겠다."

라고 하였다.

 백씨 직학공(直學公)이 3월에 서울에서 객사(客死)하였는데, 당시 나이
가 38세였다. 선생은 널을 받들고 가서 고향에 반장(返葬)하였다. 선생은
백씨의 자식들을 자기 자식처럼 돌보아 기르고 가르쳐 성립(成立)케 하였
다. 조카 치(緻)는 정유년에 진사가 되었고, 연(繡)은 경자년에 생원·진사
가 되었다.

 · 31세 (신사, 1461, 세조 7)
 승문원박사(承文院博士)에 승진되었다. 12월에 교지를 받들어 왕세자빈
한씨(王世子嬪韓氏)의 「애책문(哀冊文)」을 지어 올렸다.

 · 32세 (임오, 1462, 세조 8)
 교지를 받들어 인수왕후(仁壽王后)에 대한 「봉숭왕책문(封崇玉冊文)」을
지어 올렸다.

 · 33세 (계미, 1463, 세조 9)
 사헌부감찰(司憲府監察)에 전임(轉任)되었는데, 그 때, 입대(入對)하여 주
상의 뜻에 거슬려 파직되었는데, 대개 불사(佛事)에 관해 간언했다. 중추
절(仲秋節)에는 왕세자(王世子)가 문소전(文昭殿)에 대제(代祭)하였는데, 이
때 선생이 대축(大祝)이므로, 그에 대해 지은 시가 있다.

 · 34세 (갑신, 1464, 세조 10)
 가르치기를 게을리 하지 않으니, 학도(學徒)가 모여들어 마을 거리에 가

득 찼다.

· 35세 (을유, 1465, 세조 11)

영남병마평사(嶺南兵馬評事)로 기용되어 열읍(列邑)의 군사를 점열(點閱)하였는데, 순도(巡到)한 곳마다 제영(題詠)한 시첩(詩帖)이 있다. 감사(監司)의 관문(關文)을 가지고 경주에 가서 추정(秋丁) 석전(釋奠)의 초헌관(初獻官)이 되었다. 이 해에「형재선생시집서(亨齋先生詩集序)」를 지었고, 또「경상도지도지(慶尙道地圖誌)」를 편찬하였다.

· 36세 (병술, 1466, 세조 12)

순변사(巡邊使)의 막부에 있었다. 평사(評事)로 절도사(節度使) 진례군(進禮君)을 따라 다인현(多仁縣)에서 묵을 때, 영가(永嘉)[506] 사람이 뒤따라와 작별인사를 하기에 옛일을 생각하며 시를 지었다.

7월에 이시애(李施愛)가 반란을 일으켰는데, 선생이 절도사의 궐문(關文)을 들고 군사를 모집하기 위해 영해부(寧海府)로 갔다. 군사를 다 모집하기 전에 교수(敎授) 임유성(林惟性)·진사(進士) 박치강(朴致康)과 함께 가정(稼亭) 이곡(李穀)의 옛집을 찾아보고 관어대(觀魚臺)에서 노닐었다. 이 날 바람이 조용하고 물결이 잔잔하였기에 고기떼가 벼랑 밑에서 헤엄쳐 노는 것을 내려다보고 목은(牧隱)의 소부(小賦)에 화답하여 두 사람에게 주었다. 그리고「경상도좌상원수부제명기(慶尙道左廂元帥府題名記)」를 지었다.

· 37세 (정해, 1467, 세조 13)

일을 마치고 조정에 들어가 홍문관수찬(弘文館修撰)에 임명되었다. 상

---

506) 安東의 古號.

소(上疏)하여 사직하였으나 윤허하지 않았다. 선생은 입대(入對)할 때마다 기강을 정돈하고 예악을 닦고 밝히는 등의 일에 중점을 두었다.

· 38세 (무자, 1468, 세조 14)

천거로 이조좌랑겸춘추관기주관교서관교리지제교(吏曹左郎兼春秋館記注官校書館校理知製教)에 임명되었다. 이 해 9월 8일에 세조 대왕이 승하하였다. 이 해에 「정감찰석견부연경서(鄭監察錫堅赴燕京序)」를 짓고, 「영일현인빈당기(迎日縣寅賓堂記)」를 지었다.

· 39세 (기축, 1469, 예종 원년)

조산대부전교서교리겸예문관응교지제교(朝散大夫典校署校理兼藝文館應教知製教)에 임명되었는데, 병 때문에 세 차례나 사양했으나 윤허하지 않았다.

10월 6일에 주상이 본서(本署)에 명하여 『제범훈사(帝範訓辭)』를 인쇄하여 올리도록 하자 이 날 밤에 기뻐서 잠도 자지 않고 시 3수를 지었다. 예종이 승하하자 교지를 받들어 「시책문(諡冊文)」과 만사(挽詞) 3수를 지어 올렸다.

· 40세 (경인, 1470, 성종 원년)

성묘(成廟)가 즉위해 처음으로 경연을 열고 문학하는 선비를 특별히 선발하자, 거기에 든 사람이 모두 19명이었는데 그 가운데 선생이 으뜸이었다.

이 해 6월 3일에 예문관수찬지제교겸경연검토관춘추관기사관(藝文館修撰知製教兼經筵檢討官春秋館記事官)에 제수 되었다. 겨울에 선생이 경악(經幄)에 입시(入侍)하였다. 선생은 당시 모부인의 연세가 71세여서 사직하고 돌아가 모부인 봉양하기를 청했는데, 주상이 함양군수(咸陽郡守)를 제수하였다.

12월 16일에 주상이 세조의 신주를 받들어 태묘(太廟)에 부제(祔祭)하고 법가(法駕)를 갖추어 환궁할 때, 선생은 외임(外任)에 보직되었기 때문에 옛 반열에 서지 못하고 시를 지어 재안(齊安) 최숙정(崔叔精)[507] 국화(國華)에게 바쳤다.

- 41세 (신묘, 1471, 성종 2)

정월 상순에 조령(鳥嶺)의 길을 경유하여 함양의 임소에 당도하였다. 선생은 직무를 보는 여가에 경내의 총명한 관자(冠者)와 동몽(童蒙)을 선발해 가르치되, 일과(日課)를 정해 강독시키니 배우는 자들이 소문을 듣고 먼 곳으로부터 몰려 왔다.

9월에는 조열대부(朝列大夫)에 승진되었고, 12월에는 봉정대부(奉正大夫)에 승진되었다. 유자광(柳子光)[508]이 일찍이 이 군(郡)에 노닐면서 시를 짓고 군 관아에 부탁하여 그 시를 판(版)에 새겨 벽 위에 걸어놓았다. 선생이 말하기를,

　　"그 따위 자광이 감히 현판을 걸었단 말이냐?"

하고 곧 명해 거두어 불태워버리게 하였다.

- 42세 (임진, 1472, 성종 3)

봄·가을로 향음주의(鄕飮酒儀)와 양로례(養老禮)를 설행(設行)하였다. 8월 5일에 「유두류산록(頭流遊山錄)」을 짓고, 「관해루기(觀海樓記)」를 지었다. 일두(一蠹) 정여창(鄭汝昌)과 한훤(寒暄) 김굉필(金宏弼)은 서로 친구 사

---

507) 崔淑精 : (1433～1480). 자는 國華 호는 逍遙齋·私淑齋. 본관은 陽川.
508) 柳子光 : (?～1512). 자는 于復, 호는 靈光.

이인데 함께 선생의 문하에 와서 배우기를 청했다. 선생은 고인(古人)이 학문한 차례를 따라 가르쳐 먼저 『소학(小學)』·『대학(大學)』을 읽히고, 마침내 『논어(論語)』·『맹자(孟子)』를 읽게 하였다. 그들은 날로 선생의 가르침을 받아 강령(綱領)과 지취(旨趣)를 알고 나서 도의(道義)를 연구하였다.

· 43세 (계사, 1473, 성종 4)

중훈대부(中訓大夫)에 승진되었고, 표소유(表少遊)[509]에게 답서를 보냈다.

· 44세 (갑오, 1474, 성종 5)

목아(木兒)가 경인년 5월에 태어나 이미 5세가 되었는데, 이 해 2월 28일에 반진(斑疹)으로 죽었다. 그의 생년월일이 모두 목성(木星)을 만났기에 목아라고 이름을 지었다. 시 2수를 써서 슬픈 회포를 서술하였는데, 그 시에,

> 문득 은애를 하직하고 어찌 그리 바쁘게 가느냐
> 다섯 살 생애 참으로 전광석화 같구나
>
> 할미는 손자 부르고 아내는 자식을 찾으니
> 천지가 아득한 때로구나
>
> 忽辭恩愛去何忙　五歲生涯石火光
> 慈母喚孫妻喚子　此時天地極茫茫

라고 하였다. 목아를 우선 성(城) 서쪽 석복리(石卜里)에 초빈(草殯)해 두었다가 장차 금산(金山)의 미곡촌(米谷村)에 있는 그 외조모 이씨의 묘소 곁으로 옮겨 묻으려 하면서 시로써 보냈다. 그 시에,

> 퇴지의 창자는 백 년 동안 괴롭고 아팠다는데

---

509) 表沿沫 : (?~1498)을 말함.

네 무슨 죄로 내 앙화를 대신 받았느냐

그 누가 재명이 뛰어나리라고 했던지
의원 무당말 황당함을 더욱 깨닫네

장주는 깨끗하게 이제 흙으로 돌아갔는데
추어는 여전히 낭랑하게 당에 들리네

외가로 가 체백을 편안히 할지니
속함 땅의 산수가 곧 타향이란다

百年酸痛退之腸	汝有何辜代我殃
誰謂才名將卓犖	益知醫卜竟荒唐
掌珠皎皎今歸土	雛語琅琅尙在堂
好向外家安體魄	速含山水是他鄕

라고 하였다.

　4월에는 「안의현신창향교기(安義縣新創鄕校記)」를 지었다. 선생은 연이어 아이를 잃고 마음이 아픔을 견디지 못해 감사에게 사직장을 올렸다. 9월 23일에는 산음(山陰)에서 자친(慈親)을 작별하고 함양(咸陽)으로 돌아왔다. 10월 1일에는 다시 사직장을 올리고 금산의 농사(農舍)로 돌아왔다. 진산군(晉山君) 강희맹(姜希孟)이 편지를 보내 유임하기를 청하니, 선생이 답서를 보냈다. 감사는 사직장을 수리하지 않고 빨리 직무를 수행하라고 재촉하였다. 9일에는 소마현(消馬峴)을 지나다가 눈이 내리므로 시를 지었다.

　상공(上供)하는 차[茶]가 본군(本郡)에서는 생산되지 않으므로 해마다 백성들에게 부과(賦課)하여 그들이 돈을 들고 전라도(全羅道)에 가서 사오는데, 대략 쌀 한 말에 차 한 홉 비율이었다. 그래서 선생은 함양군에 부임한 직후에 그 폐단을 알고 백성들에게 차를 부과하지 않고 관에서 자체로 구해 나라에 바쳤다.

　그런데 선생이 한번은 『삼국사기(三國史記)』를 열람해 보니, '신라 때

에 차 종자를 당(唐) 나라에서 얻어 지리산(智異山)에 심도록 했다.' 는 말
이 있었다. 이에 선생이 이르기를,

  "아, 군(郡)이 바로 이 산 아래에 있는데, 어찌 신라 때의 종자가 남아 있지
  않겠는가?"

라고 하고 늘 부로(父老)를 만날 때마다 그것을 찾아보게 하였다. 과연 엄
천사(嚴川寺)의 북쪽 죽림(竹林)에서 두어 그루를 얻었는데, 선생은 매우
기뻐하며 그 땅을 다원(茶園)으로 만들게 하였다. 그 근처가 모두 민전(民
田)이었으므로 관전(官田)으로 보상해주고 그것을 사들였다. 그런 뒤 몇
년이 지나자 차가 꽤 번성하여 원내(園內)에 두루 퍼지자, 4∼5년 만 더
기다리면 상공(上供)의 액수를 충당할 만하였다. 그래서 「다원시(茶園詩)」
2수를 지었는데, 시는 문집에 실려 있다.

  이 해 모춘(暮春)에 선생이 김(金)·곽(郭) 두 수재(秀才)에게 답한 시가
있다. 김은 곧 굉필(宏弼)이고, 곽은 바로 승화(承華)였다. 그 시에 이르기
를,

  궁벽한 데서 이런 사람들 만났으니
  보배 들고 와 찬란하게 펼쳐 놓았네

  잘 가서 다시 한 이부를 찾을지니
  나는 쇠해 곳집 못 기울임 부끄럽구나

  窮荒何幸遇斯人   珠貝携來爛慢陳
  好去更尋韓吏部   愧余衰朽未傾囷

라고 하였다. 이것은 대대 한훤이 처음 선생의 문하에 갔을 때다. 한훤이
학업을 청하니, 선생이 『소학(小學)』을 가르쳐 주며 말하기를,

　　"진실로 학문에 뜻을 둔다면 마땅히 이것부터 시작해야 한다. 광풍제월(光風
霽月)도 여기에서 벗어나지 않는다."

라고 하고 답시(答詩)를 지었다. 그 시에,

　　　그대 시어를 보니 옥이 연기 뿜는 듯하여
　　　이제 진번의 걸상 걸어둘 것 없겠네

　　　은반 가지고 힐굴에 몰두하지 말지니
　　　모름지기 마음 하나 맑게 해야 한다네

　　　看君詩語玉生煙　　　陳榻從今不要懸
　　　莫把殷盤窮詰屈　　　須知方寸湛天淵

라고 하였다. 한훤은 선생의 말씀을 마음에 정성껏 지키고 손에서 책을
떼지 않았다.
　　그리고 시를 지어 선생에게 바쳤다. 그 시에,

　　　학문상 천기를 채 알지 못했는데
　　　소학에서 지난 날 잘못을 깨달았다네

　　　앞으로 절로 명교에 대한 즐거움 있으리니
　　　구구히 좋은 옷 살진 말 부러워하리

　　　學問猶未識天機　　　小學書中悟昨非
　　　從此自有名教樂　　　區區何用羨輕肥

하였다. 그러자 선생이 평론하기를,

　　"이 말은 곧 성인을 만드는 근기(根基)이니, 허노재(許魯齋) 이후 어찌 또 그런
사람이 없으랴!"

라고 칭찬하였다.

　추강(秋江) 남효온(南孝溫)의 『사우록(師友錄)』을 상고해 보면, 한훤이 선생의 문하에서 수업했다고 되어 있다. 그런데 이적(李勣)이 지은 한훤의 행장에는 한훤의 학문을 일러 부전(不傳)의 학문을 얻은 것이라고 했으니 이 말은 적실하지 못하다. 퇴계의 문인 금응훈(琴應薰)이 『퇴계선생문집(退陶先生文集)』의 발문(跋文)을 서애 유성룡에게 청하자 유서애가 보낸 답서에,

　　"또한 나의 견해가 한 가지 있습니다. 서발(序跋)의 유무(有無)가 선생의 문집을 전하는 데에 무슨 손해와 유익이 있겠습니까. 적합한 사람이 있고 또 시기가 그럴 만하면 하는 것이 매우 좋겠지만 그렇지 못하다면 그대로 두었다가 후일의 양자운(揚子雲)을 기다려 하더라도 늦지는 않을 것 같습니다. 옛날, 이천선생(伊川先生)이 작고하였을 때도 문인 윤화정(尹和靖) 등이 그 사문(師門)을 위해 후세에 전하려는 염려가 응당 지극하였을 것입니다. 그러나 어찌 한 마디 말도 없었고, 곧 회암(晦庵)에게 이르러 운운(云云)한 바가 있었겠습니까. 이것은 정성이 부족해서가 아니라, 시기가 맞지 않았기 때문입니다. 근세에 김한훤의 행장은 이적(李勣)이란 사람이 지었는데, 사람의 뜻에 매우 불만스럽게 되었습니다. 이것을 가지고 본다면 이런 문자는 조만(早晚)과 선후(先後)에 관계없이 오직 적합한 사람을 얻어 부탁하는 것이 귀중하니, 너무 급히 서두를 것이 없습니다.……"

라고 하였다.

　그렇다면 또한 이공 적은 한훤을 사사(師事)하였는데, 선생이 세상으로부터 크게 꺼림을 받게 되자, 다만 수업하고 사사한 혐의만 알아 그 사적(實蹟)을 온통 없애버렸단 말인가. 한훤은 선생의 문도로 유배될 때까지도 조금도 원망하거나 후회하는 말이 없었다. 그리고 갑자년(甲子年)의 사화(士禍)가 적소(謫所)에 미치던 날에도 죽는 것을 마치 자기 집에서 돌아가듯이 여겼다. 그렇다면 한훤의 학문이 선생에게서 나온 것임은 의심할 여지가 없겠다.

· 45세 (을미, 1475, 성종 6)

중직대부(中直大夫)에 승진되었다. 함양성(咸陽城) 나각(羅閣)이 모두 243칸이었는데, 한 칸마다 세 가호(家戶)가 함께 힘을 모아 볏짚으로 지붕을 이어왔다. 그런데 해마다 비바람에 지붕이 걷히면 한창 농사철이라 해도 백성들이 반드시 우마차에 볏짚과 재목을 싣고 와 수리하곤 하였다. 역대에 걸쳐 계속 이렇게 해오다 보니 백성들이 매우 괴롭게 여겼다. 그래서 2월 어느 날 선생이 부로(父老)들과 상의해 다시 전지(田地) 10결(結)을 비율로 삼아 한 칸마다 열 가호씩 배정해서 그 썩은 재목을 바꾸고 또 기와를 이게 하였다. 그랬더니 한 가호에 겨우 기와 10여 장만 내놓아도 충분했고, 5일이 채 못 가 일도 마치게 되었다. 백성들이 처음에는 주저하여 새롭게 고치는 것을 의아하게 여겼으나 일이 완성된 뒤에는 모두 기뻐하며 좋다고 하였다.

4월 7일에는 성모묘(聖母廟)에 가 기우제(祈雨祭)를 지내고 돌아오는 길에 비를 만났다. 정일두와 김한훤이 선생의 문하에 함께 유학하며 도의를 강설하여 서로 연마하였다.

선생은 함양군을 다스리는 데 있어 학문을 진흥시키고 인재를 양성하며 백성을 편안하게 하고 민중과 화합하는 것을 급선무로 삼아 정사의 성적이 제일이었다. 그래서 주상께서 이르기를,

"김모(金某)는 군을 잘 다스려 명성이 있으니, 영전(榮轉)시켜라."

라고 하였다.

군리(郡吏) 연남(延男)이 서울에서 관교(官敎)를 받들고 왔는데, 십고십상(十考十上)으로 통훈대부(通訓大夫)에 승진시키고, 특지(特旨)로 승문원사(承文院事)에 임명하였다.

이 해에 마침 중시(重試)가 있었는데, 모두 권하기를,

"중시는 문사(文士)가 신속히 승진할 수 있는 기회가 된다."

라고 하였다.

그러나 선생이 끝내 응시하지 않았는데 조정에서 선생을 고상하게 여겼다.

군의 사람들이 선생의 맑은 덕과 선정(善政)을 사모해 생사당(生祠堂)을 새로 짓고 매월 초하루와 보름에 참알(參謁)하였다. 이 해에 『신문충공문집(申文忠公文集)』의 서문을 지었다.

· 46세 (병신, 1476, 성종 7)

정월에 선생은 지승문원사로 들어갔는데 또 고향에 돌아가 어버이 봉양하기를 요청하였다. 그리하여 7월 2일에 주상이 특명으로 선산부사(善山府使)를 제수하였다. 그리고 전후로 선생을 외직에 보임 시킬 때마다 모부인을 부임지로 모셔 가 봉양하도록 허락하였다. 그런데 선산은 바로 선생의 향관(鄕貫)이며 선조(先祖)와 선공(先公)께서 사셨던 곳이 성 서쪽에 가까이 있어 실로 모부인께서 옛날에 친히 제수(祭羞)를 장만하여 제사를 지내던 곳이다. 여기에 강씨(康氏) 집으로 출가한 자씨(姉氏)가 살아온 지 30년이 되었는데, 원림(園林)과 당실(堂室)이 예전 그대로 있었다.

선생은 백성들을 다스리고 아전들을 거느리는데 모두 조리와 법도가 있었으므로 아전들은 정숙해지고 백성들은 사모하였다.

매월 삭망 때마다 먼저 선성(先聖)을 참알(參謁)하고 다음으로 향음주의(鄕飮酒儀)를 거행하였다. 그리고 봄·가을에는 양로례(養老禮)를 설행하였는데 이 때에 시 한 수를 지었다. 이 해에 「윤선생상시집서문(尹先生祥詩集序文)」을 지었다.

· 47세 (정유, 1477, 성종 8)

무진년(1448, 세종30)에 선공(先公)이 개령(開寧)의 고을 원으로 있을 때에 선생의 삼 형제가 모두 그 관아에서 글을 읽었다. 고령(高靈)의 권생원(權生員) 처지(處智)가 선생의 백겸(伯謙) 형과 구의(舊誼)가 있어 그 또한 와서 학업을 익혔다. 그런데 그때가 마침 여름철이어서 관아의 정원에 있는 세 그루의 잣나무 밑에 정자를 짓고 네 사람 모두 거기서 늘 기거(起居)하며 시를 읊조리곤 하였다. 이제 벌써 30년이 지났고 백겸 형이 작고한 지도 20년이 되어 간다. 그런데 권군이 얼마 전에 개령에 들렀다가 세 그루의 잣나무가 아직도 덤불 속에 서 있는 것을 보고 시 한 수를 지었다. 그래서 정유년 정월(正月) 인일(人日)에 선산으로 선생을 찾아가 그 시를 기록해 보여주므로 선생이 마침내 슬픈 마음으로 화답했다. 그 시에

> 옛날 현송향에서 아버님께 글 배우며
> 해송 나무 그늘 아래 서로 배회했었지
>
> 그대 만난 오늘 슬픔만 더하는데
> 세어보니 그가 죽은 지 이십 년 되었네
>
> 憶昔趨庭絃誦鄉　　海松陰下共回翔
> 逢君此日增怊悵　　屈指人亡二十霜

라고 했고, 또,

> 인끈 품고 돌아온 내 고향인데
> 기심 다하지 않은 갈매기 빙빙 도네
>
> 초라한 배반으로 정월 인일에
> 손잡고 바라보니 귀밑 털 희어졌구려
>
> 懷印歸來是故鄉　　機心未盡海鷗翔
> 盃盤草草逢人日　　握手相看鬢已霜

라고 하였다.

강씨(康氏) 집으로 출가한 자씨(姉氏)의 아들 백진(伯珍)은 문과에 급제하였고, 백씨인 직학공(直學公)의 아들 치(緻)도 진사에 합격하였다. 선생은 태수로 고을의 부로(父老)와 제족(諸族) 부인들을 모아놓고 크게 음악을 설치하여 영연(榮宴)을 베푸니 구경 인파가 담장을 둘러친 것 같았다.

이 해 중하(仲夏)에 수재(秀才) 김굉필(金宏弼)·생원(生員) 이승언(李承彦)·참봉(參奉) 원개(元槩)·생원(生員) 이철균(李鐵均)·진사(進士) 곽승화(郭承華)·수재(秀才) 주윤창(周允昌)이 부(府)의 향교에 모여 옛 글들을 토론하면서 선생의 문하에 나아가 몇 달 동안 묻고 논변하였다. 그런데 8월에 주상께서 장차 학궁(學宮)을 시찰하고 선비를 취할 것이라고 하므로, 응시하기 위해 제군들이 행장(行裝)을 꾸려 하직을 고하자 선생이 시로 그들을 보냈다. 그 시에 다음처럼 표현했다.

박대 포의가 정히 서로 벗을 이루었는데
월파정 서쪽에 찾아오는 발자국 소리 반갑네

너풀너풀 박잎은 닭고기국보다 나은데
자잘한 홰나무 꽃 말발굽 좇아 나네

듣건대 현관에 규벽이 동했다 하니
채색 붓으로 무지개 토해내겠네

오당에 뛰어난 선비 많음 좋아하니
눈 씻고 담묵으로 쓴 것을 보리라

博帶褒衣正匹儕　　　豋音喜聽月波西
幡幡匏葉勝鷄臇　　　細細槐花逐馬蹄
聞道賢關動奎壁　　　應將彩筆吐虹蜺
自多吾黨多奇士　　　洗眼行看淡墨題

『송도록(松都錄)』의 발문(跋文)을 지었다. 9월에는 「선산지도지(善山地圖誌)」를 편찬하였다.

참봉 원개·생원 이승언 등 제자(諸子)의 운에 화답한 시에,

> 학교에서 옛 글 이미 다 연구했으니
> 선아가 녹운의를 만들어 놓았으리라
>
> 평소의 뜻이 요순의 임금 백성 만드는 것이니
> 경쾌한 수레와 살진 말을 어찌 부러워하리
>
> 蠹簡已窮文杏館　　仙娥應剪綠雲衣
> 平生堯舜君民志　　肯羨車輕馬亦肥

라고 하였다. 또 다음처럼 표현했다.

> 쓴 차 석 잔의 병 치료 술과 맞먹거니와
> 성긴 주렴 한 횃대에 기녀가 옷 지어 걸어두었네
>
> 사군의 가난하고 병든 것 누가 의아해 하리
> 시끄럽고 조용한 가운데 도가 절로 살찐다오
>
> 苦茗三盃醫當酒　　疏簾一桁妓爲衣
> 使君誰訝貧兼病　　喧靜中間道自肥

유학(遊學)하는 제자들에게 돼지 머리를 주면서 지은 시에,

> 태수의 가슴엔 창이나 칼도 없지만
> 오장군은 이미 제 머리를 잘렸다오
>
> 오늘 아침 학문하는 그들에게 묻나니
> 부추와 소금 반찬 오래 먹었다네
>
> 太守胸中無寸鐵　　烏將軍已喪其元

朝來爲問窮經客   幾把蔘鹽到日昏

라고 하였다.

「황화집서(皇華集序)」·「주례발(周禮跋)」·「시전발(詩傳跋)」을 지었다.

・ 48세 (무술, 1478, 성종 9)

아침 저녁으로 모부인의 안부를 묻고 살피며 지성으로 봉양하였다. 밤이면 이부자리를 펴 드리고 아침이면 베개를 거두는 일을 친히 하였다. 아내와 자식들이 그 일을 대신하려고 하면 선생은,

　　"어머니가 이제 늙으셨으니, 후일 비록 어머니를 위해 이런 일을 하려고 하더라도 할 수 없다."

라고 하였다.

・ 49세 (기해, 1478, 성종 10)

10월에 모부인이 병환으로 누워 치유되지 않자 중씨(仲氏) 고당공(苽堂公)이 청송(青松)으로부터 와서 모셨으며 조카 치(緻)도 거창(居昌)에서 돌아왔다. 이 때 막내 여동생은 밀양에 있었는데, 평소에 모부인이 그를 가장 불쌍히 여기고 사랑하였다. 선생은 매씨가 와서 모부인을 뵙는다면 혹 기쁨으로 인해 병환이 차도가 있으리라고 생각하여 사람을 보내 그를 맞아옴으로써 오 남매가 함께 모였다. 모부인이 마침내 12월 21일에 공아(公衙)의 중당(中堂)에서 별세하니, 향년이 80세였다. 이 달 28일에 선생이 널을 받들고 발인하여 길에 올랐다.

・ 50세 (경자, 1480, 성종 11)

정월 3일에 널을 운반하여 지동(池洞)의 분저곡(粉底谷)에 이르러 초빈

(草殯)하였다가, 3월에 선공 및 민부인(閔夫人) 두 묘의 중간에 장사지냈다. 그리고 묘 밑에 여막을 짓고 거처하며 상례를 일체 주문공(朱文公)의 예에 따라 하였다. 너무 슬퍼해 몸이 수척해진 것이 예에 지나치므로 사람들이 선생의 성효(誠孝)에 감복하였다.

『이준록(彝尊錄)』 가운데 보도(譜圖)・기년(紀年)・사우성씨(師友姓氏) 등의 기록은 무인년(1458, 세조4)에 이미 찬술한 것인데, 이 해에 다시 더 고정(考定)하였다. 사업(事業) 및 제의(祭儀)는 무인년에 찬술한 것을 그대로 따랐다.

· 51세 (신축, 1481, 성종 12)

수재(秀才) 양준(楊浚)이 그의 아우 침(沈)과 함께 공생(貢生) 홍유손(洪裕孫)을 따라 서울로부터 도보로 천리 길을 걸어와 배웠다. 홍유손은 남양인(南陽人)이다.

· 52세 (임인, 1482, 성종 13)

이 해 2월에 복을 마쳤다. 이 때 안시숙(安時叔)[510]이 따라 배운 지 2년이 되었는데, 대상(大祥) 뒤에 초계(草溪)로 돌아갔다. 전집의(前執義) 김맹성(金孟性) 선생이 그의 아들 기손(驥孫)・일손(馹孫)을 보내어 수학(受學)하기를 청하자 선생은 그들에게 한유(韓愈)의 문장을 가르쳐 주어 재주에 따라 성취시켰다. 절효(節孝) 김극일(金克一) 선생의 「효각명(孝閣銘)」을 지었다.

3월 15일에는 화물선(貨物船)에 식구들을 태우고 금릉(金陵)의 옛 집으로 돌아갔는데, 통지(通之) 형이 중보(仲甫) 아우와 함께 수안역(水安驛)에서 선생을 전송하였다. 이 때 중보의 시에

---

510) 字 安遇.

평생의 부탁 대해서는 황간이 아니요
만년의 슬픈 읊조림 정수와 비슷하네

平生付托非黃幹   晚歲悲吟似靜修

라고 했다. 이에 선생은,

> "내가 비록 감히 두 분을 바랄 바는 아니지만 평생 한스러운 것은 여기서 벗
> 어나지 않으니 비록 나의 실록(實錄)이라 해도 되겠다."

라고 하고 거기에 감동하여 마침내 화답하였다.

생원(生員) 손효조(孫孝祖)가 선생에게 『춘추(春秋)』를 배운 지 모두 석
달되었는데, 이 때 영산(靈山)의 일문역(一門驛)까지 선생을 전송하였다.

선생이 금산(金山)에 이르러 서당을 지은 다음 그 옆에 못을 파 연꽃을
심고 경렴당(景濂堂)이라 편액을 걸었다. 그것은 대개 무극옹(無極翁)을 사
모했기 때문이었다. 선생은 날마다 거기에서 시를 읊조리며 세상일에는
뜻을 두지 않았다.

4월에는 밀양의 여러 제자에게 편지를 보내 권면하여 학규(學規)를 만
들게 하였다. 또 향헌(鄕憲)을 만들어 고을의 풍속을 바로잡았더니, 여러
고을에서 그 소문을 듣고 모두 따라하였다.

3월 11일에는 주상께서 특명으로 홍문관응교지제교 겸 경연시강관 춘
추관편수관을 제수하였다. 4월 15일에 선생이 병을 이유로 응교를 사면한
다는 서장(書狀)을 써서 승정원으로 달려가 바쳤다. 그리고 나서 동파(東
坡)의,

벼슬 없으니 내 몸이 가벼움 깨닫네

無官覺身輕

라는 시구를 외웠다. 조용히 소헌(小軒)에 앉아 졸고 얘기하며 시를 지어
창에 써서 붙였다.

　또 김대유(金大猷)의 다섯 수의 시에 화답한 것이 있다. 그 시에,

> 외람되게 백발에 한 서찰을 받으니
> 은거지만 헛되이 양렴의 사이 부쳤네
>
> 그대는 나라 다스림이 성급한 계책이라 하는데
> 우리 도는 예로부터 굴곡이 심하다오
>
> 白首叨蒙一札頒　　幽居空寄讓廉間
> 君言醫國太早計　　吾道從來佹骫難

라고 하였다. 그리고,

> 늙어가며 세월 아까운 게 가련하고
> 흥공 일으켜 수초를 묻고 싶네
>
> 오늘 아침에 내 일이 판단 났으니
> 한 칸의 왜소한 집에 서책 쌓아 둔다오
>
> 自憐老夫惜居諸　　欲起興公問邃初
> 咄咄今朝吾事辨　　一間矮屋皮藏書

라고 하였다. 또한,

> 한공이 오궁 보내던 것 배우지 말고
> 장차 송옥 같이 웅풍부나 지으려네
>
> 세간 만사는 참으로 소가 싸운 것 같으니
> 내 또한 근래 귀 밝은 병 생겼다오

莫學韓公送五窮　　且同宋玉賦雄風
世間萬事眞牛鬪　　我亦年來患耳聰

라고 하였다. 또,

> 삼 년간 황야에서 세상일 끊고
> 적막히 오직 병든 양자운만 본받았더니
>
> 오늘은 한 척 햇살에 눈살 폈으니
> 그 누가 다시 수현의 글을 논하리

三年荒野斷知聞　　寂寞唯師揚子雲
今日軒眉馳尺一　　何人更道守玄文

라고 하였다. 또,

> 큰 일을 내 어찌 감당하랴만
> 예로부터 고황에는 좋은 약 없다네
>
> 어전에서 임금의 고문에 대비하려면
> 그대의 시 다섯 수를 외워둬야 하겠네

大事吾何敢擔當　　膏盲從古少良方
細艷顧問如將備　　要取君詩誦五章

라고 하였다.

　주상께서 선생의 사직을 윤허하지 않으므로, 마지못해 일어나서 경연 (經筵)에 입시(入侍)하였다. 말은 간략하면서도 뜻이 통창하여 강독이 가장 훌륭하기에 주상의 총애가 융숭하였다. 그래서 특별히 예문관 직제학 지 제교 경연 춘추관 기주관을 제수하니, 선생은 병으로 사양하였으나 윤허 하지 않았다.

4월 30일에 숙인(淑人) 조씨(曺氏)가 작고하였다. 가을에는 직장(直長) 김준손(金駿孫)·기손(驥孫) 형제가 청도(淸道)에 영친(榮親)하러 가는 것에 대한 서(序)를 지었으며, 도사(都事) 김윤종(金潤宗)의 시서(詩序)를 지었다. 11월 일에는 처사(處士) 유음(兪蔭)의 「묘지명」을 지었다. 전지(傳旨)로 휴가를 받아 11월 20일에 숙인을 금산의 미곡(米谷)에 장사지냈다.

· 53세 (계묘, 1483, 성종 14)

통정대부 승정원동부승지 겸 경연참찬관 춘추관수찬관지제교에 승진 임명되었다가, 이윽고 우부승지에 임명되었다. 병으로 사양하였으나, 윤허하지 않았다.

7월에는 상이 승정원에 연이어 3일 동안 술을 하사하였다. 그 다음날에 또 시와 술을 하사하였다. 그 시에,

> 삼일간 음주에 피곤하겠지만
> 내가 주는 술 사양 말라
>
> 이는 다른 마음에서가 아니라
> 종실을 길이 반석처럼 만들려는 것이오
>
> 三日雖旣困　　莫辭予所錫
> 此意非他心　　宗圖永磐石

라고 하였다. 그리하여 승정원에 있는 사람들이 모두 화답해서 올렸는데, 선생은 이 때 비각(秘閣)에 있으면서 두 수를 응화(擬和)하였다.

3월 임술일에 대행대비(大行大妃) 정희왕후(貞熹王后)가 온양(溫陽)의 행궁(行宮)에서 승하해 모월(某月) 일에 광릉(光陵)으로 옮겨 장사지냈는데, 이는 예에 따른 것이다. 선생이 교지를 받들어 애책문을 지어 올렸다. 당

시의 풍속이 오직 불가의 법식을 숭상하였는데, 선생이 선비와 백성들로 하여금 주자의 『가례(家禮)』를 따라 사당을 세우고 신주(神主)를 만들어 선사(先祀)를 받들도록 할 것을 청했는데 예와 풍속이 다시 진흥되었다. 계천군(鷄川君) 손소(孫昭)의 「묘갈명」을 지었다.

원월(元月) 원일(元日)의 영상(迎祥) 때에는 주상이 운자를 내어 주자, 오전(五殿)의 시첩(詩帖)을 지어 올렸다.

· 54세 (갑진, 1484, 성종 15)

좌부승지에 승진 임명되어, 교지를 받들어서 「내반원기(內班院記)」를 지어 내시들을 경계하였다. 또 교지를 받들어서 「환취정기(環翠亭記)」를 지어 주상을 풍간하여 깨치는 말을 기록해서 바치니, 주상이 명하여 이것을 새겨 문지방에 걸도록 하였다.

8월 6일에는 상이 특명으로 가선대부 승정원도승지 겸 경연참찬관 춘추관수찬관지제교 예문관제학 상서원정에 승진 임명하였다. 선생은 감당할 수 없다고 사양하자 주상이 하교하기를,

"경의 문장과 정사(政事)가 충분히 감당할 만하니, 사양하지 말라!"

라고 하였다.

10월 26일에는 주상이 특별히 선생에게 이조참판 겸 동지경연성균관사를 제수하자, 사양하는 소장을 세 차례나 올렸으나 윤허하지 않았다. 그러자 선생은 용관(冗官)들을 도태시키고 현량(賢良)을 천용(薦用)하였다. 하루는 선생이 경악(經幄)에서 퇴청하여 식사를 하고 있는데, 상이 중관(中官)을 시켜 금대(金帶) 하나를 상으로 하사하면서,

"경의 언행이 검약하고 …… 매우 가상히 여기노라."

라고 하였으므로, 선생이 들어가 사은하였다.

12월에는 병으로 체직되었다.

· 55세 (을사, 1485, 성종 16)

정월 27일에 이조참판 겸 동지경연 홍문관제학 성균관사를 제수하자, 상소하여 사양하였으나 윤허하지 않았다.

사복시첨정(司僕寺僉正) 남평인(南平人) 문극정(文克貞)의 딸에게 장가들어 그를 맞아 서울의 명례동(明禮洞)으로 이주시켰는데, 부인은 18세로 정부인에 승진 임명되었다. 부인은 여성의 도리를 매우 잘 닦아 집안을 다스리는 데에 법칙이 있었으므로, 일을 까다롭고 잘게 간섭하지 않아 집안이 두루 화목하였다. 선생이 모든 제사에는 반드시 『가례』를 준행하여, 변두(邊豆)의 품절(品節)이 세속과 같지 않았다. 재계와 희생을 씻는 일 등을 모두 최선을 다하였는데, 부인이 그 뜻을 그대로 본받아 마음을 다해 공경히 하여 게을리 함이 없었다. 그리고 항상 비복(婢僕)들에게 경계하기를,

> "전조(銓曹)는 권세가 치성한 곳이기에 참으로 청렴하고 신중하지 않으면 비방이 생기기가 쉽다. 예로부터 비첩(婢妾) 무리들이 몰래 청알(請謁)을 받음으로써 그 주인에게 누가 미쳐 화패(禍敗)를 당한 경우가 많았으니, 너희들은 신중해야 한다!"

라고 하였다. 그리고 모든 친구들이 안부를 묻고 물품을 보내거나, 혹은 직접 찾아오는 자가 있더라도 가벼이 받아들이지 않았으므로 문정(門庭)이 엄숙하여 관절(關節)이 통하지 않았다.

선생은 교지(敎旨)를 받들어 평안감사 성현(成俔)·충청감사 채수(蔡壽) 등과 함께 『동국여지승람(東國輿地勝覽)』을 수정하기 위해 마침내 경복궁

의 홍문관에 국(局)을 개설하고, 또 전한 이창신(李昌臣)·부정 신종호(申從濩)·정랑 김맹성(金孟性) 등과 함께 삼가 원고를 열람하여 산집(刪輯)하다가 얼마 안 되어 가뭄으로 인해 그만두었다.

여름에는 병으로 사직하고 남쪽으로 밀양의 전장(田莊)으로 돌아가니, 학자들이 사방에서 찾아 들었다. 선생은 주자의 학규에 의거하여 본원을 함양하는 것을 진덕(進德)의 기반으로 삼고 성리를 궁리하고 탐구하는 것을 수업의 근본으로 삼으니 학자들의 소견이 더욱 높아졌다.

9월 29일에는 첨지중추부사 겸 동지경연성균관사에 제수되었으나, 병으로 사양하고 취임하지 않았다. 10월에는 가선대부 홍문관제학을 제수하고 교지를 내려 불렀다. 그러나 병을 핑계로 한사코 사양하니, 주상이 사관(史官)을 보내어 돈독히 가르치셨다. 11월에는 마지못해 대궐에 들어가 경석(經席)에 입시해서 주상을 인도하여 결점을 바로잡는 데에 보탬이 매우 많았다.

· 56세 (병오, 1486, 성종 17)

3월 3일에 예문관 제학을 제수하자, 상소하여 사직하였으나, 윤허하지 않았다. 교지를 받들어 다시 『여지승람』 편차(編次)의 일을 시작하여 이창신·신종호와 함께 그 첫머리의 정리를 마쳤는데, 교리(校理) 이의무(李宜茂)·유호인(兪好仁)·수찬(修撰) 최부(崔溥)가 서로 이어 함께 종사하여 모두 8개월을 들여 완성하였다.

7월 22일에는 아들 숭년(嵩年)이 태어나자, 선생이 그 기쁨을 기록한 시의 말구(末句)에,

> 후일의 효도하는 것이야 누가 책임 지우랴
> 밝은 구슬 희롱하며 혼자 즐길 뿐이네
>
> 他時反哺將誰責　　且弄明珠獨自娛

라고 하였다.

『여지승람』의 발문과 이국이(李國耳)가 경사(京師)에 가는 데 대한 서
(序)를 지었다.

· 57세 (정미, 1487, 성종 18)

봄에 이조정랑(吏曹正郎) 지지당(止止堂) 김맹성(金孟性)이 작고하자, 선
생이 제문을 지어 조문하였다. 경기도관찰사겸개성류수(京畿道觀察使兼開
城留守)에 제수되자, 세 차례 상소하여 체직을 윤허 받았다.

5월에는 예문관제학에서 전라도관찰사겸순찰사전주부윤(全羅道觀察使
兼巡察使全州府尹)에 체직(遞除)되자, 상소하여 사양하였으나 윤허하지 않
았다. 선생은 호남을 관찰하면서 성색(聲色)을 드러내지 않고 조용히 대사
(大事)를 처리하고 대의(大疑)를 결단하여 좌우로 수답(酬答)하는 것을 모
두 온당하게 하니, 일로(一路)가 숙연해졌다. 그리고 열읍(列邑)을 순찰하
면서 권과강독(勸課講讀)과 향음주의(鄕飮酒儀)와 향사례(鄕射禮)를 거행하
고, 사운시(四韻詩)를 썼다. 그 시에,

    몸이 행단에 있어 만족히 얻음 있는 듯하네

    充然身在杏壇中

라고 하였다.

· 58세 (무신, 1488, 성종 19)

5월에 상소하여 체직되었다가 특별히 병조참판겸홍문관제학(兵曹參判
兼弘文館提學)에 제수되었다. 6월 8일에 선생이 신임 부사 이공 집(李公諿)
과 더불어 도의 경계에서 교귀(交龜)[511]하고, 마침내 고산(高山)의 안심사

(安心寺)에서 묵으면서 시 세 수를 지었다. 대궐에 당도하여 상소를 올려 사양하였으나 윤허하지 않았다. 10월 16일에는 가선대부 한성부좌윤 겸 동지성균관사에 제수되었다.

이 해에 선생이 찬집한『청구풍아(青丘風雅)』·『동문수(東文粹)』·『여지승람(興地勝覽)』이 세상에 유포되었다.

• 59세 (기유, 1489, 성종 20)

정월 21일에 공조참판 겸 동지경연 홍문관제학 동지성균관사에 제수하자, 상소하여 사양하였으나 윤허하지 않았다. 3월 1일에는 특별히 자헌대부(資憲大夫) 형조판서 겸 지경연 홍문관제학 지성균관사에 제수되자, 상소하여 사양하였으나 윤허하지 않았다. 선생은 송사와 옥사(獄事)를 판결하는데 한결같이 지성으로 하니, 사람들이 모두 공정함에 감복하였다. 가을에는 병으로 사직하고 지중추부사에 옮겨졌다.

이 때 주상의 은총이 더욱 두터워지자 선생을 시기하는 자가 많았으므로, 선생이 병을 핑계로 사직하고 고향으로 돌아가고자 하여 하루는 동래의 온천에 가서 목욕하기를 청하자 주상이 윤허하였다. 선생은 그대로 밀양의 전장(田庄)에 있었는데, 주상이 전직(前職)을 바꾸지 말도록 특별히 윤허하고 사관을 보내어 돈독히 깨우쳐주고 녹봉을 받도록 권했으나 응하지 않았다. 이어 세 차례를 사양하였으나 윤허하지 않았고, 심지어 친히 비답을 지어 보낸 것이 두 차례였는데, 비답에 "마음이 바르고 성실하여 거짓이 없고, 학문의 연원이 있다[端愨無僞, 學問淵源]"는 등의 말이 있었다.

• 60세 (경술, 1490, 성종 21)

원근의 학자들이 사방에서 모여들었다. 선생은 문인 정여창(鄭汝昌) 등

---

511) 交龜 : 관리가 거북 모양으로 된 官印을 후임자에게 넘겨주는 것으로, 직무 인계함을 말함.

과 함께 상읍례(相揖禮)를 마치고 나서 경전을 강론하였는데, 반드시 정주
(程朱)의 본지(本旨)에 합치하도록 힘쓰고 말마다 반드시 충효를 위주로
하였다. 그리고 아무리 질병이 있는 때라도 손에서 책을 놓지 않았고 항
상 도학을 밝히는 것을 사업으로 삼았다. 주상이 선생의 청빈함을 듣고
본도(本道)로 하여금 쌀 70석을 내리게 하였는데, 선생이 세 차례나 상소
하여 사양하였으나, 윤허하지 않았다.

 • 61세 (신해, 1491, 성종 22)
 도하(都下)를 출입한 지 거의 30여 년에 이르렀으나 끝내 초옥(草屋) 하
나도 짓지 않고 항상 명례동(明禮洞)에 우거하였으니, 그것은 그 동리 이
름을 사랑하여 그 곳에 거주한 것이다. 당시의 어진 사대부들이 선생의
맑은 절개와 검소함을 사모하고 존경하였다.
 선생의 질병이 오래도록 낫지 않자 사관을 보내어 문병을 하고 약물(藥
物)을 이어 지급하니 차자(箚子)를 올려 사은하였다. 상이 선생의 빈한함
을 특별히 생각하여 밀양 백산(柏山)에 소재한 노비 15구(口)와 동래부 북
쪽 온정(溫井)의 원답(員畓) 7석(石)지기를 사패(賜牌)하자, 선생이 상소하
여 받지 않았지만 끝내 윤허하지 않았다.

 • 62세 (임자, 1492, 성종 23)
 7월에 생질 강백진(康伯珍)에게 명하여 서적을 맡게 하고 또 명하여 다
른 사람의 서책을 돌려주게 하였다. 8월에는 병세가 매우 위중해지자, 본
도의 감사가 병세가 위중해진 사유를 계문(啓聞)하니, 상이 내의(內醫)에게
명하여 약을 가지고 역말로 급히 달려가서 치료하도록 하였다.
 이 달 19일에 선생이 명발와(明發窩)에서 작고하니, 향년이 62세였다.
부음이 전해지자, 주상이 이르기를,

"김모(金某)가 끝내 죽어서 선비들이 기강을 잃게 되니, 내가 매우 슬프게 여
긴다."

하였다.

이틀 동안 조회를 정지하고 예관(禮官)을 보내어 조제(弔祭)하고 치부(致
賻)하였다. 부(府)의 남쪽 무량원(無量院)의 건좌손향(乾坐巽向)의 언덕에
장사지냈다.

아들 숭년(嵩年)은 나이 7세였으므로, 정부인 문씨(文氏)가 상을 주관하
고, 생질인 사인(舍人) 강백진(康伯珍)·수찬(修撰) 강중진(康仲珍)·호조
참판(戶曹參判) 조위(曺偉)가 호상(護喪)하여 장례를 완전하게 치렀다. 선
생이 작고하자, 원근의 사림들이 허둥지둥 달려가서 조문하였는데, 비록
평소에 일찍이 급문(及門)하지 못한 사람들도 또한 모두 슬퍼 탄식하였다.
무식한 천민들도 모두 슬퍼하였다. 이 때 회장(會葬)한 문생 및 사대부와
유생이 모두 5백여 명이었다.

· (계축, 1493, 성종 24)

선생이 작고한 뒤에는 선생이 저술한 시문이 귀중하다고 평가받아 문
도(門徒)의 본집(本集)과 『이준록』을 찬집하여 매계(梅溪) 조위에게 편차
(編次)의 일을 위촉하였다.

이 해에 문충(文忠)이라는 시호를 내렸다. 태상(太常)에서 의논하기를,

"공은 타고난 자질이 순수하고 아름다왔다. 온화하고 선량하며 인자하고 은애
로왔으며, 일찍부터 시례(詩禮)를 배워 몸소 사도(師道)를 담당하였다. 덕(德)과 인
(仁)에 의거하여 충신(忠信)과 독경(篤敬)으로 사람을 가르치는 데에 게을리 하지
않아 사문(斯文)을 진흥시키는 일을 자기의 책임으로 삼았다. 그가 학문을 함에
있어서 왕도(王道)를 귀히 여기고 패도(霸道)를 천히 여겼다. 직사(職事)에 임해서
지극히 간편하게 하여 번거로운 일을 제어하였으며, 사람을 가르침에 있어 글을
널리 배우게 하고 예로써 단속케 하였다. 어버이를 섬김에 있어 효성을 극진히

하였고 임금을 섬김에 있어 정성을 극진히 하였다. 남의 착한 일을 숨기지 않았
고 남의 악한 일을 들추어내지 않았다. 청결하면서도 편협하지 않았고 유화하면
서 세속에 뇌동하지 않았다. 문장과 도덕이 세상에 우뚝 뛰어나 참으로 삼대(三
代)의 남긴 인재로서 그 사문에 공을 끼친 것이 중대하다. 시법(諡法)에 도덕박문
(道德博文)을 문(文)이라 하고, 염방공정(廉方公正)을 충(忠)이라 한다.”

하였다.512)

• (갑인, 1494, 성종 25)

마침 선생의 유초(遺草)를 찾아 들이라는 상의 명을 받들어 마침내 선사
(繕寫)하여 올렸는데, 미처 간행하여 반포하기 전에 성묘(成廟)가 승하하였
으니, 애통하다. 매계 조 선생이 대제학 홍귀달(洪貴達)에게 선생의 「신도
비명」을 요청하여 빗돌에 새겨 옛 여문(閭門) 앞에 세웠다.

숙묘조(肅廟朝) 기사년(1689, 숙종15)에 7대손 시락(是洛)이 상소하여
증직(贈職)과 복시(復諡)의 일을 청하였다. 상공(相公) 남용익(南龍翼)513)이
예조 판서로 입계(入啓)하여 찬성(贊成)으로 추증할 것을 청하니, 상이 특
별히 영의정(領議政)을 추증하고 복시는 미처 못했다. 그러다가 무자년
(1708, 숙종 34)에 예조 판서 상공(相公) 조상우(趙相愚)514)가 상공(相公) 이
인엽(李寅燁)의 청을 따르고 또 공의(公議)를 채택하여 복시의 일을 계청
(啓請)하니, 전교하기를,

“지금까지 미루어온 것이 실로 매우 미안하다. 복시하는 것이 옳다.”

하고, 즉시 은명(恩命)을 선포하였다.

상고하건대 선생은 애당초 문충(文忠)으로 시호가 내려졌는데, 허백당

512) 再思堂 李黿이 지음.
513) 南龍翼 : (1628~1692) 자는 雲卿, 호는 壺谷. 본관은 宜寧.
514) 趙相愚 : (1640~1718). 자는 子直, 호는 東岡.

(虛白堂) 홍공(洪公)이 찬한 신도비에는 문간(文簡)으로 기록하였으니, 그 후에 혹 개시(改諡)한 일이 있었던가. 지금은 상고할 길이 없지만 무자년 복시할 때에 문충으로 기록되었기 때문에 사판(祠版)에도 또한 여기에 의거해서 기록했으므로, 이제 문충으로 하는 것이 옳겠다.

【신도비명】

덕행(德行) · 문장(文章) · 정사(政事)는 공자 문하의 고제(高弟)로서 겸한 이가 있지 않았는데 그 밖의 사람이야 말할 나위가 있겠는가. 재주가 뛰어난 사람은 행실에 결함이 있고 성품이 소박한 사람은 다스림이 졸렬한 것이 상례이다. 그런데 우리 문간공(文簡公) 같은 분은 그렇지 않다. 행실로 남의 표본이 되었고 학문으로 남의 스승이 되었다. 살았을 때에도 주상이 후하게 대우하였으며, 죽은 뒤에는 많은 사람들이 슬퍼하고 사모했으니 어쩌면 공의 한 몸에게 경중(輕重)이 그처럼 뒤따랐을까.

공의 휘는 종직(宗直)이고 자는 계온(季昷)이며, 선산인(善山人)으로 호는 점필재(佔畢齋)이다. 공은 타고난 바탕이 매우 고상하여 청년 때부터 시를 잘 짓는다는 명성이 있었고 날마다 수 만 개의 시구를 외웠다. 그리하여 20세 이전에 이미 문명(文名)을 크게 떨쳤다. 계유년에 진사시에 합격하고, 기묘년 문과에 급제하여 승문 정자가 되었다. 이 때 어공세겸(魚公世謙)은 시를 잘한다는 명성이 있었는데, 본원(本院)의 선진(先進)으로 공의 시를 보고 감탄하기를,

"나에게 채찍을 잡고 노예 노릇을 하게 하더라도 마땅히 달게 받겠다."

라고 하였다.

본원의 검교(檢校)에 승진되었다가 감찰(監察)에 전임되었는데, 그 때 입대(入對)했다가 주상의 뜻에 거슬려 파면되었다. 다시 기용되어 영남병마평사가 되었다가 들어가 교리가 되었다. 주상이 즉위한 처음에 경연을 열고 문학하는 선비를 특별히 선발했다. 선발된 사람 십여 명 가운데 공이 가장 뛰어났다.

그 후 얼마 안 되어 함양 군수로 나갔다. 고을을 다스리는 데에 있어

학문을 진흥시켜 인재를 양성하고 백성을 편안케 했으며, 민중과 화합하는
것을 힘썼는데 정사의 성적이 제일(第一)이었다. 그래서 주상이 이르기를,

"종직은 고을을 잘 다스려 명성이 있으니 승진시켜라."

하고, 마침내 승문원참교(承文院參校)에 임명하였다. 이 해에 마침 중시(重
試)가 있었다. 모두 공에게 권하기를,

"중시는 문사(文士)가 빨리 승진하는 자리이다."

라고 하였으나, 공은 끝내 응시하지 않았다. 많은 사람들이 이를 고상하게
여겼다.

그 후 이내 선산부사가 되었다. 모친이 작고하자 3년 여묘살이를 하며
상례 일체를 주문공(朱文公)의 예대로 따라 실천했다. 너무 슬퍼하여 몸이
수척해진 것이 예에 지나쳤으므로 사람들이 그의 성효(誠孝)에 감복했다.
복을 마치고 금산(金山)에 서당을 짓고 그 곁에 못을 만들어 연꽃을 심어
놓고 그 당(堂)의 편액(扁額)을 경렴(景濂)이라 써서 걸어두었으니, 이는 무
극옹(無極翁)을 사모하는 뜻에서였다. 그리고 날마다 거기서 읊조리며 세
상일에는 뜻을 두지 않았다.

그러다가 홍문관응교(弘文館應教)의 부름을 받고 병으로 사양하였으나
윤허하지 않으므로, 마지못해 부임하였다. 경연에 입시(入侍)하여 말은 간
략하면서도 뜻이 명확히 통했다. 강독을 가장 잘했기 때문에 은총이 공에
게 치우쳐 좌부승지로 임명되었다. 이어 도승지 자리에 결원이 생겨 특명
으로 공에게 도승지를 제수하자, 공이 감히 감당할 수 없다고 사양했다.
이에 주상이 하교하기를,

"경의 문장과 정사가 충분히 감당할 만하니, 사양하지 말라."

고 하였다. 이윽고 이조 참판과 동지경연사(同知經筵事)에 전임되어 금대(金帶)를 특별히 하사하였으니 특별한 대우가 이러했다.

뒤에 호남을 관찰할 때에는 성색(聲色)을 동요하지 않고도 일로(一路)가 숙연해졌다. 다시 내직으로 와서 한성윤(漢城尹)·공조참판(工曹參判)을 역임하고 형조 판서(刑曹判書)에 발탁되어 홍문관제학(弘文館提學)을 겸하였다.

기유년 가을에는 병으로 사직하고 지중추(知中樞)에 옮겨 제수 되었는데, 병으로 사직하고 돌아가기 위해 하루는 동래의 온정(溫井)에 가서 목욕하기를 청하니, 주상이 윤허하였다. 공은 그대로 밀양의 전장(田庄)으로 가 요양하고 있었는데, 주상이 특별히 전직(前職)을 체직하지 말도록 허락하였다.

그러자 어떤 이가 녹봉 받기를 권하였으나 응하지 않고 세 번이나 사양하였지만, 윤허하지 않고 심지어 두 차례 친히 비답(批答)을 내리기까지 하였다. 그 그 비답에 "마음이 바르고 성실하여 거짓이 없고, 학문에 연원이 있다.[端慤無僞 學問淵源]"는 등의 말이 있었다. 그리고 공이 가난하다는 사실을 듣고 본도(本道)로 하여금 쌀 70석을 보내주게 하고, 내의(內醫)를 보내어 약을 하사하였다.

임자년 8월 19일에 작고하니, 향년이 62세였다. 부음이 알려지자 조정에서는 2일 동안 조회를 열지 않았고, 태상시(太常寺)에서 시호를 문간(文簡)으로 의정하였다.

공의 고(考) 숙자(叔滋)는 성균사예(成均司藝)로 호조판서(戶曹判書)에 추증되었고, 조(祖)인 성균진사(成均進士) 관(琯)과 증조(曾祖) 사재령(司宰令) 은유(恩宥)에게도 모두 봉작(封爵)이 추증되었다.

공은 울진현령(蔚珍縣令) 조계문(曺繼門)의 딸에게 장가들어 3남 2녀를 낳았다. 큰아들 곤(緄)은 해평인(海平人) 홍문수찬(弘文修撰) 김맹성(金孟性)의 딸에게 장가들었으나 일찍 죽었다. 그 다음은 모두 요절하였으며, 큰딸은 생원 유세미(柳世湄)에게 시집갔고, 다음은 생원 이핵(李翮)에게 시집갔다.

뒤에는 남평인(南平人) 첨정(僉正) 문극정(文克貞)의 딸에게 장가들어 1남 1녀를 낳았다. 아들은 숭년(嵩年)이고 딸은 직장(直長) 신용계(申用啓)에게 시집갔으나 후사가 없다.

공은 평소 집에 있을 때에 첫닭이 울면 일어나 세수하고 머리 빗고 의관을 단정히 하고 앉아 있었다. 아무리 아내와 자식 사이라 하더라도 나태한 모습을 보이지 않았다. 또 어릴 때에 사예공이 병들어 수척해지자 공이 이를 매우 걱정하여 「유천부(籲天賦)」를 지었다. 그리고 대부인이 생존한 당시에 공이 항상 조정에 편히 있지 못하고 외직을 청해 세 번이나 지방관으로 나가 대부인을 봉양하였다.

공의 백씨가 악한 종기를 앓을 때에 의원이 지렁이의 즙[蚯蚓汁]이 좋다고 말하자, 공이 그 지렁이의 즙을 먼저 맛보고 백씨에게 먹였더니 과연 효험이 있었다. 뒤에 백씨가 서울에서 객사했을 때에 공이 널을 받들고 고향에 반장(返葬)하였다. 백씨의 아이를 마치 자기 아이처럼 어루만져 돌보고 가르쳐 성립(成立)케 하였으니, 그 타고난 효우(孝友)의 지극함이 이와 같았다.

그리고 관직에 임하여 백성을 다스리는데 있어서 간략함을 따르고 번거로움을 막았다. 정(靜)을 주로 삼고 동(動)을 제재하였으므로 부임하는 곳마다 형적을 드러내지 않고도 일이 다스려지고 백성들은 차마 속이지 못하였다.

평소에 사람을 접대하는 데 있어 온화하게 대하되, 의리가 아닌 것은 하나도 남에게서 취하지 않았다. 오직 경사(經史)를 탐독하여 늘그막에 이르러서도 게을리 하지 않았는데, 얻은 바가 매우 넓었다. 그래서 사방의 학자들이 각각 그 그릇의 크고 작음에 따라 마음에 만족하게 얻어 돌아갔다. 한번 공의 품제(品題)를 거치면 곧 훌륭한 선비가 되어 문학으로 세상에 이름을 떨친 사람이 태반이나 되었다. 지금 호조참판 조위(曺偉)는 공의 처남이고, 의정부사인 강백진(康伯珍)과 홍문관수찬 강중진(康仲珍)은 공의 생질이니, 어쩌면 공의 문하에 명사들이 이렇게 모였단 말인가. 이 때문에 세상에서 더욱 기이하게 여긴다.

공이 편찬한 『청구풍아(靑丘風雅)』·『동문수(東文粹)』·『여지승람(輿地勝覽)』이 세상에 유포되고 있다. 공이 작고한 뒤에 공이 저술한 시문이 더욱 귀중하게 평가되어 문인들이 본집(本集)과 『이준록(彛尊錄)』을 편집해 놓았는데, 주상이 대궐로 들여오도록 명하여 이내 간행하기를 명할 것이다.

내가 평생 공과 의분(義分)이 있는 사이이다. 조태허(曺太虛)가 내게 글을 지어 비석에 새기게 해달라고 요청하니, 내 글이 졸렬하다 해서 사양할 수가 없다. 다음과 같이 명(銘)한다.

> 금오산 우뚝하고
> 낙동강 물 도도히 흘러
> 빼어난 기운 여기에 모였네
>
> 해와 달의 밝은 빛 쌓이고
> 규성과 벽성의 정기가 여기에 잠겨
> 문인이 여기서 태어났네
>
> 옛 서적 널리 읽어 깨달았고
> 시문은 기이하고 고아해
> 서른의 나이에 명성이 빛났도다
>
> 당에 올라가 의심난 뜻 강론하니
> 제자들 달려와 기이함을 묻고
> 후학들의 스승이 되었네

부모에게 효도하고
형에게 우애하여
온 가정이 화락했다오

백성들 인자하게 다스려
떠난 뒤에도 백성들 사모하여
향리에 사당을 세웠다네

경악에서 담론하고 사려하며
주상과 직접 면대하여
큰 은총 혼자서 받았네

높은 반열 높은 작급
계단 따라 오르듯 하여
인망이 진실로 화합했구려

하늘은 왜 그렇게 빨리 데려가는지
참으로 백성들 복이 없음이며
구중궁궐에서 걱정을 품는다네

공의 붙잡아 둘 수 없으나
그 명성은 천추에 전하리니
남긴 책 한우충동일세

공의 명성 실상에 부합되어
이를 묻혀 둘 수 없어
내 이제 붓 당겨 기록한다네

烏山崇崇	洛水溶溶	秀氣斯鍾
日月委明	奎壁淪精	文人乃生
博洽丘墳	奇古詩文	卌立揚芬
登堂講疑	過門問奇	後學蓍龜
父焉孝乎	兄焉友于	家庭怡愉
臨民以慈	去後餘思	鄕有遺祠
論思經幄	面對日角	獨膺寵渥
崇班峻級	如階而躡	人望允協

　　天奪何速　　民實無祿　　九重含戚
　　公不可留　　令名千秋　　遺稿汗牛
　　公多名實　　其令泯沒　　我今載筆

　자헌대부 지중추부사 겸 홍문관대제학 예문관대제학 지춘추관사 지성
균관사 홍귀달(洪貴達)이 찬한다.
　통훈대부 창원대도호부사 김해진관병마첨절제사 오여발(吳汝撥)이 비
문을 쓴다.
　통훈대부 행 사간원사간 겸 춘추관편수관지제교 김세렴(金世濂)이 전
(篆)을 쓴다.
　이상의 서(序)를 갖춘 명(銘)은 상공 홍귀달(洪貴達)이 지은 것인데, 선생
의 사업과 문장의 대개가 그 가운데 기재되었으니, 어찌 후인의 문자로
군더더기를 만들 수 있으랴. 본부(本府) 사람들이 선생의 덕과 업적을 사
모하여 옛 마을 앞에 비문을 새겨 세웠는데, 임진년의 난리에 보전되지
못했다. 난리가 평정된 뒤에 고을 사람들이 모두 중건할 것을 생각하였으
나 틈을 얻지 못했다.
　그러다가 지금 이 고을 부사인 사문 이유달(李惟達)은 고을 선비들의 간
청에 따라 옛 비문의 글을 새겨 옛 길에 세웠다. 본부 사람들이 인해 그
전말을 써서 명(銘) 아래 함께 기록하려고 하기에 이것을 써 준다.
　아, 선생이 작고한 뒤에 불행하게도 혼조(昏朝)가 정사를 어지럽히고 권
간(權奸)이 화를 선동하여 그 참혹한 화가 천양(泉壤)까지 미치는 지경에
이르렀다. 이를 차마 말할 수 있겠는가. 그렇지만 선생의 도는 손상될 것
이 없다. 삼가 듣건대, 당시 선생의 문하에서 배출된 이름난 자와 빼어난
선비가 십수(十數)에 그치지 않으니, 한훤 김굉필과 일두 정여창도 모두
선생이 권장하여 계발시킨 바라고 한다.
　그래서 지금 본부 사람들이 선생을 한없이 사모해 존중하고 사모해 오

다가 , 난리를 겪은 뒤에 마침 어진 부사가 부임해오자, 오랜 소원을 이루었다. 그러자 또 좋은 땅에 묘원(廟院)을 옮겨 세워 스승으로 받들어 높이는 곳으로 삼으려 하고 있으니, 이는 대개 사문이 형통한 운수를 만난 것이다. 그러므로 결국 본부에서 배출되는 인재 역시 옛날 선생의 문하에서 배출된 여러 선비들 못지 않을 것이라고 할 수 있겠다.

숭정 7년(1634, 인조12) 9월 일에 자헌대부 공조 판서 옥산후인(玉山後人) 장현광(張顯光)이 삼가 기록한다.

찾아보기

(ㄱ)